LA
COMADRONA
DE BERLÍN

Anne Stern nació en Berlín, donde vive en la actualidad. Completó los estudios de Filología Alemana e Historia con un doctorado en Literatura Alemana y trabajó formando a profesores en escuelas de su ciudad. Al comienzo de su carrera, autopublicó con éxito dos sagas familiares históricas y varias novelas, hasta que el éxito le llegó con la serie protagonizada por la comadrona Hulda Gold, de la que se han vendido más de 250 000 ejemplares en Alemania.

La comadrona de Berlín es la segunda novela que publica en nuestro país después de *Luces y sombras en Berlín*.

En todos sus libros, la autora narra historias de mujeres extraordinarias en Berlín durante los siglos xix y xx.

Si tienes un club de lectura o quieres organizar uno, en nuestra web encontrarás guías de lectura de algunos de nuestros libros. **www.maeva.es/guias-lectura**

ANNE STERN

LA COMADRONA DE BERLÍN

Una novela histórica con misterio y romance
en el Berlín de la década de 1920

Traducción de:
Susana de Andrés

EM BOLSILLO

Título original:
FRÄULEIN GOLD: SCHEUNENKINDER

© ANNE STERN, 2020
© Rowohlt Taschenbuch Verlag, GmbH Hamburgo, 2020
© de la traducción: SUSANA DE ANDRÉS, 2023
© de esta edición EMBOLSILLO, 2024
 Benito Castro, 6
 28028 MADRID
 www.maeva.es

ISBN: 978-84-18185-74-8
Depósito legal: M-14878-2024

Diseño e imagen de cubierta: OPALWORKS BCN sobre imagen de
JOANNA CZOGALA / ARCANGEL

Fotografía de la autora: © Max Zerrahn

Impresión y encuadernación: Cpi Blackprint (Barcelona)
Impreso en España / Printed in Spain

*Amo Berlín, pero me tiemblan las rodillas y no sé qué comeré
mañana, pero me da igual. Estoy sentada en el Josty en la
Potsdamer Platz disfrutando de las columnas de mármol
y de unas vistas estupendas. [...] Solía vagabundear
por la Leipziger Platz y por la Potsdamer. De los cines
sale música [...] Y todo es canción.*

La chica de seda artificial
IRMGARD KEUN, 1932

Prólogo

Jueves, 13 de febrero de 1902

RUTH CORRÍA CASI sin aliento por la oscura callejuela, la nieve absorbía las pisadas de sus botas. Cuando el aullido de un perro, largo como el de un lobo, resonó por encima de las bajas techumbres del *shtetl**, miró asustada a su alrededor. Jadeaba, los fuertes latidos de su corazón estaban llenos de reproches. Siguió corriendo. Intentó que sus pasos fueran más livianos, de modo que las suelas de las botas apenas rozaran el suelo; pero era difícil ir tan rápido, casi salir volando y no resbalar.

Todas las ventanas estaban oscuras, los habitantes del barrio judío de la pequeña aldea de Galitzia dormían. Aquí y allá, algún postigo se movía empujado por el viento, las vacas mugían en los establos tras las casas acurrucadas en el sueño.

¡Con tal de que no saliera nadie para hacer sus necesidades en la esquina de la casa!

Ruth siguió avanzando con premura, salió de la Schuhmachergasse y entró en la siguiente callejuela, donde vivía su familia. Conocía cada una de sus piedras, cada uno de

---

* Villa o pueblo con una numerosa población de judíos, en Europa Oriental y Europa Central, antes del Holocausto. (Todas las notas son de la traductora.)

sus canalones y cada una de sus tejas. Pero a la luz de la luna, el *shtetl* despedía un extraño resplandor, como si estuviera embrujado. ¿Bajo un conjuro bueno o bajo uno malo? No sabría decirlo. Solo sabía que lo que había hecho la había convertido en una leprosa, una intocable; que sería rechazada por sus padres y repudiada por su prometido antes de lo que le costara recitar la oración judía más breve, el *Shma Israel*. Entonces, ¿por qué se sentía tan llena de vida, rebosando felicidad hasta por el último poro de su piel? Un escalofrío le recorrió el cuerpo cuando se ciñó un poco más el pañuelo que le cubría el espeso cabello rizado y pensó en él, en sus manos, su risa, su olor a cuero y lodo. A causa de la forma de su lunar, algunos llamaban al joven zapatero «Corazón». Ese nombre también encajaba con su forma de ser. Era maravilloso, y para ella tan guapo y tan bueno como un ángel. Pero no era judío. Y lo prohibido, lo que acababan de hacer por tercera vez en el rincón más oscuro del taller, en medio de la noche y con la nieve que caía ante la ventanita de la habitación, su único testigo, no estaba bien. Ruth estaba prometida a Avraham Rothmann, y en unas pocas semanas, antes incluso de la festividad Pesaj*, estaría con él bajo el palio nupcial.

Su padre había invitado a todos los parientes y conocidos, pues, aunque el negocio no funcionara como esperaban, nadie racaneaba cuando su única hija iba a casarse. Ruth se uniría al socio de su padre, un panadero fuerte y eficiente que colaboraría y acabaría dirigiendo la tienda una vez el padre dejara de hacerlo. El día del casamiento, emanaría de la tienda un aroma especialmente intenso, a trenza de pan dulce, a rollitos de semilla de amapola y a *Kugl*, un plato dulce de pasta gratinada. La madre lloraría.

---

* Pascua judía.

Y ella, Ruth, apretaría los dientes y sonreiría, llena de alegría tal como correspondía a una novia. Pero hasta entonces, pensaba mientras se dirigía a casa de sus padres siguiendo las nubes blancas que exhalaba con su aliento, hasta entonces no podía dejar de hacer el mal. Ese mal con el que ella tan bien se sentía.

A la luz del día, cuando estaba con su madre y sus hermanos pequeños en la angosta habitación o cuando barría el patio, las noches le parecían lejanas e irreales. Como si no hubiese sido ella, Ruth, quien había corrido al taller del zapatero, sino otra mujer más audaz que no recogía su cabello rebelde en unas trenzas demasiado tirantes. Una mujer que lo arriesgaba todo por amor. Pero cuando el crepúsculo descendía sobre la aldea, Ruth notaba, bajo la pañoleta que llevaba sobre los hombros, que algo se tensaba en su interior, como si el zapatero hubiese atado un hilo de seda a su corazón y tirase de él por las noches. Esperaba entonces a que sus padres se durmieran en el cuarto contiguo, escuchaba atenta la respiración tranquila y regular de sus hermanos en el dormitorio y salía a la gélida calle por el tragaluz. Sabía que era una auténtica locura, pues, ¿qué sucedería si esas noches con él en el taller tenían sus consecuencias? ¿Qué solía decir la vieja Zofia cuando les ayudaba a limpiar la panadería los lunes? Que el amor era una insensatez y que se podía enloquecer si uno no se protegía de él.

«En fin», pensó conteniendo un grito de júbilo cuando abrió la claraboya con ayuda de una cuerda que había dejado colgando hacia fuera y, con la agilidad de una anguila, se introdujo de nuevo en el cuarto: no había tomado la más mínima precaución. Y, sin embargo, nunca en su modesta vida había sido tan feliz.

1

Domingo, 21 de octubre de 1923

—¡Señorita Hulda! —gritó Bert, el vendedor de periódicos de la Winterfeldtplatz, mientras agitaba los brazos al aire. Como era habitual, había escogido bien su indumentaria; lucía un traje de franela con el bombín a juego y un abrigo de terciopelo negro que le cubría la chaqueta, pues en aquella época del año hacía frío en el quiosco, que carecía de calefacción. En su cuello relucía la pajarita de seda granate, lo que indicaba que era domingo.

Hulda pensó sonriendo que iba como si lo hubiesen invitado a una cena de gala, en lugar de tener que estar vendiendo periódicos en la plaza tanto si llovía como si tronaba. Pero, al aproximarse a Bert, distinguió las zonas en que el delicado tejido se había desgastado; el viejo abrigo tenía las mangas raídas. La crisis ni siquiera se detenía ante el quiosquero. También él se veía afectado por la penuria que reinaba desde el comienzo de la guerra y que todavía se hallaba presente pese a que la contienda ya había finalizado.

—¿Cómo va la vida? —preguntó cuando llegó al pabellón de Bert. Después depositó el pesado maletín de piel en el suelo. Trabajaba de comadrona en el barrio y tenía la sensación de que siempre cargaba con medio consultorio médico: un montón de medicamentos, tinturas, el estetoscopio, compresas y fajas. También los domingos, cuando otros libraban, iba de un lugar a otro para ocuparse de las parturientas, pues los recién nacidos no entendían de calendarios y a la nueva vida que afloraba no le importaba lo más mínimo que una comadrona tuviese la tarde libre. Se frotó los dedos en el lugar donde el asa le había rozado la piel.

Haciendo una excepción, Bert salió de su puesto, hizo una reverencia y le besó la mano como si ella fuese su pareja de baile.

—Esto parece un manicomio —respondió, atildándose el pulcro bigote—. Qué tiempos tan locos. Vuelve a haber billetes de banco nuevos, ¿a que parece imposible? Así que… —Hurgó en el bolsillo del abrigo y le mostró un billete—. En realidad, es uno antiguo. Pero la impresión es novísima.

Hulda cogió el dinero y lo observó incrédula. En su origen llevaba impresa la cifra de mil marcos, pero ahora se leía diez millardos de marcos en unas gruesas letras rojas. Suspiró, era absurdo. Como el dinero de mentira de un país ficticio que se ha vuelto loco. Sin embargo, era dinero alemán, real y con validez, al menos en cantidades enormes.

Si bien hacía apenas unos pocos meses nadie hubiera llevado en el bolsillo una suma tan elevada, en la actualidad esta solo servía para comprar los alimentos indispensables.

—Uno de mis clientes trabaja en la oficina de emisión del dinero del Reichsbank —explicó Bert al tiempo que movía la cabeza—. Cuenta que allí los billetes forman unas pilas altas como torres sobre las mesas. Los mensajeros se los llevan en camiones. Pronto será más barato empapelar la casa o encender la estufa con los billetes que servirse de ellos para comprar.

—¿Por qué no intervienen los políticos? —preguntó Hulda, frunciendo el ceño—. ¿Cuánto va a durar esto?

—Los políticos pasan el tiempo discutiendo sobre las posibles soluciones —respondió Bert—. Al menos Stresemann ha acabado esa resistencia pasiva en el Ruhr. Pero ahora urge estabilizar la moneda, de lo contrario todo se desmoronará.

—No lo entiendo —dijo Hulda, y se sintió intimidada, como siempre que se trataba de la hiperinflación, cuya lógica le resultaba indescifrable. Nunca había comprendido la política, tampoco el mundo de los números. Pero en esa época era imposible eludir ese tema, pues impregnaba la vida de todas las personas, tuvieran el dinero que tuvieran, y tanto si querían como si no.

—¿Cómo ha podido llegar todo esto tan lejos? —preguntó al tiempo que echaba un vistazo a los titulares de los periódicos de Bert. Las páginas ondeaban sobre los perfiles de metal agitadas por el viento de otoño.

—El dinero es igual que un ser vivo que se escurre entre los dedos —señaló Bert—. Tiene sus propias leyes, y nosotros, los seres humanos, las hemos ignorado profundamente. El valor del marco ha bajado tanto que dentro de poco llegará al centro de la Tierra.

—Pensaba que Stresemann le pondría freno a esto. —Hulda había leído algo al respecto y casi se sentía orgullosa de poder mostrar sus pequeños conocimientos.

—Es nuestra última esperanza —dijo Bert, y ella descubrió en él una mirada preocupada y sombría que no conciliaba con su naturaleza afable—. Ahora tiene que cambiar el rumbo de una vez por todas y ocuparse de que el país no se hunda como bajo los efectos de un enorme desprendimiento de tierras. De lo contrario, no sé qué va a ser de todos nosotros.

Hulda se sintió mal. La mayoría de las veces intentaba distanciarse de esos asuntos. Su vida ya estaba lo bastante repleta de preocupaciones en torno a las parturientas, de exceso de trabajo y cansancio y de falta de dinero. Y encima estaba Karl, el misterioso comisario con quien había iniciado una relación el año anterior que oscilaba en el aire como un junco. No acababa de entender a ese hombre cuyos estados de ánimo variaban igual que el tiempo en Berlín durante el mes de abril. Pensó en los ojos claros tras las gafas de cristales rayados que él no cambiaba por pura dejadez y no pudo evitar sonreír. Luego sintió la mirada de Bert y se ruborizó.

—Un billón de marcos por saber en qué está pensando —dijo él, y rio con esa sutil y enigmática risa que a ella tanto le gustaba y que al mismo tiempo temía que fuera a su costa. Se conocían desde que era pequeña, y cuando conversaba con él nunca conseguía desprenderse de la niña que había en su interior. Como si nunca, ni aunque cumpliera cien años, fuera a lograr escapar de su socarronería.

—Disculpe, Bert, ¿qué estaba diciendo?

—Solo que temo que a nuestro bello país le espera el caos y la anarquía, incontables muertos y un combate a vida o muerte.

Hulda lo observó inquisitiva. ¿Lo decía en broma o en serio? Al parecer, se refería a ambas cosas a un mismo tiempo, pensó alarmada.

—Señorita Hulda —dijo afablemente Bert, colocando la mano en el brazo de la joven—. No quería asustarla. Sea como sea, iremos tirando. A fin de cuentas, es lo que toca, ¿no?

Ella asintió poco convencida y miró hacia el otro lado de la plaza, donde los feligreses salían de la iglesia de San Matías. Por un instante vaciló, no estaba segura de haber visto bien. Reconoció al párroco con la sotana negra. Había colocado junto a él un enorme cesto para la colada en el que los parroquianos dejaban caer montones de billetes al salir, como si fueran hojas secas.

—El padre Von Galen está haciendo la colecta —señaló Bert, parpadeando a la luz del tenue sol de octubre que volvía a esconderse tras unas nubes grises—. La bandeja de los donativos ya no sirve. Quién sabe si el domingo que viene no necesitará una bañera o un camión.

Hulda soltó una risita, la imagen era demencial. La risa se le quedó helada enseguida al reconocer a la pareja que salía en ese momento de la iglesia. Un hombre recio con un traje marrón y una gorra de visera en la mano llevaba del brazo a una delicada muchacha rubia.

—Vaya, el señor Winter hijo —advirtió Bert, en cuya voz resonó de nuevo ese tonillo burlón—. Y la encantadora Helene.

—La pareja más guapa de la plaza —contestó Hulda con ironía, y se dio media vuelta tratando de aparentar indiferencia.

Pero no podía fingir delante de Bert.

—¿Todavía sangra un poco su corazón? —inquirió este arqueando las cejas.

Ella negó enérgicamente con la cabeza e intentó expresarse con determinación.

—Lo pasado, pasado está.

—Se repite, señorita —dijo Bert—. Y quien se repite, miente. ¿Lo sabía?

—Por todos los cielos, ¿qué es lo que quiere usted de mí? —preguntó Hulda impaciente—. Ya sabe que la historia con Felix es agua pasada. —Hizo un gesto con la mano para acentuar sus palabras—. Además, hace tiempo que yo también tengo novio.

—Ya lo sé, el apuesto comisario. ¿Para cuándo la presentación oficial?

—Usted ya lo conoce —replicó Hulda, percibiendo el tono terco de su propia voz.

—Pero eso fue hace más de un año, en un encuentro casual, cuando mi humilde persona le indicó el camino a su casa. —Bert se sacudió una mota de polvo inexistente de la manga—. Desde entonces, se lo ha visto por aquí en escasísimas ocasiones. ¿No considera usted que, siendo un viejo y buen amigo suyo, merezco conocer al hombre de su corazón? A no ser… —Se interrumpió y la miró en un silencio lleno de significado.

—¿Qué? —preguntó Hulda impaciente, pese a saber que no quería escuchar la respuesta.

—A no ser que ninguno de los dos esté seguro de sus sentimientos.

—¡Tonterías! —exclamó enfadada y con un gesto de rechazo—. Es usted tan cotilla como mi patrona.

—Ah, la señora Wunderlich. —En sus ojos apareció una expresión soñadora—. Una dama con muy buen olfato.

—Con su permiso, Bert, pero me importa un rábano el olfato de la señora Wunderlich. Y también el suyo.

Dicho esto, Hulda agarró su maletín, se dio media vuelta y dejó el quiosco. Un segundo después ya se había arrepentido de su brusca marcha, y estuvo a punto de chocar de frente con Felix Winter, quien había sido su prometido durante muchos años y en ese momento acababa de atravesar la plaza con su reciente esposa.

—Buenos días, Hulda —la saludó Felix, mirándola cándidamente con sus ojos castaños. Pero, detrás de esa cálida mirada, Hulda creyó descubrir una pizca de inquietud—. ¿Todo bien?

—Sí, gracias —contestó mirando incómoda a Helene, que se alisaba el vestido de seda rosa y luego se ceñía el distinguido abrigo de lana. Fijó la mirada en las plantas de áster de los cubos del puesto de flores vecino al quiosco, cuya propietaria aguardaba a los paseantes del domingo dispuestos a comprar un regalo ocasional o un ramo para el cementerio. Era evidente que las penurias que sufrían muchos berlineses no habían afectado a Helene.

—Sí, ¿y tú?

—No puedo quejarme —contestó Felix tan envarado que Hulda sintió un escalofrío—. El café va viento en popa. Todos están sanos y animados. —Descansó el peso primero en una pierna y luego en la otra—. Hemos de marcharnos, mi señora madre nos está esperando.

—¿Pastel de carne con patatas? —preguntó Hulda sonriendo. Se acordaba a la perfección de lo buena cocinera que era Wilhelmine Winter. Para la comadrona era la cualidad más destacable de la madre de Felix, quien, salvo por ello, se distinguía sobre todo por su belicosidad y estrechez de miras.

Felix contestó a su sonrisa y por un momento adoptó esa expresión pilla y alegre que ella tan bien conocía.

—Siempre repetías dos veces —recordó él—. Qué tragona.

—Mira quién habla —replicó Hulda riendo. Luego se percató del rostro avinagrado de Helene. Esta se acercó a Felix y le puso la mano sobre la manga, blanca como la leche y con las uñas perfectamente limadas.

—Deberíamos irnos, querido Felix —dijo sin dignarse mirar a Hulda. Tenía una voz nasal y afectada que a Hulda enseguida le resultó repugnante—. ¿Sabes? —añadió Helene con un coqueto pestañeo—, en mi estado no es bueno estar mucho tiempo de pie.

Hulda abrió la boca y volvió a cerrarla. Se sentía como una trucha fuera del agua. Se quedó mirando a Felix, al que no parecía haberle gustado que su esposa soltase la noticia a bocajarro.

—Entonces debería felicitaros —dijo Hulda, esforzándose por respirar calmadamente e ignorar la punzada de dolor que había sentido y que se le iba extendiendo por todo el cuerpo.

—Muchísimas gracias —contestó Helene, y por primera vez miró a la comadrona de frente. Inclinó la cabeza indulgente. Sus ojos, de un azul claro, eran semejantes a los de una muñeca: enormes, redondos y carentes de expresión. O no del todo, pues en ese momento parecía vislumbrarse débilmente algo que hizo tragar saliva a Hulda: el sentimiento de triunfo.

A continuación, Helene dirigió la vista a la portada del *Vossische Zeitung*, que colgaba en el quiosco de Bert, y en la que se apreciaba una fotografía de Stresemann. La cabeza redonda y con poco cabello era fácilmente reconocible. Alrededor de los labios de la joven apareció un mohín de rechazo.

—Ese dictador con su camarilla, los amigos de los judíos. ¡Qué vergüenza para nuestra nación que haya renunciado a la Cuenca del Ruhr! —se volvió hacia Felix—. Papá está indignadísimo. Por favor, cuando vayamos a ver a mis padres el fin de semana, te pido por Dios que no menciones su nombre ni el de Seeckt, ese traidor a la patria que se las da de comandante supremo del ejército y se acuesta con una judía.

Felix carraspeó como si se sintiera incómodo.

—Tenemos que irnos, en serio —dijo, volvió a despedirse de Hulda con un movimiento de cabeza y se llevó a su rubia esposa.

Hulda los siguió con la mirada mientras cruzaban la plaza en dirección norte, donde, en una calle lateral, se hallaba la casa de la familia Winter.

Bert había salido del kiosco y se había colocado detrás de ella.

—¡Esta sí que es buena! —exclamó, sobresaltando a Hulda—. Es lo que yo llamo una gran noticia. Merecería una edición especial, ¿no cree usted? Tal vez deberíamos informar a la prensa, de ese modo yo también obtendría algo de dinero por divulgar esta inesperada novedad. —Luego chasqueó la lengua—. Esperemos que la idiotez no sea hereditaria. A fin de cuentas, el pobre niño no tiene la culpa de que su madre provenga de una familia de nazis.

—Yo en su lugar me guardaría la novedad para mí —apuntó Hulda moviendo enojada la cabeza. Volvió a dejar en el suelo el pesado maletín—. Diría que Felix no aprobaría que todo el mundo se enterase de ese modo. Helene tampoco debe de llevar mucho tiempo embarazada, a fin y al cabo está tan delgada como un palillo.

Se pasó las palmas de las manos por las caderas, que de repente se le antojaron mucho más anchas de lo habitual. Aquel día llevaba el uniforme de enfermera, un traje gris con una blusa blanca con el que visitaba a las mujeres a las que atendía. No era porque se sintiera especialmente bien así vestida, pero el uniforme producía entre las embarazadas, las parturientas y sus familias una buena sensación: la de estar en buenas manos.

Ese día, sin embargo, pensó en sustituir la cofia blanca por un pañuelo y ocultar así su cabello corto y moreno. Abrió el maletín enseguida y sacó un sencillo pañuelo de algodón. Se cubrió la cabeza, anudó los extremos y comprobó con dedos hábiles si todavía asomaba algún insolente mechón del flequillo que debiera ser controlado.

Bert observaba atónito sus movimientos.

—Señorita Hulda —dijo—, ¿ha acabado ingresando usted en alguna orden?

—Claro que no —respondió ella, alisándose por última vez la tela negra sobre la frente—. Pero tengo que ir en el tren a Mitte, al antiguo distrito histórico.

—A la zona judía, deduzco por su aspecto —señaló Bert.

Ella asintió sorprendida.

—¿Cómo lo sabe?

—No solo la señorita tiene buen olfato. —Rio—. ¿En qué otro lugar de Berlín las mujeres siguen cubriéndose el cabello con tanto cuidado, como si fueran a quitárselo con la vista?

Hulda asintió, Bert estaba en lo cierto. La moda de la gran ciudad, por el contrario, se permitía cada vez más libertades; las faldas dejaban al descubierto una escandalosa porción de pierna y muchas jóvenes modernas llevaban el cabello suelto.

—Tengo que ir a visitar a una mujer embarazada que vive en el seno de una familia ortodoxa.

—¿A qué se debe tal honor?

Ella dudó.

—Conoce usted a mi padre, ¿verdad?

—Por supuesto. ¡Un pintor de talento! Es una lástima que dejara nuestro bonito barrio. Solía mantener con él interesantes conversaciones sobre arte mientras nos fumábamos un cigarro.

—Ahora vive en Charlottenburg. Me han contado que tiene allí una casa con un taller de ventanas altas hasta el techo. Yo todavía no he estado. —Tomó aire y siguió hablando precipitadamente—. En cualquier caso, ha establecido contacto con judíos a través de la Academia de Bellas Artes. Me refiero a los otros judíos, los de Galitzia.

—Los judíos pobres —señaló Bert, poniéndose alerta.

Tenía razón. Los habitantes del barrio judío de Scheunenviertel, a diferencia de los banqueros y abogados judíos que vivían alrededor de la sinagoga reformista, no eran conocidos por su formación y fortuna. Más bien por su extrema pobreza.

—Y ahora uno de esos judíos pobres está buscando a una comadrona judía —añadió Bert. No era una pregunta, sino una afirmación.

Hulda se estremeció. Pero volvió a asentir a disgusto.

—En efecto. Ya sabe usted que no divulgo mis orígenes a los cuatro vientos. No tuve una educación religiosa y apenas conozco los días festivos. Además, según la tradición, solo se es judío cuando uno es hijo de madre judía, y ese no es mi caso. Pero de vez en cuando aparecen personas que prefieren a una medio judía que a otra que no lo sea en absoluto. Y yo las ayudo de buen grado; a fin de cuentas, es mi profesión. Un parto es un parto, ya sea con un *mezuzá** junto a la puerta o bajo un crucifijo de madera.

—Seguro que sus nuevos clientes lo ven de otro modo —opinó Bert—. En ese barrio, la religión desempeña un papel muy importante. ¿Ha estado usted últimamente allí? Hay calles en las que las tiendas tienen más carteles escritos en hebreo que en alemán. Y mi barba da risa comparada con las que lucen los señores por allí.

—A mí no me interesan ni las tiendas ni las barbas —dijo ella—. Yo lo único que pretendo es que el niño nazca sano.

—Pero al final no diga que no se lo advertí. Madre mía, allí no solo corren judíos, sino todo tipo de gente. Artistas dudosos, peristas y putas hasta donde alcanza la vista. Atender a una parturienta allí es como asistirla en la luna,

---

* Pergamino en el que aparecen escritos dos versículos de la Torá. Por lo general, se encuentra dentro de una caja que está adherida en la parte derecha de los pórticos de las casas judías.

así de alejada de nuestro apacible barrio está esa fabulosa casa de locos.

Hulda miró con curiosidad al quiosquero, cuyos ojos brillaban fascinados pese a sus advertencias.

—¿De verdad tiene usted una opinión tan benévola de nuestro barrio? Pobreza, prostitución, tráfico…, nada de eso falta tampoco aquí.

—Puede ser —reconoció él—. Pero, en comparación con aquello, aquí los macarras son niños huérfanos y las putas ángeles inmaculados. Y, pese a ello, no sé si ese barrio es el infierno o el cielo, ya que se puede comer estupendamente, adquirir los mejores puros y, en realidad, comprar todo lo que uno desea en sus más desaforados sueños.

Hulda soltó una risita. Su curiosidad iba en aumento. Era cierto que pocas veces se había internado en el angosto barrio al norte de la estación Börse del recién bautizado distrito de Mitte, y solo conocía de oídas el actual estado del lugar. Echar ella misma un vistazo por allí le resultaba interesante. Al mismo tiempo notaba que estaba nerviosa. ¿Qué la esperaba en las estrechas callejuelas, en la casa de los Rothmann?

—Está preocupada —observó Bert.

«Vaya —pensó Hulda—. ¿Cómo sabe siempre todo lo que me sucede?»

—Bueno, por lo visto la familia tiene algún problema —admitió de mala gana—. Por lo que me han dicho, algo no va bien. Algo concerniente a la joven madre. Pero no sé qué es.

—Ya lo averiguará.

—Exacto —dijo ella—. Y lo haré hoy mismo.

2

Domingo, 21 de octubre de 1923

LA CIUDAD ENGULLÍA la luz, la embutía entre las altas paredes de las fachadas ennegrecidas por el hollín y ya no la soltaba. Cuando Tamar Rothmann levantó el rostro hacia el cielo gris para luchar contra su propio entendimiento y buscar un pequeño destello que aliviase su corazón, sufrió una decepción. Las palomas aleteaban en gris y blanco, y el batir de sus alas resonaba igual que los latigazos en las casas. Olía a frío, al humo que salía de las numerosas chimeneas y a las inmundicias que bordeaban como un dobladillo mal cosido los irregulares arcenes.

Tamar miró a su alrededor. Como si ascendiera de una ratonera, una prostituta de aspecto fatigado salió de un sótano y, con su rostro avejentado y las medias llenas de carreras, se dirigió hacia el norte por la Grenadierstrasse.

Un par de niños harapientos jugaban sobre los adoquines; uno de ellos tenía una bicicleta destartalada y dejaba que sus sorprendidos admiradores fuesen dando por turnos una vuelta con ella. Tan solo unos pocos críos llevaban zapatos, la mayoría iban descalzos pese al fresco ambiente otoñal.

Pasó una mujer algo desaliñada. Empujaba un cochecito de bebé cuyo forro había sido alguna vez blanco, pero después de que los bebés de todo el vecindario lo hubiesen ocupado, la muselina estaba ahora llena de manchas.

—¡Annegrete, *Mamele*! —le gritó otra vestida de negro que asomaba en ese momento la cabeza por una ventana situada encima de la lechería. «Huevos, leche, queso, mantequilla», se leía escrito en letras blancas en la piedra, y un cartel anunciaba al lado: «Kosher». Se había formado una larga cola; desde que había que pagar varios millardos por una hogaza, los vendedores no acababan de contar el dinero, poniendo con ello una dura prueba a la paciencia de los clientes.

Ese día era domingo, pero no todos los negocios cerraban, pues para los tenderos judíos era un día de la semana laborable.

—¡*Masel tov*, Annegret! ¿Cómo está tu *lib Eyngl*?

—Buenos días, Rivka —respondió la joven madre acercando el cochecito al muro de la casa para charlar con la conocida—. Mi angelito querido, el pequeño Helmut, está bien.

—Lo tiene fácil. —Rivka rio y se asomó un poco más por la ventana para poder ver al niño—. Se pasa todo el día bien abrigado en su cochecito y come lo suficiente. Cuando tenga que trabajar con tu marido enrollando puros, ya verá lo que es bueno.

—Pero hasta entonces, todavía falta mucho —replicó la madre, acariciando cariñosamente la mejilla de su hijo.

Las mujeres se echaron a reír de nuevo, un sonido entrañable que resonó por la calle gris. Tamar envidiaba su amistad, la evidente confianza entre dos mujeres que se conocían desde hacía tiempo y cuya vida tenía trayectorias similares pese a sus orígenes distintos. Se veía que era una vida difícil, llena de esfuerzo y privaciones. Pero al menos sabían quiénes eran. Y quiénes serían en el futuro.

Tamar continuó paseando la mirada por la calle. Los comercios se sucedían unos a otros, y los carteles en

hebreo y en alemán comunicaban a los numerosos transeúntes los artículos que se podían adquirir en el interior.
Delante de la gran fábrica de vinagre Franz Heinn había
una tartana vacía, seguro que habían descargado nuevos
barriles. En los almacenes de Carl Dietrich había café,
azúcar y té, y «todo tipo de artículos para lavar», según
indicaba un rótulo oxidado. Un grupo de hombres rusos
se había reunido delante de una taberna y compartían
una botella entre todos. Ante los ojos de Tamar pasaron
unos judíos ortodoxos de barbas largas y cubiertos con
abrigos; seguían a su rabino a uno de los muchos *stiblech*,
locales de oración, que se extendían por el barrio igual
que panales en una colmena. Era la hora de la oración del
mediodía.

Una ráfaga de viento arrastró por la calle las hojas secas
y un diario viejo y roto, rompiendo así el silencio. Uno de
los titulares rezaba: «Las fuerzas armadas del Reich amena-
zan la capital».

Tamar se estremeció. La noticia no la afectaba, pero sí le
asustaban las palabras. Las palabras alemanas eran a menudo frías y duras, tan dentadas como los bloques de hielo
que repartían en verano por las casas para mantener frescos
los alimentos. Se arrebujó en el abrigo de lana, que parecía
más compuesto de zurcidos que de tela. Comprobó rápidamente si el pañuelo seguía cubriéndole el cabello oscuro y
largo, tal como su esposo esperaba de ella, y volvió a levantar la vista al cielo.

De donde ella procedía la luz no era de ese gris sucio.
Era suave y así se mantenía incluso en otoño sobre los tejados de Esmirna, en Asia Menor. Una delicada brisa, salada
y dulce a un mismo tiempo, soplaba del mar, que brillaba
azul turquesa bajo los rayos de sol. Y en el puerto descansa-
ban barcos de todo el mundo que escupían sus coloridas

cargas como la ballena había expulsado al aturdido Jonás. Pero eso formaba parte de otros tiempos, de otra vida. Entonces ni siquiera llevaba su nombre; no era Tamar Rothmann, sino Anahit, otra mujer. Una mujer con un lugar de pertenencia, una mujer con un corazón que latía sin cesar y que no le dolía como una llaga.

Sin embargo, su ciudad ya no existía. Habían quemado hasta sus muros, la habían convertido en ceniza ante sus ojos. Y el mar que golpeaba contra las paredes del puerto se había teñido de rojo con la sangre de los armenios, su pueblo.

Pensó en su madre, aunque eso le llenó de nuevo los ojos de unas lágrimas que se secó a toda prisa. ¿Qué era lo que siempre había dicho? «Eres una fruta hermosa, dulce y blanda como los dátiles, con un núcleo sólido. No lo olvides.» Tamar sonrió entre lágrimas. ¿Cómo habría podido olvidarlo? Era lo último que había oído decir a su madre. Pero ahora le parecía como si ese núcleo, su corazón, se hubiese convertido en una piedra dentro de su pecho.

Salvo cuando Zvi estaba a su lado, pensó, mirando impaciente a través del sucio vidrio del comercio ante el que estaba esperando. Pero ni rastro de su marido.

Un cartel escrito en hebreo se balanceaba y crujía débilmente sobre la puerta. Delante, algo alejados de ella, había tres hombres con sombrero. Fumaban en pipa y conversaban en esa lengua extraña que Tamar apenas comprendía, aunque llevara ya meses en el barrio de Scheunenviertel. Era *yiddish,* una lengua llena de íes largas, llena de «shis» susurradas, como si se detuvieran en la boca. Y, sin embargo, aquella lengua tenía similitudes con el alemán, que a esas alturas resultaba mucho más familiar a sus oídos. También había hablado el alemán al huir de Esmirna a Galitzia, donde muchos no habían olvidado ese idioma, pese a que la mayoría hablaba ahora en polaco. El alemán era la lengua de su amor. La lengua que hablaba con Zvi.

¿Dónde se había metido?

Ahí estaba, por fin salía de la tienda. Con un gesto triunfal, alzó un manojo de perejil como quien ha obtenido una corona de laurel, y lo agitó en el aire haciéndole señales. Tamar sonrió y se acarició el vientre hinchado bajo el abrigo. En su cuerpo, el niño golpeaba con los puños y los pies loco de contento, se diría que era capaz de percibir su felicidad. Su marido era su alegría, su vida, su luna en el cielo. Era refugio y hogar, especialmente ahí, en un país extraño del que no procedían ninguno de los dos. En esa gris y fría ciudad llamada Berlín, con sus casas apelotonadas y patios interiores sucios en los que no penetraba ningún rayo de sol. En esa ciudad tan repleta de seres humanos con caras arrugadas y vejadas, con ojos y manos ásperas, y entre los cuales uno se sentía tan solo como si estuviera en mitad del universo.

Un escalofrío le recorrió el cuerpo, se tambaleó un poco, pero ahí estaba Zvi, justo delante de ella. Tras los cristales de las gafas, sus ojillos resplandecían de satisfacción por el botín obtenido y su barba brillaba dorada. La tomó del brazo y la condujo calle abajo mientras parloteaba sobre la subida de los precios y la pata de carnero que había conseguido, y que en ese momento llevaba a buen recaudo bajo la chaqueta. Era el primer pedazo de carne que conseguía después de semanas. Le dijo que tenía que preparar un asado para la noche.

—Si es que tenemos gas, claro —añadió.

Debido a las numerosas huelgas de talleres y fábricas, los hogares carecían a menudo de lo más necesario; el gas se cortaba de forma periódica y la falta de carbón tampoco ayudaba.

—¿Cuándo voy a hacerlo? —preguntó Tamar—. Ya sabes que hoy viene esa mujer que ha encontrado tu padre. Hulda Gold, la comadrona.

—Lo sé. Pero ¿cuánto durará su visita? ¿Cuánto tiempo vas a estar hablando con una desconocida sobre camisitas y polvos de talco para bebés? —Le dio un cariñoso golpecito en el costado y ella no se tomó a mal la broma.

Luego se puso serio de nuevo.

—Hoy nos sentaremos todos a la mesa. Y tú, Tamar, tendrás que preparar un plato extraordinario.

Era como un niño, se le ocurrió. Su rostro era un libro abierto, el corazón al desnudo y franco. Cualquiera podía apoderarse de él y manejarlo según sus objetivos.

—¿Un plato extraordinario?

—Sí, por nosotros. Tenemos que demostrar que podemos ser una familia. Que nos pertenecemos realmente el uno al otro, tú, yo y el pequeño. El *kleijne Kind*.

—Ya sabes que es lo que más deseo en el mundo. Y tu padre está a mi favor, estoy segura. Siempre es bondadoso conmigo, no me hace sentir al margen.

—Lo sé. Mi padre es liberal a pesar de todo. Solo desea que haya paz. ¡Pero eso no es suficiente! También tenemos que convencer a mi madre. —La cogió del brazo con firmeza y la miró de frente.

¡Cuánto amaba ella sus ojos! Tan inteligentes. Tan llenos de cariño. Pero pensó y sintió que toda ella también se crispaba ante lo que les depararía el futuro.

—¿Qué es en realidad lo que esperas, Zvi? Cocinaré para tus padres, la carne estará tan tierna que se desprenderá del tenedor. Limpiaré y fregaré ese agujero en el que vivimos hasta que brille como un palacio. Nunca me quejo y beso las manos de tu madre. ¿Qué más quieres?

27

Zvi cerró los ojos tras los cristales de sus gafas. A Tamar se le cayó el ánimo al suelo. Sabía lo que iba a escuchar.

—He de casarme con una judía.

—Te has casado conmigo.

El joven exhaló con dificultad. Por primera vez, ella descubrió dos finas líneas que bajaban de la nariz hacia la boca.

—No ante la ley, Tamar.

—¿La ley de quién?

—La de mi familia. La ley judía.

—Pero, ves —dijo ella en voz baja—, justo ahí está el error. No es mi ley. No es mi familia. Yo he venido contigo a este frío país, Zvi, cariño mío. Te hubiese seguido hasta el fin del mundo, pero no puedo deshacerme de mi pasado. He adoptado el nombre que a ti tanto te gusta, no me costó. Mi madre ya me llamaba *Dattel* cuando era una niña. Pero tu religión…, eso es demasiado. No puedo.

—¿Por qué no? —se lamentó él.

Ya habían sostenido esa conversación demasiadas veces. Él ya había escuchado la misma respuesta que ella pronunciaba en aquel momento:

—Sería traicionar a los muertos.

—Pero Tamar. —La separó un poco de él y se la quedó mirando—. ¿Acaso los vivos no son más importantes que los muertos?

Percibió que se derretía bajo el efecto de su mirada, cómo todo en ella se ablandaba y suavizaba. Pensó en lo bonito que sería poder volverse sumisa, obediente como un cervatillo. Pero con respecto a ese tema era incapaz, ni siquiera por él. Negó con la cabeza en un gesto casi imperceptible, pero él lo vio.

—Por favor —suplicó—, piénsatelo de nuevo. De lo contrario, no sé… —No concluyó la frase, pero ella sabía lo que había querido decir.

Inclinó la cabeza hacia atrás y miró hacia arriba, inspiró el aire lleno de hollín del Berlín otoñal, siguió con la mirada las nubes grises e imaginó que se desplazaban por el cielo lluvioso hasta Esmirna. Hasta el mar.

Sin embargo, la amenaza silenciosa resonaba en su mente igual que un eco y no fue capaz de ahuyentarla.

3

Domingo, 21 de octubre de 1923

HULDA MIRÓ INDECISA la hoja en la que había escrito la dirección de los Rothmann. «Grenadierstrasse», murmuró mientras exploraba con la vista los alrededores.

Había tenido que esperar media hora al tren y por fin había llegado a la estación de Börse en un vagón lleno a reventar. Ahora seguía su camino a pie. Insegura, se dirigió hacia el noreste. Tuvo que abrirse paso entre docenas de cuerpos, algunos de los cuales dormían directamente sobre el pavimento; otros lloriqueaban mendigando un pedazo de pan. Ni siquiera se podía saber a ciencia cierta el número de personas sin techo que vivían en la ciudad; cada día despedían a más trabajadores a causa de la inflación, cada vez eran más las familias lanzadas al vacío, y era obvio que no había ninguna solución a la vista. Tampoco pagaban con regularidad a quienes tenían un puesto de trabajo, era imposible dada la escasez de billetes bancarios. Así que se organizaban manifestaciones, huelgas masivas y ni siquiera los tranvías circulaban de forma periódica.

En cuanto Hulda tomaba una calle lateral, se desorientaba. Las callejuelas estaban entreveradas las unas con las otras como los hilos de un ovillo de lana. Cada casa constaba de varios patios interiores unidos entre sí, formando un laberinto. En los bordes de la calzada había grava y el adoquinado estaba roto, algunas piedras se habían arrancado del suelo y estaban, con toda probabilidad, en casa de alguien.

Hulda tropezó con cristales rotos y se dio media vuelta asustada cuando oyó un estallido a sus espaldas. Pero solo había sido el tubo de escape de uno de los pocos vehículos que se atrevían a circular por aquellas vías estrechas.

La placa de la calle le indicó que se había desviado demasiado hacia el oeste y se detuvo desconcertada.

—¿Qué, hermana, puedo ayudarla?

Un hombre rechoncho con un gorro ruso muy grande, de piel, se cruzó en su camino.

—Ah, el Minotauro —contestó Hulda al verlo con ese tocado tan poco usual.

—¿Cómo? —Se rascó la cabeza bajo la gorra.

—No es nada, solo una broma. Por favor, ¿cómo puedo llegar a la Grenadierstrasse?

El hombre la miró brevemente, entrecerró los ojos y señaló con el pulgar hacia una dirección.

—Por ahí, vaya hasta el final del todo de la calle, atraviese la plaza por el callejón y siga esa pestuza. Ahí solo vive la chusma. Una buena hermana como usted tiene que andarse con cuidado en ese lugar.

Hulda renunció a aclararle su vestimenta; de hecho, la combinación de uniforme de enfermera y pañuelo en la cabeza llevaban a error. En lugar de ello, levantó su maletín para saludarlo.

—Dios lo bendiga —dijo.

Se mordió los labios para reprimir la risa. Pero luego se puso en marcha. Aquella zona se le antojó como el decorado de un teatro, como un resto del Berlín del siglo pasado. En Börse, de donde venía, la ciudad resplandecía con sus tiendas modernas, las espléndidas plazas y los restaurantes selectos. Ahí se situaba el nuevo centro de Berlín. Pero a solo unos pocos metros de distancia se tenía la sensación de estar paseando por una aldea de la Rusia profunda. Unas casas planas se apiñaban tan cerca del borde de la acera, que Hulda tenía que andar por la calzada. Se le acercó un carro tirado por un burro al que un hombre desdentado azuzaba con un látigo. Un puñado de niños harapientos estaban sentados en el bordillo y jugaban a las canicas con unas bolitas que habían hecho con todo tipo de porquerías.

Y, pese a ello, Hulda debía de darle la razón en un punto a su buen amigo Bert: de los pequeños locales que se escondían a izquierda y derecha en los sótanos de las casas brotaba un persuasivo aroma. Especias desconocidas, pan dulce recién horneado, tabaco especiado. Y en muchos escaparates se veían, al observar con atención, sugerentes y peculiares cachivaches. Relucientes baratijas que invitaban a contemplarlas más de cerca, a entrar tal vez por la pequeña puerta en el interior de la tiendecita y regatear al antojo para adquirir una pipa de espuma de mar, una pitillera dorada o una bolsita de azafrán. Le acudió a la memoria que Bert compraba por allí sus queridos discos. ¿Dónde estaba esa tienda a la que él había incluso calificado de «famosa», la tienda de discos Lewin? No la había visto por ningún sitio.

Hulda pasó junto a una casa estrecha. Parecía algo perdida entre sus dos hermanas mayores, a la sombra de las cuales se protegía tímidamente. Las ventanas estaban cubiertas por unas cortinas de tela, cuyos cristales no habían visto ni el agua ni el carbonato de sodio desde hacía muchos años. Miraban mugrientas la angosta calle. Un cartel colgaba sobre la puerta: «Sodtkes Restaurant». Hulda percibió que la palabra restaurante no se ajustaba del todo a la realidad. Podía imaginarse que, entrada la noche, en aquel lugar no solo se comía; una mujer flaca, con los labios pintados en exceso y vestida nada más que con una camisetita deshilachada se asomó por la ventana superior y le sacó la lengua. Con un movimiento enérgico, corrió después la cortina amarilleada de encaje y desapareció.

Hulda se volvió al instante hacia atrás. De repente se sintió terriblemente convencional, una auténtica pelma salida de los mejores barrios del oeste de la ciudad. Hasta ese momento había considerado el entorno de la Winterfeldtplatz un lugar emocionante, y sus salidas a los locales nocturnos de los alrededores, muy audaces. Pero aquel barrio parecía ser de otro calibre, pensó mientras continuaba apresurada su camino. Bert tenía razón.

Tal como había anunciado el hombre del gorro de piel, el olor se volvía cada vez más intenso, pero Hulda no lo encontraba desagradable, sino más bien similar a una emanación, un efluvio a especias desconocidas, a gente apiñada en viviendas demasiado pequeñas, a carbón encendido y a piedras viejas.

A lo largo de la calle corría un reguero, turbio y apestoso. Hulda se percató en ese momento de que olía realmente mal.

Llegó a una pequeña plaza triangular en la que reinaba una bulliciosa actividad. Numerosos carruajes trajinaban por las calles enlodadas; las madres se dirigían a gritos a sus hijos con su talante berlinés; los hombres se peleaban alzando amenazadores los puños; los vendedores ambulantes elogiaban a voz en grito las virtudes de sus castañas y tinturas, y las gallinas corrían en libertad por la plaza, cacareando entre innumerables piernas.

Hulda tuvo de nuevo la sensación de ser una turista en un astro desconocido. Y notó sobre todo una cosa: la cantarina, chillona y quejumbrosa mezcla de muchos idiomas. Por supuesto, se oía el alemán por todas partes, sobre todo el dialecto berlinés, arrastrando las vocales; pero de vez en cuando también se oía el polaco, el ruso y una y otra vez el salmódico *yiddish* oriental que ella todavía recordaba de su abuela, pero que hacía mucho tiempo que no había escuchado. La abuela Schoschanna, la madre de su padre, a quien no había visto muy a menudo de pequeña y que siempre olía a humo de leña. Pero ahí, en medio de aquel bullicio, la cara redonda y curtida de la anciana se le apareció de súbito tan viva como una fotografía rescatada del rincón más oculto de su memoria, y que en ese momento observó sorprendida.

Casi malhumorada, Hulda sacudió la cabeza para desprenderse del espectro del recuerdo. ¿Por qué estaba ahí plantada soñando, como si hubiese echado raíces en las aguas residuales que corrían alrededor de sus zapatos, mientras la estaban esperando? Para ella, ser puntual era importante. Esos pequeños signos formales contribuían a que las futuras madres se sintieran cuidadas y protegidas. A que pudieran relajarse, dejar su vida y la de su hijo en manos de una casi desconocida y confiar en ella durante las horas más oscuras y dolorosas de la vida de una mujer.

Así que se sacudió las turbias gotas del calzado y atravesó la plaza, se abrió paso entre la muchedumbre con su pesado maletín y tomó la siguiente callejuela, que ni siquiera tenía una placa identificativa con su nombre. La recorrió a paso ligero hasta distinguir la densa edificación de la siguiente calle transversal. Al mirar la placa de la esquina con el nombre de la vía, asintió aliviada. Estaba en la Grenadierstrasse. Ahora solo faltaba encontrar el número del portal.

Pero tampoco eso era sencillo. La gente se desplazaba apretujada por la bulliciosa calle, cuyo espacio se veía aún más reducido debido a los carros de madera donde se vendía pan, frutas escarchadas o telas. No todas las casas disponían de número; había muchos portales sin numerar. Y además los incontables rótulos y carteles de las tiendas, escritos en hebreo, la desconcertaban todavía más. Por un momento se sintió como alguien que hubiese caído en un profundo orificio y que hubiera salido en el otro extremo de la tierra. ¿Eso era Berlín? ¿Su hogar, la ciudad de su infancia? Era una forastera allí, incluso aunque su apellido fuera judío.

Bueno, así tenía que ser, pensó Hulda. No le daba ninguna importancia a sus raíces judías. La vida de los judíos en Berlín era fascinante, en efecto, pero también extraña y ajena.

En aquel barrio se podían contemplar todas sus extraordinarias características.. Muchos hombres llevaban largos caftanes y sombreros, la barba les colgaba hasta la altura del vientre. Un hombre mayor vestido de negro se le apareció de frente, llevaba un sombrero de ala ancha bien calado en la frente. Justo cuando ella iba a dejarle pasar de mala gana, levantó la vista y le sonrió amablemente bajo el ala del sombrero. Hulda lo saludó con la cabeza y se enfadó consigo misma por su ridículo recelo.

Volvió a mirar a su alrededor. Los niños judíos llevaban la kipá en la parte posterior de la cabeza y se dejaban crecer los pelos de las patillas; las chicas deambulaban por allí con un calzado sólido y faldas largas, muchas se cubrían el cabello con un pañuelo. Pero con los residentes del barrio se mezclaban, con toda naturalidad, los transeúntes no judíos: mujeres con cochecitos de bebé, dinámicos hombres de negocios camino del distrito financiero, niños con las mochilas de la escuela y amas de casa furiosas que tenían que llevar el dinero de la compra en cajas o carritos para conseguir los alimentos básicos en tiendas abarrotadas.

Hulda pasaba desapercibida en medio de todo ese tumulto. Pero estaba impresionada por el hecho de que en aquella calle reinara tal mezcla espontánea de todas las formas de vida posibles.

Iba de un lado a otro, observando con curiosidad los escaparates de las tiendas —panaderías *kosher*, un constructor de pianos, un tornero, un carnicero de Cracovia, colmados, talleres de zapateros remendones, una tienda de instrumentos musicales, bibliotecas donde pedir prestados libros…— hasta que detuvo la vista en un portal sobre el cual aparecía pintado en blanco el número que buscaba. Aliviada, saltó por encima del reguero de aguas residuales que burbujeaba infatigable a lo largo del bordillo y abrió la pesada puerta.

—¿Conoces a los Rothmann? —le preguntó a una niña andrajosa que colgaba cabeza abajo de una barra mientras sacudía una alfombra.

La niña se enderezó dándose impulso y cayó de pie. Un par de piedrecitas rodaron por el suelo hacia Hulda.

—¿Quién es usted?

Hulda sonrió.

—Me llamo Hulda, soy comadrona.

—¡Ah, sí, la mujer del judío espera un niño! Ya tiene una barriga enorme. —La niña extendió los flacos bracitos para mostrar el tamaño del vientre de la embarazada.

—¿La mujer del judío?

—Bueno, la de Rothmann. El joven, claro, el viejo ya no puede, dice mi padre.

La pequeña hizo un gesto obsceno ante la mirada perpleja de Hulda. Estaba algo acostumbrada a los niños de aquel barrio, pero aquello superaba las experiencias que había tenido con ellos hasta la fecha.

—¿Y por qué la llamas «la mujer del judío»?

—Usted no es de nuestra manzana, ¿eh? —preguntó la niña, chasqueando la lengua desdeñosamente, como si hubiese descubierto un defecto imperdonable en la visitante—. O entonces sabría que la mujer de Rothmann no es judía. Tampoco alemana, sino otra cosa, griega o así. En cualquier caso, tiene el pelo negro, tan largo y oscuro como el ala de un cuervo. Mi padre dice que cualquier tío estaría contento de montarla.

Ese padre parecía ser un hombre encantador, pensó Hulda, pero no comentó nada. Rebuscó en el bolsillo del abrigo y sacó un caramelo del montón que solía llevar encima. De vez en cuando, también ella se permitía tomar algo dulce.

Los ojos de la cría resplandecieron como la llama de dos velas en un árbol de Navidad, y enseguida extendió su pequeña y pringosa mano. Hulda le colocó la golosina en ella y la niña desenvolvió a toda prisa el caramelo, como si tuviese miedo de que volvieran a quitarle su botín, y se lo metió en la boca.

—Gracias, señorita —dijo paladeando la golosina.

Hulda arqueó las cejas a la espera. La niña comprendió.

—Escalera tercera, cuarto piso —dijo entre dientes, apartando el caramelo a un lado—. Está encima del apartamento del viejo Kühne.

—Muchísimas gracias —contestó Hulda, que volvió a reprimir una sonrisa porque la niña tenía un aspecto muy gracioso con el moflete abultado donde había colocado el caramelo. Al instante sintió un nudo en la garganta ante la visión de su carita delgada, los ojos hundidos y el cuerpo enflaquecido bajo la bata, y se dio rápidamente media vuelta. En aquel barrio, el hambre infantil era tan terrible como en Mitte.

Cruzó el patio y llegó al segundo. Si en el primero ya había pensado que era sombrío, ahí casi parecía de noche.

Pasó otra vez bajo un arco rumbo a la tercera escalera y tuvo que extender los brazos y recorrer a tientas el pasillo que llevaba arriba porque el interruptor de la luz no funcionaba.

La madera desgastada crujía bajo sus botas, olía a col podrida, a aguas residuales y a miseria. En el tercer piso, alguien tosió detrás de la puerta. A lo mejor era el viejo señor Kühne del que había hablado la cría.

La puerta del cuarto piso estaba entornada. Hulda golpeó, al principio con timidez y luego, como nadie respondía, con más energía.

A continuación, empujó la puerta con cautela.

—¿Señora Rothmann? —llamó a media voz en la penumbra interior—. Soy Hulda Gold, la comadrona.

Olfateó. Un aroma a carne asada flotaba en el pasillo, ahuyentaba el hedor de la escalera y le ascendía por la nariz. Hulda oyó un golpeteo, el sonido de la tapadera al cubrir la olla y un ir y venir de alguien trabajando. Además, en ese momento se dio cuenta de que una mujer de voz sonora cantaba en voz alta. No entendía ni una palabra, pero la melodía era bonita, dulce y melancólica.

Hulda se dirigió hacia el lugar de donde provenía la canción. La puerta de la cocina estaba entreabierta. Levantó la mano para avisar de nuevo de su presencia, pero cuando vio a la mujer se quedó atónita.

El estado de la señora Rothmann ya era muy avanzado, la niña del patio no exageraba. Tenía un vientre enorme que sobresalía casi de forma grotesca bajo la ropa de trabajo llena de remiendos. Pero eso no impedía a la joven moverse con rapidez por la cocina mientras probaba la salsa y bajaba un poco el preciado gas. Espolvoreó un par de especias desmenuzadas en el asado, volvió a probarlo y canturreó una melodía. Sobre una parrilla se estaba enfriando un pan, todavía humeante. Llevaba el cabello peinado en una trenza que le llegaba hasta la cintura, y que bailaba como un ser autónomo con cada uno de sus gestos.

Se giró sobre sí misma y descubrió a Hulda apoyada en el marco de la puerta. Asustada, se tapó la boca con las manos, como si quisiera acallar su voz y sus pensamientos.

Hulda entró al instante y le hizo un gesto tranquilizador.

—No quería asustarla —dijo—. La puerta estaba abierta y usted...

—Tenía la cabeza en otra parte, no he oído nada —explicó la señora Rothmann, y Hulda observó que le temblaban un poco los labios. Parecía avergonzada—. La madre Ruth lo ha prohibido muchas veces.

Hablaba con un acento extranjero que Hulda no supo localizar, un poco ronco, con las vocales redondeadas y las consonantes suaves.

—¿Madre Ruth?

—Mi suegra. —Luego añadió—: Zvi, mi marido, y yo vivimos aquí con sus padres, todos bajo el mismo techo. Madre Ruth y padre Avri están en la habitación trasera haciendo el equipaje porque mi suegro sale de viaje.

La señora Rothmann indicó con un gesto difuso la dirección y Hulda oyó un leve sonido de voces que provenían de allí. Por la descripción de la pilluela del patio, Hulda había esperado una especie de exótico maniquí, pero salvo por el cabello largo y oscuro, realmente precioso, encontró a la señora Rothmann bastante normal. Esta había contraído su rostro joven y poco llamativo, como si tuviera mucho miedo. Hulda sospechó que la convivencia de la familia Rothmann no siempre era fácil. pero eso era algo que ya conocía. Era el destino de todos los menesterosos de Berlín, no solo de los judíos pobres, que obligaba a muchos a compartir un espacio demasiado reducido. Compartían la cocina y el cuarto de estar, donde solían llevar a cabo las tareas domésticas y se enervaban los unos a los otros. Las peleas y las tensiones estaban a la orden del día en los bloques de pisos de la ciudad. Y ya hacía tiempo que Hulda había decidido que el corazón no iba a dolerle de pena cada vez que entrara en viviendas de ese tipo si quería practicar su profesión con tranquilidad. Aquellas personas no conocían nada más que eso. Las estrecheces, las tribulaciones de sus condiciones de vida y la falta de una esfera privada formaban parte de su cotidianidad. Pero ¿quién era ella, Hulda, para compadecerse de ellos?

Algo en el rostro de la joven embarazada, quien a pesar del tamaño de su vientre saltó hacia el hornillo de hierro y apagó el gas, conmovió a Hulda. Una antigua tristeza que contrastaba de modo peculiar con su anterior danza secreta.

Hulda tragó saliva, dejó el pesado maletín y susurró:

—¿Podemos hablar un momento?

La señora Rothmann asintió. Fue al aparador, cogió un trozo del pan recién hecho y lo colocó en un plato sobre la mesa. Luego se dejó caer con un gemido en el frágil banco de cocina y señaló una tambaleante silla de madera, que constituía el único asiento restante.

Hulda apartó a un lado las sábanas que colgaban para secarse de una cuerda que atravesaba la habitación y se sentó con cuidado.

—Me llamo Hulda Gold. En el lugar de donde vengo me llaman señorita Hulda.

—Me gusta —dijo la joven con una sonrisa tímida, y se acarició ensimismada el vientre—. Por favor, coma algo de pan, acabo de sacarlo del horno. Lleva semillas de hinojo para ahuyentar al demonio.

Sorprendida, tomó un pedazo del pan caliente y se lo llevó a la boca. Tenía un sabor extraño y especiado, pero estaba rico.

El demonio… pensó, ¿estaría esa joven esperando que se presentara en algún momento ahí, en la cocina?

—¿Cómo se llama usted?

—Ana… Quiero decir Tamar. —Un rubor febril se le extendió por las mejillas.

Hulda sonrió.

—¿Qué quería decir antes?

La mujer agitó la cabeza avergonzada.

—Antes tenía otro nombre, pero quiero olvidarlo. En general suelo conseguirlo sin el menor problema.

Hulda asintió, como si la entendiera, pero estaba sorprendida. ¿Olvidarse de su propio nombre? ¿No era eso igual a olvidarse de sí misma? Sin embargo, pensó con una pizca de amargura, ese deseo no le resultaba en realidad tan ajeno.

—De acuerdo, entonces la llamaré Tamar, si es lo que desea —dijo—. ¿Dónde se encuentra su esposo?

—Está en el local de oraciones con el nuevo y joven rabino —contestó Tamar—. Desde que ha llegado al barrio, el *stibl* siempre está lleno. Y Zvi piensa que esto es cosa de mujeres y que él no tiene que estar presente.

—Bien —dijo Hulda, que se guardó de expresar ningún comentario crítico—, de hecho, tiene razón, el parto tendrá que realizarlo usted sola con mi apoyo, en eso él no puede ayudarla. A pesar de todo, me hubiera gustado conocerlo. Tal vez sea posible en la siguiente visita.

Hulda concluyó para sus adentros que la próxima visita seguramente ya se realizaría para el parto, pues Tamar tenía aspecto de dar a luz de un momento a otro. Un leve sentimiento de rabia se apoderó de ella cuando pensó en lo mucho que la familia había esperado para avisarla. Habría sido muy fácil que esa joven se hubiese visto sorprendida por el parto y hubiera tenido que dar a luz sola por completo. Sin una revisión previa, sin asistencia médica, solo con la suegra al lado, a la cual era evidente que tenía miedo, pues no dejaba de escuchar las voces provenientes del cuarto de estar, y se estremecía cada vez que la femenina se alzaba un poco.

—Escuche —advirtió Hulda, que acercó su silla a Tamar—, me alegraría mucho si usted pudiese responder a un par de preguntas acerca de su embarazo. También me gustaría examinarla, pero aquí en la cocina no es posible. ¿Hay algún otro sitio donde pueda acostarse y estar tranquilas?

—En el dormitorio —respondió en voz baja la mujer—. En realidad, es más como una despensa, madre Ruth y padre Avri duermen en el cuarto de estar.

—Bien —asintió Hulda—. ¿Sabe en qué mes está?

—En el noveno —contestó Tamar enrojeciendo de nuevo—. Lo sé con exactitud porque el niño fue engendrado en nuestra noche de bodas.

—Qué bien educado —comentó sonriente Hulda, intentando adoptar un tono relajado—. Esperemos entonces que sea un niño obediente y que intuya el momento adecuado para presentarse. Pero, si me permite la pregunta, ¿cómo puede usted estar tan segura de que lo concibió aquella noche?

En esa ocasión, las pestañas oscuras de Tamar aletearon con tal intensidad que Hulda se mareó al verlas.

—El día después Zvi, sus padres y yo nos marchamos —susurró—. Aquí, a Berlín. El viaje, siempre hacia el oeste, duró semanas. La mayoría de las veces dormíamos en el exterior, a veces en albergues, pero mi marido y yo no podíamos estar a solas. Ya me entiende. La familia de Zvi había planeado hacía tiempo dejar Galitzia y buscar fortuna aquí, en Alemania. Al final, el negocio de la panadería iba tan mal que tuvieron que cerrarlo. Demasiada competencia, dijo padre Avri. Pero aquí todavía es peor, por eso se marcha hoy en busca de un lugar mejor para nosotros. Fuera, en los alrededores de la ciudad.

—Entiendo —dijo Hulda—. Entonces, ¿no lleva mucho tiempo aquí?

—Algo más de medio año —respondió Tamar—, el trayecto fue largo. Yo me esperaba otra cosa, pero ¿quién soy yo? Mis expectativas no cuentan, yo soy para ellos una piedra en el zapato. —Miró al suelo avergonzada—. La familia de Zvi lo ha dejado todo, ha llegado hasta aquí sin recursos y ha pagado un precio alto por ello. Y ahora todos se sienten forasteros en este lugar.

Su rostro se apagó como si hubiera caído un telón sobre él. Luego volvió a levantar la cabeza y añadió:

—Pero es una situación que yo conozco muy bien. Para mí no es nuevo ser una extraña.

A Hulda le hubiera gustado seguir interrogándola, pero guardó silencio al ver la expresión de Tamar. En lugar de eso, sonrió a la joven y cambió de tema.

—¿Se encuentra usted bien físicamente?

Tamar asintió.

—El embarazo es fácil. Mi hijo es fuerte y está sano, lo noto cada día. Pese a todo, está bendecido.

—¿Su hijo?

—Sé que es un varón —contestó Tamar—. Lo sé, así de simple. Entre mi gente hay un par de cosas que indican el sexo del bebé. Por ejemplo, si la madre tiene una mirada fresca y despierta, es un niño. Yo estoy segura de que espero un varón.

Hulda la miró incrédula. Pensó que los ojos de la joven se veían más bien fatigados.

—¿Entre su gente?

La intensa mirada de Tamar era difícil de sostener. En ella había una gran desesperación, un miedo que casi se podía tocar.

—Sé que padre Avri la ha llamado porque es usted una comadrona judía, para la familia eso es necesario. —Lanzó de nuevo una mirada inquieta hacia la puerta entreabierta de la cocina, como si esperase que su suegra irrumpiera en cualquier momento—. Está bien y agradezco cualquier ayuda. Pero yo no soy judía, usted tiene que saberlo.

Hulda no pudo evitar sonreír. ¿Era eso lo que preocupaba a la joven? Tamar la miraba asustada, como si la comadrona judía fuera a arrojarle una maldición por creer en el dios equivocado.

—No se preocupe —dijo—. Yo no creo en el rito de la sangre y similares, y tampoco creo en Dios.

Tamar se quedó con la boca abierta.

—¿No? —preguntó—. Qué raro.

—¿Raro? ¿Por qué?

—¿Cómo puede soportar todo esto sin hacer responsable a un dios?

Hulda la miró sorprendida. Aquella mujer era lista, casi filosófica. Le pareció que en ese agujero sucio del Scheunenviertel era una perla en medio de tanta porquería. Iba a contestar, pero las palabras no llegaron a sus labios. Si era sincera, no tenía respuesta.

—Tamar —dijo al final con exagerada alegría—, no estoy aquí para discutir con usted sobre religión. Estoy aquí porque pronto dará a luz a un niño y deseo ayudarla.

Se levantó. Sentía curiosidad.

—¿Cuál es su origen? ¿Es usted griega?

—Soy armenia —respondió Tamar—. Nací en Esmirna. Una ciudad costera, muy alejada de aquí.

Hulda suspiró. Que esa chica hubiese ido a parar allí… Pero dejó de preguntar cuando vio que Tamar apretaba los labios y empezaba a temblar.

—Venga —dijo con cariño—, empecemos con la revisión.

Tamar se dirigió obediente al diminuto cuarto contiguo a la cocina. La habitación tenía más o menos el tamaño de una despensa y un sencillo colchón sobre el suelo. Una cortina separaba el espacio posterior, donde una pequeña ventana dejaba entrar algo de luz lechosa. Ahí era donde los Rothmann guardaban la ropa de cama y la de vestir, apilada en dos cajas. Tamar, cuyo rostro se distinguía con dificultad en la penumbra, parecía avergonzada.

—Qué agradable —dijo animosa Hulda—. Tiéndase bocarriba, por favor. No hace falta que se quite el vestido, solo que deje al descubierto el vientre, si es posible.

Tamar se acostó y algo en su forma de moverse desconcertó a la comadrona. Si bien antes, cuando no se sentía observada, había bailado por la cocina llena de energía y de vitalidad, ahora se movía con torpeza y rigidez, forzada.

«Como si fuera al matadero», pensó Hulda. Pero luego se reprendió a sí misma. «Nada de fantasías —se recordó—. Una prudente amabilidad y concentrarse en lo esencial.»

Se arrodilló en el suelo junto a Tamar y palpó con movimientos reposados el vientre de la embarazada. La joven tenía razón, consideró satisfecha, el niño dio unos fuertes golpes cuando notó la mano extraña por las paredes de su envoltura. Y parecía haberse desarrollado bien: la cabecita ya estaba bien instalada en el canal de alumbramiento.

—Un niñito estupendo —afirmó Hulda—. Sano y fuerte, tal como usted ha dicho.

Observó con atención el rostro de Tamar. Por lo general, en ese momento aparecía una expresión de alivio en los rostros de las mujeres a las que atendía, pues lo que más ansiaban las futuras madres era recibir buenas noticias sobre su hijo. Pero en los rasgos de Tamar no se produjo ningún cambio, estaba congelada. Asintió sin pronunciar palabra y con los ojos cerrados. Luego, cuando Hulda se separó de ella, se alisó el vestido y se levantó.

—¿Tienen teléfono? —preguntó Hulda.

Tamar volvió a asentir.

—Abajo, en la calle, hay uno —contestó—. Zvi llamará a su patrona cuando llegue el momento. Padre Avri ya nos ha dado el número.

—Vendré corriendo —aseguró Hulda—, no tenga miedo. Lo conseguirá. Lo conseguiremos.

—Hasta ahora todas las mujeres lo han conseguido —resonó de improviso una voz ronca desde la puerta.

Tamar se dio media vuelta y Hulda se percató sorprendida de que la mano de la joven se le clavaba por un momento en el brazo antes de soltarse rápidamente y ajustarse el vestido como si la hubieran pillado cometiendo una negligencia.

—Señorita Hulda —dijo con voz temblorosa—, esta es mi suegra.

—Ruth Rothmann —se presentó la mujer que había entrado en el cuarto de forma inadvertida. Saludó con la cabeza a Hulda y esta pensó que pocas veces había visto un rostro tan apesadumbrado, tan demacrado. La piel estaba igual de tensa sobre los pómulos que el cabello, que lucía recogido en una severa trenza.

—Buenos días. —Hulda le tendió la mano, pero la anciana señora Rothmann no se la estrechó, sino que conservó los brazos cruzados delante del pecho, como si se agarrase al pañuelo tejido con lana que llevaba alrededor de los hombros.

Hulda no se dejó sorprender.

—¿Estará usted durante el parto? —preguntó, percibiendo que el cuerpo de Tamar se tensaba a su lado.

Para su tranquilidad, la mujer enseguida respondió:

—Seguro que no. No es asunto mío. Ni Tamar ni ese... niño —escupió la palabra— son asunto mío. Solo porque mi hijo esté tan ciego y quiera unirse a una *schickse*, no voy a cargar por la casa con sábanas manchadas de sangre.

—Bien —dijo Hulda, y oyó que su voz ya no era amable, sino fría—. Espero que mantenga usted su palabra.

Dicho esto pasó junto a la reseca mujer y se fijó en que era más joven de lo que le había parecido en la penumbra del cuarto. Algo más de cuarenta, calculó Hulda, pero los ojos hundidos, que ahora la miraban iracundos, y las arrugas de preocupación en la frente indicaban otra cosa. Como si la vida de Ruth Rothmann se hubiera consumido y marchitado antes de tiempo.

Hulda se volvió una vez más hacia Tamar.

—No tenga miedo —dijo en voz alta y con vehemencia—. Cuando empiecen los dolores, llame al número de mi casera. Vendré enseguida.

No podía distinguir el rostro de la joven, pero sintió que sus palabras resonaban en el aire sofocante del pasillo como un eco solitario.

Pensó que el miedo parecía ser el motor que movía a las mujeres de la familia Rothmann, miedo y una oscura tristeza que mantenía a ambas, a la joven y a la mayor, atadas.

Pero ¿miedo a qué? Hulda se planteó esa pregunta al abrirse paso entre la atareada muchedumbre. Sospechaba que en el caso de Tamar no se trataba del miedo normal de una mujer que daba a luz por primera vez. Y, por mucho que intentara evitarlo, notaba que una ardiente curiosidad unida a la preocupación por su protegida se apoderaba de ella y, despacio y zumbando suavemente, ponía en movimiento las numerosas ruedecillas dentadas de su cerebro.

4

Lunes, 22 de octubre de 1923

EL MERENGUE SE derritió como nieve dulce en la boca de Felix, que volvió a dar un mordisquito para que no desapareciera enseguida el maravilloso chisporroteo de los cristales de azúcar en la lengua.

Por algo llamaban al dulce *baiser*, es decir, «beso» en francés. Al comerlo se sentía lo mismo que al besar a una amada; el mismo cosquilleo, el mismo dulzor...

Avergonzado, se tragó la masa pegajosa. Lugo se palpó con sentimiento de culpabilidad la barriguita redondeada que cada mes sobresalía un poco más por debajo del chaleco. Ya hacía tiempo que era incapaz de soportar su imagen en el espejo, en especial de perfil. Y de aguantar que sus pensamientos siempre se dirigieran a ella, a esa época pasada hacía ya largo tiempo. Y se ponía furioso cuando, al imaginar un beso, todavía surgía ante sus ojos el rostro de ella. Sin embargo, él se había casado con una mujer que parecía una estrella de cine y cuyos labios no tenían nada de despreciable, mientras que Hulda seguía estando libre, se enfrentaba a la vida en solitario, era una solterona. Hacía tiempo que él había ganado, ¿qué más quería de ella?

Felix conocía muy bien la respuesta a esa pregunta. Pero no iba a admitirlo por nada del mundo.

Por desgracia, hacía mucho que Helene, su esposa, no solía utilizar esos labios de ángel para besarlo. Día sí, día no, su boca no hacía más que refunfuñar, se peleaba con él, lo llamaba vago y glotón. Un soñador que no distinguía las señales de los tiempos, que no actuaba justo ahora, en el momento en que se abrían nuevas vías para los hombres fuertes que podían renovar el Estado que los calzonazos y los amigos de los judíos que lo gobernaban estaban hundiendo. Tenía que ser un hombre de verdad, repetía Helene con esa mirada que delataba que, con su aspecto actual, él no era lo suficiente robusto y viril. Que no era un hombre que se responsabilizara del destino de su familia ni que fuera a pasar a la acción en lugar de esconderse en el almacén del Café Winter y atiborrarse de pasteles a escondidas.

Aunque era imposible que Helene supiese esto último, pues se dejaba ver pocas veces por la Winterfeldtplatz. No obstante, cada vez que cogía un pedazo de tarta o uno de esos bombones que tanto le gustaban, Felix temía que ella se enterase de que había vuelto a caer en la tentación. Que tuviera un ojo que todo lo veía y que pudiera observar a cada paso que daba todas sus carencias, sus «defectos», según decía ella.

Se estremeció y mordió de nuevo el *baiser*, que enseguida se encogió. Había perdido su efecto calmante, de pronto tenía un sabor amargo, como a madera astillada, luego a cartulina húmeda que se pegaba entre los dientes.

—¿Señor Winter? —lo llamó desde el salón la nueva camarera cuyo nombre no recordaba—. ¡Preguntan por usted!

A toda prisa recogió con la lengua las últimas migas de las comisuras de la boca y se pasó la mano por su todavía abundante cabello. Sus espesos rizos eran lo único, pensó, que todavía le recordaban su juventud. Una época en que era joven y despreocupado y no necesitaba dulces. Cuando le bastaban los besos de Hulda, besos auténticos y no clara batida con azúcar, para ir dando saltos de felicidad durante todo el día. ¿Cuándo había sido feliz por última vez? Ya ni se acordaba.

Al salir, advirtió a un hombre junto al mostrador al que no había visto nunca. Sin embargo, por alguna extraña razón, le cayó mal desde el primer momento. Era gordo, con un mohín hipócrita alrededor de la boca y unos ojos claros y pequeños que no se detenían, sino que se movían hacia todos lados, como buscando en los rincones del café un enemigo desconocido.

—Buenos días —dijo Felix, acercándose al extraño. Al hacerlo pensó que, comparado con ese hombre, su pequeño problema con los pasteles era una nadería. Aquel tipo estaba gordo, realmente gordo, con una cara abotargada y una barriga gigantesca bajo el abrigo oscuro.

—¿Señor Winter? —En el rostro del desconocido apareció una sonrisa bien dosificada y estudiada con esmero: falsa y campechana—. Mi nombre es Bernhard Kleinert.

Se estrecharon la mano.

—¿Podríamos sentarnos a hablar? —preguntó el señor Kleinert, que señaló una mesa libre.

Felix asintió y lo acompañó a través del salón.

—Qué local tan bonito. —El hombre emitió un sonido similar al de morder un jugoso trozo de carne—. Realmente un negocio precioso, señor Winter. Estoy entusiasmado. Sí, es más, estoy interesado.

—¿Interesado?

Tomaron asiento. Kleinert soltó con un gemido su pesada cartera y Felix hizo una señal a la camarera.

—Dos cafés y un licor —dijo.

—¿Usted no bebe? —preguntó el hombre soltando una estruendosa carcajada, como si hubiese contado un buen chiste.

—Trabajo, señor Kleinert. —El malestar de Felix frente al extraño iba en aumento—. ¿En qué puedo ayudarle?

—Represento a una empresa, Brinklage e Hijos —respondió Kleinert—. El señor Brinklage invierte en restaurantes limpios y que funcionan bien, similares al suyo.

—¿Limpios? —preguntó Felix atónito—. ¿Sin negocios turbios en la habitación de atrás, se refiere usted?

En ese momento, Bernhard Kleinert se echó a reír de tal manera que le tembló la sotabarba.

—Limpios de espíritu, señor Winter —dijo. Cuando le sirvieron el licor, se bebió de un solo trago el contenido del vaso—. Otro más, bonita —dijo, colocando un instante la gruesa mano sobre el trasero de la camarera, quien puso los ojos en blanco sin que la vieran, pero no dijo nada.

Felix se propuso darle un par de billetes al terminar la jornada, para compensar.

—¿Qué significa eso?

—Estamos interesados en cafés similares al suyo, cuyos propietarios son honestos. Donde todavía son decentes, no como en esos baruchos de judíos lleno de sifilíticos. ¿Entiende lo que le quiero decir?

Felix asintió vacilante. Sabía que su suegro tenía opiniones similares y que también Helene hablaba cada vez más sobre el tema. La mayoría de las veces se esforzaba por no escuchar; tenía que admitir que la política le interesaba poco. De hecho, ignoraba lo que de verdad le interesaba. A menudo se sentía extrañamente difuminado, como si al engordar desapareciera, junto con el perfil de su rostro, el contorno de su mente.

—Se trata de una cantidad considerable de dinero —anunció el hombre, arrancando a Felix de sus tristes pensamientos.

El dinero era algo que le interesaba bastante pues, aunque el negocio funcionaba bien en cierta medida, ya hacía tiempo que el café no obtenía beneficios debido a la inflación. Cada día se acercaba más al abismo. Y Felix estaba asustado. Después de todos los años en que sus padres habían dirigido el local con gran éxito, pilotándolo a través de los tumultuosos tiempos de la guerra, y de que al final se lo hubieran cedido todo a Felix, su único hijo, ¿iba a ser él quien cerrara para siempre la puerta del local? ¿Aparecería su nombre en los registros como el de aquel que había llevado el legado familiar a la bancarrota? No podía ser. Él amaba el Café Winter, sí, en serio. Era su hogar, le daba sentido a su vida.

Cada mañana, cuando filtraba la primera cafetera, que siempre era la que mejor sabía, cuando limpiaba con una bayeta suave los grifos dorados y ordenaba las resplandecientes botellas en la estantería situada detrás de él, colocando las etiquetas hacia delante, sentía ese profundo vínculo con la estancia de techo alto y elegante mobiliario. Con la vista libre hacia el mercado, que escondía la promesa de que, al menos una vez al día, una gorra de fieltro roja atravesara la plaza y se detuviera en el quiosco de Bert…

—¿Ha dicho dinero? —preguntó a Bernhard Kleinert, a quien acababan de servir el segundo licor.

—Sí, estimado caballero, dinero. Dinero de verdad, no todos esos papeluchos de hoy en día que hay que meter a presión en un carro y con los que, a pesar de todo, no se puede comprar nada. Dinero del auténtico. —El hombre sorbió ruidosamente su café—. Podría renovar el local, expandirse, abrir una segunda filial… ¿en la avenida Kurfürstendamm, tal vez? ¡Eso estaría muy bien!

—En efecto, estaría muy bien —dijo Felix—. ¿Y qué es lo que obtienen usted y el señor Brinklage e hijos?

—Participación —respondió, encendiéndose un cigarro. Empezó a fumar sin tragar el humo y unas densas nubes semejantes a fantasmas envolvieron a Felix por completo. Antes de toser, sacó a su vez una pitillera del bolsillo de su chaleco y se colocó un cigarrillo entre los labios, como si necesitara un antídoto.

—¿Cuánto?

Kleinert resolló, sacó una pluma y escribió una cifra en un trozo arrugado de papel que se sacó del bolsillo. Cuando se lo tendió a Felix y este vio la suma, tragó saliva. Pero era más o menos lo que se había temido.

—¿Con contrato? —preguntó con un mal presentimiento.

Kleinert volvió a soltar una sonora carcajada.

—¡Vísteme despacio que tengo prisa! Primero lo consulta con la almohada y yo informo a mi jefe sobre su bonito negocio. De los detalles ya hablaremos con tranquilidad… en la habitación de atrás.

Dibujó una desagradable sonrisa en su seboso rostro, se bebió el resto del café y se levantó. Sacó de su amplia maleta de piel varios fajos de billetes —a esas alturas ya eran de billones— y los apiló con esmero sobre la mesa para pagar su consumición.

Cuando el hombre tendió la mano para despedirse, Felix se percató de que llevaba dos anchos sellos de oro en los dedos. El apretón fue firme y resoluto. El señor Kleinert le apretó los nudillos hasta casi hacerle daño, y Felix tuvo la incómoda sensación de que acababa de hacer una promesa sin saber con exactitud su contenido.

Bernhard Kleinert se dirigió con parsimonia hacia la puerta a través de la sala. Se detuvo de golpe y miró inquisitivo hacia la mesa del rincón, en la que el doctor Löwenstein estaba leyendo el periódico como hacía siempre a esa hora. Felix siguió la mirada de Kleinert y sus ojos se deslizaron por el anciano caballero de barba larga y plateada, quien llevaba un casquete de terciopelo en la parte posterior de la cabeza.

—Bueno, pero entonces habrá que acabar con estas tonterías, señor Winter —exclamó el otro volviendo la cabeza. Se echó a reír una vez más y lo amenazó juguetón mientras movía el abombado dedo índice—. Al señor Brinklage no le gusta ver a enemigos de la nación en sus establecimientos. Pero ya lo aprenderá. ¡Un honor!

La puerta se cerró dando un golpe y el hombre desapareció en la penumbra. Acto seguido, Felix miró de reojo a Löwenstein. Estaba seguro de que el anciano, cliente asiduo del Café Winter desde hacía treinta años, no había oído nada. En caso contrario, lo disimuló a la perfección; seguía leyendo el diario a través de los gruesos cristales de sus gafas. Pero a Felix le pareció que las páginas del ejemplar temblaban ligeramente.

—Qué tipo más asqueroso —comentó Frieda, que llevaba años trabajando de camarera en el café—. La próxima vez le escupo en el licor. —Cuando se dio cuenta de cómo la miraba Felix, añadió con su fuerte acento berlinés—: Disculpe, jefe. Pero alguien tiene que decir la verdad aquí. El doctor Löwenstein forma parte del inventario, aunque yo ya sé que eso a su querida madre tampoco la entusiasma. —Se dio media vuelta con petulancia y entró en la cocina.

Felix se encogió de hombros. No sabía qué pensar de la visita de ese antipático Bernhard Kleinert. Era un hombre asqueroso, en eso le daba la razón a Frieda. Por otra parte, nadie se beneficiaría de que él no accediera a firmar un contrato redentor por un par de nimiedades. Pues, de lo contrario, si las cosas le iban tan mal como a muchos de sus competidores, a lo mejor tenía que declarar la empresa en quiebra y Frieda, la nueva camarera y él mismo se irían a la calle. También el doctor Löwenstein debería buscarse un nuevo paradero para leer el periódico.

Pero Felix tenía que admitir para sus adentros que, en los últimos meses, la visión del anciano caballero con la kipá, que solo pedía un té y dos cigarrillos, le resultaba cada vez más incómoda. ¿Podía permitirse que unos vejestorios disfrutaran de las acogedoras estufas de carbón, leyeran el diario gratis y ni siquiera pidieran algo de comer? ¿Y acaso su presencia no repelía también a esa clientela que no gustaba de entrar en cafés frecuentados por judíos?

Tal vez había llegado el momento de introducir cambios severos en el Café Winter, pensó Felix, experimentando un ligero pálpito de culpabilidad a causa de ese arrebato.

Pero él era un hombre de negocios. Helene quería hacer viajes a lugares bonitos, pedir cada mes un nuevo vestido al sastre o, mejor todavía, comprar en los almacenes del oeste de la ciudad. Y también quería que la llevara al teatro de variedades, sí, incluso a la ópera. Para todo eso, él necesitaba dinero. Dinero que en ese momento no tenía, pero sí, por lo visto, aquel misterioso señor Brinklage.

Con un gesto de impotencia, Felix se colocó detrás del mostrador y despidió a Frieda para que hiciera la pausa antes de empezar el turno de la tarde. Fregó los vasos, llenó una jarra de cerveza de barril y pasó la bayeta. Con las manos ocupadas sus pensamientos fluían mejor. El bonito rostro de Helene volvió a aparecer ante él. ¿Qué diría ella de esa oferta que acababa de surgir de forma tan inesperada? «Seguro que estaría encantada —pensó—. Expansión, crecimiento, ganancias, todo eso es de su agrado.» Por fin volvería a admirarlo, volvería a reconocer en él al hombre con quien se había casado. Por fin podría dejar de hacer la pelota a su suegro, el exitoso empresario Maximilian Stolz, que ya le había prometido ayuda financiera, aunque con ese desprecio en los ojos que Felix temía más que nada.

No, eso no era cierto, pensó con amargura. Lo que más temía era la decepción en los ojos de Helene cuando le decía que ese mes tampoco había cumplido sus obligaciones como marido. A Felix le había sorprendido que el día anterior, a la salida de la iglesia, su mujer hubiese presumido de estar embarazada, incluso se lo había hecho creer a Hulda. Pero no había ninguna razón para ello.

Hacía solo una semana había encontrado a Helene llorando en el baño de su bonita vivienda. Estaba en el suelo, abrazándose el cuerpo con las manos. Extrañamente distraído, él había pensado que los grifos del baño que su suegro les había regalado eran muy elegantes, al igual que las baldosas de mármol.

Cuando fue a abrazarla, Helene lo rechazó.

—Nada, otra vez —sollozó, dirigiendo sus ojos llorosos hacia él como si fueran unos faros—. Nada, nada, nada. ¡Es que no puedes!

Él se sentó en el suelo, a su lado.

—¿Por qué yo? —balbuceó él—. A lo mejor la que no puedes eres tú.

No llegó más lejos. Ella empezó a golpearlo con sus blanquísimos puños.

—Ni te atrevas a echarme a mí la culpa —gritó—. En mi familia los niños salen de las mujeres igual que los corchos de las botellas, a cuál más sano. Nadie en mi familia ha tenido tantas dificultades. ¡Mírame! ¿No he nacido yo para ser madre?

Felix retiró la vista. La belleza de Helene era arrebatadora incluso cuando montaba en cólera, con las mejillas sonrosadas, los mechones del cabello sueltos a causa de la excitación y la delicada piel del cuello. Parecía resplandecer y brillar en su desesperación. Pero Felix ignoraba si aquello era una característica que distinguiera a las madres. Él mismo había tenido un modelo materno mucho menos vistoso y nunca había sentido el amor de su madre, Wilhelmine. Pero ¿era a lo mejor la belleza una ventaja, pues entonces el hijo podía al menos admirar a su madre, incluso si lo regañaba?

Acarició conciliador el sedoso cabello de su mujer, le besó las manos y al final ella permitió que la consolara. Aquellos eran siempre los mejores momentos de su matrimonio, cuando Helene daba muestras de debilidad y él podía ser fuerte. Pero, como era habitual, también ese momento duró poco. Ella se puso de nuevo en pie, lo miró furiosa y dijo:

—Deberías ir al médico, Felix. A lo mejor puede hacer algo para arreglar tu defecto y que podamos convertirnos en una familia alemana normal de una vez por todas.

Y, dichas estas palabras, lo había dejado sentado en el resplandeciente suelo de mármol y había salido con la cabeza bien alta del baño. Junto a la taza del váter descansaba un paño con sangre, y Felix se quedó mirando las manchas rojo intenso y pensó que realmente había algo en él que no funcionaba. Y de nuevo había recordado a Hulda, que había huido a tiempo, antes de que él la condenara a vivir con un calzonazos.

Justo en ese momento pasó junto al café, en la incipiente penumbra, una figura alta con una gorra roja, y Felix sintió como si se le parase el corazón.

—¿Hulda?

Se hubiera abofeteado al percibir el tono suplicante de su voz.

Ella se detuvo, se giró y dio dos pasos atrás. Ahora estaba delante de él a la luz de una de las farolas que rodeaban la plaza, y que el farolero iba iluminando una por una. El aire olía a humedad, un olor otoñal y efímero.

—Buenas noches, Felix —lo saludó—. Lo siento, pero tengo prisa.

—Oh. —No consiguió pronunciar nada más… y aun así ya estaba enfadado. Ella siempre se lo quitaba de encima, aunque él solo quisiera sostener una charla inocente—. ¿A dónde vas? ¿Tienes que atender a alguna embarazada?

—Hoy ya no —respondió ella, y entonces él se fijó en que debajo del abrigo llevaba un elegante traje que él no conocía.

Hulda notó su mirada y de repente su voz adoptó un tono tímido.

—Un vestido elegante, ¿verdad? —Alisó la prenda—. Yo nunca me lo hubiera podido permitir, pero la hija de la señora Wunderlich me lo dio en su última visita. Vuelve a estar embarazada y dijo que su cintura nunca más volvería a ser la de antes.

—Has adelgazado —dijo él, que en ese momento se percató de ello—. ¿Ya comes lo suficiente?

—Chorradas —replicó Hulda. Las sombras le cubrían el rostro—. Ya me conoces, tengo un buen saque.

Era evidente que mentía, pensó Felix, pero ¿por qué? ¿Estaba preocupada por algo? ¿Enferma? Un deseo enorme de estrecharla entre sus brazos se apoderó de él, peligroso como una bestia al acecho en sus momentos de mayor debilidad.

Entonces se dio cuenta de que ella no había respondido a su pregunta de a dónde iba. Pero no se atrevió a volvérsela a plantear.

—Por cierto, felicidades de nuevo —dijo Hulda, colocando por una fracción de segundo la mano sobre el brazo de Felix. Un contacto que para él resultó balsámico.

—Gracias, ¿por qué? —preguntó desorientado. Ella apartó la mano.

—Bueno, según he oído decir, vas a ser padre.

El corazón de Felix latía con fuerza. Volvía a tener ante sí el paño con las manchas de sangre sobre el mármol blanco.

—Ah, eso —dijo—. No, Helene se ha equivocado, ¿sabes? No espera un hijo, no esta vez. Yo… —Se le quebró la voz.

Hulda lo miró asustada. Y entonces, antes de que él supiera lo que estaba ocurriendo, ella pasó los brazos alrededor de su cuello. Sus manos le acariciaban la espalda y él inspiró hondo aquel perfume tan familiar.

—Lo siento, Felix.

—Todo está bien —musitó en el cabello corto y suave de Hulda que asomaba por debajo de la gorra de fieltro, y que le hacía cosquillas en la mejilla. Y era cierto. Todo, todo estaba bien. ¿Qué interés tenía él por ese hijo de Helene que nunca había existido? Todo lo que contaba era el cuerpo cálido de Hulda, estrechamente unido al suyo.

Sintió una ráfaga de aire frío. Ella se había desprendido de él y dado un paso atrás; ahora miraba con intensidad en otra dirección. Felix siguió su mirada por la plaza en penumbra.

En el otro lado, ahí donde el tren salía hacia la Nollendorfplatz, había un hombre bajo una farola. El cabello claro, gafas, un abrigo elegante. Una sola flor en la mano, envuelta con torpeza en papel crepé. Un rostro impasible. Sin prisa, el sujeto levantó la mano que tenía libre.

—Tengo que irme —dijo Hulda, y sus ojos ya no veían la cara de Felix. Uno de ellos, el bueno, miraba un poco más allá; el otro, mucho más lejos—. Que te vaya bien. Y mucha suerte, ya llegará.

Sintió como si lo hubiese golpeado. Sus últimas palabras habían sido tan vacías, tan frías, como si desease a un conocido cualquiera que tuviera un buen día.

Los tacones de Hulda ya resonaban sobre el pavimento. Todavía veía su gorra roja, pero no su rostro.

Se agarró del brazo del desconocido, y a Felix le pareció que el gesto era un poco rígido. «Pero a lo mejor es la ilusión de un desesperado», pensó. La parejita descendió por la calle del brazo hacia la estación del tren y él la siguió largo tiempo con la mirada, sin percibir el frío viento invernal que tiraba de su chaleco.

Luego dirigió la vista a la plaza. Apenas circulaba nadie, la mayoría de la gente ya cenaba en familia. Solo una persona permanecía todavía allí, siempre estaba allí. Desde el quiosco iluminado situado enfrente, la silueta negra de Bert lo saludó con la mano. A su parecer, de un modo burlón.

Felix volvió al café. En algún lugar situado debajo del mostrador debía de haber todavía un par de bombones de caramelo.

5

Lunes, 22 de octubre de 1923

Con disimulo, Hulda miró con el rabillo del ojo a Karl para confirmar si seguía igual de malhumorado. Desde que la había visto con Felix delante del Café Winter estaba de un humor de perros. Apenas habían intercambiado palabra durante el trayecto, en el vagón abarrotado. Ahora atravesaban el vestíbulo de la estación y eran lanzados a la acera junto con un montón de cuerpos extraños. Al pasar al lado de un cubo de la basura, Karl arrojó el áster rosa pálido que había agarrado hasta el momento.

—La verdura ya se ha podrido. —Fue todo lo que tenía que decir.

Y luego siguió andando mientras Hulda lo seguía con un suspiro. Temía que aquella no iba a ser una velada agradable. Y sin embargo ella se había alegrado de volver a verlo y de ir con él a un lugar elegante. Karl le había regalado para su cumpleaños las entradas para el musical del Hotel Central y ella sabía que eso tenía que haberle costado demasiado, pues su salario de joven funcionario de la Policía Criminal era sólido, pero no abundante. Y, de todos modos, en las últimas semanas, con la devaluación de la moneda, tampoco se podía hacer gran cosa con el sueldo. Pero al abrir el sobre del regalo, ella había resplandecido y en todo su rostro se había reflejado una gran alegría.

Por otra parte, que fuera su cumpleaños tampoco era algo que la entusiasmara. Cumplía veintiocho años. ¡Cielos! Los treinta estaban a la vuelta de la esquina, una edad en que una mujer debía llevar una alianza en el dedo y dos niños de la mano como mínimo, cocinar el típico *Tafelspitz* para la familia en domingo y saber cuál era su lugar en la vida. Al menos eso era con lo que casi cada día le presionaba la señora Wunderlich. Hulda ya estaba harta de oír siempre la misma cantinela y de que no dejara de agobiarla con preguntas, como si fuera un limón al que exprimir hasta la última gota. ¿Es que no iba a casarse de una vez con el amable y joven señor comisario North? ¿Es que no ansiaba un hogar, no una buhardilla solitaria, sino una casa propia, con la llave de la despensa y del corazón de su querido esposo? ¿Es que no deseaba oír el gorjeo de unas dulces criaturitas…?

Hulda no lo sabía. Le costaba reconocerse a sí misma en aquel escenario. Siempre que se lo imaginaba, la mujer que canturreaba mientras rociaba con agua de colonia las camisas de Karl bajo la plancha, la que con la aguja en la boca se inclinaba sobre la ropa remendada de un par de mocosos, era totalmente distinta a ella. Esa mujer tenía una expresión dulce, una sonrisa paciente en los labios. Mientras preparaba las pantuflas de su marido, cuya jornada había sido agotadora, aquella mujer no anhelaba que a media noche sonara el teléfono a causa de un parto inminente.

Esa Hulda no suspiraba por tener que sumergirse en aquella aventura de sangre, lágrimas, sudor, miedo y esperanza. No era la mujer que deseaba poder poner un fardo llorón en los brazos de su madre al final de la noche, que sentía en todo su cuerpo dolorido lo que había estado haciendo y que solo entonces se sentía viva.

Pero esa otra mujer de sonrisa indulgente que Hulda veía en su imaginación le daba miedo. Era una Hulda domada, una Hulda que había perdido su fuego, su orgullo y su independencia. No, un matrimonio era lo último que necesitaba.

De nuevo miró de reojo a Karl, que caminaba con cara larga a su lado. Sin embargo, la tomaba del brazo de un modo tan vacilante que se diría que era ella la que tenía que sostenerlo a él. Sintió una pequeña, inesperada y malévola rabia contra él. ¿Por qué montaba siempre una tragedia por todo lo que hacía si justo para ese día ella había estado esperando una comedia? Bueno, al menos no tenía que preocuparse demasiado por que fuera a hincarse de rodillas y a suplicarle que compartiera la vida con él. Karl ni siquiera conseguía llegar a tiempo a sus citas; siempre aparecía demasiado tarde y lo delataba, debía admitirlo a pesar suyo, el fuerte olor a ginebra. La señora Wunderlich solo lo elogiaba con tanto entusiasmo como futuro candidato a esposo porque no sabía cómo era. Hulda lo conocía mejor. Él no era un peñón firme en medio de un mar de dificultades, no era un hombre con quien pasar el resto de la vida.

¡Si no le gustara tantísimo…!

Cada vez que llegaba a ese punto de sus reflexiones, veía el bonito rostro del comisario, con sus ojos tristes detrás de los cristales embadurnados de las gafas y eternamente rayados; el cabello claro que tenía un tacto tan agradable entre sus dedos, y entonces algo dentro de ella se fundía. Como en una de esas películas cursis en las que al final los enamorados se confiesan su amor contra todo pronóstico y sensatez. Igual que la película que acababa de ver en la sala de Nollendorfplatz, y en la cual la fascinante dama caía al final en los brazos del jeque, papel interpretado por el divino Rodolfo Valentino. Sí, de vez en cuando le gustaba ver esas cosas; soñaba que se encontraba en el caluroso e ignoto desierto de la pantalla, temía por la protagonista y sentía un gran alivio cuando la salvaban. Pero en la vida real resultaba peligroso dejarse llevar por los sentimientos. En su trabajo de comadrona veía las consecuencias con demasiada frecuencia. No había nada más inconsistente que los sentimientos, en especial los de los hombres; nada más volátil, más engañoso que el amor.

—Pareces pensativa —dijo Karl interrumpiendo sus reflexiones, y ella se sobresaltó. ¿Habría notado él que cavilaba sobre el matrimonio, los hijos y el amor eterno?

Al instante se mordió el labio inferior y rio con forzada alegría.

—Solo pensaba que deberíamos darnos prisa si queremos llegar a tiempo.

Señaló a la muchedumbre que acudía en masa a la avenida fastuosamente iluminada. Todo el mundo iba a la última moda, con vestidos de seda cortos y distinguidos, abrigos de pieles, delicados zapatos de punta, medias caras. Los caballeros que acompañaban a las damas lucían traje oscuro y sombrero elegante. Si el día anterior Hulda había estado en el Berlín de los pobres y menesterosos, ahora se hallaba entre quienes, a pesar de la inflación, de la maldita guerra y del pesado fardo del tratado de Versalles, habían conseguido arrancar un poco de brillo a la vida. «¿Qué lugar ocupo yo en esta obra?», se preguntó. No procedía de los más bajos fondos, pero tampoco pertenecía a las figuras carismáticas, a los vencedores. Como siempre, se hallaba en un borroso punto medio, ni en la cumbre ni en el pie de la montaña, y eso le pareció el símbolo de toda su existencia.

Karl aceleró el paso, por fin la cogió con más firmeza y tiró de ella en medio del gentío. Quienes podían permitírselo se dirigían al templo del ocio de la ciudad, como si no hubiese ninguna crisis, ninguna inflación, como si no sonasen los sables en la cuenca del Ruhr. ¿De qué servía estar siempre triste? También ellos dos, pensó Hulda enderezándose, se divertirían esa noche, costase lo que costase.

Delante de ellos se alzaba el Hotel Central semejante a una inmensa embarcación de lujo, con unos miradores curvos en las esquinas y ventanas iluminadas; cientos de ventanas cuya luz relucía y parpadeaba en medio de la ciudad oscura. El edificio susurraba a quienes pasaban por su lado la promesa de lo jamás visto, de lo nunca experimentado, de manjares y bebidas selectos, de artistas exquisitos que actuarían esa noche para extasiar al público. Un gran cartel colgaba a la entrada del Wintergarten, el invernadero, como llamaban coloquialmente al teatro de variedades del hotel debido a su ubicación en una sala acristalada, según había oído decir Hulda. Nunca había entrado, pues el precio superaba con creces sus posibilidades.

Envió un breve agradecimiento a Ursula Wunderlich, la hija de su casera, cuyo aumento de talla había propiciado que Hulda pudiera lucir aquel vestido esa noche, con el que no desmerecería demasiado frente a las demás componentes femeninas del público.

—Entremos —le dijo a Karl con una exagerada alegría mientras se dirigía hacia la puerta, delante de la cual ya se había formado una pequeña fila.

Un conserje desesperado levantaba las dos manos como si fuera víctima de un asalto.

—Señores míos, entiéndanlo, las entradas están agotadas. Sí, agotadas, ya no queda ni un solo sitio libre.

—Algo tiene que haber para quienes puedan pagar —vociferó un señor elegante con una dama muy maquillada del brazo, quien sacudió un fajo de billetes con la cifra impresa, como advirtió Hulda, que Bert ya le había mostrado el día anterior.

—Imposible, caballero, ahí dentro no cabe ni un ratón.

—Sí, aquí hay dos ratones —gritó Hulda, tirando de Karl y pasando entre quienes aguardaban—. Tenemos entradas, solo que llegamos algo tarde.

—En eso sí estoy de acuerdo, señorita —dijo el conserje desdeñoso, pero a continuación acercó las entradas a su monóculo y arrancó una esquina de cada una—. Dense prisa, la función está a punto de empezar.

Ambos entraron en el *foyer* entre los silbidos y las protestas de quienes se habían quedado fuera. Hulda tomó aire. Todo era aún más suntuoso de lo que había imaginado. A izquierda y derecha, unas columnas salomónicas flanqueaban la sala, y unos lujosos tapices que pendían de las paredes creaban un ambiente acogedor y elegante. Un pesado telón de terciopelo ocultaba lo que ocurría en el escenario a los ojos de los espectadores, que esperaban charlando y riendo en las cómodas butacas. Un solo mar de ondulados cogotes. Hulda miró a su alrededor. Junto a las paredes posteriores había unas mesas con cientos de refinadas copas listas para que las llenasen de champán. Por todas partes crecían exuberantes plantas en macetas, cuando no del techo, lo que todavía justificaba más el nombre del teatro. Ella se sentía como en el invernáculo de un palacio.

—Pasen por aquí, por favor —susurró una acomodadora, que los condujo rápidamente a lo largo de las filas de butacas hasta su sitio—. Enseguida les traigo algo de beber.

Tomaron asiento justo cuando se apagó la luz y toda la sala de espectadores emitió al unísono una exclamación de sorpresa. En ese momento se descubrió que el techo de la sala era azul, y que en él ardían incontables y diminutas bombillas. Brillaban como en el cielo estrellado que jamás se veía en Berlín porque lo impedían los anuncios luminosos. Pero ahí, en el Wintergarten, los cubría por completo.

Hulda buscó la mano de Karl y él le apretó con dulzura los dedos. Un leve escalofrío recorrió la espalda de ella y se apretó contra él. Esos pequeños momentos en los que se entendían sin pronunciar palabra y no había lugar para peleas eran los mejores, pensó ella sintiendo una pequeña punzada. Eran preciosos y la hacían feliz por unos instantes, pero ¿qué ocurría con las muchas, muchas horas, días, semanas en los que se sentía tan alejada de él? Ni siquiera sabía en qué estaba trabajando, reflexionó con sentimiento de culpabilidad, y se propuso preguntárselo después de la representación.

Sonó una señal, la orquesta en el foso delante del escenario empezó a tocar y el telón se deslizó a un lado. Hulda echó un vistazo al programa que le había dado la acomodadora. Se anunciaba a los Wright Brothers, que ya saltaban al escenario y realizaban una serie de acrobacias. Hulda, que de pequeña evitaba hasta subir al tiovivo, se mareó solo de verlos.

Siguió una cantante con una larga boa de plumas y una voz lánguida, demasiado para el gusto de Hulda. Mucho humo y poca música. Pero el público estaba entusiasmado, sobre todo cuando Mademoiselle Coco, como indicaba el programa que se llamaba, repartió besitos con la mano y permitió que las primeras filas contemplasen su pronunciado escote.

Un humorista la relevó al micrófono y contó un par de chistes para los que Hulda todavía no había bebido suficiente champán: aún apuraba la primera copa. También Karl estaba rígido junto a ella, lo que la hizo sonreír. El grave comisario de la Policía Criminal Karl North no estaba hecho para ese tipo de cosas; estas se habrían ajustado más al carácter de su orondo asistente Paul Fabricius, siempre listo para divertirse de un modo simplón y bañado por el alcohol. Sobre todo, cuando se trataba de ver a mujeres con poca ropa, como las de la compañía de baile que en ese instante movían las piernas con unas faldas demasiado cortas.

Aun así, en un momento dado, estas dieron paso a la bonita actuación de una pareja de bailarines. Los instrumentos de arco acompañaban con tal fervor las piruetas y saltos de los dos artistas que a Hulda se le anegaron los ojos de lágrimas. Aplaudió de corazón. Y también disfrutó del cuarteto de canto francés que actuó al final. «Qué idioma tan fantástico —pensó—, qué cultura la que se desarrollaba en el país vecino.» Sin embargo, pocos años atrás los soldados franceses y alemanes habían estado masacrándose en el frente durante la Gran Guerra. Y ahora estaban todos ahí, bebiendo champán bajo un falso firmamento y pasándoselo la mar de bien, como si nunca hubieran existido ni la miseria ni el dolor.

Hulda se acordó de pronto de la diminuta vivienda de los Rothmann y de la expresión atemorizada de las mujeres que vivían allí. Aquella sala donde se encontraba —con la música, los cantantes, los gimientes violines, las paredes brillantes y las piernas con medias de seda— parecía hallarse en otro planeta. Y ella, Hulda, pasaba de un mundo a otro, siempre en medio, nunca dentro. En ese mismo instante podía levantarse, salir y recorrer unas angostas calles hasta llegar al Scheunenviertel, en menos de media hora llegaría allí. Sin embargo, ambos planetas nunca se tocarían; giraban ampliamente alejados el uno del otro, sin que sus caminos se cruzaran jamás.

—No aplaudes nada —dijo Karl cuando hubo concluido el último número. Hulda emergió de sus pensamientos en medio de un aplauso atronador—. ¿No te ha gustado?

Percibió en su voz que estaba preocupado y se alegró para sus adentros de que él deseara de verdad que ella se sintiera a gusto.

—¡Al contrario, me lo he pasado muy bien! —respondió, pero era una verdad a medias. En efecto, había habido un par de números bonitos, aunque algunos le habían parecido sobre todo insustanciales.

Pero se lo calló. Acabó deprisa el champán, ya desabrido en la copa que sostenía, y dejó que Karl la ayudara a ponerse el abrigo. Le dio un beso y al hacerlo chocó con la nariz en sus gafas, pero él la agarró y la besó también. Un beso largo, mientras la estrechaba contra él. No la soltó hasta que la corpulenta señora que estaba sentada al otro lado del comisario emitió un sonoro carraspeo y pasó por su lado lanzándoles una mirada de desprecio.

—¿Vamos a comer algo? —propuso ella jadeando un poco.

—A las Bierkirchen, es lo mejor.

Hulda asintió. Pasada la estación, a lo largo de toda la calle principal, se habían instalado en las arcadas de ladrillo del tren metropolitano unos enormes locales cuyo nombre cambiaba según sus propietarios. Pero, dado que el más grande de ellos se había llamado antes de la guerra Franziskaner, los berlineses los conocían ahora a todos con el nombre de *Bierkirchen*, «iglesias de la cerveza». Y, junto a la cerveza y el aguardiente, que corrían allí como ríos, en esas catedrales también se servía buena comida casera: albóndigas con mostaza, salchicha ahumada con col rizada y rebanadas de pan untadas con patés.

Después de los refinados números del teatro, ese tipo de realidad era justo lo que en ese momento ansiaba Hulda. Necesitaba tocar tierra. Y algo sabroso en el estómago.

En las tabernas que había debajo del viaducto reinaba un gran alboroto. Ahí se apiñaba el pueblo, ese pueblo que nunca entraría en el Hotel Central: trabajadores con pantalones holgados, obreras, telefonistas, algún artista bohemio y ciertas figuras de aspecto colérico salidas de los bajos fondos berlineses que bebían cerveza para olvidar.

Karl encontró una mesa libre metida con cuña entre muchos otros parroquianos, pero a Hulda aquello no la molestaba. Se acordó de uno de sus primeros encuentros con Karl, en el Aschinger de la Alexanderplatz, todo muy formal. Estaba lleno a rebosar; allí se habían tocado por primera vez.

Se sentó, colocó la silla de modo que los dos estaban casi sentados uno al lado del otro. Ella no soportaba que se sentaran de frente, como en un confesionario; aunque nunca había acudido a uno.

—Voy a buscar algo para comer —anunció y volvió a levantarse para abrirse camino a codazos hasta el mostrador y pedir unas rebanadas de pan untadas de distintos patés y dos cervezas doradas. Ahí nadie tenía que esperar demasiado tiempo; a esas horas, en la cocina, los chicos preparaban los panes a destajo. Hulda se apresuró a pagar, llevó haciendo equilibrios el botín a su sitio y recuperó su asiento. Estiró satisfecha las piernas debajo de la mesa.

Karl la miró y se rio burlón.

—Admite que los números no han sido del todo de tu gusto.

—Eso lo dirás tú. Pero es cierto, no todos los números eran de una calidad especialmente alta, ¿no crees?

Mordió una de las rebanadas, que regó después con un trago de cerveza fresca. Hacía tiempo que no tenía tanta hambre, esos días estaba muy desganada y a veces casi tenía que obligarse a comer. A lo mejor se debía a la falta de tiempo para disfrutar de las pequeñas cosas y a lo irregular de su horario de trabajo. Siempre acudía a las llamadas, recorría a toda prisa la ciudad o permanecía sentada durante horas en viviendas ajenas, animando a mujeres lacrimosas durante los partos. Preocupada, pensó en Tamar Rothmann. En ese momento no podría contar con ella. Aunque le había dicho a la señora Wunderlich por donde andaría, no podrían informarla a tiempo si había una urgencia. Hulda se propuso pasar las siguientes noches en casa, cerca del teléfono.

—¿Qué te habría gustado? —preguntó Karl mientras comía.

Ella creyó notar cierto reproche en la pregunta.

—Ni idea, Karl —contestó—. Ya sabes que salgo muy poco, como mucho al cine. Hace una eternidad que no voy a un concierto o a ver una exposición. —Lo miró—. ¿Me consideras ahora una ignorante?

—Sí —respondió, pero ella entrevió en sus ojos esa sonrisa tan extraña, y por ello tan especial—. Pero eres, a pesar de todo, «mi» ignorante.

Hulda podía dejar pasar aquella observación, pese a que el posesivo la molestaba un poco.

—¿Qué ocurre con tu padre? Me parece que es pintor, ¿no? ¿No realiza exposiciones? —preguntó Karl y una sombra de tristeza se proyectó sobre Hulda. No le gustaba que le recordaran a su padre, las había abandonado cuando ella era casi una niña. Su madre nunca se recuperó de ese golpe. Había muerto años después, de una sobredosis de Diaphin, algo que Hulda no consideraba accidental.

—Sí —contestó—, expone por todas partes; en la Gurlitt, en la Academia y en la Galería Nacional. En realidad, debería animarme e ir a sus exposiciones, en eso tienes razón. Pero nuestra relación no es tan fácil.

—Nunca lo es —dijo Karl—, sobre todo tratándose de ti, Hulda Gold.

—Muchas gracias por el comentario —replicó ella herida—, y… ¡lo mismo digo!

71

Se quedaron mirando y Hulda no supo por un momento si iba a estallar una pelea, una de esas que solían mantener con frecuencia sin aviso previo y con todos los medios a su alcance, con palabras duras y con total intransigencia. Por mucho que se gustasen el uno al otro, ambos desconfiaban. No podían confiar en desearse solo lo mejor el uno al otro, buscaban los puntos débiles en los que clavar sus flechas y lanzarlas en caso de duda antes que el otro.

Pero entonces, Karl se echó a reír y rompió la tensión por un momento.

Era lo que siempre sucedía, pensó Hulda, cuando él reía todo iba bien, el mundo reía con él. Cuando se hundía, la oscuridad se abatía sobre ellos cubriéndolos como una tela mojada y pesada que los enterraba a ambos.

—Erizo —dijo él al tiempo que cogía otra rebanada. El tono era cariñoso y Hulda inspiró hondo y se apropió a su vez de otro pan. Entonces recordó que quería preguntarle por su trabajo.

—¿Cómo va el Castillo Rojo? —preguntó.

—Aún sigue en pie.

—¿Y en qué estás trabajando ahora? Apenas te veo.

Los ojos del comisario se oscurecieron.

—Ya sabes que no puedo contarte nada.

—Vale, vale, no entres en detalles, pero ¿más o menos? ¿Asesinato? ¿Homicidio? ¿Robo? ¿Crimen organizado?

Él fijó la mirada sombría en la superficie de la mesa.

—Por desgracia, sabemos poco. En este caso, estamos dando palos de ciego. Por supuesto, Fabricius cree haber encontrado hace tiempo el hilo de Ariadna que resolverá el misterio, cree que tiene un olfato genial. Pero esta vez se equivoca.

—¿Significa eso que Bala Inquieta carece de talento?

—Así llamaba Karl a su fornido y perspicaz asistente, y a Hulda le gustaba ese apodo.

Karl levantó la vista, pero ella no supo descifrar la expresión de su rostro.

—Sí, joder, lo es. Pero en este caso tan enredado ni siquiera él puede hacer milagros. No sabemos cuál es el derecho y cuál el revés. Por lo visto, una red criminal ha extendido sus hilos por la ciudad. —Cerró los puños y los nudillos se le pusieron blancos—. Todos los niños… —Se interrumpió—. No puedo contarte más, Hulda, lo siento. —Había empalidecido.

Hulda apretó los labios. Le hubiera gustado recordarle que en el fondo era ella la que había resuelto el caso del verano anterior. Pero se calló; pensó en el consejo de la señora Wunderlich acerca de que una señorita no siempre tiene que hablar con el corazón.

Entonces una idea acudió a su mente.

—¿Has dicho que por toda la ciudad? ¿También por el Scheunenviertel?

—¿Por qué preguntas eso?

—Porque sí… Hace poco estuve allí. Es otro mundo.

—Y que lo digas, es cierto que a veces tenemos que intervenir allí. A fin de cuentas, el barrio no queda lejos de la cárcel. De todos modos, suelen ser delitos pequeños, ningún crimen capital. Muchas peleas, navajazos, fraudes, encubrimientos… en fin, y la mayoría de las veces tiene que actuar también la Unidad de Costumbres.

—¿Por qué?

Karl la miró con las cejas arqueadas.

—Porque es el baluarte de la prostitución.

—También lo es Schöneberg.

—Cierto. Pero allí nos desenvolvemos mejor, tenemos una mayor visión general de los locales en los que se practica, de los proxenetas. En el Scheunenviertel, sin embargo, está todo enredado, es un laberinto impenetrable.

Hulda pensó lo mismo cuando, el día anterior, había circulado por las estrechas calles. Uno podía desorientarse en esas pocas callejuelas como en una selva, extraviarse ahí dentro. Aquello le recordó de nuevo a Tamar. La joven parecía perdida, caída en un lugar que no tenía nada que ver con ella. ¿Se había puesto por eso un nombre nuevo, judío, aunque, según ella misma aseguraba, no fuera judía sino de origen armenio?

—Esos casos que tenéis en el barrio, ¿atañen también a historias familiares?

—¿A qué te refieres?

—Bueno, peleas entre miembros de una misma familia, celos, ese tipo de cosas.

Karl asintió.

—Por supuesto. Las familias son siempre un nido de discordias y envidias, de antiguas riñas. Sobre todo en esos barrios donde se reúnen tantas culturas distintas. Y la mayor parte de los asesinatos se produce entre parientes, esto ya hace tiempo que ocupa el primer puesto en las estadísticas. ¿Por qué lo preguntas?

—Justo ahora estoy atendiendo a una chica joven allí —dijo Hulda—. Algo en esa familia no anda bien. La muchacha tiene mucho miedo, lo noto. Pero ¿de qué?

Permanecieron un rato callados. El volumen de ruido había aumentado en la sala, hacía calor y el aire era sofocante; olía a vapor de cerveza, humo de cigarrillos y comida grasienta. A Hulda le entraron de improviso ganas de irse a casa y acostarse.

—Tengo que marcharme —anunció—. Tengo que estar accesible. Y es posible que la señora Wunderlich ya esté preocupada.

Karl se levantó enseguida, se puso la chaqueta y le sostuvo el abrigo a ella. Se abrieron paso hacia el exterior y se internaron en la oscuridad de la calle. Un par de borrachos cantaba a gritos una marcha militar en la noche; una mujer chillaba divertida en la penumbra. Luego, de golpe, el grito cesó. Un tren nocturno traqueteaba sobre sus cabezas, y el pavimento de la calle temblaba bajo sus pies.

Karl la atrajo hacia sí.

—Podrías dejar de ir una noche a tu casa —le susurró cerca de la oreja—. ¿Pondrá en tal caso la señora Wunderlich un anuncio para buscarte?

—Es posible que sí —dijo Hulda eludiendo la respuesta y desprendiéndose de sus brazos—. Karl, estoy cansadísima.

A la luz de la farola distinguió la decepción en su rostro. Era consciente de que lo rechazaba, de que estaba poniendo a prueba su paciencia. Las pocas veces que ella había cedido y se había ido con él a su pequeña y oscura habitación de soltero habían sido fantásticas. Había disfrutado con él, era un amante tierno. Pero conocía los riesgos, los conocía mejor que cualquier otra mujer. Cada día veía los resultados de la insensatez, de la pasión desenfrenada, veía la miseria en que caían las mujeres no casadas porque en una ocasión no habían sido lo bastante prudentes. Era un precio tan terriblemente alto que no estaba dispuesta a pagarlo. Ni siquiera por Karl.

—¿Tiene esto algo que ver con tu ex? —preguntó este con una mirada de reproche a través del cristal de sus gafas—. ¿Con ese Felix del que nunca te separas?

—¿Yo no me separo nunca de él? —Hulda se echó a reír—. ¡Karl, eso es absurdo! Está casado. Somos vecinos, de vez en cuando nos cruzamos. ¡Nada más!

—Pues no lo parece —dijo él—, por el modo en que te mira con sus ojos de perro triste…

Demasiado para Hulda.

—Por Dios, Karl, que ya no somos unos críos —replicó cruzando los brazos delante del pecho—. Déjate de tonterías.

Él se la quedó mirando un largo rato

—Es tarde —se limitó a decir antes de girar en dirección a la estación. Después se volvió hacia ella—. ¿Vienes? Te acompaño hasta la plaza, después puedes seguir tú sola. Es lo que tanto anhelas. Estar sola.

Ella inspiró, a punto de contestarle, pero él se dio media vuelta. Así que Hulda se encogió de hombros y lo siguió hacia el edificio mal iluminado de la estación. Permaneció a su lado cuando llegó el tren y subieron juntos. Estaban tan cerca el uno del otro que sus hombros se rozaban con cada movimiento del tren. A la luz deslumbrante de las lámparas del vagón, las caras de los otros pasajeros se veían blancas y duras, con unas marcadas sombras bajo los ojos tras una larga jornada. La mayoría callaba, cansada.

Karl y Hulda tampoco decían nada mientras se apoyaban el uno en el otro en el vagón bamboleante. Y Hulda sintió una leve pena porque otra vez lo había decepcionado, porque no podía abrirle la puertecita a su interior más profundo. Incluso aunque le hubiera gustado hacerlo.

6

Martes, 23 de octubre de 1923

—¿CAFÉ? —LE PREGUNTÓ Fabricius, y Karl tomó la taza que su joven asistente le tendía dando muestras de un agradecimiento poco habitual en él. Este, previsor, se había llevado un termo. Le brillaba la calva, aunque ese día no hacía nada de calor.

Ambos estaban en pie, tiritando en una calle de Tempelhof. A Karl le parecía que el sol acababa de salir, pero su sensible estómago pronto debería pasar por una dura prueba.

Se giró y vio a los compañeros de la Sección de Identificación acordonando el área de la fábrica de azúcar, que permanecía cerrada para evitar que los curiosos se acercaran y que los mirones se quedaran allí boquiabiertos. Otros dos colegas de la brigada de Homicidios activa, simples funcionarios de la policía, esperaban a un lado mientras fumaban y los miraban a Fabricius y a él. Cambiaban el peso de una pierna a otra y se golpeaban los brazos con las manos para entrar en calor.

Karl bebió al instante un sorbo del rabiosamente caliente líquido de la taza, se quemó la lengua y soltó un improperio. Arrojó el aguachirle en un arbusto cubierto de escarcha sin preocuparse por la expresión ofendida de su compañero y le dio con el puño en el brazo.

—Vamos allá —dijo—, acabemos con esto de una vez.

—Después de usted —contestó el asistente, volviendo a sonreír. Nada afectaba el humor de Fabricius, ni el café desdeñado ni una mañana de otoño con un frío glacial en la que habían tenido que levantarse de madrugada para seguir una pista que no auguraba nada agradable.

Una anciana había telefoneado a la policía. Se le había escapado el *schnauzer* al amanecer y había corrido hacia esa parcela abandonada. Cuando ella salió tras el perro, notó un olor extraño. Parecía proceder de una camioneta aparcada en el terreno solitario. No se había atrevido a mirar qué había bajo la lona que cubría la superficie de carga, pero, según lo que había declarado muy alterada por teléfono, había visto una mano salir por el borde. Era la mano de un niño, de eso estaba totalmente segura.

Ahora, un agente la conducía hacia ellos sujetándola por el brazo.

Karl carraspeó y se alisó el abrigo. Se sentía machacado, hecho polvo y, después de beber el mejunje caliente del termo de Fabricius, tenía un gusto ácido en la boca. No había nada que deseara más que meterse de nuevo en la cama y taparse la cabeza con la manta. También le afectaba la tibia despedida de Hulda la noche anterior, así como la media botella de ginebra con que se había obsequiado en su habitación para quitarle punta a la memoria de su rechazo.

—Buenos días —dijo con la voz ronca, estrechando la mano de la mujer. Esta llevaba una piel de zorro raída y sujetaba con firmeza la correa de su ya recuperado perro. El chucho olisqueó malhumorado las perneras del pantalón de Karl y luego volvió desconfiado la cabeza en dirección al perro rastreador que un colega de Identificación sujetaba. El labrador *waldemar* tiraba del collar, y también el *schnauzer* de la testigo parecía tener las mismas ganas de soltarse y mostrar al otro macho cómo funcionaban las cosas.

—¡Sentado! *Pünktschen*, ¡sentado! —ordenó la señora, que tiró de su perro con sorprendente firmeza—. ¡Perro malo! —Levantó la vista, un rasgo de tristeza se dibujó en su rostro redondo—. Aunque en realidad mi *Pünktschen* se ha ganado una salchicha extra. A fin de cuentas, gracias a él han encontrado ustedes el vehículo.

Señaló con el mentón el área de la fábrica y en sus ojos de un azul acuoso asomaron unas lágrimas.

—Qué horrible es todo esto —susurró.

—Cuénteme con detalle qué es lo que ha sucedido —dijo Karl, que no tenía tiempo para lágrimas de cocodrilo. Aquello la hizo romper definitivamente en llanto. Karl inspiró impaciente. Pero, antes de que pudiera plantearle otra pregunta, Fabricius se le adelantó. Colocó la mano cubierta con un guante de piel en el brazo de la mujer y le dio unas palmaditas. Luego rebuscó en el bolsillo del abrigo y sacó un pañuelo con un ribete de puntillas primorosamente planchado y doblado.

—¿Aceptaría este pañuelo? —preguntó, y a Karl le dio la sensación de que sonaba igual que si estuviera hablando con un niño. O con una reina.

La anciana pareció considerar ese tono más adecuado que el rudo interrogatorio de Karl, exhaló otro gemido más y aceptó el pañuelo.

—Qué encantador, joven —dijo conmovida, y se secó las lágrimas de las mejillas con tanto cuidado como si fueran de porcelana.

—Era de mi querida abuela —musitó Fabricius—. Un recuerdo. —Luego se inclinó sobre *Pünktchen*, que todavía gruñía, y le acarició sin prisa el pelaje erizado—. Qué chico tan estupendo —dijo con fingida admiración—, y tan bien cuidado. Ya puede usted estar orgullosa de sí misma, estimada señora…

—Primel —indicó ella radiante.

Karl vio que Fabricius se mordía la lengua disimuladamente ante el nombre de Primel —«prímula»—, pero consiguió controlarse.

—No, ¡le sienta como anillo al dedo! —exclamó—. Sabe, señora Primel, a usted nos la ha enviado realmente el cielo. Ya hace tiempo que iba tras la pista de una banda de criminales que está cometiendo asesinatos en Berlín, me encontraba ya pisándoles los talones a esos canallas; pero, gracias a usted, gracias a su hallazgo de esta mañana, descubriré antes cómo actúan esos tipos.

La señora Primel se sonrojó e hizo un tímido gesto de modestia.

Karl tomó nota de la admiración que reflejaban sus ojos al mirar a Fabricius. Él mismo sintió una molesta punzada ante el modo en que había hablado su asistente, como si él en exclusiva se llevara el mérito de todas las pesquisas de los últimos días.

—Bueno, ha ocurrido así —dijo la señora Primel, y su voz rebosaba orgullo por el papel que interpretaba en aquel drama policial—. Mi *Pünktchen* tiene que orinar a menudo y ha de salir muy pronto a la calle. Desde que mi querido marido murió… —En ese momento, Fabricius se llevó una mano al corazón e inclinó apenado la cabeza—, estoy totalmente sola. Y tampoco puedo dormir bien, por eso *Pünktchen* y yo salimos muy pronto de paseo. Es maravilloso, porque la ciudad aún duerme y todo está tranquilo. Y, sabe usted, tengo el perro, *Pünktchen* me protegería si sucediera algo, lo sé. Es mi corderito. —Bajó la vista con una sonrisa cariñosa al perro, que enseñaba los dientes, tiraba de la correa como un poseso y seguía intentado impresionar con su conducta al desconocido labrador que estaba a unos metros de distancia.

—Pero hoy ha ocurrido algo especial —señaló Fabricius, y Karl tuvo que reconocer, muy a su pesar, que su compañero demostraba de nuevo una gran destreza para llevar la conversación por el cauce deseado sin que su interlocutora se sintiera presionada.

—¡*Pünktchen* se ha escapado! —exclamó la señora Primel. De repente soltó un gallo, Karl ignoraba si a causa de la emoción o de la decepción—. Como alma que lleva el diablo, ha cruzado el portal. Estaba entreabierto. He pensado que a lo mejor había olido un zorro o un conejo, así que he ido tras él. Y ahí estaba, junto a la camioneta. —Indicó de nuevo la dirección—. Aullaba y gemía. Y entonces me he dado cuenta.

—¿De qué? —preguntó Fabricius, tan absorto en sus palabras como si estuviera escuchando una historia sumamente emocionante.

—Del hedor —contestó la señora Primel con un estremecimiento—. Era débil, pero lo he reconocido. Olía a descomposición, a muerto. Conozco ese olor, provengo de una familia dedicada al negocio de las pompas fúnebres. Hundt & Söhne, ¿ha oído hablar de ella?

Fabricius negó afligido con la cabeza, pero Karl sí recordaba el anuncio que había visto en varias ocasiones.

—En cualquier caso, yo me he acercado, aunque no las tenía todas conmigo, y entonces he visto la mano. Una mano pequeñita, como de niño, colgando. —Había empalidecido—. Sin vida, ¿entiende usted? No me lo he tenido que pensar dos veces, he cogido a *Pünktchen* y lo he atado a la correa. Luego he corrido al teléfono que hay al final de la calle tan deprisa como me lo han permitido mis viejas piernas. Y ahora están ustedes aquí.

Volvió a secarse los ojos con el pañuelo y miró de forma alternativa a Karl y a Fabricius.

—¿Saben ya qué está pasando?

Fabricius hizo un gesto negativo.

—Primero queríamos conversar con usted, era de máxima prioridad. Ahora nos ocuparemos del hallazgo. —Acercó a ella su rostro y la miró con intensidad—. Tengo otra pregunta importante: ¿ha visto usted a alguien o ha oído algo sospechoso?

Ella movió la cabeza negativamente.

—Hoy no.

—¿Hoy no?

—Bueno, hace un par de días, es decir, la noche del sábado al domingo, creo, oí algo. Y *Pünktchen* también. A saber, gritos de niños. —Bajó de nuevo la vista hacia su mascota, como si esperase que confirmara su declaración, pero esta se limitó a levantar la pata y mear en el bordillo, con lo que Karl, asqueado, dio un paso a un lado—. No es que sea algo inusual, en el vecindario viven muchos críos maleducados que hacen ruido todo el santo día. Pero ¿por la noche? Eso era algo nuevo. Abrí la ventana, todavía me acuerdo, y me pareció que el ruido procedía de la vieja fábrica. Pero enseguida volvió a reinar el silencio. —Cerró los ojos.

—Entiendo —dijo Fabricius, retrocediendo—. Nos ha sido usted de gran utilidad, señora Primel. Lo mejor es que se vaya usted ahora a casa y descanse. Por favor, dé su dirección al compañero. —Señaló a Karl, que se vio degradado a secretario, pero no dijo nada, sino que apuntó a toda prisa la dirección de la mujer en su cuaderno de notas.

La señora Primel gimió y le tendió a Fabricius el pañuelo. Pero él movió la cabeza sonriendo.

—Sería un honor para mí que se lo quedara —dijo.

Ella resplandeció y se despidió de él inclinando la cabeza. Luego tiró de la correa de *Pünktchen* y lo último que Karl le oyó que decía a su *schnauzer* fue:

—Qué joven tan encantador, ¿verdad?

Fabricius miró a Karl buscando su aprobación, pero este no estaba dispuesto a darle unos golpecitos en el hombro de su resuelto asistente; hubiera sido acrecentar todavía más su vanidad. Señaló sin pronunciar palabra la fábrica, donde un par de mirones ya estaban junto al acordonamiento intentando echar un vistazo.

El compañero de la Sección de Identificación levantó la cinta y los dejó pasar.

Para Karl, lo que ahora llegaba no formaba parte de sus momentos favoritos de la profesión. Ya debería estar acostumbrado a ver cadáveres; a fin de cuentas, había visto incontables, los había estudiado en fotografías y reconstruido su vida. Y, sin embargo, su estómago siempre lo fastidiaba.

De hecho, el olor todavía no era penetrante, solo un poco dulzón, pero no cabía duda de que olía a cadáver. Karl luchaba contra el impulso de salir dando tumbos de la fábrica y huir de allí.

La camioneta estaba en medio del patio, los asesinos se habían tomado la molestia de ponerla a un lado y esconderla a la sombra del desmoronado edificio de ladrillo. Un colega levantaba el toldo con las manos enguantadas y Fabricius y él se aproximaron. Era peor de lo que Karl había esperado, pero se forzó para no apartar los ojos de aquellas criaturas dignas de pena que se apilaban sobre la superficie de carga como pequeños troncos. Sostuvo la mirada cuanto le resultó soportable, intentó registrar tantos detalles como le fue posible y luego se apartó. Fabricius llamó al fotógrafo, que enseguida se acercó y empezó a tomar imágenes de esa horrible escena para la posterioridad y para que se congelaran en un archivo.

Karl hundió las manos en los bolsillos del abrigo. Apuntó el modelo del vehículo y el color, luego empezó a deambular por el patio vacío sin objetivo concreto. Por lo que él había podido observar, en el lugar de los hechos solo se encontraban cadáveres de niños, desde los cinco años aproximadamente hasta adolescentes. Por desgracia, no eran los primeros niños muertos que habían pasado por sus manos en las últimas semanas, y el hallazgo confirmaba la tesis que compartía con Fabricius: una banda de secuestradores estaba actuando en Berlín, raptaba o compraba niños y los vendía por cuatro chavos al mejor postor. A menudo para trabajar como esclavos. Sin embargo, en ocasiones algo salía mal, un niño fallecía al verse obligado a ejecutar una tarea demasiado pesada o peligrosa, o lo mataban cuando intentaba huir. Pero lo de ese día adquiría una nueva dimensión. Se trataba de un auténtico cementerio, una fosa común, y a Karl le zumbaba la cabeza solo de imaginar quién era el responsable de aquella porquería.

Pensó sin poder remediarlo en Hulda y en sus preguntas acerca del trabajo. Pero no podía hablar con ella de algo así. Sospechaba que los niños eran el punto débil de la comadrona, y también el suyo, pues la visión de un menor atormentado lo vinculaba con su propio recuerdo. Sabía cómo se sentía uno cuando no lo amaban, cuando se era un niño pequeño y desamparado, sin esperanza de que alguien lo protegiera. También a él lo habían torturado física y anímicamente en el orfanato en donde había crecido. Nunca olvidaría la sensación de abandono; morir se llegaba a considerar algo así como un regalo, pues ponía punto final a la tristeza y al miedo.

Sin embargo, había tenido suerte dentro de la desgracia y había sobrevivido. Había aprendido a sacarle también algo bueno a la vida. Pero a esos pobres críos que yacían ahí atrás, en la camioneta y cuyas heridas mortales solo serían eternizadas en un rollo de fotos, los habían borrado del mapa. Los criminales los habían privado de cualquier oportunidad de volver a encariñarse con la vida.

Karl tragó saliva y se golpeó con el puño la cabeza para alejar el dolor que poco a poco se adueñaba de él. Miró a su alrededor para asegurarse de que nadie lo observaba y sacó del bolsillo la petaca, que últimamente siempre llevaba consigo. Desenroscó el tapón a toda prisa y dejó que el líquido se deslizara por su garganta. Repitió la operación una y otra vez hasta vaciar del todo la botella. Entonces volvió a taparla y la guardó con cuidado bajo el abrigo.

Una calidez que le resultaba familiar se le extendió por el vientre y, sintiéndose aliviado y culpabilizado a un mismo tiempo, apoyó la frente contra el ruinoso muro de ladrillos e inspiró hondo.

—Salud. —Oyó una voz a su espalda. Era Fabricius.

Karl se dio media vuelta, notó que le temblaban las manos. El asistente sonrió como un diablillo. Se acercó vacilante a Fabricius, pues el alcohol con el estómago vacío había causado su efecto: las rodillas parecían de goma. Karl reflexionó febrilmente sobre qué explicación dar. A fin de cuentas, estaba de servicio, era funcionario y el comisario responsable de un asesinato múltiple. Él mismo sabía mejor que nadie que consumir alcohol era imperdonable.

Pero Fabricius apoyó el índice en los labios y le guiñó el ojo con complicidad. A continuación, hizo un gesto como de cerrar sus labios con una cremallera. Luego, jovial, le dio unos golpecitos en la espalda.

—Qué, jefe, ¿lo intentamos? Tenemos un montón de trabajo. —Lo empujó con suavidad hacia el escenario del crimen.

Karl cerró los ojos sin saber si las ganas de vomitar que sentía procedían de la visión de los cadáveres infantiles o de reconocer que su vida cada vez escaparía más a su control si a partir de ese momento no iba con pies de plomo.

7

Jueves, 25 de octubre de 1923

HULDA RECORRIÓ A paso ligero la Schendelgasse. El atardecer había extendido ya sus largos y grises dedos por los adoquines, pero las farolas todavía no estaban encendidas y ella tenía que entrecerrar los ojos para distinguir algo en la penumbra por dónde andaba. Por fin llegó a la calle principal, que, como en su última visita, estaba a reventar de transeúntes, carros de caballo y comerciantes. Dos faroleros acababan de empezar allí su tarea y unos finos jirones de niebla resbalaban por delante del alumbrado de gas.

Jadeaba. Desde que hacía una hora la señora Wunderlich se había plantado delante de su puerta y le había dicho con un guiño lleno de reproches «señorita Hulda, la llaman una vez más a mi teléfono», atravesaba la ciudad a todo correr para llegar a tiempo al piso de los Rothmann, donde Tamar había empezado a tener contracciones. Si al menos hubiera tenido su bicicleta, que le robaron el verano del año anterior, habría podido pedalear hasta la estación y desde allí seguir el viaje en tren. De ese modo hubiera ganado algo de tiempo. Aunque sabía que en el caso de las primerizas el niño podía tardar muchas horas, incluso días, en nacer. Sin embargo, la voz ahogada de la joven la había alarmado, pues por lo visto estaba sola y a duras penas había conseguido llegar al teléfono público. Tamar apenas podía hablar, respiraba de forma entrecortada y eso, según sabía gracias a su experiencia, era un signo de que el parto estaba ya muy avanzado. No obstante, a causa de las huelgas de los servicios de transporte, solo circulaba la cantidad mínima necesaria de trenes y estos iban tan llenos que había que utilizar los codos para lograr subir. Por suerte, a ella nunca le había faltado capacidad para imponerse. Aun así, iba con retraso.

Cruzó a toda prisa el portal con su pesado maletín y corrió a través de los oscuros patios. Un par de ratas huyeron espantadas de sus botas y Hulda subió las ruidosas escaleras de dos en dos. Ya en el segundo piso, oyó los gritos de Tamar, así que reunió sus últimas fuerzas y aporreó la puerta cerrada.

Abrió un joven, el rostro contraído por la preocupación bajo una barba dorada.

—¿Es usted la comadrona? —preguntó innecesariamente—. Soy Zvi Rothmann. Deprisa, por favor, ¡venga!

Hulda entró, se desprendió del abrigo y fue a la cocina para lavarse las manos. El marido de Tamar la seguía como una sombra.

La comadrona volvió la cabeza hacia él.

—¿Cómo es que no me ha llamado usted sino su esposa? —preguntó mientras se frotaba los dedos con un duro trozo de jabón, tan solo un miserable resto—. Tamar no debería haber salido a la calle en su estado.

—Lo sé, lo sé. —Su tono era lloroso—. Yo estaba con el rabino Rubin, esta mañana todavía se sentía bien. Me han informado demasiado tarde, cuando he llegado se encontraba en el mismo estado que ahora.

—Por lo visto le encanta ir al templo —opinó Hulda. Antes de que el joven contestara, otro largo lamento resonó desde el cuarto de Tamar y Zvi. Hulda corrió de inmediato al origen del quejido.

—¡Agua caliente! —le gritó al joven, cuyos cabellos formaban una maraña debajo de la kipá—. Y toallas.

Entonces entró en el angosto cuchitril y retrocedió asustada. Alguien había pintado con hollín señales de la cruz por todo el suelo. Dando un gran paso, Hulda saltó por encima y se arrodilló junto al colchón.

Tamar yacía ovillada sobre la colcha revuelta, su pecho se hundía y se elevaba con rapidez. Por el vestido remangado asomaban las piernas y tenía la espalda mojada de sudor. Cuando reconoció a Hulda, sus ojos brillaron.

—¡Ayúdeme! —susurró. Tenía la voz ronca de tanto gritar—. Por favor, no quiero morir.

—No va a morirse, Tamar —afirmó Hulda. Luego preguntó—: ¿Quién ha pintado todas estas cruces?

—Yo lo hice —musitó Tamar, pasándose la lengua por el labio mordido—. Mi pueblo cree que mantienen al diablo alejado de las parturientas. Pero si ya se ha metido en mí, no sirven para nada. Entonces se coloca en mi hígado, en mi corazón, en mis pulmones y al final se lleva a mi hijo.

—No hay ningún demonio que quiera llevarse a su hijo —replicó con vehemencia Hulda y colocó las manos sobre los hombros de la joven para intentar tranquilizarla—. Ya me encargo yo, prometido. ¡Que se atreva…! Ya verá, dentro de poco tendrá a un niño sano entre los brazos. Pero ahora tiene que cooperar.

—Si al menos mi madre estuviera aquí… —gimió Tamar—. Ella sabría lo que hay que hacer. Traería a un hombre que hubiera atravesado el Éufrates, así sería un parto fácil. Envolvería al niño en una piel de lobo, eso lo protegería.

—Su pueblo cree mucho en la magia —señaló Hulda con voz dulce, como si hablase con un niño—. Su dios ayudará a una muchacha tan valiente como usted, aunque no disponga de una piel de lobo.

La joven volvía a respirar deprisa, se produjo la siguiente contracción. Gritó desesperada, largamente. Hulda la miró preocupada. Luego se arrodilló entre las piernas de Tamar y colocó las manos bajo la falda, palpó en busca de la cabecita del niño y enseguida supo por qué sufría tanto.

—La bolsa amniótica todavía está cerrada.

—¿Eso es malo?

—No, en realidad no, pero el niño quiere salir. El cuerpo del bebé empuja con todas sus fuerzas hacia fuera, pero mientras esté la bolsa no podrá salir. Por eso le duele a usted tanto.

—Ayúdeme —volvió a susurrar Tamar mientras buscaba suplicante la mano de Hulda.

—Claro, todo irá bien.

Hulda se incorporó. Se le ocurrió una idea para distraer un poco a la joven.

—Hace poco me contó que en realidad antes tenía otro nombre. ¿Cuál era?

—¿Cómo?

—¿Cuál era su nombre?

Por un momento, la comadrona solo oyó un jadeo. Luego la mujer dijo en un murmullo:

—Anahit.

—Nunca había oído un nombre tan bonito —dijo mientras rebuscaba en su maletín—. ¿Significa algo en concreto?

—Es la diosa de la fertilidad.

Hulda sonrió bajo la luz mortecina de la habitación.

—Qué oportuno, querida mía. Pues bien, ahora necesita un poco de valor, tanto valor como la diosa que acaba de mencionar.

—¿Por qué? —El miedo impregnaba la voz de Tamar.

—Voy a ayudarla un poco y abrir la bolsa amniótica. Es algo que no hacemos a menudo, la mayoría de las veces esperamos a que el niño salga por sí mismo, pero, en su caso, yo diría que vamos a echarle una mano a su bebé. De ese modo perderá mucha agua y se reducirá la presión que ahora le provoca dolor, pero las contracciones serán más fuertes.

—¡No puedo!

—Sí, sí que puede. Piense en su madre, en lo orgullosa que estaría. ¿Lista?

Se acercaba una nueva contracción, Hulda lo notó por los músculos del cuello de la joven, que se tensaron en ese momento, y por la respiración plana, como si Tamar se preparase para saltar a un río de aguas turbulentas. La joven asintió y entrecerró los ojos.

Con un gesto resuelto, Hulda introdujo una diminuta cuchilla en el interior de la mujer y rasgó con ella la bolsa amniótica. Un chorro de agua saltó al exterior y empapó la cama.

¿Dónde demonios se había metido el esposo con las toallas?, pensó.

Tamar gritó, gritó hasta quedarse sin aliento y se arqueó. Hulda sabía que pronto pasaría. Ahora que la bolsa protectora se había abierto, las contracciones se sucederían tan deprisa que casi no habría tiempo para recuperarse entre una y otra. Animó a Tamar, intentó convencerla de que lo estaba consiguiendo.

Y así fue: pocos minutos después, apareció la cabecita y, con la siguiente contracción, todo el cuerpo del niño se deslizó en las manos de Hulda. El bebé abrió su minúscula boquita, pero en lugar de echarse a llorar como la mayoría de los recién nacidos, mostrando su decepción por haber abandonado de una manera tan incómoda su cálida morada y haber salido al frío del inmenso mundo, solo barboteó suavemente.

—Tal como había predicho usted, ha dado a luz a un varón, Tamar —anunció Hulda. Frotó diligente el cuerpecito húmedo con un paño que estaba por el suelo y lo examinó por encima. Luego cortó el cordón umbilical, envolvió al niño con una manta y se dispuso a dárselo a la joven, que de nuevo se había tendido en el colchón. Sin embargo, Tamar renunció al bebé con un gesto obstinado, se puso de lado y cerró los ojos. Al parecer, ni siquiera quería ver a su hijo.

Desconcertada, Hulda acunó al pequeño en los brazos y le puso el meñique en la boca, de modo que los diminutos y perfectos labios se cerraron alrededor y comenzaron a chuparlo con fuerza. La paz descendió sobre el diminuto cuarto.

—¿Puedo entrar? —preguntaron desde la puerta. Allí estaba Zvi, junto a un montón de toallas, con los brazos colgando sin saber qué hacer, se diría que temiéndose que no lo dejasen pasar.

—Entre. —Asintió Hulda—. Aquí tiene a su hijo.

—Ein *Eyngl* —exclamó con admiración, extendiendo los brazos.

Ruth Rothmann apareció en el cuarto repentinamente, igual que un espectro.

—Deme al niño —ordenó, cogiendo el bebé a Hulda al tiempo que miraba sorprendida a su alrededor—. ¿Qué es lo que has montado aquí? —le preguntó a su nuera—. ¿Exorcismo? ¿Qué hace toda esta porquería y hollín en el suelo? Te juro que todo esto lo vas a limpiar tú sola.

—Madre, déjalo —dijo Zvi, empujándola con suavidad fuera de la habitación—. Vete con el niño al cuarto, yo me quedo aquí. —Se arrodilló junto a su esposa—. Tamar —susurró, apartándole un mechón de pelo del rostro humedecido—. ¿Te encuentras bien?

Ella asintió lentamente. Hulda pensó que se movía como una máquina. Luego contrajo de nuevo su bonito rostro.

—Ahora sale la placenta —le indicó la matrona a los dos—. Zvi, es mejor que espere fuera.

Sabía que en las familias judías era normal que el hombre no viera a la mujer durante el alumbramiento. Se consideraba impuro. La placenta formaba parte del proceso de dar a luz, también entre las comadronas, que solo felicitaban a los nuevos padres tras su expulsión.

Zvi se retiró tímidamente al pasillo y Hulda ayudó a Tamar a relajarse y a empujar por última vez. A continuación, colocó en una de las toallas que el joven había llevado ese gran órgano que durante muchos meses había alimentado al niño en el cuerpo materno, y que ahora ya no prestaba ningún servicio. Lo envolvió, pues no era una visión para naturalezas sensibles, y acarició a Tamar en la cabeza.

—No tiene ni un solo rasguño —dijo—. No tengo que coser nada, ni que curar una herida, nada. Es usted la parturienta perfecta, Tamar. ¿O debería llamarla Anahit?

Una pequeña sonrisa asomó en el rostro de la agotada muchacha.

—¿Puedo dormir? —preguntó—. Estoy tan cansada…

—Voy a lavarla un poco y luego la ayudo a ponerse algo seco —indicó Hulda—, y después le traigo al niño. Es importante que la madre y el hijo se conozcan durante las primeras horas después del parto y que se acostumbren el uno al otro, incluso si un pequeñín así puede dar algo de miedo al principio.

Tamar la miró y rio. Una risa amarga.

—No tengo miedo del bebé —confesó—. Es tan pequeño, tan inocente. Pero sí tengo miedo del amor. De lo que hará de mí. De lo que hace de todos nosotros. ¿Usted no?

Hulda se la quedó mirando. Sentía una presión en la garganta, como si estuviese tragando un bocado demasiado grande.

—Sí —respondió, asintiendo lentamente—. Todos tenemos miedo de él.

Lavó con rapidez a la joven, protegió la ropa interior con unas compresas de tela, ayudó a Tamar a quitarse el vestido mojado y buscó un camisón limpio en la caja que había detrás de la cortina.

—Enseguida vuelvo —advirtió a continuación.

Pasó sin hacer ruido por la cocina hasta el pasillo. Del cuarto de estar salían voces, posiblemente Zvi y su madre estaban hablando. Por lo que ella sabía, el cabeza de familia, Avri, no estaba en Berlín, sino buscando trabajo fuera de la ciudad. Hulda estaba a punto de dirigirse hacia las voces cuando percibió una sombra detrás del cristal de la puerta de la cocina. Abrió y vio a un extraño junto a la ventana, llevaba una kipá bordada en la parte posterior de la cabeza. Acunaba con cuidado entre sus brazos al niño, que dormía. Entonaba por lo bajo unas notas. Tenía una voz preciosa, llena, oscura, cálida. Y también la melodía era bonita, dulce y triste. Hulda no conocía aquella canción. En ese instante el hombre también se puso a cantar la letra, que se extendió despacio por la angosta habitación. Se trataba de unos pocos versos que iban repitiéndose, a Hulda le parecieron los de una oración.

Contuvo el aliento, pues por alguna razón no quería que se detuviera.

Pero el desconocido había advertido su presencia, se interrumpió y se volvió hacia ella. Tenía una barba corta y pelirroja, y unos ojos oscuros que la miraron penetrante, inquisitivamente. Hulda, desconcertada, bajó la vista porque de repente temió que él pudiera descubrir algo que ella no quería revelar.

Tras unos breves minutos, levantó la vista de nuevo.

—Buenas tardes —dijo Hulda, que carraspeó porque se le había quebrado la voz—. ¿Quién es usted?

El hombre se acercó a ella, el niño dormía profundamente en sus brazos. La minúscula nariz respingona del pequeño se encogió como la de un conejo, como si soñara.

—Soy el rabino —contestó—. Esra Rubin.

—Hulda Gold —dijo ella.

El hombre asintió con una expresión risueña.

—Una piedra preciosa, el rubí, junto a un metal precioso, el oro —dijo en voz baja, pero llenando sin esfuerzo la habitación de la cocina—. Maravilloso, ¿no cree usted? Como mirar en el espejo.

La comadrona estaba confusa. ¿Qué estaba el rabino haciendo allí, justo después del parto?

—¿No es un poco temprano para el *brit*? —preguntó—. Pensaba que tenía usted siete días de plazo para la circuncisión.

—¿Usted? —preguntó él con esa mirada todavía risueña, como si nunca perdiese el brillo irónico que asomaba en sus ojos—. ¿Por qué no nosotros? ¿No es usted judía, señorita Gold?

Ella negó con la cabeza.

—No… bueno, en realidad sí. Pero yo no me considero judía.

En ese momento él se echó a reír, de forma oscura y suave. Recordaba el sonido de una cola de terciopelo arrastrándose por el suelo.

—Como si nosotros mismos pudiésemos elegir quiénes somos —apuntó él—. ¿De verdad piensa eso, señorita? Yo opino que nuestros nombres están todos escritos en un gran libro del destino y que, cuanto más se niega uno a ser algo, más lo es.

—Qué idea tan extraña —señaló Hulda—. ¿Quiere saber en qué creo yo? Yo creo en hechos, en las decisiones que tomamos cada segundo. No en ataduras congénitas.

Se miraron en silencio. A ella le pareció que se estaban evaluando el uno al otro con los ojos, como si ambos esperasen la siguiente jugada del contrincante. Pero ¿eran en realidad contrincantes?

—¿Qué canción estaba cantando? —preguntó.

—Solo un pequeño salmo —dijo—. ¿No habla usted hebreo?

Ella negó con la cabeza.

—No, ya lo suponía. Es una lengua muerta, solo en el templo le damos vida nosotros, los rabinos, en la palabra de Dios, en la oración, en las canciones. Los judíos del mundo hablan tantas lenguas como países hay. Países en los que por un breve espacio de tiempo no se los ha perseguido. Donde no se los ha expulsado ni matado, y se les ha dado tiempo para aprender el idioma de su entorno.

—En Berlín nadie mata a los judíos —replicó Hulda—, ya no los persiguen en Alemania.

—Acabo de decir que hasta que dominan la lengua —puntualizó Esra Rubin—. En la actualidad, la mayoría piensa que, a pesar de todo, la tierra en la que nos hemos instalado es la prometida. Pero no debemos equivocarnos. Pronto se producirá una nueva diáspora. ¿No oye usted el aleteo de las aves de rapiña en el aire, el afilar de las espadas de los alemanes?

Hulda no pudo evitar sonreír.

—Me recuerda usted a mi amigo Bert —dijo—. Un hombre inteligente, pero que ve fantasmas por todas partes. Siempre está dándole vueltas a este asunto, dice que la derecha pronto implantará una dictadura.

—Cualquier hombre y cualquier mujer que sea inteligente no debería minimizar tales opiniones calificándolas de fantasmas, sino entenderlas como un aviso —explicó Esra Rubin—. Haga caso de su amigo. Pues ¿sabe usted, estimada señorita Gold? —Aproximó bastante su cara a la de la joven—. A más tardar, cuando los nacionalistas tomen el país, ya nadie le preguntará si quiere ser judía. Para ellos lo será.

Ambos se sumieron de nuevo en un incómodo silencio. El bebé hacía ruido al dormir, sus tiernas mejillas estaban enrojecidas. Hulda lo miró abstraída.

—¿Qué significa la letra en hebreo de la canción? —preguntó.

El rabino volvió a dar un paso atrás, pero el aroma especiado a azafrán y tabaco que había ascendido de su camisa blanca quedó flotando en el aire.

—*Henei ma tov umanaim shevet achim gam yachad* —repitió el breve texto—. «Qué agradable es reunirse con los hermanos.» Trata de la comunidad, ¿sabe? En la que hemos crecido, en la que nos pertenecemos unos a otros, inquebrantable, día a día.

—Qué bonito —dijo Hulda conmovida.

—Sí. —Miró meditabundo la oscuridad a través de la ventana—. Todos nosotros necesitamos un lugar, compromiso, pertenencia. Es la clave de la felicidad. Pues fuera de la comunidad reina la soledad, el caos, la muerte.

Hulda tragó saliva.

—No todo el mundo desea vivir tan firmemente atado —apuntó en voz baja—. A algunas personas eso las agobia. ¿Y qué sucede con los que están fuera, solo porque no pueden pertenecer, porque no se les deja entrar?

—Toda comunidad tiene sus reglas —respondió él—. Sin ellas no funciona nada. Y aquí, en la Grenadierstrasse, yo soy el responsable de que se obedezcan las normas.

Su voz adoptó de pronto un tono duro como el acero, su oscura suavidad había desaparecido. Había dejado de mecer al bebé, que ahora se metía el pequeño puño en la boca y empezaba a succionarlo con ansiedad.

—El niño tiene hambre, necesita a su madre —dijo Hulda extendiendo las manos—. ¿Me permite?

El rabino pareció dudar, como si no quisiera darle al niño. Pero al final le entregó al pequeño. Mientras se lo cedía, su mano tocó el brazo de Hulda y ella retrocedió un milímetro. Enseguida le puso el meñique en la boca al bebé hambriento para que no empezara a llorar. Sin decir nada más, salió con él de la cocina.

—Que la paz la acompañe, señorita Gold —oyó la voz del rabino a su espalda, pero ella ya estaba en el pasillo. Llevó corriendo al pequeño a la habitación.

Cuando entró sin hacer ruido, vio que Tamar dormía profundamente. La pequeña lámpara en el rincón del cuarto emitía un débil brillo.

Hulda se sentó con las piernas cruzadas en el suelo y con el bebé en brazos. Tendría que despertar pronto a la incipiente mamá, pero todavía le podía conceder un par de minutos de tranquilidad. Meció con cuidado al jovencito, que todavía no tenía nombre ni había visto a su madre, y sintió en los brazos un peso sorprendente.

«Parece una hogaza de pan caliente», se dijo Hulda.

En ese momento descubrió un insólito lunar en su sien, justo sobre la oreja izquierda. Le pareció que tenía la forma de un diminuto corazón y no pudo evitar una sonrisa. ¿Tal vez eso le daría suerte? En aquel momento empezaba para él un largo trayecto a través del tiempo, un viaje cuyo fin yacía en la penumbra. ¿Qué debería soportar, pero qué alegrías le esperaban? Nadie lo sabía.

Y eso era una bendición, pensó Hulda al recordar las palabras del rabino acerca de que el destino de cada persona está trazado en el cuadro de la vida. «No —volvió a pensar—. Al final, cada individuo dibuja por sí mismo su existencia.» De eso estaba convencida.

Se apoyó en la pared. Las condiciones de la casa en la que el pequeño había nacido eran de pobreza y miseria, pero en ese momento el ambiente era sobre todo cálido y confortable. Hulda sintió que la tensión desaparecía y se aproximaba el cansancio, una pesada y agradable languidez tras la tarea que ella, y todavía más Tamar, habían realizado. El niño tenía los ojos cerrados y volvía a dormir. También Hulda dio una breve cabezada. Pero el recuerdo de la melodía que Esra Rubin había entonado en la cocina la despertó sobresaltada.

Algo en el joven rabino la había inquietado. Pese a su mirada risueña, lo rodeaba una frialdad que la espantaba y cuyo origen, al mismo tiempo, la fascinaba.

8

Jueves, 25 de octubre de 1923

Después de despertar suavemente a Tamar y enseñarle cómo llevarse el niño al pecho, Hulda se despidió abatida. Aunque la joven madre seguía mirando a su hijo con cierto temor, se dejó convencer para cogerlo y darle de mamar. Hulda esperaba que fuera familiarizándose con él a medida que pasara el tiempo. También había dado un par de indicaciones a Zvi Rothmann cuando este por fin se unió con su familia en el cuarto. La suegra no había vuelto a aparecer. Zvi volvió a contar que su padre estaba en Brandemburgo y que esperaban que les trajese buenas noticias y algo de comida. Hulda sabía que muchos berlineses iban a los campos cosechados de los alrededores para recoger los restos. Pero no estaba especialmente interesada por el paradero del padre, sino más bien preocupada porque la tensión entre Tamar y la señora Rothmann pudiese perjudicar los primeros días posteriores al parto. Por el momento, sin embargo, no podía hacer nada más salvo prometer que volvería al cabo de dos días.

—¿En *sabbat*? —había preguntado aterrado Zvi—. Mis padres no lo consentirán.

—Yo no tengo nada que ver con su *sabbat* —había replicado Hulda mientras tapaba por última vez a la madre y al niño—. Soy responsable de su esposa y del pequeño, y estaré aquí a las tres en punto.

Dicho lo cual había cogido el maletín y se había marchado. No entendía a esa gente. Las miradas que Zvi dirigía a su joven esposa parecían llenas de amor sincero y de preocupación, cualquiera se daría cuenta de lo mucho que la quería. Pero por otra parte no había considerado necesario quedarse a su lado en esos días tan críticos y se había arriesgado a que ella tuviera que arrastrarse hasta el teléfono público mientras él estaba en su *stibl*. Y parecía tener tanto miedo de su madre como Tamar. Era poco probable que defendiera a su esposa frente a la mujer mayor.

Mientras avanzaba por el oscuro barrio, se preguntaba cómo se habrían conocido los dos. Qué había empujado a Tamar a caer desde la lejana Esmirna en el seno de aquella familia judía de Galitzia y a seguirla hasta Berlín cuando en los ojos de Ruth Rothmann se apreciaba con claridad el rechazo que sentía hacia su nuera.

Hulda se estremeció ante la idea de depender tanto de una persona de quien se recibía un desprecio tan evidente. Una mujer nunca era tan vulnerable como en los días posteriores al alumbramiento, nunca necesitaba más calidez, tranquilidad y protección que en los días en los que la tensión del parto, que había despertado en su interior una fuerza hercúlea, se desprendía de ella y dejaba sitio a una extraña melancolía. Era como si la subida de la leche en sus pechos abriera una puerta a través de la cual todos los pensamientos negros, todo el miedo y la tristeza que habían dormido en las mujeres escaparan y tomaran posesión de ellas. Hulda se propuso visitar a Tamar en las próximas semanas con tanta frecuencia como le fuera posible y apoyarla, dado que era evidente que nadie lo hacía de verdad.

Luego pensó en ese rabino que entraba y salía de la vivienda de los Rothmann con toda naturalidad, como si fuese un miembro más de la familia. ¿Era por eso que le habían confiado a él el niño recién nacido en lugar de a Zvi? ¿Por qué andaba solo con el bebé por la cocina como si tuviera los mismos derechos que el padre? Y, si había llegado como guía espiritual, como guardián de la comunidad, tal como se había presentado a Hulda, ¿por qué ni siquiera se había interesado por Tamar? ¿Acaso no necesitaba ella su apoyo? ¿O a sus ojos no lo merecía por ser armenia, por ser cristiana?

Inmersa en todas esas reflexiones, Hulda no se fijó en que había tomado la dirección equivocada. Se encontró de sopetón en una calle desconocida. Era estrecha, con casas inclinadas y carteles de comercios clavados de cualquier modo. También ahí había muchos rótulos en hebreo. Hulda estaba a punto de darse media vuelta, cuando oyó salir una melodía por la puerta abierta del sótano de un viejo edificio. Era una flauta, no, un clarinete, luego un violín. Era una melodía alegre, desenfadada y desafinada, pero a ella le pareció encantadora. El frío viento de otoño transportaba los jirones de notas por la escalera hasta ella, pero la puerta se cerró de golpe y cortó la melodía en medio de un compás.

Hulda se inclinó curiosa sobre la puerta. De cara a la calle, habían clavado a la valla ladeada un pequeño cartel de cartón en el que solo se leía: «Sala de baile». A Hulda le acudió a la mente la velada en el teatro Wintergarten, a donde había ido con Karl. Desde entonces no había oído nada más de él y había intentado borrar el recuerdo de su imagen; de cómo, tras una gélida despedida nocturna en la Potsdamer Platz, se había alejado de ella alicaído y con las manos hundidas en los bolsillos del abrigo en dirección a la parada del tranvía.

¿Por qué no iba ella a salir a divertirse alguna vez sin él? ¿Qué le impedía entrar en esa sala de baile, beber una cerveza y disfrutar de la música? Solo los pequeños compases que había escuchado desde la calle le habían sentado mejor que todos los números de la elegante orquesta del teatro de variedades que había visto con Karl.

Sin pensárselo dos veces, bajó los dos escalones y se introdujo en el local por la pequeña puerta.

El aire se podía cortar. El espeso humo de cigarrillos pendía en la entrada como una tela de araña a través de la cual tuvo que abrirse paso para llegar a la pequeña y abarrotada sala. Hulda pocas veces había visto a gente tan diferente junta. También allí algunos hombres llevaban la kipá, pero se habían quitado los abrigos y remangado las mangas de la camisa, lo que les daba un aspecto más juvenil, menos serio. Asimismo, vio a muchos obreros con sus característicos zapatos recios de punteras de metal y con las gorras de visera pringosas que se retiraban casi hasta la nuca. Tiraban de los tirantes para hacerlos chasquear, fumaban sin tragar el humo y brindaban con la botella de cerveza. La mayoría de las mujeres iban ligeras de ropa, pero no con elegantes telas de seda, sino con blusas gastadas y tejidos baratos con lentejuelas. El maquillaje en algunos rostros era tan chillón que apenas se lograba intuir los auténticos rasgos de la cara.

No había escenario. La orquesta, compuesta por cuatro hombres, tocaba en el centro del desgastado entarimado de madera, junto a la barra. Y lo hacía con todo el fervor. El clarinetista tenía la frente empapada de sudor y ponía el alma entera en las notas que arrancaba del instrumento. Las crines del arco del violín flotaban en el aire mientras los dedos del violinista saltaban sobre las cuerdas sin llegar a posarse siempre en el lugar correcto, según apreció Hulda, aunque eso no envilecía la belleza de la música. Un jovencito soplaba en el peine, y un tipo flaco y tan alto como la copa de un pino aporreaba un piano que había conocido tiempos mejores. Con algunas notas, el teclado vibraba de forma lamentable en el interior del instrumento, pero el hombre no se dejaba intimidar y el vocerío del auditorio lo animaba todavía más.

Muchos de los clientes del establecimiento hacían honor al nombre que colgaba fuera, en la valla: movían el esqueleto sin atenerse a ninguna regla. Todos giraban, daban vueltas, bailoteaban y seguían el ritmo en la pequeña sala, y de golpe Hulda sintió ganas de unirse a ellos. Dejó el pesado maletín en un rincón oscuro. Puesto que esa tarde se había marchado a toda prisa, no llevaba uniforme, solo una falda larga hasta la pantorrilla y un pulóver escotado. Se deslizó hacia abajo el pañuelo que llevaba en la cabeza y se pasó la mano por el cabello negro cortado a la altura de la nuca. Se percató de que dos hombres la observaban y sonreían con admiración. Espoleada por aquel aplauso mudo, Hulda se unió a los bailarines y empezó a moverse al compás de la música. Echó la cabeza hacia atrás, cerró los ojos y dejó que el pulso de la orquesta se convirtiera en el suyo propio, que le llegara hasta las piernas, los pies, la cabeza y, al final, hasta el corazón. ¿Qué había dicho Tamar? ¿Que el diablo se le quería instalar en los pulmones, en el corazón? «Pues bien, si el demonio está presente aquí —se dijo Hulda, traviesa—, puede tomar posesión de mí tranquilamente.» No le tenía miedo, no necesitaba cruces de hollín ni severos rabinos para protegerse. Era libre.

—Yo la conozco —le susurró una voz al oído, y Hulda abrió los ojos sorprendida. Delante de ella estaba una joven de brazos y piernas largos vestida con un brillante vestido charlestón. Hulda tenía uno similar y, al igual que sucedía con el de su interlocutora, se veía estupendo a primera vista, pero raído al observarlo más a fondo.

—Ah, ¿sí? —respondió vacilante. No conseguía adivinar ni de qué ni de dónde conocía a la joven.

—Usted se llama Hulda Gold —dijo la chica, agitó su melena de un rubio ceniza y resplandeció—. Ayudó a mi hermana a tener un niño, el invierno pasado. Se llama Edith Schlemmer, y yo soy Emmi.

—Exacto. —Hulda lo recordaba ahora.

Emmi la llevó a un lado y le tendió un vaso.

—¿Le gusta el vino?

—Gracias —dijo Hulda aceptándolo. Bebió, intentó ignorar el gusto ácido y le devolvió el vaso a Emmi.

Una morena bajita con un vestido ceñido se unió a ellas.

—Esta es mi amiga Gerti —dijo Emmi—. Gerti, esta es la señorita Hulda. Le salvó la vida a mi hermana.

—Eso es exagerar —protestó ella —. Y, por favor, llámeme solo Hulda, lo de señorita no encaja aquí dentro.

Las dos chicas se echaron a reír.

Emmi sacudió la cabeza con determinación.

—Qué va, en serio, Gerti, el bebé se había atascado y no lo hubiera conseguido solo. Fue gracias a que Hulda realizó una maniobra milagrosa, junto con el doctor, que pudo salir.

Gerti soltó un grito.

—Me alegro de no haber tenido que verlo.

Hulda lo recordó todo. El niño estaba bocarriba. El alumbramiento se retrasaba. Después de veinte horas de contracciones, tuvo que llamar al médico que estaba de servicio, el doctor Schneider, lo que no era de su agrado porque lo consideraba un vanidoso que solo esperaba a que las comadronas autónomas cometiesen un error. Pero en ese caso todo salió bien, unieron fuerzas para aplicar la efectiva maniobra Kristeller y salvaron a la madre y al niño.

—¿Cómo le va al bebé? —preguntó Hulda.

Miró de reojo el vino que sostenía Emmi. Cuando esta se dio cuenta, le acercó sonriendo el vaso.

—Toma, para ti. ¡Al crío le va bien! Ya anda gateando por la habitación y está volviendo loca a mi hermana yendo de un lado para otro. —Luego movió la cabeza afligida—. Es la niña de sus ojos, sobre todo ahora, después de lo de Albrecht.

—¿Su marido? ¿Qué le ha pasado?

—Se murió —respondió Emmi impertérrita, aunque Hulda advirtió un brillo traidor en sus ojos—. Una explosión en la fábrica, patapum. De él no quedó nada que enterrar en la tumba.

—Emmi, no deberías hablar así —musitó Gerti, colocándole la mano en el brazo.

—Pero es la verdad —protestó Emmi—. Mi hermana está hecha polvo. Sola con el niño, sin ahorros ni nadie que sustente a la familia. En un par de semanas no tendrá nada y, entonces, apaga y vámonos. Perderá el piso, el dueño está esperando a que no pueda pagar el alquiler, así podrá realquilarlo más caro. Pero con el niño dependiendo de ella, ni siquiera podrá…

Antes de que pudiera seguir hablando, su amiga le dio una patada en la espinilla y Emmi cerró de inmediato la boca y se quedó mirando al frente.

A Hulda le dio pena enterarse del terrible estado al que había llegado su antigua paciente. Las mujeres, sobre todo las que eran pobres, se hallaban sin excepción sobre un barril de pólvora. En cuanto algo imprevisto sucedía, como que falleciera su esposo, carecían de cualquier tipo de red de seguridad.

Pensativa, miró a Emmi. Vio las mejillas febriles de la joven en una tez por lo general de un blanco resplandeciente; las profundas hendiduras de las clavículas y las sombras oscuras bajo los ojos. Como si pasara noches enteras despierta y no durmiera ni comiera lo suficiente. Descubrió en sus brazos manchas azules, igual que si la hubiesen agarrado con violencia. De repente nació una sospecha, pero no dijo nada, tan solo rebuscó en el bolsillo de la falda y sacó un poco de dinero que tendió a Emmi. Esta se negó avergonzada, pero Hulda insistió.

—Me he bebido todo tu vino, acéptalo.

Con una mezcla de vergüenza y avidez, Emmi agarró el billete y se lo guardó con premura en el escote.

—¡Muchas gracias! No lo olvidaré. —Le temblaban los labios.

—Basta ya de pensamientos tristes —exclamó Gerti agarrando a su amiga de la mano—. Esta noche queremos pasarlo bien, bailar y beber.

Hulda vio que Emmi pestañeaba para liberarse de una lágrima y sonrió a las dos muchachas.

Gerti cogió con la otra mano el brazo de Hulda y volvió a arrastrarla entre la masa de bailarines. La comadrona se entregó de nuevo al ritmo de la música. Cerró los ojos, abriéndolos solo de vez en cuando para mirar a sus compañeras de baile, que se movían al compás muy cerca de ella. Los colores de los vestidos, los círculos luminosos de las lámparas girando, las melodías que fluían a su lado, todo ello le producía un ligero mareo, al tiempo que disfrutaba del calor de todos esos cuerpos que la rodeaban y de las bocas sonrientes que aparecían y desaparecían. De vez en cuando, Emmi o Gerti la cogían del brazo, un pequeño gesto de confianza entre afines. Todas querían divertirse un poco, incluso si en el exterior el mundo era frío e inhóspito y un viento gélido soplaba en la ciudad.

Cuando Hulda volvió a abrir los ojos, tuvo tiempo de ver que un tipo con un pantalón bombacho arrastraba a

Emmi. Con el brazo rodeó las caderas huesudas de la joven en un gesto posesivo que no engañaba a nadie. Perpleja, se volvió hacia Gerti, que se limitó a encogerse de hombros y seguir bailando. Luego se acercó otro hombre, este mayor, con la cara llena de cicatrices de la viruela. Agarró a Gerti del brazo con rudeza y la estrechó contra sí. Hulda esperaba que ella lo separase de un empujón, pero, para su sorpresa, Gerti levantó su cara redonda hacia él y le dio un beso en la mejilla. A continuación, ambos desaparecieron también entre el gentío; Hulda los volvió a ver un instante antes de que desaparecieran en las habitaciones posteriores del local.

Tragó saliva y se reprendió por sorprenderse ante hechos que cualquier niño de aquella ciudad conocía. ¿Tan centrada estaba en sí misma? ¿En su complicado amor por Karl y sus salidas al templo del ocio de los ricos, en sus banales preocupaciones, que no veía la miseria y la penuria de los desheredados? ¿Acaso no sabía bien que eran siempre las mujeres, las mujeres y los niños, los primeros en ser arrollados y despedazados por las ruedas de la pobreza? Edith Schlemmer tenía que criar a un hijo ella sola, y seguro que su hermana Emmi no la dejaba en la estacada, sino que trabajaba por dos, incluso por tres si se contaba al niño. Era de suponer que tampoco su amiga Gerti tendría un puesto de trabajo seguro de dependienta o mecanógrafa con el que mantenerse, su provocativo vestido ya lo decía todo. Cuando no se tenía más que el cuerpo, había que utilizarlo para mantenerlo, eso estaba claro.

De improviso se le quitaron las ganas de bailar. Tenía un gusto agrio en la boca y el cansancio se apoderó de ella. Quería sentarse sola en el vagón, apoyar la frente en el cristal frío de la ventana y escuchar el chirrido de las ruedas sobre las vías. Se abrió camino apresurada entre la gente, que había ido cerrando un círculo cada vez más ceñido a su alrededor. Agarró el maletín, que seguía estando en el rincón de la sala y se enderezó. Un hombre robusto con calva incipiente se abalanzó sobre ella y le agarró el pecho con brusquedad.

—Qué, guapa, ¿te vienes conmigo?

—Ya puedes estar bien seguro de que no —respondió Hulda fríamente apartándole la mano—. De mí no vas a sacar nada.

Iracundo, el tipo gritó a sus espaldas.

—Seguro que eres un hombre y no una mujer, ¡un tío tan alto como tú…! ¡Un pervertido, un maricón disfrazado!

Ella no se volvió. «Fuera, he de salir de aquí», pensó mientras se abría camino a codazos. La sensación de no poder respirar se apoderó de ella. Los cuerpos ondulantes de los bailarines cada vez la presionaban con más fuerza. La salida parecía alejarse cuanto más intentaba alcanzarla, nadaba en un mar agitado cuyos remolinos amenazaban con tirar de ella y hundirla. El pánico fue creciendo en su interior.

Justo en ese momento vio que un joven que llevaba una especie de camisa de uniforme saltaba desde el borde de la pista de baile sobre otro que estaba justo al lado de ella y le propinaba un puñetazo en plena cara.

Ella lanzó un grito, pero lo ahogó el vocerío que se levantó por todos lados. En un abrir y cerrar de ojos, varios hombres se estaban pegando entre sí y las mujeres chillaban. Se rompió un vaso, luego otro.

—¡Judíos de mierda! —gritó el de la camisa, al que se habían unido otros con un atuendo similar—. ¡Vamos a acabar con todos vosotros, parásitos!

¿Habían estado esos hombres todo el tiempo ahí o acababan de entrar? Hulda lo ignoraba. Pero ahora sentía miedo de verdad, quería huir de aquella trifulca. Agarró el asa del maletín y ya se precipitaba hacia la puerta cuando un dolor impreciso la asaltó por sorpresa. Se llevó la mano a la cabeza extrañada y miró a su alrededor, pero el propietario del codo con el que había chocado volvía a participar en la refriega sin preocuparse de a quién había golpeado.

Hulda tenía la sensación de haberse estrellado contra un muro. Unas lucecitas brillantes giraban ante sus ojos y, de pronto, todo se oscureció. Cayó de rodillas, luchó para no perder el conocimiento. La puerta del local volvió a abrirse, Hulda notó una ráfaga de aire frío.

—¡Policía! —gritaron unos agentes de uniforme—. Deténganse de inmediato. Desalojamos el local.

—¡Hulda! —oyó que alguien le gritaba al oído. Levantó la vista con la mirada nublada y distinguió a Emmi, con el labio sangrando. Un tirante de su vestido se había roto.

—Deprisa, ven, tenemos que salir de aquí —susurró Emmi y juntas se encaminaron tambaleando hacia la puerta. A Gerti no se la veía por ningún lado, a lo mejor ya estaba fuera.

En el callejón oscuro había tres coches de la policía, un par de agentes con porras esperaba en la acera. Uno agarró a un joven por el cuello de la camisa, una similar a la que llevaba el que había empezado la reyerta y junto a cuyos pies brillaba a la luz de la farola un puño americano. Otro poli le puso las esposas. El chico gruñó, pero no se defendió.

Cuando Hulda y Emmi pasaron por su lado, se detuvo, miró a Hulda y escupió delante de ella.

—Cerda judía —dijo.

Los policías se limitaron a reír, ninguno lo reprendió. Entonces, uno de los agentes dijo:

110

—Tienes razón, colega. Pero nosotros solo cumplimos con nuestro deber. Así que al furgón.

Con una sonrisa bonachona empujó al camorrista dentro del vehículo policial y cerró la puerta.

A Hulda le flaqueaban las rodillas cuando Emmi la arrastró con ella. Al doblar la siguiente esquina, se sentó en el murete de acceso a una casa y dejó caer el maletín.

—Caray, Hulda, has ido a parar al centro del meollo —señaló Emmi, sacando un pañuelo no demasiado limpio de su corpiño, con el que secó la sien de Hulda, que por lo visto sangraba. La comadrona se estremeció.

—Deberías ir al médico.

—Qué va —descartó ella—. Estoy bien. En casa me echaré un vistazo, yo misma me limpiaré la herida. ¿Tú has salido indemne?

Emmi asintió. Sus cabellos claros colgaban enmarañados en torno a su delgado rostro.

—Hoy sí —dijo, y se pasó la lengua por el labio abierto—. Escucha, ya que estamos aquí… Seguro que tú conoces algún sitio donde se pueda ir con una… enfermedad de mujeres, ¿no?

—¿Enfermedad de mujeres? —Hulda miró el pañuelo manchado de sangre y reflexionó—. ¿Te refieres a un… embarazo?

—¡Dios me libre! —Emmi hizo un gesto de rechazo—. No soy tan boba. No, pero hay algo por ahí abajo… que no va bien. —Bajó la cabeza—. No se cierra, ¿entiendes? Como una olla que pierde agua.

Hulda asintió.

—Entiendo.

—Pensaba que esto solo le pasaba a las mujeres que tenían muchos hijos —dijo afligida—. A las viejas, ¿sabes?

—No, por desgracia, no —contestó Hulda—. Durante mi formación en la clínica para mujeres vi a muchas chicas jóvenes que tenían este problema. Es algo propio de tu… profesión. Una especie de desgaste, ¿comprendes?

—Es posible que tengas razón. —Emmi la miró malhumorada—. Siempre les digo a los hombres que vayan con cuidado, pero, sabes, en cuanto te pagan se piensan que pueden hacer cualquier cosa contigo.

Hulda suspiró.

—Ve a la clínica para mujeres de la Artilleriestrasse. El médico jefe tiene fama de filántropo y se comenta que atiende a mujeres en apuros. Dicen que a veces hasta da dinero a las que están en un aprieto cuando dejan la clínica. Allí te ayudarán.

—Gracias —dijo Emmi. Se levantó—. Que te vaya muy bien, Hulda.

—A ti también.

Hulda la siguió con la mirada hasta que fue engullida por la oscuridad de la noche. Se quedó sentada un rato más, inspirando el aire frío que olía a fuego y a gasolina. Luego se levantó con cuidado. Sus pies la sostenían. Y de ese modo se encaminó, tambaleante pero imperturbable, hacia la estación, intentando no pensar en el odio que había en la voz del matón que le había gritado «cerda judía».

El viento empujaba a su lado un trozo de tela. Era rojo, con un círculo blanco recortado por unas rayas negras y una extraña y angulosa cruz. El jirón de tela parecía una bandera y siguió a Hulda como un perro faldero, se frotó contra sus tobillos y se alejó revoloteando cuando llegó a la puerta de ladrillo de la estación.

Un tren nocturno pasó sobre su cabeza atravesando el cielo en penumbra. El metal chirriando sobre el metal, prolongada y quejumbrosamente: la melodía continua de la gran ciudad, que nunca enmudecía.

9

Viernes, 26 de octubre de 1923

MARGRET WUNDERLICH DECAPITÓ con ímpetu el huevo y un par de pedacitos amarillos volaron por el aire y aterrizaron en el plato de Hulda.

El olor le revolvió el estómago, pero la casera no se dejó distraer y se dispuso a vaciar la cáscara blanca con la cucharilla de madreperla que desde antaño se utilizaba en la casa Wunderlich para esa labor, pues el sabor a plata de los otros cubiertos enturbiaba el placer de comer huevos cocidos. Se llevó el botín a la boca y lo paladeó satisfecha mientras Hulda se llevaba a toda prisa el pañuelo a los labios y bebía a continuación un buen sorbo de café.

—Un huevo de gallina costaba hace un par de días diez millones —dijo la señora Wunderlich escandalizada mientras comía—. Por suerte fui al mercado central justo a principios de mes y gasté todo el dinero del presupuesto de la casa. Tendría que haberlo visto, señorita Hulda, la gente casi se pegaba por comprar algo que llevarse a la boca, un auténtico caos. ¡Pero Margret Wunderlich no se deja intimidar! ¡Imagínese que hasta tuve que llamar a un taxi para llevar toda la mercancía! Hoy todo vale tres veces más. —Miró a Hulda compungida—. A propósito, señorita Hulda, en noviembre volveré a subir el alquiler, seguro que lo entenderá. De lo contrario, tendría que cobrar el desayuno aparte.

Hulda asintió.

—Por supuesto, señora Wunderlich.

—De todos modos, si sigue comiendo igual que un pollito, ganaré una verdadera fortuna gracias a usted. —Señaló con el rostro lleno de reproche el plato de Hulda. Una rebanada de pan yacía allí sin tocar después de haber sido untada con un poco de mantequilla—. ¿No le gusta?

Hulda trató de sonreír y hacer un gesto positivo, pero al intentarlo la cabeza le empezó a zumbar como si tuviera toda una bandada de pájaros ahí encerrada. Cerró los ojos e inspiró despacio.

La señora Wunderlich la miró inmisericorde.

—A mí no se me escapa ni una —dijo—. Señorita Hulda, una mujer como usted, a su edad, ya debería saberlo. ¿Ha vuelto a coger otra de sus borracheras?

—¿Otra? —preguntó Hulda, abriendo con esfuerzo los ojos. Intentó adoptar una expresión digna, pero ella misma fue consciente del fracaso—. Señora Wunderlich, de verdad, soy la virtud en persona. Bebí medio vaso de vino, no más. Sufrí un pequeño accidente, eso es todo.

—¿Accidente? —La señora Wunderlich alejó la huevera, y su imponente pechera ascendió y descendió dramáticamente bajo la bata de seda azul cielo—. Querida señorita Hulda, a mí cada día me salen más canas.

Con los ojos entrecerrados, Hulda observó los rizos blancos como la nieve que envolvían los rulos bajo la redecilla. La patrona ya tenía esas canas cuando ella se instaló, años atrás, en la buhardilla; nadie podía echarle a Hulda la culpa de eso.

Pero la señora Wunderlich sí podía.

—¡Me llevará usted a la tumba, querida mía! —Se levantó, se acercó a Hulda, y acercó su cabeza a su mullido vientre.

La comadrona olió el aroma dulzón de la casera, siempre llevaba el mismo perfume. Como si fuera una muchacha joven encarnada en el cuerpo de una anciana matrona. Se sintió mareada de nuevo y apartó el rostro de las azules y aromáticas arrugas de seda.

Pero la señora Wunderlich no la soltó.

—Dígame —insistió, dando unas palmaditas a Hulda en la espalda—, ¿qué tipo de accidente? ¡Recuerde que tengo el corazón débil!

Hulda pensó que el corazón de la señora Wunderlich sobreviviría de largo a todos los de la casa. Pero se limitó a sonreír.

—Nada del otro mundo, en serio. Salí de noche de atender un parto y me di contra una farola, así de simple.

—¡Déjeme ver!

De mala gana, Hulda cedió y se levantó ligeramente la gorra. Debajo, la sien estaba de color morado y la piel levantada. La noche anterior, ya en su habitación, se había limpiado la herida delante del espejo con un paño y algo de alcohol, y había decidido que no era necesario coserla. No era algo serio, pero dolía. Y, al volver a sentir el malestar por la mañana, sospechó que había sufrido una ligera conmoción.

La señora Wunderlich, sin embargo, juntó las manos con gran dramatismo al ver la herida en la cabeza de su inquilina y exclamó:

—¡Jesús, María y José! ¡Qué mal aspecto tiene!

—No es para tanto —la tranquilizó Hulda, calándose la gorra rápidamente.

—¿Ha ido al médico?

—No, no es necesario. Yo misma he estudiado enfermería, ¿se acuerda?

La señora Wunderlich emitió un chasquido de desaprobación.

—Usted es comadrona, no enfermera —dijo—. Y tampoco es médica. ¿Dónde se ha visto que la gente se cure a sí misma? Tiene que acudir a un experto.

—Se refiere a un hombre —contestó Hulda con frialdad. Pero enseguida se arrepintió de aquel arrebato de rebelión, pues sabía que la señora Wunderlich se aferraría con obstinación al problema como un terco *terrier* que no soltaba a su presa.

—A alguien que sepa de la materia —replicó la patrona con ese tono prudente en la voz que siempre adoptaba cuando quería convencerla de su opinión y pensaba estar muy cerca de su objetivo—. Que sea hombre o mujer a mí me resulta indiferente, ya debería conocerme bien. «Vive y deja vivir», esa es mi consigna.

—¿Ah, sí? —Hulda reprimió la risa. No le cabía la menor duda de que la señora Wunderlich era una persona honesta, pero la tolerancia no era uno de sus atributos más destacables.

—Sí, me está oyendo bien —insistió la mujer. Había regresado a su puesto junto a la mesa de la cocina y en ese instante volvía a vaciar el huevo cocido. Con unos movimientos casi violentos mojó en el interior los trozos de pan, y un poco de yema se quedó enganchada al vello blanco que le crecía sobre el labio superior—. En cualquier caso, «el ser humano conveniente» será capaz de ver que esa herida no se ha producido al chocar contra una farola, eso lo sé hasta yo. Incluso un ama de casa sin formación lo sabría, señorita Hulda, y también un ciego con bastón.

Hulda se estremeció.

—Señora Wunderlich... —empezó a decir, pero la casera ya estaba lanzada.

—Debería avergonzarse, mira que mentir a una anciana que solo quiere lo mejor para usted —se quejó, contrayendo afligida la sotabarba—. Desde que apareció en la alfombrilla de la puerta con su maletita y su mirada triste, me hice responsable de usted, señorita Hulda. Su madre había muerto y me dije: «Margret, esta es una tarea que debes asumir». Y desde entonces no ha pasado ni un solo día en que no me haya preocupado por usted.

—Eso es muy amable. —Hulda estaba realmente agradecida. Pero ahora buscaba desesperada una oportunidad para interrumpir el torrente de palabras. Aunque, como bien sabía, nada podría frenarlo.

—Siempre puede confiar en mí, ¿o es que no lo sabe? Pero, en lugar de eso, me cuenta mentiras; se va por ahí toda la noche, se sienta a la mesa conmigo pálida y flaca como un alma en pena, como si fuera usted su propio espectro. ¿Qué opina su prometido de sus escapadas?

—¿Mi prometido?

—Pues sí, el apuesto comisario que todavía no me ha sido presentado. Pero he visto la fotografía que tiene en su cuarto. ¡Al limpiar el polvo, no vaya a pensar que ando fisgoneando!

La señora Wunderlich perdió un instante el hilo y Hulda aprovechó el momento.

—No estamos prometidos, el señor North y yo solo somos amigos.

—¡Amigos, no me haga reír! —resopló la señora Wunderlich, que empezó a recoger los cubiertos de su inquilina tras asegurarse de que esta ya no se iba a comer la rebanada que tenía en el plato—. Así lo llaman ahora. —Colocó otro plato encima y lo guardó todo en la despensa. Su voz se oía apagada pero imparable cuando continuó hablando—. Una mujer como usted no debería andarse con contemplaciones. Es guapa, sí, casi una belleza si no tuviera esos ojos tan raros. Pero sin medios y, si me lo permite, ya no es tan joven.

Si un comisario tan elegante pasa por su lado, con un sueldo y un empleo del Estado, con unas gafas que le dan un aspecto tan inteligente y, posiblemente, siendo de buena cuna, ¡tiene que pillarlo! ¿A qué está esperando?

Hulda miraba sin pestañear el hule con que la señora Wunderlich cubría la mesa cada día desde que ella desayunaba ahí. Verde claro, con triángulos negros que, al observarlos con detenimiento, formaban un estampado geométrico. Debajo de la mesa, el gordo gato negro de su casera se frotó contra sus pies, y Hulda le propinó con disimulo una patada. El animal se marchó dando un bufido y ella se avergonzó de sí misma, pues, ¿qué culpa tenía el minino de que su ama fuera así de perspicaz?

«De buena cuna… Ya, ya», pensó. Karl era huérfano y no sabía nada de sus orígenes, pero a ella eso no le importaba. Y en lo que se refería a los otros puntos… ¿Tenía razón la señora Wunderlich? ¿Era demasiado difícil de contentar, demasiado vacilante? ¿Debía arrastrar a Karl al Registro Civil y a partir de ahí pasar todas las noches con él, sin miedo a las consecuencias, sin temor a volver a quedarse sola? ¿Sin miedo a que la abandonase en la miseria como les había ocurrido a muchas chicas con un hijo ilegítimo?

—Bien sabe usted que tengo toda la razón. —La voz volvía a escucharse clara y nítida de nuevo, había cerrado la puerta de la despensa y se puso a frotar el hervidor de agua en el fregadero para dejarlo bien brillante—. No sea tonta. No lo deje escapar, hija mía, no va a encontrar otro mejor. —Se detuvo un momento—. ¿O es por romanticismo? Las chicas jóvenes siempre tropiezan con lo mismo. Pero el apetito viene con la comida, el amor viene con el matrimonio, ya verá.

—No es por falta de apetito —respondió Hulda en voz baja—. Apetito hay.

—Bien, ¡estupendo! —exclamó la señora Wunderlich, que puso a escurrir el hervidor entusiasmada—. Entonces espero el anuncio en el periódico.

Hulda se levantó malhumorada. El café se había enfriado, pero lo acabó de pie. Por supuesto no era café auténtico, no lo había visto en Berlín desde hacía meses. A lo mejor Felix todavía guardaba un par de paquetes en el almacén del Café Winter, pero llevaba tiempo sin pasar por allí. Y tardaría en hacerlo, después de su último encuentro.

—Entonces, ¿qué ocurrió en realidad? —insistió la señora Wunderlich.

Aquellas palabras arrancaron a Hulda de sus pensamientos.

—¿Qué? —preguntó distraída.

—El accidente —respondió impaciente la casera. Se interpuso en el camino de Hulda, una montaña de seda azul brillante con rulos balanceándose en la cabeza y los brazos cruzados frente al pecho. Imposible pasar de largo, eso seguro.

—De acuerdo —dijo Hulda, que volvió a sentarse. En realidad, le sentaría bien, se sentía un poco mareada—. Ayer por la noche estuve en una sala de baile. —Ignoró las cejas arqueadas de la señora Wunderlich—. Y dentro se produjo una pelea, un puñado de estúpidos haciendo de banda de matones.

—Por todos lo santos —jadeó la mujer—. ¿Y usted estuvo en medio de la pelea?

—Solo por casualidad —minimizó la situación Hulda—. Recibí por azar, porque estaba ahí. Eso es todo.

—No, no —dijo la señora Wunderlich, arrugando la frente—, hay más. Lo noto en los callos.

Hulda bajó los párpados y puso por debajo los ojos en blanco. Los callos de la señora Wunderlich hacían las veces de oráculo. Sabían qué tiempo haría al día siguiente y predecían enfermedades y muertes. Y, al parecer, ahora también conocían el pasado.

La señora Wunderlich no soltaba presa.

—¿Quiénes eran esos matones?

—Gente de derechas —respondió Hulda abriendo los ojos. Vio el horror plasmado en el rostro de su casera.

—¿Gente de derechas? ¿Se refiere a la política?

—Sí, llevaban unos uniformes hechos en casa, como si pertenecieran a un ejército, y unas banderas que ellos mismos habían pintado. Uno de ellos tenía un puño americano y otro una porra.

—¡Qué brutalidad! —exclamó la señora Wunderlich y se acercó una silla. Se sentó y se abanicó—. ¿Y qué pretende esa gente tan violenta?

—Por lo visto hay muchos judíos que también frecuentan el local —contestó al tiempo que observaba con disimulo, pero atenta, cómo reaccionaba su casera—. Los chicos con kipá eran el blanco de ese grupo.

—Qué horror —gimió la mujer. Se presionó con una mano el pecho ondulante. Luego se puso en pie con una agilidad sorprendente para alguien con su corpulencia, fue al aparador y cogió una botella de cristal tallado y dos vasos pequeños de cristal. Los llenó generosamente hasta el borde y los llevó a la mesa.

—Necesito unas hierbas para recuperarme del susto —anunció antes de dar un ruidoso sorbo al dorado líquido de la botella Goldwasser.

Hulda dudó, pero luego cogió el vasito y se bebió el aguardiente de un trago. Disfrutó al sentir el líquido bajar ardiendo por su garganta y a través del pecho hasta llegar al estómago.

La señora Wunderlich la contempló entre admirada y preocupada. Luego se dirigió de nuevo al aparador arrastrando sus zapatillas y llevó la botella a la mesa. Sirvió a Hulda y llenó de nuevo su vaso, y con un gemido de satisfacción se dejó caer en la silla.

—Nunca se lo he preguntado —anunció, mirando a Hulda con aquellos ojos de muñeca— y tampoco lo haré ahora. No es asunto mío quiénes eran sus antepasados...

La comadrona asintió agradecida y calló. Tenía pocas ganas de hablar con su casera sobre su origen y de discutir a partir de cuándo se era o no judío. Odiaba aquella atribución que siempre procedía de fuera. Le acudió a la mente el recuerdo de Tamar Rothmann. No era judía, no era alemana. Estaba en manos de extraños que la rodeaban por todas partes. Entonces surgió en su conciencia la voz llena de odio del borracho a quien la policía había detenido y que la había insultado. Se acordó del escupitajo brillante que le había lanzado delante de los pies, como si ella fuese una leprosa.

—¿Por qué todos odian tanto a los judíos? —preguntó y se sintió como un niño lloroso que se entristecía porque había recibido un bofetón en el patio de la escuela.

La señora Wunderlich movió la cabeza afligida.

—No tengo ni idea, hija mía. A mí me da igual en qué cree la gente o de qué familia viene.

Notó la mirada incrédula de Hulda y las mejillas de su rostro avejentado se sonrojaron.

—En fin, no del todo —admitió—. Pero, al final, todos somos seres humanos, ¿no? —Movió de nuevo la cabeza con expresión afligida—. Este Gobierno —dijo después—, ¡ay, ay, ay! No me explico por qué los políticos no adoptan medidas en contra de un par de gamberros que se ponen un uniforme y se piensan que la ciudad es suya. ¡Habría que encerrarlos en la cárcel y se acabó! Aquí alguien tendría que poner orden y meter en cintura a esos bárbaros.

La puerta se había abierto mientras ella hablaba y el señor Moratschek, otro de los inquilinos, había entrado. Como siempre, flotaba a su alrededor el olor a tinta de imprenta y gomina. Con esta última mantenía dominado su poblado mostacho.

Había oído la última frase y ahora reía abiertamente.

—Es lo mismo que prometen los hombres fuertes de Múnich, de donde va llegando poco a poco a nuestra bonita capital el repugnante barro marrón. Quieren unir las fuerzas de esa juventud descontrolada y construir un nuevo Reich donde solo sobrevivan los fuertes. ¿Es eso lo que usted desea, estimada señora Wunderlich?

—¡Claro que no! —exclamó indignada la casera y se fue a la cocina a tostar un trozo de pan para el señor Moratschek—. ¡Usted siempre con sus sutilezas, señor mío! Yo solo quería decir que no podemos permitir que ciudadanos sin tacha, como nuestra respetable señorita Hulda, sean agredidos en plena calle.

Moratschek miró inquisitivo a Hulda.

—La policía se quedó allí sin hacer nada —dijo Hulda, y en ese momento se percató de lo inaudito que había sido eso—. Los agentes cumplieron su tarea, de acuerdo, pero tuve la impresión de que algunos aprobaban que se pegara o insultara a personas judías.

—Usted tiene contactos en la policía —señaló con vehemencia la señora Wunderlich mientras servía pan y café al señor Moratschek—, hable de ello con su apuesto admirador. A lo mejor él tiene alguna influencia.

Antes de que ella pudiese responder, el señor Moratschek gruñó malhumorado:

—Ese caballero está en la Policía Criminal, si no me equivoco. No tiene nada que ver con la Policía de Seguridad. —Miró a Hulda—. Homicidios, ¿no es así?

—¿Cómo lo sabe? —preguntó la joven sorprendida. Nunca había hablado en privado con su vecino, solo habían intercambiado unas cuantas formalidades en la escalera o mientras desayunaban. Pero ya se había percatado de que el anciano inquilino estaba extraordinariamente bien informado y parecía muy versado en todo.

—Talento para combinar datos, querida señorita —contestó él sin levantar la vista, y se bebió el café negro—. Puaj —se lamentó, secándose el imponente bigote—. Como no se detenga de una vez esta miserable inflación y pueda volver a tomar un café razonable, me tiro al río. ¡Esto no es vida!

Y dicho aquello, cogió el sombrero y salió de la cocina. Hulda y la señora Wunderlich se miraron desconcertadas. Luego la patrona se encogió de hombros y volvió a recoger el plato sin tocar.

—No hay que preocuparse —dijo—. Mala hierba nunca muere. Está de broma. Aunque yo creo que no hay que reírse de esas cosas.

Hulda asintió y se quedó mirando la mesa. No pudo evitar pensar en la cara desfigurada de su madre cuando la encontró después de ingerir una sobredosis de aquel infernal medicamento. Pero cerró los ojos con fuerza y borró ese recuerdo. Hacía mucho de aquello y no tenía nada que ver con las ansias del señor Moratschek de tomar un buen café.

De todos modos, tenía que irse, una embarazada la esperaba. Así que se levantó, dio las gracias a su casera por el desayuno y salió de la cocina.

Mientras subía la escalera hacia la buhardilla para recoger el abrigo, dirigió una breve oración a una telaraña que colgaba del techo para que todavía le quedara una aspirina en el fondo secreto del azucarero. Sin un poco de ayuda, ese sería un día duro y doloroso.

10

Sábado, 27 de octubre de 1923

LA VISIÓN DEL cielo al amanecer casi lo dejó sin aliento. Bert vendía sus diarios en la plaza hiciera el tiempo que hiciese, tanto en invierno como en verano, y había conseguido que el clima ya no le influyera, pero había días en los que, de improviso, veía la Winterfeldtplatz desde su pequeño quiosco como si fuera la primera vez. Justo encima de él, el cielo todavía estaba oscuro, de un intenso azul grisáceo cuyos matices se iban suavizando hasta convertirse en un delicado violeta, al que seguía un rosa oscuro, una suave luz color melocotón y, al final, el borde cegador del sol que asomaba frío y hermoso por el canto de la Tierra: una princesa de invierno.

Faltaba poco para las siete, era una gélida mañana de sábado y, exceptuando un par de palomas congeladas, Bert no tenía ninguna compañía con la que compartir ese majestuoso momento. Así que por encima de los titulares contemplaba con ojos lacrimosos las ramas negras de los tilos cuya silueta destacaba contra el fantástico espectáculo celeste, y se sorprendió de la opresión que sentía en el pecho.

En días como aquel, que acababan de empezar pero que ya se aproximaban llenos de belleza, sí, de perfección, Bert sentía a veces miedo a la muerte. En general se consideraba un hombre capaz de enfrentarse a los peligros del mundo, que asumía con tranquilidad lo que el destino le deparaba, ya

124

fuera el universo o su creador, en el cual él no creía. Pero la auténtica belleza, por extraña que fuera, a veces le hacía vibrar en lo más profundo de su ser. Entonces deseaba con todas sus fuerzas que jamás se detuviese, que jamás frenase ese loco tiovivo en el que todos, algunos en carros pintados de oro, otros sobre el lomo de un cerdito de madera, pero todos, gritando alegres y agitando el sombrero, giraban una y otra vez. Pasara lo que pasase, era tremendamente divertido, pensaba Bert, que parpadeó mientras un rastro húmedo se deslizaba por su mejilla hacia el soberbio bigote.

Entonces vio a la señorita Hulda. Se encaminaba hacia su quiosco balanceando el maletín, como surgida de esa arrebatadora salida del sol, como si le hubiera robado al astro la corona y se la hubiese colocado ella misma sobre su corto y negro cabello. Como si fuera la reina de la plaza, y los árboles, las piedras y él, el vendedor de periódicos, sus queridos súbditos, a quienes gobernaba con un suave rigor.

Bert se pasó rápidamente la manga del abrigo por la mejilla y salió del quiosco para poder saludarla de un modo formal y dedicarle toda su atención.

—Buenos días, Bert —dijo ella al llegar. A la luz de la mañana, su rostro se veía más pequeño y más pálido de lo normal. ¿Y acaso llevaba una tirita en la sien, debajo de la gorra?

—¡Señorita Hulda! —Insinuó una reverencia—. ¿A qué debo esta maravillosa visión en horas tan tempranas?

—Al trabajo, Bert —respondió ella—. ¿Ha oído hablar de él?

—Por supuesto, señorita, sé lo que es el trabajo —contestó ofendido—. Si se ha pensado usted que estoy aquí día tras día endosándole a la gente letras sobre papel...

Hulda lo interrumpió sonriendo.

—Entonces tengo toda la razón. ¿A que sí, Bert? Cada día, usted hace aquí su sueño realidad.

La pequeña tenía razón, pensó el quiosquero. Aunque era un poco petulante que creyera saberlo todo sobre él. Pero, por supuesto, era cierto. Amaba su quiosco, amaba los titulares que cambiaban cada día y, sin embargo, siempre eran similares, al igual que esos chistes que se explicaban como si fueran nuevos a un buen amigo tras muchos años de conocimiento mutuo. El olor de la tinta de impresión era su más preciado perfume y el susurro de los diarios en sus ganchos, agitados por el viento, anunciaba una ventana abierta al ancho mundo que él contemplaba encantado desde su quiosco. Y, a pesar de todo, muy de vez en cuando, solo como una breve ráfaga helada, sentía un gran vacío. Como si una vocecilla le susurrase que la vida era breve. Y entonces se preguntaba sarcástico si en realidad eso había sido todo.

—¿Me permite que la invite a un café? —preguntó señalando un termo y una taza de hojalata que esperaban sobre el pequeño mostrador de la ventanilla del quiosco.

—¿Café de verdad? —preguntó Hulda y sus ojos se abrieron ansiosos.

Bert rio por lo bajo, satisfecho.

—¿Qué se ha pensado usted de mí, que voy a endosarle ese café aguado de achicoria al que huele todo Berlín? Como suele decirse, más vale prevenir que curar, y yo he ahorrado por si llegaban tiempos peores.

—Sería fantástico. —Hulda suspiró.

Bert desenroscó la tapadera del termo y llenó media taza. Un aroma celestial ascendió y se mezcló con el aire frío. Le tendió el recipiente y ella lo cogió como si contuviera oro líquido.

Cerró los ojos y bebió con cuidado, a sorbitos, el líquido caliente. Dos círculos sonrosados no tardaron en aparecer en sus pálidas mejillas.

—Muchas gracias —dijo al devolverle la taza vacía—. Con esto podré aguantar todo el día.

—Y ahora, ¿qué toca? —preguntó él, sirviéndose también un poco de café—. ¿La heroica salvación de una madre de trillizos? ¿La lucha contra la holgazanería paterna? ¿Otra misión del ángel de la Winterfeldtplatz?

Hulda se echó reír y le propinó un manotazo amistoso.

—Es usted imposible, Bert —dijo—. Ríase, pero ahora tengo que hacer un par de visitas en el barrio y luego, por la tarde, debo cumplir una misión bastante delicada. En el Scheunenviertel, ya le hablé de ello.

—Correcto —señaló Bert—, la mujer judía con el secreto.

—Me temo que así es, que tiene uno. —Hulda cayó en el desánimo—. El niño ha llegado sano al mundo, la madre está bien; pero algo en esa casa no es *kosher*.

Bert soltó una carcajada y Hulda se dio cuenta entonces de la extraña elección de su vocabulario. Se unió a su risa, pero sin alegría.

—Debería ver a esa familia —añadió—. En comparación, los de Bülowkiez viven casi como reyes.

—Lo sé —confirmó Bert lacónico—. Si me permite recordárselo, yo fui el primero que le señaló las peculiaridades de ese barrio extraordinario.

—Y no exageró —respondió Hulda—. La convivencia allí resulta fascinante. Todo se mezcla: culturas, lenguas… —Dudó—. ¿Razas? No me gusta esa palabra, pero no se me ocurre otra mejor. Las calles parecen una olla en la que se prepara un guiso con todo lo que pasa por la cabeza del cocinero. Pero aun así es sabroso.

—Sí, es peculiar, en eso estoy de acuerdo con usted —dijo Bert—. Tiene que ir al menos una vez a la tienda de la que le hablé y escuchar un par de discos. Sin comprar nada, si no quiere, solo por darse ese gusto. El propietario siente inclinación por los clientes jóvenes y guapos como usted, para variar de vejestorios como yo.

Hulda sonrió vacilante.

—Me lo apunto.

—¿Y en qué consiste ese secreto familiar? —preguntó el quiosquero, y añadió algo burlón—: ¿Es que incluso en *sabbat* reciben la visita de una comadrona?

Ella se encogió de hombros.

—Ojalá lo supiera —contestó—. Está esa suegra, una mujer desagradable que no muestra el menor interés por integrar a su nuera en la familia. Le hace la vida tan difícil como puede.

—Así no hay nada de misterioso, todo es transparente —señaló irónico el quiosquero—. Cualquier suegra que se precie es un azote. Pregúnteselo a su sucesora, la bella Helene. Seguro que también sufre a causa del monstruo, de la vieja señora Winter.

Hulda hizo oídos sordos a la observación, pero Bert vio que las aletas de la nariz le temblaron un segundo.

—Luego está el suegro, al que todavía no he conocido. Lo llaman Avri. Brilla por su ausencia, es obvio que se mantiene apartado de todo lo que tiene que ver con su nieto.

—Con esa forma de actuar, también él es un representante típico de su clase —bromeó Bert—. Algunos solo ejercen como abuelos cuando los niños son lo suficiente mayores para jugar con ellos a los soldaditos de plomo o al «¡arre, caballito!» sobre sus rodillas. Los pañales y los biberones no están hechos para los señores mayores. Por lo demás, tampoco para los jóvenes si no son modernos o, ¿qué experiencia tiene usted?

—Me sorprenden sus conocimientos —señaló Hulda medio en broma, medio en serio—. No sabía que se interesase por esas cosas, ya que…

Se interrumpió y apretó los labios. En su rostro apareció una expresión de culpabilidad, como un niño que ha comido algo que no debe.

—¿Ya que estoy solo en este bello mundo? —completó Bert la frase, esforzándose por adoptar un tono despreocupado—. ¿Sin la esperanza de tener un día a un nietecito sentado sobre las rodillas? No se preocupe, sé a qué se refiere y no me lo tomo a mal. Pero, señorita Hulda, usted más que nadie debería saber que las personas solemos pensar mucho en asuntos que nos están vetados. ¿No es cierto?

Ella asintió sin pronunciar palabra. A Bert casi le dio pena verla delante de él con los hombros hundidos. Se había desprendido de todo rasgo mayestático y ahora no era más que una figura solitaria a la luz de la mañana que clareaba sujetando con fuerza un maletín de piel.

—No se ofenda, Bert —susurró.

A él le hubiera gustado abrazarla, decirle que no lo había querido decir con tanta dureza como a lo mejor había sonado. Pero entonces supuso que quizá le sentaría bien una ducha de agua fría que la sacudiera. Para él tal vez era demasiado tarde salir en pos de la felicidad —aunque en algunos escasos momentos todavía consideraba esa posibilidad—, pero ella aún tenía toda la vida por delante. Si quería.

—Pasemos página —se limitó a farfullar—. Así pues, esos son solo los ancianos de la familia. ¿Quién más pertenece a ella?

—Todavía está Zvi Rothmann, el padre del niño —prosiguió Hulda, aliviada de que la conversación derivase de nuevo hacia ese tema—. Un tipo raro, debo decir. Tierno y muy amable, pero débil. Creo que quiere mucho a su joven esposa, pero le tiene un miedo horroroso a algo. Obedece sin rechistar a su madre, incluso aunque haya visto en sus ojos el deseo de rebelarse contra ella.

—¿Y la joven madre?

—¿Tamar? —Hulda movió lentamente la cabeza, como si intentase ordenar algo en su mente—. No la acabo de entender. Aunque no es ninguna belleza tiene algo especial, con esa trenza larga de cabello negro y los ojos oscuros... Percibo una gran fuerza en ella, orgullo. Me contó que es armenia.

Bert emitió un leve silbido entre los dientes.

—¡Eso es lo que yo llamo exótico! ¿Y cómo ha llegado esa pequeña Rapunzel a la Grenadierstrasse?

—Pese a la trenza, no tiene nada de Rapunzel —observó Hulda—. No tengo ni idea, pero para ella sí era importante insistir en que no es judía. Y, justo antes del parto, cuando ya tenía contracciones fuertes, pintó toda la habitación de cruces negras. Tiene supersticiones que yo no conozco, con unos rituales que no entiendo. Pero también estos se deben al miedo. El miedo es el material con que está hecha toda la familia Rothmann.

—E incluso así, debo repetir que es una familia más que normal —señaló Bert—. No hay familia que no se las tenga con venganzas, envidias y miedos, ¿no es así?

—Si supiera al menos a qué le tienen todos tanto miedo… —dijo la comadrona sin contestarle. Parecía pensativa y el ojo se le desviaba un poco más hacia fuera, como siempre que se concentraba en algo que ocurría en su interior. «¿Sabrá realmente lo hermosa que es?», se preguntó Bert.

—Y además estaba el rabino —recordó ella, y el quiosquero prestó atención. Algo en la voz de la joven había cambiado.

—¿Qué rabino?

—El rabino Rubin —contestó Hulda, y Bert se preguntó qué había sucedido de pronto en el rostro de ella. La joven se mordisqueó el labio, un temblor asomó en sus mejillas y luego se mordió la uña del pulgar.

—Necesito más información, por favor —dijo él.

Hulda se dominó visiblemente.

—Es el rabino responsable de la comunidad de esa calle —le comunicó ella—, aunque creo que hay tantos locales para la oración como familias. En cualquier caso, los hombres de la familia Rothmann acuden a él, a su *stibl*.

—¡Pero si ya habla *yiddish*! —bromeó Bert—. Mis respetos, señorita.

—Ya puede usted reírse —replicó ella—, en las pocas horas que he pasado allí, algo he aprendido. Por ejemplo, que ese rabino ejerce una gran influencia en la familia Rothmann. En cuanto nació el niño, él ya lo paseaba por la cocina y le cantaba canciones de cuna mientras sus padres biológicos no se animaban ni a sostenerlo en brazos.

—¿Y cómo lo sabe?

—¿Qué?

—Que cantaba. Que le cantaba al niño.

—Coincidí con él en la cocina —explicó—. Tiene una voz realmente bonita y... —Volvió a interrumpirse y a Bert de nuevo le pareció que tenía que hacer un esfuerzo para controlar los rasgos de su rostro.

—Ese rabino —se apresuró a decir—, ¿es viejo y feo como la noche? ¿Como los que aparecen en uno de esos cuentos de miedo, con la nariz grande, unos pelos que le salen de las orejas y manchas de salsa en el abrigo?

—No —respondió Hulda, mirándolo como si él la hubiese pillado copiando en un examen—. Nada parecido. Es joven, no tiene pelos en las orejas y lleva la ropa limpia.

—Mira —dijo Bert—, mira tú por dónde. —Intentó esconder una sonrisa debajo del bigote—. Y hasta sabe cantar.

—Estuvimos conversando un poco —explicó Hulda—. Parece un hombre cultivado, amable, atento. Pero hay algo en él que me resulta sospechoso.

«A mí también», pensó Bert, pero no dijo nada. Conocía demasiado bien a Hulda. Tenía entendimiento y corazón, pero también era vulnerable, vulnerable al encanto y a la aventura.

—Tenga cuidado —dijo al final—. No lo eche todo a perder otra vez.

—¿A qué se refiere?

—Ya lo sabe usted, hija mía.

—Yo no soy su hija, Bert.

—A veces lo lamento —dijo él, y en realidad así lo sentía—. En tal caso, debería leerle de vez en cuando la cartilla. Lo necesitaría.

—Prefiero pasar esto por alto —replicó ella ofendida—. Tengo que irme, ya son casi las siete y media —dijo, señalando el reloj del campanario de la iglesia—. Voy a estar toda la mañana ocupada cuidando a los recién nacidos del barrio.

—Espere —se apresuró a decir Bert—, respecto a ese misterioso rabino… ¿Ha dicho que su nombre era Rubin?

—Esra Rubin —puntualizó ella.

El quiosquero soltó una carcajada. Su risa resonó por toda la plaza. Una paloma abandonó aleteando asustada un trozo de pan medio enmohecido que había disfrutado comiendo.

—¿Está usted segura? —preguntó secándose por segunda vez en ese día una lágrima de la comisura del ojo—. ¿Esra?

—¿Por qué? —Hulda lo miraba perpleja. En su rostro asomó una chispa de enfado.

—Esra, el profeta, se encuentra con la profetisa —dijo enigmático—. ¿Sabe usted en realidad lo que significa su bonito nombre, pequeña?

Ella negó lentamente con la cabeza.

—Nunca estoy segura —respondió en voz baja—, de si puedo soportar mi nombre. Suena como si fuera el de una cocinera o una criada.

—Al contrario, querida mía. —Se acercó a ella—. Es un nombre noble, los antiguos germanos se lo ponían a mujeres importantes y muy influyentes. Significa «benévola» y «misericordiosa». También «fiel» —añadió tras una breve vacilación—. Aunque no todas las profecías se cumplen.

Hulda lo miró consternada.

Bert se apresuró a continuar.

—En cualquier caso, el nombre también existe entre los judíos. En el Antiguo Testamento, en el Libro de los Reyes, se menciona a una Hulda. Cinco sacerdotes acuden a ella para pedirle consejo.

—¿Y por qué? —inquirió ella con curiosidad. Lo escuchaba de nuevo con atención.

—Bien —dijo Bert disfrutando de cada palabra—. Porque Hulda, que vivía en Jerusalén, también era una profetisa. Independiente, cultivada y sin miedos. Una auténtica autoridad.

—¿Y qué más?

—El mismo monarca fue a pedirle consejo, necesitaba que lo ayudase a interpretar un fragmento del Libro de la Ley. Y ella dijo a los sacerdotes: «Decid al varón que os ha enviado a mí que llevo la desgracia a este lugar». ¡Así habló del rey! ¡Del varón! Lo encuentro impresionante.

—Yo también —convino Hulda sumida en sus pensamientos—. ¿Así que ella era portadora de desgracia? —Miró a Bert con atención—. ¿Conoce de memoria toda la Biblia?

Él soltó una risita.

—Solo las partes importantes —explicó—. Las que tratan de mujeres inteligentes. Deberíamos conocerlas todos,

¿no cree? Es imperdonable que sepa usted tan poco del Libro del pueblo del que procede.

—No le entiendo, Bert —dijo Hulda moviendo la cabeza—. ¡Cuántas cosas sabe! Yo pensaba que había sido un pobre niño huérfano. Y además, con estos cambios suyos de humor, durante un momento es usted un insolente y un arrogante, y al instante siguiente parece un bondadoso maestro.

—Lo mismo digo —replicó Bert—. Y ahora póngase a trabajar, señorita Hulda. La gente del Scheunenviertel realmente necesita algo más que un profeta que la ayude.

La comadrona abrió la boca como si fuera a decir algo más, pero volvió a cerrarla.

—Que le vaya bien, Bert. —Lo saludó levantando la mano. Luego atravesó la plaza, cruzó la calle y se dirigió a paso ligero hacia la Nollendorfplatz.

Bert la siguió con la mirada hasta que se convirtió en una pequeña y oscura figura. ¿Se equivocaba o parecía ese día especialmente frágil?

A su alrededor, el barrio despertaba a la vida. La panadería abrió sus puertas y una seductora fragancia a pan recién sacado del horno llegó hasta él. El carro de tiro de Grünmeier se acercó con las flores apiladas en cubos. El caballo levantó la cola y dejó caer un par de boñigas delante del puesto del quiosquero, humeantes en contacto con el aire frío. Felix Winter abrió la puerta de su café y lo saludó con un gesto cansino. Pronto acudirían todos al mercado y estallaría la lucha semanal por patatas, judías y repollos, una batalla que cada vez era más tensa, con más improperios y en la que últimamente hasta se hacía uso de los puños. Crecía la desesperación de los hombres en la ciudad, el caos se propagaba más y más, y amenazaba con devorar todo lo que se había considerado como una civilización.

11

Sábado, 27 de octubre de 1923, por la tarde

Ya en la escalera, Hulda experimentó una extraña sensación, como una corriente de aire frío que se le extendió por la piel y le erizó el fino vello de los brazos. No podía explicarse el porqué de esa rara presión en el estómago, de esa contracción nerviosa debajo del ojo, y escuchó con atención en la penumbra.

Fuera silbaba el viento y sacudía los postigos de las ventanas, tan pequeñas que más bien parecían mirillas. El olor a col mezclado con el hedor de agua estancada del retrete era el mismo que hacía dos días. Los gastados escalones, con los bordes anteriores rozados, incluso astillados por incontables pisadas, crujían con cada paso que daba. Del piso inferior al de los Rothmann surgió la estridente risa de una mujer. Luego Hulda oyó un ruido sordo y gritos sofocados de terror, pero decidió seguir adelante.

Fue al llegar a la puerta del apartamento del cuarto piso cuando supo de dónde surgía su sensación de malestar, qué era lo que faltaba: el llanto de un bebé. No se oían ni lloros ni gemidos, todo estaba en silencio.

Un silencio sepulcral, pensó Hulda, y se llevó la mano a la garganta. Llamó a la puerta con insistencia, y, como no la abrieron de inmediato, golpeó con el puño la madera polvorienta.

—Soy Hulda Gold —gritó, y sintió que el miedo amenazaba con apoderarse de ella—. ¡Abran!

Pero se recompuso. «No hagas ningún drama», se dijo. Era lo que su padre siempre le repetía cuando era pequeña, qué raro que justo en ese momento aquella frase acudiera a su mente. Se forzó a respirar con tranquilidad, y cuando tuvo la sensación de volver a tomar aire y de que ya no notaba el rostro caliente y sofocado, levantó la mano de nuevo y volvió a llamar a la puerta.

Esta por fin se entreabrió y por ella asomó el triste rostro de Ruth Rothmann. Como muchas mujeres de aquel barrio, llevaba una ligera bata de trabajo y parecía cansada y muerta de frío.

—Está usted alterando nuestro descanso del *sabbat* —advirtió.

Pero Hulda abrió del todo la puerta y empujó a la consumida mujer a un lado.

—Vengo a ver a su nuera y a su nieto —anunció con voz firme—. No tiene que preocuparse más por mí.

—¿No puede volver mañana?

—Es posible que vuelva otra vez mañana —respondió lacónica—, pero quiero confirmar que los dos están bien.

La suegra de Tamar seguía cerrándole el paso. De la cocina salía hacia la escalera un aroma tentador, a cordero y patatas.

—Ayer preparé *cholent* —dijo la señora Rothmann, que se dio cuenta de que Hulda había olisqueado la comida—. Fui reuniendo los ingredientes durante días, pues apenas hay nada en la ciudad. Pero el carnicero Jerczik me ha dado restos, y a Jentel, la esposa del verdulero, le quedaban un par de patatas arrugadas en la despensa.

Hulda iba a ver a Tamar, pero no debía ser descortés. Era la primera vez que Ruth Rothmann intercambiaba más de dos palabras seguidas con ella. A nadie le haría daño que se ganase la confianza de la anciana.

—¿*Cholent*? —preguntó—. ¿Qué es?

La mujer la miró recelosa.

—Usted es judía, señorita Gold, ¿o no? Itzak, nuestro vecino, nos dijo que conocía a su padre de la academia de Berlín.

Hulda se percató de que hablaba de Berlín como si el barrio de Scheunenviertel estuviera tan alejado de la ciudad como de la luna.

—Mi padre es Benjamin Gold —dijo, y esperó que eso le bastara a la suegra de Tamar. Y así fue, pues los rasgos del rostro de la mujer se relajaron un poco.

—Judíos reformistas —dijo pensativa —, ¡debe de ser eso! Ellos no se rigen tanto por el *sabbat* y sus leyes. *Cholent* es un potaje que se cuece toda la noche a fuego lento y que se mantiene caliente durante el *sabbat* para que no haya que cocinar. Este día de la semana tenemos prohibido encender el fuego. Aunque hoy volvemos a estar, de todos modos, sin gas. —Miró al frente melancólica—. De hecho, también hay que incluir huevos —añadió a continuación—, se cuecen en su jugo con la cáscara hasta que la salsa marrón penetra en la clara. ¡Son sabrosísimos! Pero hoy un huevo vale más de lo que Avri gana en una semana como asistente en la panadería. —Vio la expresión de Hulda y enseguida aseguró—: Se esfuerza, es un buen hombre. Siempre se va de viaje y nos trae un par de patatas viejas y unas hojas de col. Pero ahora lo que está buscando es un empleo en una ciudad pequeña, donde la competencia no sea tan dura.

—Su marido no lo tiene fácil —apuntó Hulda—. Trabajar de jornalero cuando en su país era maestro...

—Es más que difícil —convino Ruth—, es insoportable. ¡Los pasteles de Avri y su pan *challah* eran famosos en la ciudad! La gente venía de todos los puntos del *shtetl* para comprar en nuestra tienda. Antes. Pero luego el negocio fue empeorando día a día hasta que tuvimos que venderlo. Mejor un jornalero que no se muera de hambre que un maestro panadero muerto.

—En eso le doy la razón —opinó Hulda—, y les deseo que las cosas pronto les vayan mejor. Según dicen, el Gobierno ya está trabajando para encontrar una solución con la que detener la inflación. —Había leído algo en el diario sobre la introducción de un Rentenmark, una nueva moneda de la República. No había entendido del todo cómo iba a funcionar, pero creía que un poco de optimismo no perjudicaría a nadie—. En algún momento la situación tendrá que mejorar.

Pero vio que el interés desaparecía del rostro de Ruth Rothmann. El Gobierno debía de parecerle tan lejano como el Berlín burgués y la Academia de las Artes, un concepto abstracto que no tenía nada que ver con su mundo. Hulda recordó la razón por la que estaba allí, y de nuevo le llamó la atención el silencio que reinaba en aquella pequeña vivienda.

—Voy a ver cómo están Tamar y el niño —dijo, disponiéndose a cruzar la puerta. Pero Ruth Rothmann levantó la mano. Parecía que fuera a reprenderla, pero sus labios no se movieron. A continuación, la mano volvió a caer sin fuerza y la mujer se retiró medio paso a un lado para dejar entrar a Hulda.

Con el ceño fruncido, esta miró a su alrededor y el miedo que había sentido fuera, en la escalera, volvió a atenazarla. Corrió a la puertecita que daba al cuarto donde dormía la joven.

Esta yacía sobre el colchón, medio apoyada contra una almohada. Su maravilloso cabello negro caía en mechones mates y enredados sobre sus hombros y descansaba apelmazado sobre la manta. Volvió la vista hacia la comadrona, pero su mirada era tan vacía e inexpresiva como la de una ciega, pensó Hulda con un estremecimiento.

En la cama no había ningún niño.

Hulda se arrodilló rápidamente junto a la joven. Cogió la mano que parecía sin vida, fría.

—Tamar —dijo—, ¿qué ha ocurrido?

Era como si la muchacha no la oyera. Mantenía la mirada fija en la nada, pero dejó que la comadrona le sostuviera la mano, aunque sin responder a la presión de sus dedos.

—Tamar… —insistió Hulda, mirando a su alrededor con la vana esperanza de que el recién nacido estuviera escondido bajo alguna manta o de que en un momento de distracción hubiese resbalado bajo la cortina que separaba la parte trasera de la habitación. Pero ni rastro de él. El cuarto estaba vacío, como una cáscara vieja y hueca.

—Por favor, tiene que decirme qué ha pasado —suplicó Hulda—. ¿Se encuentra su hijo en el cuarto de estar? ¿Está Zvi en casa y el pequeño está con él? ¿O ha vuelto el rabino y le ha quitado al niño?

Sacudió a la muchacha por los hombros y esta al fin volvió la cara hacia ella, como si despertara de un profundo sueño. Ahora los ojos se le llenaron de lágrimas.

—¿Dónde está su hijo? —volvió a preguntar Hulda—. ¿Anahit? —A modo de prueba llamó a la joven por su auténtico nombre—. ¿Dónde está su hijo?

—Fuera.

Tamar tenía la voz más ronca, como si hubiese estado llorando o gritando durante días.

—¿Qué significa «fuera»? —preguntó Hulda.

«Solo me he ausentado dos días de aquí», reflexionó, y se le agolparon las ideas en la cabeza. ¿Cómo podía desaparecer así un niño?

—Hábleme, se lo suplico. ¿Dónde está? ¿Por qué?

—Estoy tan terriblemente cansada —dijo Tamar—. Y me duele el pecho, parece que me vaya a explotar.

Hulda apartó con cuidado la manta que Tamar llevaba subida hasta las axilas. En la parte delantera del camisón se habían formado dos manchas oscuras allí donde había salido la leche.

—Es la subida de leche —explicó Hulda—, sucede pocos días después del parto. Significa que podría alimentar a su hijo ahora, Tamar. El niño tiene que mamar. ¿Dónde está el bebé?

La joven volvió a cubrirse con la manta, esa vez hasta la barbilla. Cerró los ojos y una única lágrima descendió por su mejilla.

—No sé… Es… es mejor así. —Pronunciar cada palabra parecía costarle un esfuerzo enorme.

—¿Por qué es mejor así?

La misma Hulda notó que hablaba demasiado alto, pero no podía remediarlo. Sentía latir su cabeza. ¿Dónde estaba el niño? ¿Qué había sucedido con Tamar para que estuviera tan abatida y no actuara, quedándose ahí, tan apática? ¿Dónde se había metido su esposo? ¿Su suegro?

Hulda percibió que no llegaría más lejos con Tamar y se levantó, salió del cuarto a la cocina y tomó aire.

—¿Señora Rothmann? —llamó—. ¿Dónde está?

No obtuvo respuesta y siguió por el pasillo hasta llegar al cuarto de estar. Entró tras dar unos golpecitos. Todavía no conocía aquella habitación. Junto al marco de la puerta, colgaba, como en todas las del piso, una pequeña *mezuzá* de metal. La habitación en sí estaba casi vacía, salvo por un sencillo sofá con el tapizado roto por el que asomaba el relleno y dos sillas inestables de madera. Detrás del sofá había dos colchones deformados en el suelo; era un espacio que también hacía las veces de dormitorio para el matrimonio mayor. Junto a la ventana, que daba a un patio interior oscuro, había un candelabro de siete brazos con unas velas rojas consumidas. Ruth Rothmann estaba rascando con un cuchillo las manchas de cera que se habían formado sobre la delgada repisa de la ventana. Salvo ella, no parecía haber nadie más.

—¿Dónde está el niño? —preguntó Hulda sin preámbulos—. Antes de ayer asistí al parto de un niño sano y ahora quiero saber inmediatamente dónde está.

Ruth siguió rascando las manchas de cera. Tenía los dedos huesudos, unas venas azules y una espesa red de tendones le recorrían el dorso de las manos. No levantó la vista, estaba sumida en su quehacer, como si no hubiera nada más importante en el mundo que limpiar la estropeada superficie de madera, de la cual parecían haberse desprendido hacía ya muchos años los últimos restos de pintura.

Algo estalló en la cabeza de Hulda. Dando dos zancadas se acercó a la suegra de Tamar y la agarró del brazo.

Ruth levantó la vista indignada, pero la comadrona no le brindó la oportunidad de quejarse.

—Si no me cuenta enseguida qué está ocurriendo aquí, llamaré a la policía —la amenazó. En ese mismo instante tomó conciencia de que en toda la ciudad no habría ningún agente de uniforme dispuesto a ir a esa ratonera a causa de un bebé judío desaparecido.

Ruth debía de pensar lo mismo, ya que su rostro adquirió una expresión triunfal.

—*Behazlacha*, que tenga usted suerte, señorita —murmuró burlona mientras se desembarazaba de la mano de Hulda—. Me temo que la policía ya tiene suficiente trabajo en este infierno y no necesita a ninguna comadrona cotilla que se entremete en donde no la han llamado.

Hulda se la quedó mirando.

—¿Qué clase de persona es usted? —soltó—. Tamar, la esposa de su hijo, acaba de dar a luz, está mal y ¿se niega a ayudarme?

De repente una idea acudió a su mente.

—¿Tiene el rabino algo que ver con esto? —preguntó.

Ruth se limitó a sonreír. Luego introdujo la uña amarillenta de un dedo bajo una mancha de cera especialmente grande y la levantó. Con un ruido seco, la cera se desprendió y cayó al suelo de madera. Parecía una mancha de sangre.

—El rabino Rubin es un amigo que no te abandona cuando lo necesitas —contestó a continuación—. Nos ayuda a superar la pérdida y se ocupa de una forma enternecedora de Tamar. Lo que no es algo que se dé por hecho, ¿entiende? Si hubiese sido por mí, Zvi jamás habría traído a Berlín a esa persona tan descuidada. Debería haberse quedado en Galitzia. No creo que él fuera el primero, ¿sabe? —Se inclinó hacia Hulda de forma casi confidencial, como si le contara una anécdota picante—. Esa ha esperado hasta encontrar a uno lo bastante tonto como para confundir un revolcón con amor. ¡Y la de veces que se lo he dicho a mi hijo! Pero esa cría le ha comido el seso. Se ha pegado a nosotros como una lapa y ha querido cargarnos con su paquete.

—¿Se refiere a que el niño no era de Zvi? —preguntó Hulda, percatándose en ese momento de que estaba hablando en pasado.

Ruth siseó.

—¡Seguro que no! Le vino muy bien que nosotros emigrásemos, así no tenía que temer que la descubriesen. Pero, hágame caso, en nuestra aldea todos la conocían. Vivía con su tía… ¡Bah, eso no hay quien se lo crea! Más bien era una… —Buscó la palabra correcta—. Alcahueta —concluyó con una sonrisa de satisfacción.

Hulda sintió una sacudida por dentro. Esa mujer estaba llena de rabia. Pero detrás centelleaba algo más. ¿Miedo? A Hulda le daba igual que dijera o no la verdad. Solo percibía el odio que impregnaba todas sus palabras.

—Se lo pregunto por última vez —advirtió—, ¿dónde está el niño?

—¿Qué niño? —Y, dicho esto, Ruth le volvió la espalda como si fuera un invitado que acababa de despedirse—. No sé de qué me está hablando. Aquí nunca ha habido ningún niño, salvo mi hijo, Zvi. Dejémoslo así. Todo ha vuelto a su cauce, se han corregido todos los errores del pasado. ¿Cómo cree usted que habríamos podido alimentar otra boca aquí?

Hulda no respondió, y era evidente que Ruth tampoco esperaba que lo hiciera. Lo extraño era que ella llegaba a comprender lo que la señora Rothmann quería decir. Ese no era un lugar en el que criar a un niño. Los más pobres entre los pobres estaban realmente hundidos en la miseria.

—Ya ve —prosiguió la señora, como si hubiese leído los pensamientos de la comadrona—, no podemos estar peor. La comida que hay en la cocina tiene que bastar para varias personas… ¡y durante toda la semana! En este país nadie se interesa por nosotros, nadie nos salva de la hambruna. Nosotros mismos tenemos que salir de esta miseria con nuestras propias fuerzas. Y un niño lo hubiera empeorado todo aún más. Sin él, a lo mejor tenemos la oportunidad de tirar adelante.

Hulda se dio media vuelta en silencio. Tenía la impresión de haberse topado contra un muro y haber perdido la orientación con el choque. Por un momento creyó haber perdido la razón. Luego recordó la encantadora boquita del bebé, la sensación cuando chupaba el dedo. Y la determinación resurgió en ella.

Pues sí, había existido un niño, ella misma lo había sostenido en sus brazos y había meditado sobre su destino. Su obligación consistía en asegurarse de que no le pasara nada malo.

Se giró de nuevo.

—¿Y su marido? ¿Qué dice al respecto?

—Avri volverá dentro de unos días —explicó Ruth, y Hulda creyó ver una chispa de preocupación en sus ojos—. Seguro que me riñe. Pero luego comprenderá que todo está bien así.

Hulda movió la cabeza, perpleja. Luego volvió al cuarto de Tamar. La joven permanecía igual que como la había dejado.

Un cadáver con vida. Creía que la joven se hallaba en ese estado no solo por la desaparición de su hijo, fuera lo que fuese lo que supiera al respecto. Era evidente que sufría una depresión que Hulda ya había presenciado antes, aunque no en tal grado, en mujeres que acababan de dar a luz. Era como si se sumieran en una profunda tristeza que parecía paradójica, pues en la mayoría de los casos sostenían entre sus brazos a un niño precioso y ya habían pasado por lo peor.

Casi todas las comadronas que Hulda conocía estaban familiarizadas con ese fenómeno, pero los médicos lo calificaban de «breve estado de melancolía», sí, un ataque hipocondríaco resultante del hecho de que a partir de ese momento tenía que competir con el pequeño para ganarse la atención del marido. A Hulda, esa teoría le parecía muy despótica, pues toda la felicidad de la mujer dependía solo del aprecio que sintiera su esposo hacia ella. Pero como sucedía en muchos asuntos, evitaba expresar su opinión delante de los médicos varones. Las comadronas autónomas en la ciudad ya vivían de por sí en la incertidumbre profesional; las autoridades y el cuerpo médico insistían cada vez más en que dejaran de realizarse partos en las casas y que se ejecutaran supervisados en las clínicas. Y mejor no llamar la atención si no querías ganarte rápidamente el calificativo de incompetente curandera a base de hierbas. Hulda no estaba dispuesta a darse por satisfecha con ese papel. No solía admitirlo, pero tenía la mirada puesta en las salas de parto de las clínicas para mujeres de la ciudad. No obstante, todavía le asustaba renunciar a su independencia. Pese a ello, si la seguían pagando como hasta ahora, no llegaría a vieja ejerciendo su profesión de ese modo.

Inspiró hondo, reunió fuerzas y se agachó de nuevo junto a la cama de Tamar. Apartó con dulzura los mechones oscuros de la frente de la muchacha.

—Sé que se siente muy desgraciada —susurró, intentando mostrar toda la comprensión posible en su voz—. Lo que usted acaba de experimentar no es fácil. Los dolores, la sensación de estar abrumada… Todos esos nuevos sentimientos que la asaltan. Por eso mismo se lo pido: ¡hable conmigo, dígame qué es lo que le apena!

Tamar callaba. Pero sus manos se deslizaban inquietas sobre la manta.

Hulda recordó el día que había pasado en la unidad de psiquiatría del hospital Charité, hacía mucho tiempo, cuando era estudiante. Por aquel entonces, el instituto todavía recibía el nombre de manicomio, un nombre que la sobrecogía. Habían llamado a su instructora para que atendiera a una mujer encinta que estaba ingresada allí y que había dado a luz con su ayuda. En los días posteriores al parto, la pobre mujer había mantenido la mirada fija en el vacío como ahora Tamar y se negaba a decir quién la había dejado embarazada. Pero Hulda, aunque en realidad era demasiado joven y sin experiencia, tenía una sospecha. El médico de los enfermos mentales era un hombre distante y rígido, lleno de recelos en contra de la presencia de las comadronas en la sala de enfermos y con una mirada lasciva que Hulda no podía olvidar. No sabía qué había ocurrido con la mujer y su hijo, pero se acordaba de la conversación que había sostenido de regreso a casa con su instructora.

—No te dejes engañar por palabras inteligentes —le había dicho la mujer madura—. A esa joven madre le han diagnosticado esquizofrenia, por lo visto sufre alucinaciones. En el papel todo eso suena bien y correcto. Pero a lo mejor solo se ha entregado al hombre equivocado o quería seguir asistiendo a la escuela en lugar de casarse. En muchos casos, este tipo de circunstancias bastan para diagnosticar enfermedades mentales a las mujeres, así se las hace callar.

—Pero se comporta de una forma muy extraña —había replicado la joven Hulda.

Su instructora había asentido.

—Sí, ahora sufre una auténtica pena que, por decirlo de algún modo, ha adquirido en esta misma institución: sufre de una melancolía postparto. Pero ningún médico del mundo suscribirá algo así, pues significaría que el destino natural de la mujer, tener hijos, hace desdichadas a algunas de nosotras durante un tiempo, y eso revolucionaría por completo el orden mundial de los caballeros. Una madre debe estar contenta y llena de energía para ocuparse de su retoño. Así los hombres no tienen que hacerlo.

Ahora que Hulda contemplaba a Tamar, recordó esa conversación. Desde entonces, había establecido contacto a menudo con enfermos mentales y había leído también los escritos de un psiquiatra vienés que describía la melancolía como una «estado anímico profundamente doloroso» para el que recomendaba la hipnosis. Pero a las parturientas normales los médicos se contentaban con aconsejarlas que tomaran aire fresco para sacarse de encima las preocupaciones. En casos graves prescribían calmantes.

A Hulda le hubiera gustado aplicar el tratamiento adecuado, quería hacer lo correcto, pero no sabía lo suficiente sobre esa enfermedad porque no se enseñaba durante la formación. El caso de Tamar era, además, especialmente complicado, porque a su trastorno emocional había que sumar la pérdida real de su bebé, un hecho que todavía debía asumir. Hulda no podía hacer nada más que confiar en su intuición e intentar empatizar con la joven.

—Deseo de todo corazón ayudarla —afirmó. Era un último intento para penetrar en la mente de Tamar—. Tiene que saber qué ha ocurrido con su hijo. Estoy a su lado, no la dejaré sola. Lo prometo.

Los ojos oscuros buscaron la mirada de Hulda. Tamar emergió durante un instante como de unas aguas profundas, sus pestañas aletearon. Pero luego un velo cayó de nuevo sobre su rostro y se hundió en el cojín.

—Pero estoy sola, señorita Hulda —dijo tan bajito que Hulda apenas pudo entenderla—. Completamente sola, sin nadie que me acompañe. Es usted muy amable, pero no puede ayudarme. Márchese.

—No lo entiendo —insistió la comadrona, moviendo la cabeza.

—Tampoco puede entenderlo —contestó Tamar—. Usted no es de aquí, no es de los suyos. Aquí gobiernan otras leyes que aquellas de donde usted procede. Seguro que es usted libre, ¿verdad, señorita? No tiene que rendir cuentas a nadie. Según dicen, es usted moderna. Yo soy distinta. No puedo permitirme desear la libertad. No puedo tirar demasiado del collar o me ahogaré.

Con esas palabras, se puso de lado, le dio la espalda y se cubrió la cabeza. Era obvio que no quería seguir hablando.

Pese a ello, Hulda permaneció todavía un par de minutos allí sentada. Contempló las sombras que danzaban sobre la cortina sucia y contó las respiraciones de la joven, que fingía dormir. Al final se levantó. Se sentía como si hubiese perdido una dura batalla.

—Su pecho... —dijo con suavidad—, tiene que limpiarse con cuidado el líquido que vierta y vendárselo con firmeza, así detendrá enseguida el flujo de leche. —Le sorprendió el carácter definitivo de sus palabras, igual que si declarase la existencia del niño como algo que pertenecía de manera irrevocable al pasado.

Hulda cogió el maletín. Se deslizó con sigilo por el pasillo, pasó por la cocina, con su agradable olor. Por un momento miró por la delgada ranura de la puerta, casi esperando ver la cabeza del rabino de barba rojiza, pero la habitación estaba vacía. ¿Tendría ese hombre impenetrable algo que ver con la desaparición del bebé? ¿Había sido ese niño de origen poco claro una amenaza para la paz de la comunidad judía de la Grenadierstrasse?

Prosiguió abatida su camino, salió a la oscura escalera y cerró la puerta de la casa con un sonoro golpe. Como un niño obstinado que se da por vencido y que debe expresar su rabia por ello. Pero Hulda se propuso no dejar de buscar respuesta a la incógnita sobre el paradero del niño. Incluso si ese día, de momento, no conseguía avanzar.

12

Domingo, 28 de octubre de 1923

KARL APLASTÓ IMPACIENTE el cigarrillo sobre el pavimento y deslizó la vista por la plaza hasta la entrada del jardín zoológico. Por lo general, era siempre él quien llegaba tarde, pero aquel día Hulda había invertido la situación. Ya llevaba un cuarto de hora esperando y el aire otoñal iba envolviéndolo desagradablemente por debajo del abrigo. Por su lado se deslizaban paseantes de domingo, familias y parejas agarradas del brazo. Hablaban por los codos y se reían como bandadas de gansos, y él estaba allí plantado, solo. Karl se sentía tan inútil como un clavo sin cabeza.

Por fin divisó la gorra roja de Hulda al otro lado de la calle, junto a la estación. Reconoció su paso ligero y majestuoso y sintió alivio y mal humor a un mismo tiempo. ¿Cómo era posible que él estuviera ahí esperando a su amada, nervioso como un adolescente abandonado y convencido de que su valía dependía tan solo de que ella compartiera su precioso tiempo con él?

Mientras reflexionaba sobre un informe en la máquina de escribir o cuando estaba junto a un cadáver en la Sección de Patología y luchaba contra ese terrible malestar que todavía no había superado pese a los muchos años que llevaba trabajando en Homicidios, le invadía con frecuencia una repentina nostalgia de ella. Recordaba entonces su mirada estrábica, el olor de su cabello, el modo tan enérgico en que solía echar la cabeza atrás... y deseaba tenerla cerca. Era una nostalgia tan física que llegaba a dolerle. Era un hombre, joder, ¿acaso no era normal que quisiera tocarla, estar junto a esa mujer a la que amaba? Pero ella se le escapaba siempre que podía, lo dejaba en vilo, con el brazo extendido como si él fuera un pez al que no sabía si volver a lanzar al mar porque era demasiado enclenque para llevárselo. Sí, justo así se sentía él: igual que si lo pesara y lo encontrara demasiado ligero, con demasiada poca sustancia para una mujer de su categoría.

Aunque, pensó malhumorado mientras saludaba impaciente a Hulda, que evitaba los charcos del arcén, tal vez fuera él quien se juzgaba con tanta dureza. Pero ¿cómo iba a aprender a quererse a sí mismo? Había crecido en un asilo de huérfanos sin amor, con el temor diario a que lo golpeasen y con el conocimiento de que sus padres no habían considerado que valiese la pena ocuparse de él. Ni de niño ni de joven había tenido ninguna razón para creer en sí mismo, y en la actualidad, llegado a la edad adulta, con una profesión bien considerada y una novia guapa, ya no podía, por lo visto, aprender. Y sospechaba que aquella carencia iba a arruinarlo todo si no iba con mucho cuidado.

—Por fin has llegado —dijo estrechándola entre sus brazos. Inspiró su olor y por un momento apoyó la mejilla en su remendado abrigo de lana. Aunque a pesar de todo insinuaba una bonita cintura, pensó, deslizando la mano por las caderas de Hulda.

—Perdón —se excusó ella cogiéndole las manos antes de que resbalaran más abajo—. Han vuelto a fallar dos ómnibus. La gente en la parada parecía una fila de refugiados a la espera. Así que he venido a pie.

—Ya va siendo hora de que tengas una bicicleta —dijo Karl, y carraspeó porque tuvo la impresión de estar afónico. Así, como si debido a la presencia de Hulda volviera a ser un colegial, pensó perplejo—. ¡Me gustaría verte en bicicleta! ¡Eres una mujer moderna!

Ella lo miró sorprendida. A sus ojos, de un azul grisáceo, no parecía escapárseles nada.

—Todo un cumplido, saliendo de tus labios —apuntó burlona—, ¡me hace gracia! —Luego se puso seria—. No puedo permitirme una bicicleta nueva —susurró—, lo sabes perfectamente. Y en absoluto en esta época tan loca. Para pagarla debería llevar el dinero en una furgoneta.

Él asintió. Claro que lo sabía. Y estaba seguro de que ella todavía lamentaba la pérdida de su bici hacía algo más de un año, en el verano pasado. Un muchacho loco la había tirado una tarde a las aguas del canal y le había robado la bicicleta. Por desgracia, aún no habían conseguido atrapar al ladrón, que había resultado ser un asesino. Y se había perdido el rastro de la bicicleta de Hulda.

—No te creas que andar moviéndose por la ciudad con el vehículo de Homicidios junto al sudoroso Fabricius es una fiesta —trató de consolarla él.

Hulda asintió distraída. Miraba a una anciana que estaba sentada en el suelo, delante de la valla del zoo, con la mano extendida, mendigando.

Hasta ese momento, Karl había ignorado totalmente a la mujer. A menudo, la miseria de la ciudad le resultaba insoportable y aislarse era la única posibilidad que tenía de soportarla. Pese a que Hulda acababa de comentar lo mal que iba de dinero, rebuscó en su bandolera de papel maché, como la de muchos berlineses —ya no servía el antiguo monedero porque se había quedado pequeño— y sacó un par de billetes. Se los tendió a la mujer desdentada que estaba en el suelo, quien los guardó sin pronunciar palabra. Típico de Hulda, pensó Karl, era capaz de darlo todo por un completo desconocido. ¡Él era el único a quien no daba nada! Sabía que era injusto, desde luego, pero algo de verdad había en esa afirmación.

—Tengo suerte —afirmó Hulda cuando volvió a girarse hacia él—, puedo ir a pie a casa de todas mis pacientes. Salvo la familia del Scheunenviertel, pero también me hubiera quedado demasiado lejos en la bici, así que cojo el tren. Cuando funciona… —Su expresión se ensombreció—. Aunque, de todos modos, me temo que no soy bien recibida allí.

—¿Y eso?

Ella hizo un gesto de rechazo.

—Después te lo cuento, Karl. Entremos ya, estoy deseando ver los elefantes y los chimpancés.

—¿Y a mí? —preguntó él en voz baja, agarrándola de la mano.

Ella sonrió.

—¡Por supuesto! Eso está claro. —Lo arrastró a la pequeña taquilla que había en la Puerta del León—. Dos entradas, por favor —dijo y pagó con un fajo de billetes que sacó del bolso antes de que él se lo impidiera.

A continuación, Karl cruzó la puerta a su lado, como un niño.

«Eso está claro.» En fin, «más claro que el agua», como diría su asistente Fabricius para referirse a todo lo contrario. Karl sonrió con amargura. Luego se controló.

Hacía frío, pero entre las nubes asomaban los rayos tardíos del sol de otoño, y la tierra en los parterres que flanqueaban los amplios paseos del zoo emanaba un olor refrescante y húmedo. Por todas partes se veían hojas de colores, en algunos lugares amontonadas; en otros, en formaciones silvestres e informales, siguiendo un patrón de color anaranjado cuyas leyes nadie conocía. Y a su lado caminaba, con la cabeza bien alta y el último resto de una sonrisa, Hulda, su Hulda, que esa tarde le pertenecería. «Ha llegado el momento de estar contento», se ordenó, y la cogió del brazo.

—Entonces, a por los elefantes —anunció Karl. De todos modos, era una de las primeras jaulas por las que tenían que pasar.

La belleza de aquella instalación era casi insuperable. En el centro se alzaba una pagoda decorada con tallas indias y rodeada de torrecillas más pequeñas. A su derecha se extendía una construcción alargada con frontones adornados y cornisas talladas. En el espacio exterior caminaban lentamente, balanceándose, tres elefantes adultos, comían montoncitos de paja que estaban esparcidos por la instalación y parecían dormir de pie.

Hulda se apoyó en el brazo de Karl y los contempló admirada por encima del muro de media altura, con una expresión infantil en el rostro.

Qué delgada estaba, se percató Karl, y le sobrevino un temor repentino. ¿Cómo había podido no darse cuenta de que había adelgazado tanto? Enseguida puso el brazo alrededor de su cintura y esta vez ella permitió que él la ciñera contra sí, incluso apoyó la cabeza unos segundos sobre su hombro. Con la mano libre, Karl la giró hacia él y aprovechó la oportunidad para besarla, hasta que ella volvió a desprenderse de él.

—Qué majestuosos son —exclamó Hulda, y Karl tuvo que dominarse para recordar dónde estaban y a qué se refería. ¡Exacto, los paquidermos!

—Yo más bien los veo hartos —dijo él—, pero no es extraño, todos los días aquí encerrados... Uno acaba teniendo pensamientos sombríos.

—Puede ser —opinó ella—. En realidad, esto es una tortura para los animales, ¿no crees? Y, sin embargo, en la ciudad mucha gente estaría encantada de estar en su lugar. Tener un techo sobre su cabeza y lo suficiente para comer... Muchos berlineses solo pueden soñar con algo así. —En su boca apareció una dura mueca que él ya conocía.

—Es domingo, Hulda —intervino suplicante—, brilla el sol, al menos un poco, los demás están pasándoselo bien. ¿No podríamos intentar disfrutar, aunque sea un poco, antes de cargar sobre nuestros hombros con las penas de toda la humanidad?

Por un instante temió que ella se enfadara, sus ojos centelleaban. Pero entonces descubrió esa enigmática sonrisa que asomaba por la comisura de su boca.

—No me diga, señor North; disfrutar —replicó, sonriendo con malicia—. Ya sé a qué se refiere con eso. ¿Algo así?

Antes de que él pudiera prepararse, ella lo había arrastrado detrás de un grueso tronco junto a la valla y lo besó. Esa vez apasionadamente, sedienta de vida, al menos eso le pareció a él. Karl la estrechó sorprendido, pero ella ya se apretaba contra él, que disfrutaba de ese ataque inesperado y se dejaba besar hasta perder la noción de todo cuanto lo rodeaba. Eso era lo que tanto le gustaba de Hulda, pensó entre dos inspiraciones. Era tan imprevisible como el mar, lleno de abismos, pero también de tesoros sumergidos que emergían brillando a la superficie. Bastaba con tener paciencia y esperar los momentos favorables, pues resultaba imposible predecir cuándo surgirían.

Casi lamentaba en ese momento no haber invitado a Hulda a tomar un té en su pisito. A saber cómo hubiera evolucionado la tarde estando ella en apariencia tan lanzada. Ahí, en el zoo, bajo la mirada severa del vigilante del parque y de los domingueros que iban de paseo, solo les quedaban los besos. Tenían que controlarse si no querían que los echasen.

—¡Cómo eres! —le murmuró al oído.

Hulda soltó una risita de adolescente y le dio juguetona un cachete.

—Las manos quietas, señor comisario.

Él protestó sonriendo, pues a fin de cuentas ella era quien había atacado.

—Señorita Hulda, soy un hombre decente —dijo, y la miró con fingida candidez—. Aquí es usted la única con ideas indebidas y dedos insolentes.

—Puede ser —contestó ella con un tono de alegre despreocupación—. Pero aquí estamos rodeados de elefantes y monos, y ellos no conocen la moral. Me han contagiado. —Se separó de él y se alisó la ropa—. Y ahora venga, vamos paseando al Pabellón Ruso y a refrescar la mente con una Weisse.

Karl la soltó de mal grado y la acompañó por los caminos de gravilla en ese fresco día otoñal. Las rodillas no le respondían con la firmeza habitual; flotaba un par de centímetros por encima del suelo. Miró de reojo a Hulda, su bello y clásico perfil, sus mejillas sonrojadas. Ojalá fuera solo suya, pensó. Si pudiera convencerla de que vivir junto a él era lo correcto…

Pero el problema residía en que no se lo podía prometer. Se conocía demasiado bien, conocía el caos en que vivía, las muchas botellas cuyo contenido desaparecía demasiado deprisa. Las largas y vacías noches en que el miedo lo atenazaba y un peso le presionaba los pulmones hasta que pensaba que iba a morir asfixiado. Y luego las semanas en que se enterraba en los expedientes del Castillo Rojo para descubrir la trama de un nuevo asesinato u homicidio, obsesivo, imperturbable, sin ninguna consideración ni hacia él ni hacia los demás. Sabía que en esas horas oscuras ni siquiera respetaría a Hulda. La dejaría colgada. A ella y a sus hijos; tener hijos era inevitable en un matrimonio. Para sus adentros, incluso deseaba tener una familia, pero sería tan mal padre como mal marido. Y no podía ni quería imaginarse a Hulda de madre de familia, con un bebé llorón en los brazos y una mirada suplicante porque de nuevo él llevaba noches sin dormir en casa. Hulda valía demasiado, era una mujer moderna, tal como había dicho antes, que no tenía que malograrse con montañas de ropa que lavar y enfermedades infantiles.

Además, estaba convencido de que ella lo iba a rechazar. Y el temor ante esa palabra pesaba más que todas las dudas sobre sí mismo.

Así que se contentó con caminar a su lado y soñar con ella, como si ya no estuviera allí. Era raro: en la intimidad anhelaba esa convivencia con ella que nunca existiría, mientras se perdía los pocos momentos que se le concedían pasar en su compañía. ¡Qué bobo era!

La visión de los pequeños chimpancés saltando de rama en rama en su jaula y colgándose de la cola a unas alturas que daban vértigo no le levantó demasiado los ánimos. Incluso los simios tenían vínculos familiares; ellos vivían en una comunidad inquebrantable, pensaba sombrío mientras observaba a una hembra espulgar con diligencia a su amado. Varios bebés chimpancés eran transportados con amor de un lado a otro por sus peludos padres, que les daban de mamar y los despiojaban, y solo cuando armaban demasiado jaleo recibían algún que otro bondadoso cachete.

Karl se sentía igual que un hombre que ha sufrido una amputación. En apariencia tenía todos sus miembros, pero en su interior le habían arrebatado algo, le habían cortado el vínculo sentimental con su madre, con cualquier ser humano, y nada podía volver a remendar ese corte.

Hulda parecía pensar lo mismo. Con los ojos de color gris oscuro, brillantes y serios, observaba a los animalitos.

—A uno le gustar estar entre ellos, ¿no? —musitó al final. Él asintió.

—Parece todo tan natural. Me refiero al amor. Como si los chimpancés no tuvieran que aprender a ocuparse de sus congéneres y solo nosotros, los humanos, nos hubiésemos olvidado ya hace tiempo de cómo hacerlo.

Hulda volvió hacia él la cabeza, Karl notó que la mirada de ella se deslizaba por su cara. La joven le apretó el brazo y rio de un modo forzado.

—¡Míranos! Estamos aquí como dos sosainas y envidiamos a esos monos piojosos enjaulados. Apuesto a que los pobres desean nuestra libertad, querrían tener algún modo de poder abandonar los barrotes de su jaula.

—Puede ser —dijo él. Luego se recobró e intentó esbozar una sonrisa—. Ha llegado el momento de que te invite a una cerveza. Ven, vamos a enseñarles a esos monos quién se lo pasa mejor.

Recorrieron el ancho camino y llegaron al quiosco en el que vendían tapas y bebidas. Karl pidió dos cervezas y dos salchichas con mostaza, y el precio con tantos ceros lo desconcertó por completo. Si las cosas seguían así, ni siquiera lograría vivir con el salario de un comisario de Homicidios. ¿Qué harían entonces aquellos que no habían tenido tanta suerte en el ámbito profesional como él?

La cerveza estaba fría, y el viento helador lo hizo tiritar al beberla. Al mismo tiempo, deseaba poder tomar algo más fuerte, pero no quería mostrar su punto débil y enseñarle a Hulda lo mucho que dependía de la pequeña y ardiente calidez que el aguardiente le proporcionaba a corto plazo… hasta que su efecto desaparecía y su cuerpo volvía a pedirle más. Así que puso como excusa estar sediento y pidió enseguida otro vaso de cerveza que, pese al frío, ingirió tan deprisa como el primero, al tiempo que se removía de un lado a otro bajo la mirada pensativa de Hulda. Ella no decía nada, lo que a él lo tranquilizaba y al mismo tiempo encolerizaba.

—¿Qué es lo que pasa en realidad con esa familia de Mitte? —preguntó para romper el silencio—. ¿Por qué crees que no eres bien recibida en su casa?

Hulda se lamió la espuma del labio superior mientras parecía reflexionar sobre si quería ponerlo al corriente o no. Se encogió de hombros.

—Es una peculiar mezcla de tradición y miedo, culpa y deseo de pertenencia —contestó al final—. La joven señora Rothmann ha traído al mundo un niño sano y no se ha alegrado de ello ni un solo segundo. Un rabino algo raro entra y sale de la casa, y parece ejercer una gran influencia sobre todos. Sabes, casi me resulta extraño hablar de ello, como si estuviera repitiendo lo que se publica en la prensa de derechas. Imagina, igual que en esas leyendas medievales: un niño en una comunidad judía que se desvanece en el aire. Me refiero a que no hemos comprendido de una vez por todas que eso es solo un cuento de tiempos antiguos, de cuando a los judíos se los culpaba de envenenar los pozos y de asesinar a niños.

—¿Que se desvanece en el aire? —preguntó Karl. De pronto parecía alarmado.

Hulda asintió.

—Ayer, cuando fui a ver a la madre y al niño, el recién nacido había desaparecido.

—¿Desaparecido? ¿Qué quieres decir con eso?

—Pues ni más ni menos que lo que digo. Ya no estaba en la casa. Ninguno de los Rothmann quiso decirme dónde se había metido. Es como si jamás hubiese existido.

Karl se la quedó mirando incrédulo.

—Pero alguien tiene que saber dónde está —dijo—. La familia debe informar a las autoridades, es obligatorio declarar cualquier nacimiento. En todo caso, el bebé necesita un certificado de nacimiento.

—Ya, eso será así en tu mundo —replicó Hulda, acabándose la cerveza—. Pero en ese barrio gobiernan otras leyes. Las leyes de la calle, ¿comprendes? Allí se obedece a los recitadores de las casas de Dios, a los rabinos y a las ancianas que defienden el honor de la familia. Los residentes en ese barrio ignoran las normas prusianas por completo.

—Tienes que ir a la policía —dijo Karl, advirtiendo lo irónico de la situación en cuanto hubo acabado de pronunciar la frase. Se encogió de hombros—. No me refiero a la Criminal, sino a comisaría. Deberías presentar una denuncia.

—No sé —respondió Hulda—, ni siquiera tengo una prueba de que ese niño ha existido. Es mi palabra contra la de los Rothmann.

—La tuya es más digna de crédito, eres una comadrona experimentada. ¿Qué motivo tendrías para inventarte un niño?

Hulda hizo un lento gesto de negación.

—No estoy segura de para qué serviría eso. Creo que es mejor no recurrir a las autoridades, sino descubrir por mi propia cuenta qué sucede ahí.

—¡No estarás hablando en serio! —exclamó Karl.

Levantó tanto la voz que un par de transeúntes volvieron la cabeza en su dirección. Dio un paso hacia Hulda y la miró sin pestañear.

—Es evidente que se ha cometido un delito —añadió en voz más baja, pero no menos alterado—. No tienes ni idea de lo que está pasando en Berlín, no es el primer niño que sufre maltrato. Hay de todo, desde pederastia hasta venta forzosa de niños. ¡Esa familia no debe salir impune tan fácilmente!

—¿Desde cuándo eres un experto en familias? —preguntó Hulda mordaz. Parecía sentirse entre la espada y la pared, él lo notaba en el temblor nervioso de las aletas de su nariz—. Ese es mi trabajo y llevo años haciéndolo. Me las apaño bien, incluso con casos difíciles. No siempre es bueno estar dándose con la cabeza contra un muro, a veces hay que dejar tiempo a los miembros de la familia, ganarse su confianza. Un policía de uniforme en el cuarto de estar es todo lo opuesto a una ayuda.

—Hulda, no se trata de un pequeño problema que pueda resolverse con la espera —insistió Karl agarrándola del brazo, pero ella se soltó—. Quién sabe, a lo mejor han matado al niño o lo han vendido. La trata de seres humanos está a la orden del día en la ciudad, he visto cosas que tú ni te imaginarías.

—Pues cuéntame de una vez algo sobre ese tema —se rebeló—, en lugar de hablar siempre con insinuaciones. ¿Sospechas de una organización que comercia con niños? ¿Qué sabes al respecto? ¿Crees de verdad que podría tratarse aquí de los mismos criminales? Entonces, ¡ayúdame!

El mismo Karl notó que su rostro se volvía imperturbable.

—No puedo decirte nada —murmuró. La imagen de los cadáveres infantiles volvió a aparecer en su mente, por enésima vez en aquel día, y como en cada ocasión, la ahuyentó con violencia. En la comisaría, las fotografías reveladas colgaban a modo de postales de las paredes, allí no podía evitarlas. Aunque al menos en domingo, cuando se reunía con su amada, quería liberarse de ellas.

Pero justo su amada parecía haberse olvidado por unos instantes de sus sentimientos más profundos hacia él. Lo fulminaba enfurecida con la mirada.

—Siempre con tus secretitos, como si yo fuese boba y fuera a contarlo todo —dijo Hulda con voz ahogada—. Tú tienes taaanta experiencia. El gran comisario, ¡tú sí que sabes del mundo! Pero cuando necesito tu ayuda, te cierras. Yo solo soy una pobre comadrona que se deja llevar por sus sentimientos. De acuerdo, a veces me equivoco, pero mi intuición me conduce con mucha frecuencia al éxito. Si me permites que te lo recuerde, el verano pasado fui yo, guiándome solo por mi olfato, la que averiguó algo, mientras que tú y tu estupendo asistente dabais golpes de ciego.

—¿Así que de verdad no piensas actuar en interés de ese niño? ¿Eso es lo que te dice tu fino olfato? —preguntó Karl sin responder a la última frase, aunque sus palabras le habían llegado hasta el corazón. ¿Eso era lo que pensaba de él? ¿Que no podía resolver los casos él solo?

Bueno, pensó con amargura, tenía buena compañía. También Fabricius le transmitía de algún modo que era demasiado lento, que no realizaba las pesquisas con suficiente rapidez. Que era prescindible. Y, al final, su asistente tal vez hasta tenía razón, pues él, Karl, si bien era diligente y en cierta medida listo, no era un genio que sacara conclusiones durmiendo y no requiriese realizar un estudio previo. Precisaba de tiempo para reflexionar, para meditar hasta que poco a poco las cosas se iban ordenando en su cerebro. Por eso solía quedarse por las noches junto a su escritorio en la comisaría, por eso dormía tan mal, porque en el día a día del Castillo Rojo no disponía de tiempo suficiente para pensar y tenía que sacarlo de algún sitio si quería hacer bien su trabajo. Vistas las circunstancias del país, en los últimos meses en especial, la lucha contra el crimen había degenerado en una tarea vana para la que no se disponía de suficientes policías.

—No sabes cómo funciona esto —dijo abatido a Hulda, que estaba ante él como un niño tozudo—, lo que sucede en la policía. Tan solo para perseguir la receptación y la usura se necesitaría todo un ejército, por no hablar de hurtos y saqueos.

Rechinando de dientes, admitió para sus adentros que la desaparición de un solo niño de una familia pobre no constituía ninguna prioridad en una investigación. Y, además, la Asistencia al Menor en la capital —ya en una época más ordenada había sido un asunto poco efectivo sin una base legal auténtica— estaba ocupada en otros temas, al menos de momento.

Quería decirle a Hulda que quizá tuviera razón, pero le costaba aceptarlo, sobre todo porque el rostro de ella seguía reflejando una rabia inaudita.

—No vas a reprocharme tan fácilmente mi falta de responsabilidad —dijo con dureza—. Yo he colaborado en que esa personita naciera, soy la primera que la ha tenido en sus brazos. Claro que quiero saber si está bien. Solo opino que con violencia no lo voy a averiguar, ni tampoco por la vía oficial. Incluso si me cuesta un montón mantenerme a la espera, tú ya sabes lo impaciente que soy.

—¡Ya lo creo!

Ella arqueó las cejas. Karl reaccionó al instante.

—A lo mejor es cierto lo que dices, Hulda. Admito que ahora la policía no da del todo la talla. En el Castillo Rojo han creado un nuevo departamento que solo se encarga de controlar los precios abusivos en los mercados. Pero ¿cómo van a cumplir su tarea mis compañeros si nadie sabe qué precios serán válidos un minuto después? ¿Y además con tan poca gente?

Ambos se observaron en silencio. Karl echó la cabeza hacia atrás y contempló el cielo gris plateado que las nubes atravesaban presurosas, como si no quisieran demorarse ni un solo segundo de más sobre las cabezas de los visitantes del zoo. El color de la luz le recordó los ojos de Hulda, eran como un espejo en el que uno podía mirarse, pero no dejaba entrever nada.

Dos niños tapados con unas gruesas chaquetas de lana pasaron de la mano junto a ellos. Sus padres los seguían parsimoniosos y agarrados del brazo. La trenza de la niña, de un rubio arena, se balanceaba alegre de un lado a otro, y sus botas crujían sobre la grava.

—Ven, papi —gritó volviendo el rostro, y Karl percibió en aquella voz el entusiasmo infantil—, allí están los leones marinos. Por favor, ¿podemos ir a ver cómo les dan de comer?

Pensó en qué aspecto habría tenido Hulda de niña. ¿Habría deambulado por el zoo tan despreocupada y emocionada, llamando a su padre, a quien él todavía no había conocido? Solo sabía que Benjamin Gold había abandonado pronto a la familia y que la madre de Hulda se había suicidado más tarde. Pero ¿habían existido en el seno de los Gold días sin problemas? ¿Habían hecho excursiones y enseñado a la pequeña Hulda las cosas bonitas de la vida? Él mismo no había tenido ningún tipo de experiencia con su propia familia. Sin embargo, también había visitado el zoo siendo niño; las monjas del orfanato habían recibido la orden del director de llevar a los mayores para que sus pobres pupilos tomaran algo de sol y aire fresco. Karl recordaba con toda claridad aquella visita: había absorbido como una esponja la visión de los animales y de las lujosas instalaciones.

Era verano, delante del pabellón en el que ahora tiritaba de frío con Hulda tocaba una orquesta. Y su memoria había retenido algo más.

—¿Te acuerdas de los zoos humanos? —preguntó para cambiar de tema, señalando la jaula de las fieras—. ¿Nunca los viste aquí?

Hulda parecía regresar de muy lejos. Lentamente fijó la vista y la levantó hacia él. Negó despacio con la cabeza.

—Creo que no.

—Cuando todavía reinaba el emperador —dijo él—. Exhibían a unos africanos detrás de unos barrotes. Nubios, etíopes, vestidos como en sus tierras. Tenían que bailar, me acuerdo de que la hermana Mechthild dijo que eran salvajes y que no deberíamos mirarlos con demasiada atención.

—¿Detrás de unos barrotes? —preguntó Hulda—. ¿Aquí, en el zoo? ¡Qué barbaridad!

—Yo opino lo mismo —admitió él—. Pero entonces, de niño, no lo vi así. Era emocionante contemplar la piel negra y esos rostros extraños. —Se encogió de hombros—. Por lo que yo sé, sigue habiendo espectáculos similares en otros lugares.

Hulda hizo una mueca de asco.

—Mientras los seres humanos sigan tratando a los seres humanos como animales, el mundo no avanzará —dijo—. El año pasado, cuando fui a Dalldorf, al hospital psiquiátrico, vi escenas que no se me van de la cabeza. Ya es hora de que aceptemos que hay mucha gente distinta: enfermos, sanos, negros, blancos, judíos, cristianos, y que todos valen lo mismo.

—Es un gran deseo —señaló Karl—. Los seres humanos tendemos a colocar a los demás en compartimentos para que reine un bonito orden en nuestro mundo. Esas categorías dan seguridad en un colectivo, pero la mayoría de las veces se atribuyen desde fuera.

—Es lo mismo que dice Esra Rubin —confirmó al instante Hulda—. Él… —Se interrumpió y Karl creyó ver sonrosarse sus mejillas.

—¿Esra Rubin?

—Bah, no importa. —Hizo un gesto de rechazo—. Uno del barrio de Scheunenviertel, que no sé qué papel interpreta en esta obra de teatro. —Levantó la vista hacia el gran reloj del portón—. Tenemos que seguir —dijo—, si no queremos perdernos el reparto de comida. Los leones marinos son mis favoritos. ¿Vienes?

Hulda se adelantó, una silueta alta en un abrigo ceñido, y la gorra de fieltro cubriendo con primor su cabello corto. Mantenía la cabeza bien alta, pero a Karl le pareció que curvaba los hombros un poco hacia delante. Como si quisiera ocultar algo.

13

Domingo por la noche, del 28 al 29 de octubre de 1923

LA BUHARDILLA ESTABA a oscuras, la casa permanecía en silencio, como un barco anclado en la Winterfeldtstrasse. De vez en cuando golpeaba el postigo de la ventana agitado por el viento, pero Hulda estaba demasiado cansada y perezosa para levantarse otra vez y cerrarlo. Así que estaba acostada, mirando el techo en penumbra, molesta por los golpes que se repetían cada dos por tres, pero incapaz de ponerse en pie para solucionar el problema.

El encuentro con Karl había dejado sus huellas. Al principio no había pensado en lo que él había dicho, se había despedido con cariño dándole un beso, se había subido al ómnibus, desde donde no había tardado demasiado en llegar a la Winterfeldtplatz. Allí había evitado el quiosco de Bert y el Café Winter porque no tenía ganas de charlar ni, desde luego, volver a tener un extraño encuentro con Felix. Había subido directa a la buhardilla, pasando de puntillas junto a la puerta del apartamento de la señora Wunderlich y, gracias a una feliz coincidencia, había llegado sana y salva a su habitación. Allí había calentado en el hornillo una olla con agua, se había preparado un té e intentado proseguir la novela que llevaba semanas abierta en su mesilla de noche. En el lomo del libro se había formado un largo surco que la exhortaba cada noche a esforzarse un poco más. Pero su mente se alejaba de las letras impresas en las páginas.

Al final se había rendido y había dejado el surco tal y como estaba.

Paseó la mirada por la fotografía enmarcada que había colocado en un arrebato de cariño por Karl. A fin de cuentas, algo tenía que ver la señora Wunderlich al hacer la limpieza, pensó burlona. La imagen mostraba a Karl y a ella cogidos del brazo durante la excursión al Wannsee, el verano anterior, cuando un fotógrafo muy pesado había conseguido convencerlos de que se hicieran un retrato. Él esbozaba una sonrisa torcida y ella tenía los ojos entrecerrados a causa del sol. Aun así, la imagen le gustaba. Pero cuanto más pensaba en las palabras de Karl, más se enfadaba. Era difícil discutir con un comisario versado en el derecho y la ley, mientras que ella, la comadrona de la Winterfeldtplatz, solo contaba con su intuición. Se le antojaba una ecuación que no respondía a la realidad: los hombres siempre insistían en su entendimiento, podían remitirse a la razón, que se daba por hecho que poseían. A las mujeres, por el contrario, se les atribuía un sentimiento que era engañoso y en el que no se podía confiar. Así que, en una discusión, ellas ya se encontraban desde un principio en una posición de inferioridad. Lo cierto era que en el caso de Karl eso no sucedía así. A Hulda le parecía progresista en sus opiniones sobre los sexos y él tenía en cuenta lo que ella pensaba, aunque fuese mujer. Pero era evidente que a veces ni siquiera él era capaz de evitar su condición y le explicaba el mundo desde un nivel de superioridad. ¡Y eso la sacaba de quicio!

Aun en el caso de que él tuviera razón, Hulda no iba a acudir primero a la policía. Su intuición le decía que no era lo correcto y que así no alcanzaría su objetivo.

Pero pese a asegurarse una y otra vez que aquella era la decisión correcta, sentía un nudo en el estómago. No dejaba de dar vueltas en la cama sin lograr tranquilizarse. La carita del recién nacido de la Grenadierstrasse se deslizaba entre sus pensamientos: su nariz respingona, que con tanta dulzura arrugaba mientras dormía, su suave calidez. ¿Dónde debía de estar?, ¿bien resguardado? ¿Cuidaban de él? Lo esperaba de corazón. Se obligó a no pensar más en el bebé. No era suyo. Ella solo era un instrumento, una herramienta para ayudar en el parto. Las vidas que llegaban al mundo no eran de su propiedad; Hulda no ponía a los niños su sello, sino que solo los libraba a la existencia. A partir de ahí, debían emprender su propio camino sin ella.

Era lo más difícil de su profesión. Durante mucho tiempo había tenido que aprender a soltar lastre y a esas alturas le salía bien en la mayoría de las ocasiones. Pero a veces el sentimiento de responsabilidad la empujaba a inmiscuirse más y entonces, eso hacía tiempo que lo sabía, corría el peligro de dañarse la punta de la nariz por meterla en asuntos que no eran de su incumbencia.

Aquella noche no iba a pegar ojo. Y después de levantarse resignada, cerrar el postigo de la ventana, ponerse la bata y volver a retomar el libro, golpearon inesperadamente en su puerta.

Hulda sabía que había distintos modos de llamar: inquisitivo, vacilante, cortés, impetuoso, expectante, enérgico o indignado.

Esa forma de golpear la puerta estaba llena de miedo, sí, de pánico.

Se acercó a la puerta y la abrió. A la leve luz de la lámpara de su habitación, vio a un niño de unos diez años. Tenía el cabello rojizo de punta, como si acabara de caerse de la cama. Hulda lo reconoció, era Hugo Reichert, el hijo mayor de Marianne Reichert, del barrio de al lado. El matrimonio Reichert tenía una sombrerería y vivía en el piso de encima de la tienda con sus tres hijos. El cuarto estaba en camino, tal como había advertido Hulda en su última visita al mercado por el vientre hinchado de Marianne. Seguro que todavía era demasiado pronto para que diera a luz. En cualquier caso, Hulda aún no había hecho la revisión previa que solía realizarse en las últimas semanas del embarazo.

—Hugo —dijo, cogiéndolo de la mano. El niño temblaba, pero se mordió el labio para no llorar.

—Señorita Hulda, ¿puede venir, por favor? Mamá no se encuentra bien, está sangrando.

—Pasa —lo invitó a entrar en la habitación. Lo sentó y le dio una lata de galletas que guardaba en una estantería.

—Coge —dijo—. Las de chocolate son las mejores. Enseguida me visto.

Hugo obedeció, se sentó ahí mordisqueando, un abatido hatillo de pena. Cohibido, apartó la mirada cuando ella se quitó la bata y se puso la falda. Hulda acabó de vestirse poniéndose un jersey grueso y atándose los cordones de las botas. Luego cogió el abrigo y el maletín.

—En marcha —anunció.

Hugo se limpió las migas de las comisuras de la boca, así como las huellas de las lágrimas de las mejillas y se levantó. Juntos corrieron escaleras abajo rumbo a la nocturnidad de la calle.

En el cielo negro pendía una luna enorme, como un gigante redondo que velase sobre los altos edificios de Schöneberg. Hugo se puso a correr y Hulda se apresuró tras él. Atravesaron jadeantes la Winterfeldtplatz. El quiosco de Bert constituía un centro oscuro alrededor del cual no se veía ni un alma. Hulda no tenía noción de qué hora era, contaba con que alrededor de la medianoche.

Llegaron a la calle principal con los imponentes miradores del edificio de la esquina, pasaron de largo dos restaurantes cerrados y llegaron por fin a la casa de los Reichert. En el escaparate se exhibían unos elegantes sombreros para caballeros y otros para señoras con adornos en abundancia. En los altos pilares de la valla de forja faltaban los herrajes de latón; hacía semanas que robaban todo tipo de metales que no estuvieran clavados o remachados. Los accesorios de las puertas, los revestimientos de cobre de los pararrayos, los tubos de plomo, incluso las tapaderas de las alcantarillas se convertían en dinero en efectivo. No era de extrañar que la policía, desbordada de trabajo, no diera abasto para actuar contra la criminalidad en la ciudad. La ruindad era un alud que se precipitaba sobre los últimos restos de decencia y moral.

Hugo la agarró de la mano y tiró de ella escaleras arriba sin detenerse a encender la luz. Las ideas se agolpaban en la mente de Hulda. Intentó activar todo lo que sabía sobre partos prematuros. Llegaron enseguida al piso de los Reichert.

El negocio parecía funcionar bien, pues la luz estaba encendida en todas partes, y Hulda reconoció el exquisito mobiliario y las agradables alfombras de sus anteriores visitas. Dos niñas más jóvenes en camisón estaban sentadas en el sofá, con el miedo y el cansancio dibujado en sus delicados rostros.

—Mamá está en el dormitorio —señaló Hugo. De repente se quedó plantado, como si hubiese echado raíces, y Hulda le dirigió un gesto de asentimiento.

—Quédate cerca —dijo, y mirando a las dos niñas añadió—: Pero vosotras no entréis. Ayudaré a vuestra madre, no tengáis miedo.

Wilhelm Reichert, el marido de Marianne, apareció por el pasillo, pálido y fatigado. Estrechó la mano de Hulda.

—Gracias por haber venido tan deprisa —la saludó—. Pero me temo lo peor.

—Primero voy a ver cuál es la situación. Quédese aquí tranquilo con los niños, ya me sé el camino —dijo Hulda, aunque en su interior no tenía mucha confianza.

Por nada del mundo quería tener a su lado a un marido asustado. Sabía demasiado bien que la desesperación masculina no tardaba en convertirse en furia, y ella, como comadrona, era el primer blanco que elegían.

—¿Marianne? —susurró cuando empujó la puerta entornada de la habitación. Olió la sangre antes de ver a la mujer que, acurrucada en la cama, giró con esfuerzo la cabeza cuando ella entró.

—Señorita Hulda —musitó—. Ayúdeme, por favor.

—¿Qué ha pasado?

Se colocó al lado de la parturienta de una zancada, se sentó al borde de la cama y le tomó la mano.

—Es demasiado pronto, ¿no es así?

—Sí —respondió Marianne con voz ronca—, el niño tenía que nacer dentro de tres meses. Pero vendrá hoy, lo sé. Hay algo que no va bien. He sangrado mucho y ahora tengo contracciones. ¡Estoy muy asustada!

—¿Me deja echar un vistazo? —preguntó Hulda intentando mantener una expresión serena mientras en su cabeza percibía un zumbido similar al de una colmena. ¿Tres meses antes de hora? Eso era grave, no conocía ningún caso en el que un niño nacido en tales condiciones hubiese sobrevivido.

Palpó con cuidado bajo el camisón. Sí, percibió claramente la cabecita, el orificio uterino se había dilatado y el alumbramiento parecía ser inminente.

—¿Hugo? —llamó en dirección al pasillo, y el delgado rostro del niño asomó enseguida por la puerta—. ¿Tenéis teléfono?

—El cable se ha roto —se lamentó—, mañana vendrán a repararlo.

Hulda reflexionó.

—Entonces llama al vecino —dijo—, aunque lo despiertes, no importa. ¿Sabes quién más tiene teléfono?

Pálido, el niño asintió.

—Llama al doctor Schneider —le indicó—. Está de servicio, tiene que venir enseguida. Y que pida por favor una ambulancia del hospital Auguste Viktoria, es importante. ¿Has entendido?

—Ahora voy —respondió Hugo, a quien al oír la palabra «ambulancia» se le cubrió el rostro de horror. Desapareció al momento.

—Bien, querida mía —consoló Hulda a Marianne, quien en ese momento sufría con los dientes apretados una contracción—. Ahora tiene que ser valiente. No se equivoca, su hijo nacerá hoy, aunque sea demasiado pronto.

Marianne rompió a llorar.

—Morirá, ¿verdad? —preguntó. Le temblaban los labios.

Hulda inspiró hondo.

—No lo sabemos —respondió—. Todo nacimiento conlleva un riesgo. Y a veces sucede un milagro. Esperemos que esta vez también ocurra y, mientras tanto, hagamos lo que esté en nuestras manos para que el pequeño nazca lo más fácilmente posible.

Marianne asintió. Cerró los ojos. Llegó la siguiente contracción y Hulda contempló preocupada cómo se retorcía. Todo parecía ir más deprisa de lo que había esperado. El niño era arrojado con fuerza al mundo, sin estar listo ni preparado para sobrevivir fuera de la madre.

—Por qué tienes tanta prisa, pequeñito —musitó, acariciando el vientre de Marianne. Luego la ayudó a enderezarse un poco para encontrar la postura adecuada.

La mujer volvió a jadear y contrajo la cara de dolor. Reprimió un gemido, seguramente para no asustar a los hijos que estaban en la sala de estar, pero Hulda notó que hubiera preferido chillar. Y ya se acercaba la siguiente contracción; se sucedían imparables por el cuerpo de Marianne.

—Ya no puedo esperar más —susurró la parturienta—, tengo que empujar. Oh, Dios, no quiero, pero tengo que hacerlo.

—Lo sé —contestó Hulda, sosteniéndole la mano—. Hágalo, Marianne. Nadie puede detener a este niño. Déjelo salir.

En su interior estaba ansiosa por oír los pasos del médico, una sirena, pero todo permanecía tranquilo. Estaban solas.

Llorando y gimiendo, Marianne empujaba al niño, hasta que la cabecita cayó en las manos de Hulda. Algo no estaba bien, el cráneo estaba deformado y era mucho más pequeño que el de la mayoría de los recién nacidos.

Hulda cerró los ojos y reunió fuerzas para el horror que se temía. Con la última contracción, siguió el cuerpecito, salió flácido y azul del cuerpo de su madre y cayó en los brazos de Hulda como un muñeco sin vida.

El niño estaba muerto. Y Hulda enseguida vio por qué no había podido vivir. Sus extremidades estaban mal formadas y habían crecido mal, el pecho girado y hundido. El bebé no se estaba desarrollando correctamente en el vientre materno probablemente desde hacía meses, y la muerte, compasiva, se lo había llevado para ahorrarle más tormento.

Con la barbilla temblorosa, Hulda contempló el pequeño y azulado rostro. Por repugnante y espantoso que fuese el cuerpo del niño, la expresión de su cara era bonita, conmovedora. Había cerrado con serenidad sus diminutos ojos y la boca, perfectamente dibujada, estaba entreabierta. Ya no sufriría más.

—¿Señorita Hulda? —preguntó Marianne invadida por el pánico, y la comadrona percibió la minúscula esperanza que todavía le centelleaba en la voz. Se reprimió las lágrimas y envolvió el cuerpo deforme con un pañuelo de modo que solo se viera el rostro del niño muerto. Luego la miró a los ojos y movió de lado a lado la cabeza sin pronunciar palabra.

Marianne interpretó el gesto y rompió a llorar en voz baja. Luego extendió los brazos hacia el niño y Hulda se lo entregó. La madre meció con ternura el diminuto cuerpo y besó la frente de su hijo.

—¿Por qué? —preguntó entre sollozos.

Hulda se encogió de hombros.

—Su hijo estaba enfermo —respondió después con cautela—. He preferido ahorrarle la visión de su cuerpo, pues en él se aprecian las huellas de su dolencia. No hubiera conseguido vivir, Marianne, a lo mejor ha decidido por sí mismo que hoy era el momento de irse. Por muy doloroso que le resulte a usted.

Se le quebró la voz, pero se dominó. Nada peor para una madre en duelo que una comadrona llorona. Tenía que ser fuerte y optimista, tenía que hacer lo correcto. Así que se apresuró a cortar el cordón umbilical y esperó la placenta mientras Marianne, que había dejado de llorar, acariciaba de nuevo con un dedo el rostro empalidecido de su hijo. Cuando esta salió, calmó la hemorragia de Marianne y le lavó la sangre de las piernas. Entonces, oyó por fin que una ambulancia se detenía en la noche, abajo, delante de la ventana. Poco después resonaron unos pasos por el apartamento y entró el médico. Llevaba un gran maletín de piel y estaba sin afeitar y mal vestido. Sus ojos, que se movían con viveza de un lado a otro, mostraban descontento porque lo habían sacado de la cama a altas horas de la noche.

Cuando reconoció a Hulda, su cuerpo largo y delgado se tensó y la arruga entre las cejas se le hundió todavía más.

—¿Qué tenemos aquí? —preguntó subiendo la voz, Hulda se estremeció. El hombre contempló la escena—. Ha nacido muerto —dijo con rudeza.

Hulda lo miró a la cara.

—Sí, doctor Schneider —afirmó de mal grado—, el niño no podía vivir.

—Espero por su bien que sea cierto y que no haya hecho una chapuza —advirtió, dejando el sombrero en la mesilla junto a la ventana—. Todo el mundo sabe lo mucho que le gusta correr riesgos, señorita Gold.

—Es intolerable —protestó ella. Iba a añadir algo más, pero se contuvo por respeto a Marianne y el niño. Bastante grave era que el médico no supiera cómo comportarse tras un parto así, pero no iba a pelearse con él mientras el bebé muerto todavía yacía en brazos de su madre.

—Si por mí fuera, todos los partos se efectuarían en un hospital y bajo supervisión médica —indicó—. A saber cuántas vidas humanas podremos salvar tratando a las mujeres con las técnicas más modernas de la medicina en lugar de dejarlas en manos de ignorantes mujeres de la limpieza.

Dicho lo cual, fue a coger sin pronunciar palabra al pequeño de los brazos de su madre. Esta lo miró desconcertada y agarró al niño.

—Sea razonable, por favor —dijo el médico con un profundo tono de voz que según él inspiraba confianza—. Debo examinar al bebé, lo entiende, ¿verdad?

Hulda hizo un gesto de asentimiento a Marianne y le acarició la espalda. Lentamente, como en trance, la mujer tendió el niño al médico y hundió el rostro en la almohada. Sus hombros se estremecían, pero no emitía ningún sonido.

El doctor Schneider llevó el pequeño cadáver a la mesa y lo desenvolvió. Al verlo dejó escapar un sonido de sorpresa. ¿O era de repugnancia? Pero por fortuna se dominó, examinó al niño en pocos segundos y volvió a cubrir el cuerpo con el pañuelo sin pronunciar palabra.

—Le diré al marido que mañana temprano tendrá que llamar a la funeraria —explicó—. Nos llevaremos a la madre al hospital, por lo visto ha perdido mucha sangre.

Dejó entrar a dos sanitarios que estaban esperando delante de la puerta y señaló a Marianne.

—A la clínica —ordenó.

Cuando los dos hombres levantaron a la mujer en la camilla, le deseó que se recuperase, pero sin ni siquiera mirarla.

Hulda apartó a Marianne un mechón de la frente.

—Yo cuidaré del niño —dijo en voz baja—. Y también me ocuparé de su familia, prometido.

Marianne asintió con los ojos cerrados, una única lágrima se filtró por el cabello de la sien. Luego los sanitarios la sacaron de la habitación.

El médico apuntó algo en el certificado de defunción y luego cerró resuelto el maletín de piel. El sonido metálico del cierre parecía sellarlo todo. A continuación, miró a Hulda con el ceño fruncido.

—Ya hace tiempo que le tengo puesto el ojo encima, señorita Gold —advirtió—. En este caso no parece haber cometido ningún error, pero habrá un día en que lo hará.

—Como todo el mundo —respondió Hulda, esforzándose por mostrar seguridad en sí misma. Pero, en su interior, le afectaban cada una de esas palabras.

—Es posible —convino él—, pero algunas personas actúan con arrogancia y falta de responsabilidad, ignoran el progreso, y entonces es inevitable que cometan una equivocación.

Dicho esto, la dejó con el niño fallecido en el dormitorio. Hulda oyó que hablaba con el marido de Marianne, dos potentes voces masculinas discutiendo sobre un asunto importante. Hulda se acercó a la ventana y vio que empujaban la camilla con Marianne hacia el vehículo. De forma impulsiva cogió en brazos el hatillo del pequeño cuerpo sin vida con la tierna carita de ángel y lo meció. Sabía que no precisaba de cariño, que ya hacía tiempo que no estaba. Pero ella misma tenía que tranquilizarse. Canturreó una canción, y al cabo de unas pocas notas se dio cuenta de que era el salmo hebreo que había recitado el rabino Rubin. Le pareció que había pasado mucho tiempo desde que ambos se habían encontrado en la mísera cocina de los Rothmann.

Fuera todavía era noche cerrada, solo unas pocas farolas resplandecían en la oscuridad, pero no ofrecían ningún consuelo. Hulda ansió que llegara la mañana, las primeras luces brillantes de un rosa grisáceo sobre las cubiertas de las casas, desparramándose por las calles del barrio de Schöneberg.

—¿Señorita Hulda? —preguntó una voz dulce desde la puerta. Era Hugo—. ¿Puedo entrar?

Dudó. Pero luego pensó que el niño ya había asumido mucha responsabilidad aquella noche y había cumplido bien su tarea. Estaba en el umbral entre la infancia y la adultez. Hulda le hizo un gesto para que entrara.

—¿Es este…? —Señaló el bulto que ella sostenía en brazos y se interrumpió.

—Tu hermano —dijo Hulda y se inclinó para que pudiera ver el rostro del bebé—. Por desgracia no lo ha conseguido.

Hugo tocó respetuoso la mejilla de aspecto traslúcido del pequeño.

—Un hermano —murmuró—. Hubiera estado muy bien, un auténtico colega para jugar al fútbol y cuidar de él.

Hulda no pudo evitar una sonrisa.

—Sí, los dos habríais disfrutado mucho juntos. Qué suerte para el pequeño tener un hermano mayor como tú…

El niño tragó saliva. Retiró la mano, pero no apartó la vista de la diminuta cara que asomaba del pañuelo.

—Iba a llamarse Paule —explicó—, es un nombre que está bien para un hermano pequeño.

—Cierto —convino Hulda—. Puedes llamarlo Paule si quieres. Sois evangelistas, ¿verdad? Entonces tus padres seguro que lo bautizarán. El nuevo pastor Rabenau de la congregación del San Pablo Apóstol cuida bien de su parroquia y se ocupará de todo.

—Entonces, ¿le darán también a Paule una tumba?

—Seguro —respondió Hulda—. Mañana mismo tu padre hablará con el encargado de esos temas y entonces os podréis despedir.

Hugo asintió. A ella le pareció que su rostro infantil, tan lleno de preocupación, se iba relajando un poco. Era evidente que lo tranquilizaba que todo siguiera su curso. Hulda sabía de la gran capacidad de adaptación de los niños, podían encajar mucho mejor los golpes mientras su orden del mundo permaneciera inalterado. Estaba convencida de que la familia Reichert conseguiría superar la pérdida del cuarto hijo, aunque necesitarían tiempo.

—De todos modos, es injusto —añadió Hugo, dando un gran suspiro.

—En eso te doy la razón —dijo Hulda furiosa—. Incluso es horriblemente injusto.

Buscó en los bolsillos de la falda las pastillas de regaliz que había comprado en un puesto al regresar del zoo, le dio una al chico y se llevó otra a la boca. Los dos se quedaron chupándolas, uno junto al otro con el bebé entre ellos dos mientras miraban por la ventana, donde por fin una pizca de luz diminuta y trémula luchaba por ganar espacio por encima de las chimeneas y empezaba a desterrar la noche.

14

Lunes, 29 de octubre de 1923

COMO CADA MAÑANA desde que había dado a luz, Tamar se despertó temblando, como si una inmensa y oscura ola la hubiese escupido en una playa desconocida y carente de seres humanos. Abrió los ojos con esfuerzo, los párpados parecían habérsele pegado con una mezcla de arena de conchas granulada y agua salada. Estaba oscuro. Con el corazón desbocado prestó atención en esa penumbra supuestamente extraña y buscó un punto de referencia para saber dónde se hallaba. Hasta que oyó el suave ronquido de Zvi y el susurro de la sábana colgada delante del tragaluz que ondeaba rozando el suelo, empujada por la corriente de aire.

Entonces volvió a recordarlo todo. Y enseguida un puño invisible se cerró en torno a su garganta, expulsó la agradable somnolencia y dio paso a una pesadez de plomo que amenazaba con llenarla por completo. Tamar se palpó el vientre y gimió. Vacío como un saco viejo que colgaba inservible. Pero al menos el camisón ya no estaba tan húmedo por la zona del pecho, la leche estaba descendiendo. Pronto desaparecería todo aquello que evocaba al niño.

Por supuesto, ella no lo olvidaría. Nunca en la vida.

Tamar se propuso hacer cualquier cosa para recuperar a su hijo, incluso aunque se sintiera como un trapo ajado que alguien había retorcido. ¡Tenía que recobrar fuerzas!

Apartó jadeante la delgada colcha, depositó los dedos de los pies en el suelo, frío como el hielo, cogió el chal de lana y se lo puso sobre el camisón. Salió del apartamento temblando y subió medio rellano hasta el váter. Seguía sangrando, pero se había colocado unas tiras de papel usado que habían absorbido lo peor y había evitado manchar demasiado la ropa interior. También ese flujo que salía de ella se detendría dentro de poco, lo sabía. En pocos días por fin habría acabado todo.

Después de hacer sus necesidades y de colocarse más tiras de papel, volvió a meterse en el apartamento maloliente y fue a la cocina. Encendió el hornillo de gas, colocó un par de briquetas de carbón en la estufa del rincón y esperó a que el calor seco se extendiera poco a poco por la habitación.

En el apartamento reinaba el silencio, la familia todavía dormía. A Tamar le sentaba bien contar con un par de minutos para sí misma. Antes, la presencia de su suegra casi le resultaba insoportable. Pero ahora era peor. El padre Avri era amable con ella, pero parecía extrañamente lejano y en ocasiones no lo veía durante días. Era como un invitado en su propia casa, la mayoría de las veces a punto de marcharse al templo, a la panadería, a conseguir algo que comer. La madre Ruth, al contrario que su marido, siempre estaba ahí y Tamar temía su mirada mordaz, detestaba la visión de su huesuda silueta. Jamás habría amor entre ella y la madre de Zvi. Y ahora menos que nunca.

Desde que había dado a luz, Tamar también soportaba a duras penas la presencia de Zvi. Era un buen hombre, dulce, amable, pero si en un principio había esperado —en realidad lo había esperado hasta el final— que se pusiera de su parte, que luchara por su pequeña familia, había cometido un amargo error. El concepto de familia solo significaba una cosa para él: sus padres. Su obediencia hacia ellos era inquebrantable.

Bueno, en realidad hacía tiempo que Tamar había sospechado que no podía esperar que se rebelara si sus padres no reconocían al hijo que habían tenido juntos. Por eso se habían cernido sobre ella unas nubes negras como alas de cuervo en las últimas semanas. Y por eso no se había permitido que el pequeño ser que crecía en ella entrara en sus sueños y pensamientos. Había tenido razón, pero la victoria había sido amarga y carente de valor. Todo carecía de valor, toda su vida, su cuerpo, su existencia.

Un leve escalofrío le recorrió la espalda, como si la muerte le deslizara por encima una gran pluma de ave. Después de todo lo que había aguantado, la pérdida de su hogar, la muerte de sus padres, la huida… e incluso tras las tiernas chispas de esperanza durante las primeras semanas de su amor por Zvi en Galitzia, la desdicha la había atrapado en Berlín. Su pueblo, los armenios, había experimentado el más horrible exterminio desde tiempos inmemoriales, ¿y justo ella había escapado? Ahora eso le parecía un error que el destino por fin corregía. También su vida estaba llegando al final.

Pero era extraño lo que sucedía con la vida, pensó Tamar removiendo las brasas con el atizador, de modo que el carbón se reavivó y las chispas rojas revolotearon juguetonas. No era tan fácil abandonarla. Incluso en ese pozo oscuro, en esa infinita melancolía en la que flotaba como en brea líquida, algo se imponía y exigía leña. Una llama, por muy pequeña que fuera. La forzaba a comer, pedía a gritos agua, calor, y no la soltaba. Tamar hubiera querido deshacerse de ello al igual que de un viejo vestido que ya no se necesita, pero la vida se aferraba a ella, insistía, rugía y se enfurecía para que no se rindiera. Y como una máquina que no ha aprendido otra cosa, Tamar obedecía y seguía viviendo. Tenía que hacerlo, porque llegaría el día en que tendría la fuerza y los ánimos suficientes para dejar esa habitación y emprender la búsqueda.

Si no se sintiera tan muerta en su interior, como las ramas secas de un olivo que todavía parecían bellas pero que salían vacías y secas del tronco hasta acabar cayendo, ya hacía tiempo que se habría rebelado.

El crujido de una puerta al girar en los goznes la sobresaltó. Delante de ella, en la penumbra de la cocina, estaba Zvi. Con timidez y cierta torpeza le pasó el brazo alrededor de los hombros y la abrazó.

—*Shalom*, Tamar. ¿Has dormido bien?

—*Shalom*, Zvi.

Se desprendió de él y entró en la despensa, sacó pan y margarina, edulcorante y la lata con las hojas de té. Moverse siempre ayudaba. No debía permanecer quieta, tampoco pensar demasiado. Sentía la mirada de su marido en la espalda.

—Tenemos que hablar —dijo él en voz baja.

Tamar se estremeció y prosiguió su tarea con determinación. Cortó una rebanada de pan, se limpió en el camisón la harina de las manos y untó el pan con una finísima capa de margarina. Incluso aquella margarina de gusto tan grasiento era un lujo en esos días, y la madre Ruth la sometía a un riguroso control para que no se gastara demasiado. Tamar llenó la cazuela de hierro fundido con agua, encendió el hornillo de gas y la colocó encima. A continuación, echó un puñadito de té en la tetera, suficiente para que después tiñera con un suave color marrón el agua caliente que iba a verter. Y todo ese tiempo las palabras de Zvi daban vueltas en su cabeza. «Hablar. Tenemos que hablar.»

Tenía en la boca sabor a sangre.

No había nada que hablar, aunque ella deseara que fuera de otro modo. Si hubiera tenido más fuerza lo habría intentado otra vez, le habría gritado, suplicado que buscara a su hijo, que no lo dejara en la estacada. Pero no podía más.

—Dime —se colocó detrás de ella y la agarró del brazo—, ¿no me oyes? Es como si no estuvieras aquí.

—Eso es lo que vosotros querríais —murmuró ella sin mirarlo.

Pero él la había entendido. La soltó.

—¿Qué estás diciendo?

De repente sintió que la rabia bullía dentro de ella, como el *jash*, el caldo de sabor fuerte que su madre cocinaba en su tierra con las pezuñas de vaca. Ahora algo bullía en el vientre de Tamar al igual que esa aromática sopa en la cazuela.

Se volvió de golpe hacia Zvi.

—¿Así que quieres hablar? ¿Vas a explicarme que es bueno que nuestro hijo no esté? ¿Que esa es la voluntad de tu dios? ¡Pues yo escupo a ese dios!

Él la miró asustado y luego prestó atención por si salía algún ruido del oscuro pasillo.

—Que no te oiga mi madre —dijo.

Tamar lanzó una risa burlona.

—¿Todavía le tienes miedo? Y eso que ya ha organizado lo peor que nos podría pasar. ¿Qué más puede hacernos?

—Tamar, no sé qué ha sucedido, pero te pido que veas la parte buena. Nos hemos ahorrado pasar por una dura prueba. ¡Al final era lo mejor para todos!

—Quizá para ti —replicó ella y se olvidó de toda la humildad que solía mostrar frente a él. Era como siempre le había dicho su madre: cuando se encolerizaba se olvidaba de todo. Casi se sentía aliviada de estar así. ¿Todavía ardía

en ella el fuego que ese día necesitaba más que nunca? ¿Podía sacarlo de la reserva?

—También es por tu bien —insistió él y la miró suplicante—. ¿Cómo íbamos a criar a un niño aquí? No es el lugar ni el momento adecuado. Y el niño… —Tamar percibió
que él obviaba decir «nuestro hijo»— ahora está en un lugar
seguro y caliente.

—¡Pero es que ni siquiera sabes dónde está! ¿Cómo puedes estar tan convencido de que le va bien? Somos nosotros
quienes deberíamos ocuparnos de él, debería estar con sus
padres, ¿no lo entiendes? —le reprochó—. Ha nacido de nosotros, ha salido de mi vientre al igual que del tuyo.

Entonces percibió que la duda se deslizaba en el rostro
del joven. Resbalaba por los ingenuos y redondos ojos de
Zvi similar a un asomo de ceguera y anidaba en las suaves
arrugas de su frente.

—¿No me crees? —preguntó fatigada—. ¿El veneno
que desparrama tu madre ha surtido efecto? ¿Crees que no
fui honesta contigo?

Fue frotando con los pies las tablas del suelo de la cocina. Tenía la mirada baja.

—Yo ya no sé lo que pienso —respondió él—. Solo sé
que el niño no era judío, no tiene una madre judía. Que sea
mío o no, no tiene ninguna importancia. No pertenecía a
nuestra comunidad.

El poco fuego que había en Tamar se apagó.

—Vuestra comunidad —dijo entre dientes—, lo es todo
para vosotros, ¿tengo razón? Ante ella incluso desaparecen
los vínculos de sangre entre padre e hijo, el amor entre hombre y mujer. Sí, la humanidad. —Movió lentamente la cabeza.

El hervidor resonó y empezó a chillar como un ser humano. Ella lo sacó a toda prisa del fuego y vertió el agua
hirviendo en la tetera.

—Yo no puedo hacer nada para cambiarlo —concluyó—. Yo solo desearía… —se interrumpió.

—¿Qué? —Zvi la miró, lleno de culpabilidad y desamparo. De él no iba a surgir ningún espíritu combativo, Tamar lo sabía bien. Y sin embargo era su marido, al que respetaría y honraría si las circunstancias fueran otras.

—Desearía haber tenido la fuerza y el ímpetu necesarios para irme con mi hijo mientras todavía estaba en mi vientre. —Su voz era solo un susurro—. ¡Quería hacerlo! Pero entonces asomaron unas nubes oscuras, vergüenza y miedo, y ya era demasiado tarde. Vosotros fuisteis más rápidos que mi instinto, me habéis engañado. Pero me iré muy pronto, hazme caso.

—No sobrevivirías sola ahí fuera —dijo atemorizado Zvi—. Pronto llegará el invierno y cada noche será más fría. ¿A dónde vas a ir?

Ella se encogió de hombros.

—Alguien me ayudará —respondió—. Si me hubiese atrevido, si hubiese pedido ayuda, lo habría conseguido. Entonces todo sería muy distinto. Pero ahora es demasiado tarde.

Ella misma se asustó del tono definitivo de sus palabras. De nuevo, como al despertar, unas nubes negras sobrevolaron el mar frío en el que nadaba. Y que poco a poco se la iba tragando.

—Vale más dejarlo tal como está —dijo Zvi y ella percibió que él se esforzaba por creer en sus propias palabras—. Mis padres pronto volverán a tranquilizarse, cuando todo recupere la normalidad.

—Sabes que no es verdad —replicó ella—. Tu madre seguirá sin aceptar nuestra unión, incluso si tu padre no tiene nada contra mí. ¿Qué sucederá cuando se anuncie la llegada de otro hijo, Zvi? ¿Se le aplicará a él también la misma «solución»?

Él volvió a rascar las gastadas tablas del suelo con los pies.

—Hasta entonces quizá haya cambiado todo —contestó—. Solo tienes que ser razonable y convertirte en una de las nuestras, entonces también podremos tener hijos. Tantos como tú quieras, Tamar.

Ella rio sardónica.

—Qué tonto eres, Zvi —dijo—. Ahora sí que no puedo ceder, ¿comprendes? Y el único hijo que quiero es el que vosotros habéis abandonado. Y cuando vuelva a recuperar la razón y salga de esta horrible bruma que tengo en mí y a mi alrededor, iré a buscarlo.

Como si hubiese puesto toda su energía en la última frase, se quedó de golpe sin fuerza para sostener el hervidor vacío. Este cayó al suelo con un sonido sordo.

Sin agacharse a cogerlo ni decir nada más, Tamar dejó a su marido y volvió al dormitorio, en el que todavía pendía el caldeado vapor de la noche. Se desprendió del chal de lana, se dejó caer sobre la cama sin hacer, se tapó con la manta y cerró los ojos. Solo quería dormir. Soñar con las cubiertas blancas y doradas de Esmirna, con la mano de su madre acariciándole la cara. Dormir y no despertar nunca jamás.

15

Lunes, 29 de octubre de 1923

Si todo seguía así, con noches en blanco y casos complicados, aquel otoño batiría un récord, se dijo Hulda. Nunca había sufrido tanto dolor de cabeza como en las últimas semanas, y en ese momento, cuando tras unas pocas horas de sueño inquieto rebuscaba en el lugar donde guardaba su provisión secreta, encima del fregadero, constató horrorizada que se había quedado sin aspirinas definitivamente.

Se frotó con el pulgar y el índice la raíz de la nariz y se miró malhumorada en el pequeño espejo que colgaba sobre el lavamanos. Unas profundas ojeras ribeteaban sus ojos y entre los mechones del flequillo descubrió unas finas líneas, tan sutiles como una tela de araña, pero inconfundibles: arrugas de preocupación.

«Y encima esto», pensó, y volvió a dejar la lata sobre la repisa dando un golpe. Bastante malo era que estuviera tan agobiada, para además empezar a envejecer justo ahora.

Le vino a la mente un retazo de la noche anterior, pero ella apartó la imagen del diminuto niño al que no había logrado salvar y empezó a lavarse la cara con agua fría. Fuera, delante de la ventana de la buhardilla, graznó una corneja. Hulda se secó con una toalla húmeda, se pasó por la cabeza un vestido de lana y se puso unas medias gruesas. Se frotó las manos para entrar en calor y se colocó la gorra roja de fieltro.

Calculó que debían de ser más de las doce del mediodía y, exacto, la campana de la iglesia de San Matías dio en ese momento dos campanadas. Por suerte, la señora Wunderlich no había llamado a la puerta para despertarla, sino que la había dejado tranquila. Menos mal, porque la voz curiosa y siempre cargada de leves reproches de su casera era lo último que necesitaba con ese dolor de cabeza.

Bajó apresurada la escalera, y aunque creyó ver detrás de la mirilla de la patrona una sombra, la puerta no se abrió y consiguió salir de la casa sin obstáculos. Por unos instantes se sintió tan triunfal como un héroe mítico que había logrado pasar sano y salvo junto a la esfinge.

En la calle, un viento frío traspasaba su abrigo, al que le faltaba un botón, así que se arrebujó un poco más en él y siguió andando imperturbable. Ese día carecía del temple necesario para asomarse por la Winterfeldtplatz. No quería toparse ni con Bert ni con Felix ni, de ninguna de las maneras, con uno de los hijos del matrimonio Reichert, pues, aunque sabía que no había estado en su mano salvar al pequeño Paule, experimentaba un vago sentimiento de culpabilidad frente la familia. De ahí que tomara otra calle, donde se encontraba la farmacia Löwen. Había charlado alguna que otra vez con la señora Langhans, la farmacéutica. Le gustaba esa mujer algo encorvada, cuyo cabello rubio ya mostraba alguna hebra plateada. Y hasta el momento siempre había tenido aspirinas suficientes.

Al llegar a la farmacia, enseguida se percató del cristal roto del escaparate y de las pequeñas astillas aisladas que todavía centelleaban en el interior y en la acera.

La campanilla repiqueteó inquieta cuando Hulda entró en el establecimiento y observó la gran sala. Ahí no parecía haber cambiado nada, no había señales de que se hubiese realizado ningún acto de violencia. Las paredes eran altas y estaban cubiertas de armarios de madera con un sinfín de cajones en los que destacaban unos rótulos de esmalte, elegantemente escritos, donde se leía: «yodo», «cátgut», «esparadrapo», «alcohol», «colofonia», «alcanfor». También había estanterías abiertas en las que se habían desplegado muchos remedios para el día a día que prometían una vida mejor, más fácil y más bonita. Entre ellos se veían todo tipo de cremas y tinturas que prometían a sus compradoras inmunidad ante los resfriados, las irritaciones y el envejecimiento de la piel.

Hulda se acercó con disimulo a una de las estanterías de las que colgaba un rótulo. Mostraba a una joven maquillada según la última moda: una tez clara y cremosa, las mejillas sonrosadas y la boquita de piñón pintada de un rojo intenso. Encima destacaba el lema publicitario: «Para una piel marfileña, ¡polvos de maquillaje Steins!».

Pensativa, Hulda se pasó la mano por la frente, donde había descubierto las finas arrugas, y se planteó si habría llegado el momento de ampliar sus reservas de cosméticos. ¿Había alcanzado una edad en la que tenía que hacer alguna trampa para ofrecer un aspecto bello y fresco?

En ese instante llegó de la habitación trasera la señora Langhans y Hulda retrocedió un paso, como si la hubiesen sorprendido cometiendo alguna maldad. La farmacéutica llevaba un rollo de esparadrapo y papel de envolver. Al dejarlos sobre el mostrador, se percató de su presencia.

—Buenos días —saludó cortés la señora Langhans . Entonces reconoció a Hulda y su sonrisa se ensanchó, mostrando una auténtica alegría—. ¡Qué contenta estoy de volver a verla, señorita Hulda! —Empleó con toda naturalidad el nombre de pila con el que todos los que la conocían bien la llamaban en el barrio.

Hulda se acercó al mostrador y respondió con amabilidad al saludo. Luego señaló el cristal roto.

—¿Qué ha pasado aquí?

—Saqueadores —respondió la señora Langhans encogiéndose de hombros, como si eso fuera de lo más normal—. Ahora iba a reparar las pérdidas mayores. Se han llevado morfina y todo el dinero que había en la caja. No era mucho. Me temo que esos desgraciados no llegarán muy lejos con él. —Se ajustó las gafas y se alisó la bata blanca—. El policía agotado que vino por la mañana hizo un gesto negativo cuando le pregunté si encontrarían a los ladrones. Por lo visto, mi farmacia no ha sido el primer caso del día. Y eso solo aquí, en esta manzana.

Hulda había oído decir que cada vez se asaltaban más comercios. No sabía de quién debía compadecerse más, si de la amable farmacéutica o de los seres desesperados cuya única salida consistía en cometer un robo tan chapucero.

—Pero veamos qué la trae a usted por aquí, ¿dónde le duele? —preguntó la señora Langhans, y Hulda se enfadó de que fuera tan evidente que le dolía la cabeza.

—No me quedan aspirinas en casa —dijo—, y la noche pasada ha sido… dura.

La señora Langhans asintió comprensiva. Se inclinó un poco hacia delante.

—Ya me han llegado noticias de los Reichert —comunicó con voz ahogada—. Estas cosas enseguida se saben. ¡Pobre mujer, qué horror!

Hulda se limitó a asentir. No solía gustarle hablar de su trabajo con personas ajenas, le parecía irrespetuoso, sobre todo en ese caso. Pero por lo visto la farmacéutica ya conocía toda la historia. No era algo extraño, porque mucha gente acudía a la farmacia; se consideraba un lugar en el que, además de poder comprar desparasitantes y pastillas, también se intercambiaban confidencias antes de reemprender el camino. Y, de sopetón, Hulda sintió el urgente deseo de hablar sobre las vivencias de la última noche.

—A veces no puedo soportar las injusticias del destino —confesó en voz baja, mientras deslizaba ensimismada el dedo por la superficie de madera de la mesa. Seguía el dibujo de las vetas y salvaba el agujero de algún que otro nudo—. Me parece un despilfarro. La señora Reichert ha llevado al niño muchos meses en su vientre, ha sentido temores y esperanzas, y de golpe todo se derrumba.

—Sé lo que quiere decir —dijo la señora Langhans empatizando con ella mientras revolvía en un cajón colocado a su espalda para buscar el analgésico para Hulda—. Todos los niños son valiosos, y seguro que una pérdida así causa mucho dolor, incluso si ya se tienen hijos sanos.

Hulda asintió.

—A menudo pienso en el modo en que el destino reparte sus favores, a saber, de forma totalmente arbitraria —dijo—. Hay tantas mujeres que quieren deshacerse de sus hijos lo antes posible, tantos bebés desatendidos y tantos huérfanos… Y justo allí donde alguien desea con todas sus fuerzas un niño, no funciona. —Pensó en Felix.

Pero cuando Hulda vio la expresión de la señora Langhans, se asustó. La farmacéutica miraba sin pestañear el mostrador mientras sostenía la caja con la franja verde en la mano y le daba vueltas de un lado a otro, inquieta.

—Disculpe —dijo Hulda compungida—, no quería disgustarla.

—No pasa nada. —La señora Langhans hizo un gesto tranquilizador—. No se puede tener todo, ¿verdad? Si Georg todavía viviese…, ¿quién sabe? A lo mejor tendríamos ahora una pandilla de niños y yo me llevaría las manos a la cabeza a causa de todo el trabajo que dan. Pero cayó antes de que llegáramos a pensar en los hijos. En los últimos días de la guerra. Me he acostumbrado, ¿sabe? Y estoy bien, conservé la farmacia y me valgo por mí misma. No todas las viudas de guerra pueden decir lo mismo, muchas han acabado en la miseria.

Hulda miró preocupada a la mujer. No tenía mucho más de treinta años, pero en sus cabellos habían aparecido antes de tiempo unas mechas plateadas que la convertían en una viuda anciana.

—Podría usted volver a casarse —dijo con cautela Hulda—. ¡Todavía es joven!

La señora Langhans se echó a reír. Luego se pasó las manos por los hombros encorvados y por el moño de brillo plateado y negó con determinación.

—Eso es para jovencitas —opinó—, a una mujer como yo ya no la quiere nadie —dijo—. Y a mí tampoco me apetece. Sabe, para mucha gente el matrimonio es una atadura, incluso más allá de la muerte. Si la persona era la adecuada, la que realmente te correspondía, entonces ese vínculo no se puede soltar con tanta facilidad. Georg está a mi lado, hasta hoy, y eso no va a cambiar. Aunque yo quisiera.

La campanilla sonó antes de que Hulda pudiese contestar y una pareja mayor entró. El hombre, con pantalones de tirantes y un sombrero mugriento, emitió un gruñido malhumorado cuando su mujer le susurró algo. Se acercaron al mostrador y se colocaron al lado de Hulda. No dijeron nada sobre el cristal roto que la señora Langhans todavía no había podido reparar.

La mujer, cubierta con un abrigo negro, miró a Hulda como si se interpusiera en su camino y la joven se apartó divertida a un lado. La compradora pidió un crecepelo para su marido y Hulda se percató en ese momento de que al hombre le asomaban por debajo del sombrero los últimos mechones que le quedaban, grasientos y finos, como si fueran los pocos soldados que aún se mantenían en pie en el campo de batalla.

La señora Langhans le dio lo que le pedía, la mujer pagó y ella y su marido salieron de la farmacia cogidos del brazo y sin decir palabra.

Hulda y la señora Langhans se miraron y no pudieron contener una mueca.

—¿Se refería a esto al hablar del vínculo eterno? —preguntó risueña Hulda.

La farmacéutica negó con la cabeza y esbozó una sonrisa amarga.

—Quién sabe si Georg y yo habríamos durado tanto. Ahora ya no lo averiguaré y eso es lo que me entristece.

Hulda asintió. Pagó las aspirinas y jugueteó un poco con la caja, en realidad no tenía ninguna razón para permanecer más tiempo allí. Pero se sentía bien en compañía de esa mujer. Un descubrimiento que la sorprendió y que le hizo caer en la cuenta de que eran pocas las veces que pasaba un rato con mujeres que no fueran sus pacientes. Con ellas la unía un vínculo profesional y, aunque se creara una atmósfera amistosa entre ellas, no dejaba de ser distante. En su condición de comadrona, asistía a las mujeres en el parto, les daba consejos y les ofrecía a veces un hombre sobre el que llorar, y luego volvía a marcharse. Pero eso era otra cosa, una conversación auténtica, como las que solía mantener con Bert.

Por primera vez, Hulda deseó tener una amiga.

La señora Langhans debió de pensar algo similar.

—¿Sabe qué? —dijo sin pensar—. Si tiene ganas, podemos tomar un café detrás. Puedo permitirme una pequeña pausa. Que espere un poco el cristal roto.

—Sería estupendo —respondió Hulda con un suspiro—. Pero antes tengo que tomarme una. —Agitó la caja de aspirinas—. O me estallará el cráneo.

—Eso sería un desastre —apuntó sonriendo la señora Langhans—. Mejor le doy enseguida un vaso de agua.

Salió de detrás del mostrador, colgó en el marco de la puerta un cartel con el rótulo «¡Vuelvo enseguida!» y cerró por dentro. Luego se llevó a Hulda a las habitaciones posteriores de la farmacia.

Entraron en una pequeña cocina con una mesita de madera y la señora Langhans sacó con ligereza un vaso del armario superior y lo llenó con agua del grifo. Hulda abrió la caja de aspirinas y cogió dos pastillas, se las metió en la boca y bebió agua.

—Siéntese. —La señora Langhans señaló una silla y ella tomó asiento y observó a la farmacéutica mientras llenaba el hervidor de agua y cogía una lata. Le dirigió a Hulda una mirada de disculpa.

—Por desgracia, no tengo café auténtico.

—Por supuesto —dijo Hulda, que no soportaba el olor de la achicoria, pero no quería poner en un aprieto a la señora Langhans—. Para eso no hay dinero.

—Exacto —dijo la farmacéutica aliviada, al tiempo que llenaba un filtro de cerámica con el sucedáneo—. Lo que está ocurriendo con los precios es una locura, peor que en tiempos de guerra. —Vertió el agua hirviendo en el filtro y dejó que el café fluyera, puso dos tazas en la mesita delante de Hulda y las llenó. El vapor le empañó las gafas.

—¿Leche?

—No, gracias —contestó Hulda, rebuscando en el bolsillo de su abrigo. Sacó dos bolsitas con el rótulo de Café Winter, le dio una a la señora Langhans y abrió la otra para echar azúcar en su café.

La farmacéutica la imitó y se sentó en el antepecho de la ventana a falta de una segunda silla. Se apoyó con un gemido contra el cristal. En el patio, detrás de ella, el viento de otoño sacudía las hojas de un arbusto erizado.

—Todo el día trabajando sin poder sentarme —dijo—, pero seguro que usted también es una experta en eso.

—Aunque yo no estoy tanto rato de pie como usted —explicó Hulda—, en cambio sí paso horas sentada en el suelo o al borde de la cama.

—Pero le gusta, ¿no es cierto?

Hulda asintió.

—Cada día. ¿Y a usted?

Frau Langhans frunció el ceño. Dejó la taza y reflexionó.

—Me gusta ayudar —dijo al final—, y también el trabajo con los medicamentos, pesarlos y manejarlos, la vieja labor artesanal. Pero pasar la mayoría del tiempo trabajando como una especie de vendedora a veces me da rabia. No me malinterprete, me gusta la gente del barrio, la conozco a casi toda desde hace muchos años. Pero… —Buscó las palabras exactas.

—También le gusta utilizar la cabeza —concluyó Hulda el razonamiento, y sonrió—. Es lo mismo que me pasa a mí. Y por muy satisfactorio que sea traer una nueva vida al mundo, a veces ansío tener más espacio para… pensar. A menudo no soy más que una enfermera pediátrica. Es una profesión muy digna, seguro, pero, a pesar de todo, deseo en algunos momentos tener más influencia, más responsabilidad… —En ese instante también a ella le faltaban las palabras, no quería parecer arrogante.

La señora Langhans la miró con interés mientras daba un sorbo a su café.

—Veo que nos entendemos —dijo—. Es una vergüenza que en nuestra época no se diera por sentado que las mujeres pudiéramos estudiar en la universidad. De lo contrario, tal vez ahora seríamos unas médicas útiles.

Hulda sonrió. Esa mujer estaba expresando lo que ella misma pensaba y que no había dicho a nadie. Que se había quedado por debajo de sus posibilidades, que se había dado por satisfecha con demasiada facilidad, sin luchar. Sabía que también antes de tener acceso a las universidades había habido bastantes mujeres que se habían abierto camino en las aulas, que no habían dejado que las rechazaran, sino que habían entrado por la puerta trasera. Muchas habían llegado a acuerdos con profesores liberales que les habían permitido asistir a las clases como oyentes. Algunas de esas mujeres incluso se habían doctorado antes de la guerra y en la actualidad trabajaban de médicas en su propia consulta o en un hospital.

¿Por qué no tuvo ella de joven el ímpetu suficiente para hacer lo mismo que aquellas mujeres? Y más cuando las facultades ya habían abierto oficialmente sus puertas a las estudiantes. De acuerdo, su madre no había apoyado en absoluto sus atrevidos planes; Elise Gold siempre había subrayado que una formación profesional larga no tenía el menor sentido en el caso de las mujeres, ya que incluso su propia hija no tardaría en casarse. Su padre, que no le habría puesto objeciones y sin duda más abierto de mente, ya no vivía con ellas. Se había retirado con sigilo de la vida de su hija y estaba demasiado ocupado con sus obras y sus numerosas exposiciones y premios para poder impulsar también la carrera de Hulda. ¿Acaso le había sido indiferente hasta al final?

Hulda se dio cuenta de que hacía tiempo que no lo veía y de golpe sintió la molesta necesidad de pedirle consejo. A fin de cuentas, había sido él quien la había metido en aquel condenado problema en el barrio judío.

Tenía que llamarlo, pensó. El año anterior se había instalado un teléfono en su propio piso. ¿Por qué demonios no se interesaba por ella, por su trabajo con la familia judía con la que la había puesto en contacto sin ninguna consulta previa? Pero era típico de Benjamin Gold, ¡había que esperarlo a él y no al revés!

—Aunque al ejercer de comadrona ya tiene usted suficiente responsabilidad —reanudó la señora Langhans la conversación—. Debe tomar decisiones con rapidez, sus tratamientos son determinantes para el éxito de un parto y también para el estado de una parturienta, ¿verdad? Esas mujeres dependen de usted, le confían su ser más preciado.

Algo en las palabras de la farmacéutica sacudió a Hulda. Pensó en Tamar Rothmann, en la mirada vacía de la joven la última vez que la había visto. De golpe, las paredes de la pequeña cocina parecieron acorralarla. Le costaba respirar y los pocos muebles de la habitación se desdibujaban ante sus ojos.

—Está muy pálida —dijo la señora Langhans desde la distancia, y Hulda bebió a toda prisa un buen sorbo del café. Sin prisa, las formas volvieron a cristalizar de nuevo.

—No me parece que este sea un dolor de cabeza normal —señaló la señora Langhans mientras la examinaba.

—No lo es —confirmó Hulda, y le pareció que lo mejor era compartir sus preocupaciones con aquella mujer. Ella la escucharía, lo notaba. No la prejuzgaría como Karl, no la interrumpiría con las agudas observaciones de Bert.

—He dejado a una persona en la estacada —confesó en voz baja—. Hay una familia en la que ha desaparecido un niño. Asistí durante el alumbramiento y dos días más tarde, el sábado, se lo había tragado la tierra. Y en lugar de llamar inmediatamente a la policía, he abandonado a su suerte a la joven madre.

—¡La policía! —La señora Langhans hizo un gesto despectivo que mostraba claramente lo que opinaba de su tarea—. Si los agentes ya se sienten desbordados con un robo tan pequeño en la farmacia, ¿qué cree que hubieran hecho?

—Pero de todos modos… —respondió Hulda, y de súbito no había nada que ansiara más que hacer comprender a la otra mujer lo mal que había actuado—. He permitido que se deshicieran de mí, incluso que esa gente que me resulta tan distinta me intimidara.

—No se diría que eso sea algo propio de usted.

Hulda miró a la farmacéutica sorprendida.

—Tiene razón. No es para nada típico de mí, yo suelo llegar enseguida al fondo de las cosas. Incluso hay alguno que otro que piensa que soy demasiado curiosa, pero eso ya no me importa.

—¿Alguno que otro? —preguntó divertida la señora Langhans—. Bueno, ese solo puede ser un hombre que no tiene ni idea de lo que está diciendo.

—¡Ya lo creo! —Hulda se unió a las risas de la farmacéutica.

Entonces la señora Langhans volvió a ponerse seria.

—¿Qué va a hacer ahora? Solo han pasado dos días, todavía tiene muchas posibilidades de actuar.

—Tengo que ir al Scheunenviertel e intentar averiguar qué ha pasado en casa de los Rothmann —contestó Hulda con determinación—. Ayer por la noche perdí a un niño, la muerte simplemente se lo llevó. No puedo permitir que ese otro niñito vivo y sano experimente un destino horroroso. —Se levantó y dio un paso hacia la farmacéutica—. Gracias.

—¿Por qué?

—Por escucharme.

La señora Langhans hizo un gesto quitándole importancia.

—No vale la pena ni mencionarlo. Nosotras las mujeres tenemos que mantenernos unidas, y mucho más de lo que lo hacemos en general. Deberíamos servirnos las unas a las otras y no a los hombres, como suele suceder con demasiada frecuencia. —Su expresión se dulcificó—. Me gustaría tener una buena amiga.

—A mí también —respondió Hulda y se sorprendió de la facilidad con que aquellas palabras habían brotado de sus labios. Tendió la mano a la farmacéutica—. Por favor, llámeme Hulda. De lo contrario tendré la sensación de que es usted una de mis parturientas.

—Yo me llamo Jette.

Se estrecharon la mano como si fuera la primera vez que se veían.

La farmacéutica bajó del alféizar.

—Ya es hora de que vuelva a abrir —dijo con una sonrisa de culpabilidad—, o dirán que la vieja Langhans se pasa medio día durmiendo detrás de la estufa.

Se dirigieron juntas a la parte anterior. Mientras Jette retiraba el cartel, abría la puerta y enderezaba un expositor de metal con cajas de caramelos de hierbas, dijo pensativa:

—¿Ha hablado de un niño desaparecido, Hulda? Eso me recuerda a algo que he leído en el diario.

—¿Sí?

—Exacto, ahora lo recuerdo. Por lo visto hay una red criminal, aquí, en Berlín, que comercia con niños. A lo grande, según se dice. Y hace un par de días la Policía Criminal descubrió un conjunto de cadáveres en una vieja fábrica de Tempelhof. Al menos siete cuerpos de niños.

—Qué horror —exclamó Hulda. Pensó en Karl. ¿No había mencionado varias veces algo de un caso que lo consternaba mucho? «Todos los niños...» Sí, eso había dicho. Y había mencionado el comercio de menores cuando se pelearon en el zoo. Pero ¿había algún vínculo con los cadáveres de Tempelhof? ¿Qué motivo tenían esos criminales para matar a niños? Debía preguntárselo de nuevo, a lo mejor había alguna relación. De todos modos, Hulda ya imaginaba lo entusiasmado que estaría cuando ella intentara tantearlo de nuevo. Era muy desagradable que él se hiciera de rogar tanto, pues, ¿acaso no habían trabajado juntos la mar de bien en el pasado?

Entonces recordó de nuevo la pequeña carita del hijo de Tamar en sus brazos y se estremeció. ¿Representaba ese ser tan diminuto algún papel en aquella historia?

Jette se percató de la expresión atormentada de Hulda y se apresuró a acariciarle el brazo.

—Eso no tiene que significar que guarde alguna relación con el bebé del barrio de Scheunenviertel —señaló—. Estoy segura de que pronto volverá a aparecer, y que lo hará sano y salvo.

Antes de que Hulda contestase, la puerta se abrió y un pequeño grupo de colegiales pasó por su lado. Reían y hacían el tonto mientras se acercaban, como tirados por una cuerda invisible, a los tarros de caramelos que estaban colocados junto al mostrador.

Jette lanzó a Hulda una mirada de disculpa, y esta se despidió con la mano y salió de la farmacia. Lo último que oyó fue la voz cristalina de una niña que exclamaba encantada:

—Oh, sí, los ácidos. Un cuarto de libra, por favor, y dos directos a mi mano.

16

Lunes, 29 de octubre de 1923, por la tarde

La visita al barrio judío fue un fracaso. Hulda llamó varias veces a la puerta de la vivienda de los Rothman, pero nadie abrió. Le pareció escuchar una respiración en el interior y un leve susurro, pero no ocurrió nada más y al final tuvo que marcharse sin haber conseguido nada.

Era evidente que no era bien recibida, y que Ruth Rothmann se encargaba de que nadie entrara e hiciera preguntas pertinaces. Hulda habría jurado que era a ella a quien creía haber oído respirar detrás de la puerta de madera. ¿Qué había hecho esa mujer con el niño? ¿Quién querría acoger a un bebé de pocos días? ¿Quién tenía esa posibilidad, sobre todo ahí, en ese vecindario? No, seguro que se lo llevaban más lejos, pensó, mucho más lejos, donde vivían personas que no consideraban una carga tener una boca más que alimentar. Pero incluso si al pequeño le iba bien en un lugar así, para Tamar supondría una verdadera catástrofe.

Mientras volvía a descender mohína las escaleras, oyó el sonido de unos pies que se arrastraban por el rellano inferior. Bajó rápido y descubrió a un anciano, con sombrero y bastón, que subía con esfuerzo los escalones cargado con una bolsa de la compra medio llena.

—¿Me deja que le ayude? —preguntó Hulda.

El hombre bajó la cabeza agradecido y dejó que lo ayudara con la bolsa, en la que solo había un par de patatas arrugadas y un repollo, además de un paquetito de sucedáneo de café. Pero era evidente que el anciano se había quedado sin fuerzas.

Hulda lanzó una mirada furtiva a la ropa desgastada y los grandes agujeros de los zapatos. Con mano temblorosa, el inquilino abrió con la llave la puerta de su apartamento, que estaba justo debajo del de los Rothmann, y se quedó allí parado. Hulda lo miró inquisitiva y, cuando él asintió, entró un momento en el apartamento y dejó las compras en el suelo del angosto pasillo. Un desagradable olor la abofeteó en el interior.

—Muy amable, estimada señorita —dijo el hombre educadamente—. ¿Puedo corresponder invitándola a un café?

Cuando Hulda dudó, él insistió.

—¡Por favor!

Ella reflexionó. No le gustaba la idea de sentarse con un desconocido en aquel lugar mal ventilado. Por otra parte, sentía pena por él, no debía de gozar de compañía con frecuencia. Y tal vez podría preguntarle por los Rothmann de forma disimulada. Así que asintió y se esforzó por dibujar una sonrisa amable.

—Encantada. Pero no se tome usted ninguna molestia, si me enseña la cocina yo misma me ocuparé del café, y usted, entretanto, se relaja un poco.

El hombre tosió levemente y aceptó la idea. Se quitó el sombrero, bajo el cual aparecieron algunos mechones finos de cabellos blancos, y con un gesto anticuado hizo una reverencia.

—Me llamo Theodor Kühne.

—Yo soy la señorita Gold —respondió Hulda sin quitarse el abrigo, pues hacía frío en la casa. Cogió la bolsa y recorrió el pequeño pasillo para llegar a la cocina. Una habitación diminuta, como un nicho, que apenas merecía el nombre de cocina; un hornillo de gas oxidado, una estantería y una pequeña pila. Delante de la diminuta ventana, una paloma gorda zureaba.

Hulda llenó el hervidor de agua, pero cuando quiso encender el gas, solo salieron un par de chispas mortecinas.

—Otra vez estamos sin gas —se lamentó el señor Kühne desde la puerta—. Habrá que recurrir a la magia. —El hombre entró, puso un poco de achicoria en polvo en una taza de esmalte no muy limpia, vertió agua fría e hizo una señal a Hulda para que lo siguiera. Luego cogió el bastón que había dejado en el corredor y avanzó arrastrando los pies por el corto pasillo con la taza llena de aguachirle marrón oscuro en una mano mientras se apoyaba con la otra en el puño del bastón.

Hulda lo siguió al cuarto de estar. Un banquito, unas cortinas de puntillas amarilleadas delante de la ventana, una mesa tambaleante con una silla y una cama en el rincón: no había más muebles. A través de una puerta entreabierta vio el dormitorio colindante, ocupado por completo por un colchón mugriento. El aire era frío y húmedo, y tenía un olor desagradable.

El señor Kühne colocó la taza sobre la mesa e indicó a Hulda que se sentara en la silla de madera. Mientras, cogió una lámpara de petróleo. Quitó el cilindro de cristal manchado a causa de los muchos años de uso, encendió la lámpara y, con mano temblorosa, aguantó la taza de café sobre la llamita azulada.

—En un par de minutos tendrá usted un rico café caliente —anunció tan contento que Hulda se esforzó por sonreír con entusiasmo. Para sus adentros, ya estaba pensando en cómo librarse de ese caldo tibio sin que el hombre lo notara.

—¿Usted no bebe nada? —preguntó amable.

Él negó con la cabeza.

—Mi hija viene después y me preparará una sopa caliente para esta noche. Bueno, si vuelve a haber gas.

«Si…», pensó Hulda. ¿Y si no lo hay? Las patatas crudas eran incomibles, sobre todo para alguien como el señor Kühne, del que no se podía decir que tuviera muchos dientes. Se entristeció.

Cuando el anciano le tendió el café más frío que caliente y la miró lleno de expectación, tomó un sorbo a pesar del asco que le causaba, y en contra de lo que pensaba, dijo:

—Mmmm, qué reconfortante.

—Una joven señorita como usted tiene que cuidarse —contestó el señor Kühne mientras tomaba asiento en el banco. Cerró los ojos por un momento. Hulda pensó que se había dormido, pero los abrió de repente.

—Lloraba —anunció—, no hacía más que llorar.

—¿Cómo dice? —preguntó Hulda, confusa.

El señor Kühne alzó la mirada al techo del que, ella se daba cuenta ahora, colgaban unas telarañas que se balanceaban con suavidad gracias a la corriente de aire.

—El niñito que nació allí arriba. Usted estaba con ellos, ¿verdad? ¿Lo vio?

Hulda asintió lentamente.

—Un niño sano —contestó, observando al anciano con prudencia—. ¿Y usted? —Tomó otro sorbo de esa cosa marrón horripilante, por cumplir—. ¿Usted también lo vio?

—Qué va —contestó él al tiempo que sacaba del bolsillo del pantalón un largo y sucio pañuelo en el que se sonó a conciencia—. Yo salgo poco de aquí, prefiero la soledad. Mi hija dice que no estoy demasiado bien de la cabeza. —La movió de un lado a otro como si quisiera mostrar que había algo ahí que no funcionaba—. Pero todavía oigo ese llanto…

—¿Sabe usted que el niño ha desaparecido? —preguntó Hulda sin más preámbulos.

El anciano abrió los ojos de par en par.

—¿Desaparecido? —repitió, volviéndose a sonar—. No me lo puedo creer.

Algo en el tono de su voz la desorientó. ¿Había una chispa de satisfacción, sí, de victoria?

—¿No ha notado nada?

—Señorita Gold, ¿quién va a venir a contarme algo aquí? Para los otros inquilinos yo no soy más que el viejo Kühne, que apenas logra subir las escaleras. Esto no es una comunidad, ¿sabe? Aquí cada uno va a lo suyo y no se preocupa de los demás.

Tras esa larga perorata, se apoyó agotado contra la pared y volvió a cerrar los ojos. Hulda pensó de nuevo que se había dormido y, una vez más, él la sorprendió al abrir los párpados de golpe y mirarla con los ojos acuosos.

—Pero la gente de arriba es rara —dijo—. ¿Es usted como ellos, señorita Gold? —Hulda percibió que subrayaba su apellido.

—¿Como quiénes? —preguntó, al tiempo que percibía una desagradable presión en el estómago. Hasta ese momento, el señor Kühne había sido un amable anciano.

—Si usted procede también de Galitzia —contestó él.

Hulda se levantó.

—Tengo que irme, señor Kühne. —Intentó controlar el temblor en su voz para no mostrarle lo indignada que se sentía.

—Venga, señorita, no sea tan susceptible —exclamó él—. ¡Todavía no se ha terminado el café! Solo me refiero a que se oye todo tipo de cosas sobre ellos. —Señaló el piso de arriba con el dedo.

Hulda permaneció en pie dubitativa hasta que al fin venció la curiosidad.

—¿Como qué?

—Que no conocen el amor materno, que son unos salvajes. A saber lo que habrán hecho con el niñito... Lo de siempre.

Demasiado para ella.

—Yo no hago caso de tales difamaciones. Estas críticas son propias de la Edad Media, pero estamos en el año 1923.

—No es necesario que me lo diga, señorita Gold —dijo el anciano con una mueca pícara—. Ya llevo unos cuantos años más que usted en el mundo. Yo solo digo que los judíos son distintos de nosotros, tienen otra moral. O ninguna.

Hulda movió la cabeza indignada y se dio media vuelta para marcharse sin despedirse. Estaba enfadada por haber estado perdiendo el tiempo.

Mientras recorría el estrecho pasillo hasta la puerta del piso, oyó toser a alguien en el exterior y el sonido de una llave en la cerradura. La puerta se abrió y una robusta mujer de mediana edad, con una bata y una chaqueta demasiado estrecha, apareció frente a ella y la miró desconfiada. Después del acceso de tos se había quedado sin respiración, y Hulda retrocedió unos pasos por si tenía una enfermedad contagiosa.

—¿Qué está haciendo en casa de mi padre? —preguntó huraña la mujer, y unas manchas rojas de enojo aparecieron en sus flácidas mejillas.

—Disculpe —dijo Hulda—, quería hacer una visita a los vecinos de arriba y su padre me ha invitado a un café. Pero ya me iba.

La mujer pareció tranquilizarse un poco.

—No me gusta que esté solo con extraños —explicó—. El pobre está medio atontado.

—Entiendo —respondió con frialdad. Entonces su mirada se posó en las dos maletas que llevaba la mujer.

Esta siguió la mirada de Hulda.

—Hoy nos mudamos.

—Ah —dijo, y asintió cortés. No tenía ningún interés en continuar hablando con aquella gente.

Pero la hija del señor Kühne prosiguió.

—Pues sí, a un piso en la fachada, lejos de la humedad de estos cuartos. —Por primera vez se la veía orgullosa.

—Que les vaya muy bien —dijo Hulda—. Me alegro de que su situación mejore. La mayoría de los berlineses va a peor.

La mujer asintió con vehemencia y casi dibujó una sonrisa en su triste cara. Pero le sobrevino otro ataque de tos.

Hulda oyó que el señor Kühne se acercaba arrastrando los pies.

—Sí, mi hija es una persona muy eficiente —dijo con un extraño y estridente tono de voz.

—¡Cállate! —exclamó la mujer de forma tan tajante que Hulda se sobresaltó—. No tienes que presumir.

La respuesta de su padre fue una risa quejumbrosa.

Hulda cruzó el umbral hacia el rellano en penumbra.

—Que pasen un buen día.

—¡Lloraba! —oyó decir desdeñoso al señor Kühne, y algo en su voz le heló la sangre.

—Te he dicho que te calles —ordenó de nuevo la hija entre dientes.

Luego la puerta de la vivienda se cerró y Hulda bajó hacia la calle. Tenía la sensación de que las últimas palabras del anciano la perseguían como un mal presagio.

Por todos los demonios, ¿dónde estaba ese pobre niño?, pensó desesperada mientras descendía por la ruidosa escalera.

17

Lunes, 29 de octubre de 1923, por la noche

EN EL OSCURO patio, Hulda tropezó con la tapadera de un bidón de basura y se golpeó la rodilla. Seguro que se le habían roto las medias e ignoraba cuántos billones debía de valer ahora otro par. Prefería no saberlo. En lugar de comprar unas nuevas se propuso zurcirlas en casa, algo que aborrecía. Con lo fácil que le resultaba coser una herida producida por el parto, pero, en cuanto se trataba de un trabajo manual, era de lo más torpe.

Recorrió las calles cojeando y por fin subió al metro en la Alexanderplatz. En el vagón olía a perro mojado y a antipolillas.

Durante todo el viaje estuvo pensando en el pequeño de los Rothmann, dándole vueltas a dónde podría estar. La visita a la apestosa casa del inquietante Theodor Kühne tampoco había contribuido a que ella se sintiera mejor. Seguía estando abatida y ni siquiera la animó la visión de un artista callejero, con el rostro de un payaso triste, que al pasar por su lado en la estación de Nollendorfplatz sacó como por arte de magia una flor azul artificial del sombrero.

—Lárgate, tontorrón —gruñó.

En ese instante la media sonrisa pintada se convirtió en una mueca ordinaria y el hombre le gritó a la espalda.

—¡Desgraciada!

—Pero bueno —dijo una voz familiar, y Hulda, que se había vuelto enfadada hacia el insolente, chocó contra una franela gris—. ¿Qué le has hecho a ese hombre?

Miró la querida y redonda cara de Felix, que la sujetó con fuerza para que no se cayera y la soltó cuando se aseguró de que había recuperado el equilibrio.

Entre furiosa y sonriente, ella hizo un gesto de rechazo.

—Ese pobre ha sido víctima de mi malhumor.

—Entonces es grave —dijo Felix sin pestañear—, no se lo deseo ni a mi peor enemigo.

Ella le dio un empujoncito en el brazo.

—Dejémoslo correr, Felix. Sé que a veces soy un azote. —Y, para cambiar de tema, preguntó—: ¿Qué haces aquí?

—La calle estaba en penumbra, y las farolas rojas y doradas de algunos locales brillaban sobre el asfalto negro y húmedo.

—Pasear —respondió él vagamente, y cuando vio la mirada de Hulda añadió—: Mi madre está en el café. Y hablando de azotes… Ya no la soportaba más. Tenía que salir.

—Nadie te lo puede echar en cara —comentó ella con una mueca traviesa.

—¿Y tú? ¿Qué misión secreta acabas de cumplir?

Felix contempló con curiosidad su vestimenta y ella se dio cuenta en ese momento de que todavía llevaba el severo pañuelo que se ataba en la cabeza para visitar a sus pacientes. A toda prisa dejó al descubierto su corta melena oscura.

—Iba a librar una batalla —contestó—, pero antes de que pudiese emprender el ataque, el ejército enemigo ya se había retirado.

—Por lo que veo, has sufrido de todos modos un pequeño altercado. —Felix señaló la media desgarrada de Hulda—. ¿Herida de guerra?

—No, esto debo agradecérselo a mi torpeza —respondió con voz ahogada—. Y, por lo visto, mis ojos tampoco mejoran mucho las cosas. Nos hacemos viejos, Felix.

—¡Como si no me diera cuenta! —Con expresión melancólica se pasó la mano por encima de su barriga de forma inconsciente, por la zona en que la chaqueta de franela se tensaba un poco. Entonces la miró con esa tímida sonrisa que ella tan bien conocía.

—¿Nos tomamos una cervecita?

—¿Ahora?

—Claro, no tengo ningún plan que no sea esperar al menos una hora para volver al café, cuando por fin se acerque el momento en que mi madre se vaya a dormir.

Hulda dudó. Él lo notó y señaló.

—Por los viejos tiempos, Hulda. Como amigos. ¿Qué opinas?

—¿Por qué no? —Buscó con la mirada a su alrededor—. ¿A dónde vamos?

Felix señaló una taberna pequeña y poco llamativa en la que Hulda nunca había entrado. Según indicaba el sucio cartel que colgaba de la puerta de entrada, se llamaba Gute Stube. Hulda sospechó que el atributo de «acogedora» para aquella taberna dependía del punto de vista, pero hasta en un antro así les servirían una botella de cerveza. Asintió y se dejó llevar por su amigo.

Dentro la luz era mortecina, y no desvelaba el polvo que cubría las botellas y las desportilladas esquinas de las mesas. Pero al menos se estaba caliente ahí dentro. Un par de figuras sentadas a la barra ni siquiera se dieron media vuelta cuando Felix y Hulda entraron. Parecían ser clientes habituales que castigaban a los novatos con su indiferencia.

El camarero los saludó con un gesto de la cabeza y señaló una mesa libre junto a una crepitante estufa de azulejos en un rincón de la pequeña sala. Cuando se hubieron sentado, se acercó y tomó el pedido sin decir palabra, les llevó lo más rápido que pudo dos botellas de Schultheiss y desapareció de nuevo tras el mostrador para continuar a media voz la conversación con sus dos clientes.

—¿Qué batalla era esa que has perdido? —preguntó Felix al tiempo que bebía un trago.

—Solo eso —respondió Hulda minimizando el tema—. O no. Para mí es importante, pero me temo que no sirve de nada hablar de ello. Intento ayudar a una muchacha que vive con una familia judía, pero no tengo acceso a ella. Esa gente me rechaza, no necesitan a una fisgona que les diga lo que tienen que hacer.

—¡Tú no eres una fisgona!

Hulda no pudo evitar reírse.

—A los ojos de la familia Rothmann sí lo soy, y además una judía solo a medias de la que no se pueden fiar.

—No lo entiendo —dijo Felix—. ¿Cómo has llegado hasta esa mujer, si ni siquiera es del barrio?

—Por mi padre —respondió un poco a regañadientes—. Fue él quien lo organizó. Al menos es lo que se dice. Por lo visto es un contacto de la Academia.

—¡Pues pregúntale a él!

Sorprendida, Hulda dejó la botella en la mesa.

—¿A qué te refieres?

—Pues que él debe de saber cómo hablar con esa gente —dijo Felix—. A lo mejor puedes pedirle que interceda un poco.

No era mala idea, reflexionó Hulda, tomando un buen trago de cerveza. En absoluto. Incluso aunque no le gustara demasiado pedirle algo a su padre. Ya hacía tiempo que ambos habían tomado caminos separados, sin hostilidad, pero sin mantener tampoco un vínculo familiar. Luego recordó que aquel mismo día ya había pensado en llamarlo. Resultaba casi inquietante que Felix le sugiriese lo mismo en ese momento.

—Lo tendré en cuenta —declaró—. ¡Gracias por el consejo, Felix!

—Por ti hago cualquier cosa —contestó él y enrojeció a la luz tenue del bar.

Hulda entrecerró los ojos, de repente le dolía verlo.

—¿Qué es lo que opina tu esposa de que estés aquí conmigo bebiéndote una cerveza?

—¿Qué quieres decir? —Felix se puso alerta de golpe.

—Bueno, ¿no le molesta? Hasta ahora no me ha dado la impresión de caerle demasiado bien y... —Se interrumpió—. Tú ya sabes por qué —añadió tras dudar un poco.

—Sí, claro que lo sé —respondió él. Tenía la botella vacía y pasaba ensimismado el pulgar por la etiqueta húmeda—. No se lo contaré, así de sencillo. Y una mujer como Helene antes volaría a la luna que entrar en un antro como este, así que no hay razón para que cunda el pánico.

—Felix —dijo Hulda, mirándolo con insistencia—, en ningún caso quiero causarte problemas. No quiero ser la culpable de enturbiar tu feliz matrimonio con unas cuantas nubes negras.

—No te preocupes —la tranquilizó él, y su rostro sombrío la asustó—, no vas a ser tú quien lo enturbie más.

—¿Y eso? —preguntó sorprendida—. Siempre que os veo parecéis asquerosamente felices.

Felix resopló.

—Todo apariencia —respondió con amargura—, es el gran don de Helene. Pero tenemos problemas, sabes, nosotros... —Se interrumpió y dio un puñetazo sobre la mesa.

Hulda calló. Notaba que se estaba metiendo en un terreno peligroso al hablar con Felix sobre su matrimonio.

Pero le daba muchísima pena verlo así de hundido, con los ojos castaños como dos botones en su cara tan triste. Siempre le habían gustado esos ojos, le daban el aire de un cachorro.

Hizo una señal al camarero, que les llevó al instante dos botellas más de cerveza.

—¿Podéis pagar también? —farfulló con un fuerte acento berlinés.

Hulda asintió y señaló su monedero.

—Bien —dijo el hombre un poco más amable—, hoy en día es costumbre irse sin pagar, nadie tiene nada. No se lo tome a mal, señorita.

Desapareció y Hulda se volvió de nuevo a Felix. Le cogió el puño tenso, le acarició el dorso de la mano y le sonrió.

—¿Es porque no funciona? Me refiero a lo de tener hijos.

Él se encogió de hombros y envolvió la mano de ella, devolviéndole la presión de sus dedos.

—Es posible que eso sea parte del problema. Pero no es lo único. Helene es... es... distinta, simplemente.

Hulda reparó en los silencios de la frase, en lo que él no decía. Retiró la mano enseguida, sospechaba que volvía a llevar demasiado lejos su amistad. Si Bert los veía, no se guardaría su opinión.

—Sabes, pienso que necesitáis todavía más tiempo para acostumbraros el uno al otro —se precipitó a decir—. En un matrimonio no es todo placer, ¿verdad? Vaya, no es que yo sea una experta en ese asunto.

—Seguro —respondió él poco convencido.

—Y en lo que respecta al otro tema —prosiguió Hulda—, a menudo es cuestión de tener paciencia. Pero ¿no deberíais tal vez pedir consejo médico? Algunas mujeres tienen una especie de barrera y no pueden quedarse embarazadas, una pequeña intervención en tales casos es suficiente.

—No es cosa de Helene, soy yo el que falla —aclaró Felix, y se bebió media botella de un solo trago.

Hulda se lo quedó mirando incrédula.

—¿Cómo lo sabes?

—¡Porque lo sé! —Golpeó tan fuerte con la mano en la mesa, que los clientes de la barra interrumpieron un momento su conversación y los miraron. Después se encogieron de hombros y volvieron a apartar la vista—. La familia de Helene es extraordinariamente fértil —prosiguió con la voz ahogada—, pero yo soy hijo único y sé que mis padres tardaron mucho tiempo en concebirme. Algún defecto debemos de tener. Helene también lo dice, ella considera que hay algo en mí que no funciona.

Hulda advirtió un brillo delator en sus ojos. Se le encogió el corazón de pena al mismo tiempo que sentía una rabia terrible contra esa melena rubia que infundía un sentimiento tan absurdo de culpabilidad en el bueno de Felix.

—Ahora, presta atención a lo que voy a decirte —anunció, acercando su rostro al de él para que la gente del bar no la oyera—, esto es una redomada tontería. Tú no tienes nada, eres el hombre más sano, más íntegro y más encantador que conozco.

—Ya, y por eso me dejaste, ¿no? —replicó él con vehemencia—. Porque soy tan buen partido, ¿no? No, fue de otro modo. Te fuiste porque notaste que algo en mí no iba bien. Que yo no era lo bastante bueno para ti. Y ahora mírame, tenías razón. Es probable que cada día te felicites por haberte librado a tiempo de mí.

—¡Qué bobada! —exclamó Hulda, y de nuevo el murmullo de la barra se interrumpió por un momento. Pero ella no hizo caso.

—De bobada ni hablar, es la verdad —respondió él y se secó los ojos con un suspiro enojado—. Sin mí tienes la oportunidad de formar una familia con otro hombre, uno que sea todo un hombre. Tal vez ese tipo del sombrero gris de la otra noche.

Hulda no pudo evitar reírse, pese a que no era una conversación divertida. La idea de que Karl North fuera un candidato más adecuado para formar una familia que el fiable y paternal Felix era demasiado ridícula.

—Si lo que yo quisiera fuera eso —le confió en voz baja—, te habría elegido a ti. Créeme, por favor.

—¿Por qué lo dices?

Hulda titubeó. Nunca se lo había contado, pero sentía que en ese momento le debía la verdad. No podía guardarse por más tiempo lo que sabía. Sería injusto, él necesitaba certezas para volver a casa seguro de sí mismo. Aun así, todo en ella se rebelaba a contarle nada. Pues…, ¿cómo reaccionaría?

Al final, ante los ojos castaños, húmedos y suplicantes de Felix, se decidió.

—Puedes ser padre —afirmó—, no es tu problema. Todo en ti funciona de maravilla.

—¿Cómo lo sabes? —De repente se puso alerta, como si entreviera la verdad.

No había marcha atrás.

—Yo… yo me quedé embarazada. —La voz de Hulda se convirtió en un susurro.

—¿De mí? ¿Cuándo? —Estaba ronco de ansiedad.

—Hace cinco años —contestó Hulda, y percibió que se le quebraba la voz. Lo observó temerosa, pero el rostro de Felix no delataba nada—. Fue antes de la muerte de mi madre.

—¿Y lo perdiste? ¿Por qué no me lo contaste?

Hulda calló. Cerró los ojos y esperó. Esperó a que él comprendiera.

Cuando él emitió un hondo suspiro, supo que había entendido.

—¡No serías capaz! —exclamó—. ¡Dime que no es cierto!

Ella había enmudecido. Estaba allí, rígida, sabiendo que lo dejaba a solas con sus sentimientos contradictorios.

—Pero ¿por qué? —dijo tras un largo silencio, y a ella sus palabras la alcanzaron como una amenaza—. ¿Por qué, Hulda?

Se encogió de hombros fatigada. Si conociera la respuesta a esa pregunta todo sería más fácil. Levantó la vista, miró el rostro redondo de él, dominado ahora por la tristeza y la incredulidad, y también la ira.

—No habría ido bien —contestó para romper el silencio—. Al final, lo nuestro no era más que una ilusión, Felix, un bonito sueño. No te hubiera gustado vivir conmigo, de verdad, yo no soy tu tipo. Pero, con un niño… Eso lo cambia todo. Nos habría destruido.

—Así que preferiste actuar por cuenta propia —dijo Felix levantándose, aunque la botella de cerveza estaba todavía medio llena—. Y lo destruiste todo porque es lo único que sabes hacer. Mataste a nuestro hijo no nacido y pusiste pies en polvorosa. Fantástico, Hulda, en serio. ¡Te felicito!

Se golpeó la boca como si quisiera evitar decir cosas aún peores que tenía en la punta de la lengua y salió a toda prisa a la calle.

Ella lo siguió con la mirada y se enfadó porque de sus ojos resbalaban unas gruesas lágrimas.

El camarero se acercó, recogió las botellas y le colocó un momento la mano en la espalda. Fue un gesto paternal con el que a Hulda todavía se le anegaron más los ojos de lágrimas.

—¿Un chupito, señorita? —preguntó, dándole unos golpecitos en el hombro para animarla.

Hulda asintió, luego hundió el rostro entre las manos.

18

Martes, 30 de octubre de 1923

KARL PALPÓ EL mango del revólver. Miró con el rabillo del ojo a Fabricius, cuya postura tensa reflejaba su propio nerviosismo. Cuando Karl le hizo una señal, el asistente se echó el sombrero hacia atrás para poder ver mejor y golpeó fuerte la puerta con el puño.

—Policía Criminal, ¡abran! —gritó, y Karl no pudo evitar sentir admiración por la capacidad de transformación del joven. Lograba ganarse la confianza de niños y ancianas hablándoles dulcemente, pero también conseguía que sus palabras sonaran duras como el acero. Karl tuvo que admitir que, si él hubiera estado al otro lado de la puerta de esa vivienda, el tono de voz de Fabricius le resultaría francamente desagradable.

Pero nada se movió.

Tras un nuevo intento, Fabricius sacó una ganzúa del bolsillo y manipuló la cerradura durante unos segundos, luego la puerta cedió con un crujido y se abrió.

Irrumpieron uno junto al otro en el pasillo oscuro. Karl pulsó el interruptor de la pared y una luz cenital deslumbradora se encendió.

—¡Salgan! —gritó Fabricius todavía con su tono autoritario y atreviéndose a dar un paso más hacia el interior del piso—. Tenemos una orden de registro.

Seguía sin suceder nada.

Se miraron y escucharon con atención. Karl se encogió de hombros. Cuando se oyeron unos leves pasos, sacó el arma de la pistolera. Pero Fabricius se echó a reír y bajó la pistola. Señaló un gato blanco y negro que se acercaba y que los examinaba con unos enormes ojos de color gris.

—¿Qué hay, minino? —dijo Fabricius inclinándose. En lugar de evitarlo, el animal se dejó acariciar sin oponer resistencia—. ¿Dónde están tus amos?

—Supongo que se han dado a la fuga —contestó Karl.

Una puerta situada en el vestíbulo conducía a la única habitación, una cocina sucia y desordenada. Inspeccionó rápidamente el pequeño cuarto en el que no había escondite posible y se guardó el revólver. Su compañero estaba ahora junto a él.

Por lo visto, hacía días que nadie pasaba por allí, el aire se podía cortar y los pocos comestibles que había sobre el aparador estaban resecos o cubiertos de moho. Al mirar al gato, que los había seguido esperanzado, Karl cogió un cuenco más o menos limpio, lo llenó de agua del oxidado grifo y se lo dio.

El animal bebió sediento, se frotó contra las perneras del pantalón del comisario y maulló como diciendo: «¿Eso es todo?».

—No tengo nada para ti —dijo Karl. Por alguna razón extraña, pensó en Hulda en ese momento, ella siempre llevaba algo en los bolsillos y a veces, en escasos y preciosos momentos, era igual de felina y lo miraba suplicante abriendo mucho los ojos. Se le escapó la risa y tuvo que fingir que era tos.

Pero Fabricius no estaba pendiente de él. Exploraba la habitación, abría todos los armarios, palpaba todos los planos y al final lanzó un grito de júbilo. Debajo de la superficie de madera de la mesa de la cocina, había algo pegado. Se arrodilló, dio varios tirones y sacudidas y la frente se le cubrió de sudor.

—Joder —exclamó—, venga ya.

Por fin, el objeto se desprendió y cayó al suelo. Era un álbum envuelto en un sobre de cartón.

Karl se acercó.

—Echemos un vistazo —dijo, arrancándole a Fabricius el álbum de la mano. Su asistente pareció descontento, pero Karl seguía siendo su superior, así que este se limitó a emitir un gruñido y a mirar las páginas por encima del hombro de su jefe.

Estaban llenas de fotografías. Las imágenes mostraban rostros infantiles demacrados y fatigados. Debajo se hallaban anotados con tinta negra los nombres de pila, las fechas de nacimiento y poblaciones. Allí se leía «Halle an der Saale, Hamburgo, Celle…». A Karl le llamó la atención que los nombres de los lugares estuvieran escritos con tinta de otro color, como si los hubiesen añadido posteriormente.

—¿Cree usted que son los lugares de origen? —preguntó Fabricius.

Karl hizo un gesto negativo.

—Apostaría a que son los lugares de destino —respondió—, la ciudad a la que se han enviado a los niños vendidos.

—Qué barbaridad… —Fabricius gimió al ver las incontables imágenes de niños—. Esos caballeros tan finos han hecho un meticuloso trabajo.

Karl guardaba silencio. Había esperado encontrar en la casa al mismo instigador o algo más concreto que un álbum de fotos. Desde que los compañeros de la Sección de Identificación habían encontrado huellas dactilares en la furgoneta de Tempelhof, y al compararlas en la comisaría habían

221

dado con un individuo que ya estaba fichado, Karl pensó que el procedimiento se aceleraría. Pero era evidente que alguien lo había avisado, pues había escapado. Al menos no se había llevado el cuaderno.

Sumido en sus pensamientos, repasó el álbum. A lo mejor, el hombre había pensado que la policía tampoco podría hacer gran cosa con él, pues, ¿qué pruebas contenía? ¿Cómo iban a seguir la pista de cientos de niños, la mayoría de ellos seguramente huérfanos o vendidos por su misma familia, con solo un nombre de pila y una ciudad como puntos de referencia? No tenían suficiente personal, en Homicidios seguro que no. De todos modos, se trataba más bien de un caso para la Protección de Menores donde, como bien sabía Karl, estaban superados por el trabajo.

—¿No encuentra usted extraño —interrumpió Fabricius sus reflexiones— que este... —consultó su cuaderno de notas— Mike O'Byrne haya pegado con tanto esmero las fotografías de sus víctimas en un álbum? Me refiero a que, si son esclavos, que es lo que hasta ahora suponemos, nadie va a interesarse por qué aspecto tienen los críos, ¿no?

Karl asintió pensativo, su asistente tenía razón.

—Da la impresión de que ha enseñado las fotos a clientes potenciales. Clientes que valoraban escoger de forma personal a los niños —dijo antes de estremecerse—. Pero, en tal caso, nos equivocamos al suponer que se trata solo de trabajo infantil.

—¿Y si O'Byrne gestiona ahora otro ramo comercial para clientes privados? —señaló con perspicacia Fabricius—. Basta con cambiar los anuncios, ir a recoger a los niños, conservarlos de forma temporal y luego entregárselos a clientes que paguen. —Señaló la fotografía de un bebé de pocos meses. No tenía nombre, la localidad registrada era Berlín-Wilmersdorf—. Este no podría trabajar en una fábrica de alfombras —opinó—, seguro que va a parar a una familia, ¿no cree usted?

Karl se mordió el labio. Fabricius volvía a tener razón, él mismo no había caído en la cuenta de que algunos de los retratados todavía eran muy, muy pequeños. Con los cadáveres de la furgoneta se trataba de niños mayores, así que la carga debía ir destinada a uno o dos clientes grandes, a fábricas o empresas agrícolas que empleaban a menores.

—O'Byrne no puede haberlo hecho todo solo, seguro que necesita a un compinche —apuntó pensativo—. ¿Y si ha roto con él? ¿Y si se han peleado por dinero o por encargos, y el meticuloso colega ha querido vengarse? Y por eso los niños de Tempelhof tenían que morir.

—¡Joder, jefe! —Fabricius le dio una palmada admirativa a Karl—. Hoy no hay quien lo pare.

Este se estremeció al escuchar ese cumplido tan ambiguo. ¿Cómo se le ocurría a su asistente hablar de una forma tan displicente con él? Como si los dos fueran colegas del mismo nivel. Observó al joven con desconfianza. ¿Sabía algo que él ignoraba?

Entonces su mirada se posó en otra imagen, mostraba a una niña de unos dos años. Se puso serio y leyó quién era el objeto del fotógrafo desconocido: «Liese, septiembre de 1921. Scheunenviertel».

El corazón le dio un vuelco. ¿Scheunenviertel? Era donde Hulda atendía a la familia judía de la que le había hablado. Un bebé había desaparecido allí. Por supuesto no era la niña del álbum, era demasiado mayor. Además, suponían que los datos se referían al lugar de destino de los niños, y no de origen. A pesar de todo, el rostro demacrado de la pequeña Liese no lo abandonó. ¿Y si ese repugnante O'Byrne y su misterioso compinche —si es que realmente lo había—, también cometían sus fechorías en aquel barrio y el niño del que hablaba Hulda había caído en sus garras? Pero ¿cómo se había desarrollado todo aquello? Seguro que esa familia no había vendido por unos céntimos a su pequeño. ¿O sí?

En la calle se hablaba mal de los judíos, pero, como él bien sabía, también en la Policía Criminal. Aunque se esforzaba por hacer oídos sordos cuando algunos de sus compañeros hacían bromas sobre ellos. Y, desde que conocía a Hulda, todavía le parecía más repugnante tener que escuchar ciertos comentarios.

Se levantó del suelo y se sacudió el polvo del pantalón. Lo que hubiera dado por un buen trago en ese momento… Pero hacía poco que Fabricius lo había pillado bebiendo y ahora se reprimía delante de él. El asistente ya guardaba muchos secretos de su jefe. El año anterior, Karl había cometido una equivocación bastante grave en el curso de una investigación, y Fabricius no se lo había contado a nadie. Aun así, no sería muy inteligente por su parte darle todavía más munición y depender aún más de la benevolencia de su subordinado.

—Mire aquí un momento —dijo Fabricius arrancando a Karl de nuevo de sus cavilaciones. Levantó unos pedazos de papel que estaban en una pila de revistas de dudosa moral, y a continuación sacó unos cuantos más de debajo.

Los ojos de Karl se deslizaron por las imágenes de unas mujeres con los pechos al descubierto y en unas poses inequívocas, y notó que se ruborizaba. Pero se controló para que su joven asistente no lo tomara también por puritano. Se esforzó en cambio por observar con interés los recortes que Fabricius iba colocando sobre la mesa a una velocidad impresionante.

Solo eran números, unos números horrendos con incontables ceros que hacían suponer que se trataba de una factura garabateada. Debajo, sin ningún saludo, había un nombre y Fabricius exclamó entusiasmado al descifrarlo.

—«Adrian» —leyó en voz alta.

—Calculo que no hay muchos en nuestro fichero —dijo Karl. Era un nombre poco usual. Si ese Adrian había tenido algún conflicto grave con la ley, encontrarían su nombre completo. Gennat, el director de la Policía Criminal, había ordenado construir un fichero de los casos anteriores y los obligaba a mantenerlo actualizado. Había sido una auténtica mina para la Policía Criminal.

—Entonces, en marcha —exclamó Fabricius, y Karl reconoció en él el entusiasmo de un sabueso que ha venteado una pista. La ambición de Bala Inquieta era fenomenal.

Karl, por su parte, hubiera preferido reunirse con Hulda para hablar con ella otra vez sobre el caso del Scheunenviertel y para mostrarle que se hacía partícipe de su vida, de sus preocupaciones. En lugar de ello, su asistente esperaba que el jefe lo invitase a un tentempié y que luego los dos se sumergieran hasta altas horas de la noche en los expedientes del Castillo Rojo en busca de ese tal Adrian. Un hombre que tal vez colaboraba con el tratante de niños O'Byrne y que cargaba en su conciencia con los muertos hallados en el terreno de la fábrica.

Suspiró, pero se resignó. Dejó a un lado sus deseos de estar con Hulda y pensó que al menos podría beberse dos cervezas sin llamar la atención por ello. Mejor eso que nada.

Cuando abandonaron la casa, el pequeño gato negro y blanco se deslizó junto a sus tobillos a través de la puerta de salida. Karl pensó que el minino ya no parecía contar con que su propietario fuera a volver, y se quedó mirando la bolita de pelo que andaba majestuosa por el asfalto de la ciudad, mojado por la lluvia, en busca de algún sabroso ratón.

19

Martes, 30 de octubre de 1923

HULDA RECONOCIÓ DESDE lejos la figura erguida de su padre, quien la esperaba en las escaleras del Palais Arnim, sede de la Academia Imperial de las Artes en la Pariser Platz. Benjamin Gold era un hombre alto; ella había heredado la estatura de él, y no de su frágil y morena madre. Además, Hulda había creído de pequeña que su apellido se debía al cabello claro de su padre, que tiempo atrás parecía llevar un casco dorado en la cabeza. Ese día, al aproximarse, vio que había cambiado a un blanco plateado, con solo unas pocas hebras rubias y brillantes. Pero, aun así, todavía era espeso y fuerte, al igual que la barba que se ceñía a sus mejillas. A diferencia de la mayoría de caballeros que recorrían la calle, no llevaba sombrero, solo una holgada gabardina de color gris claro y unas caras botas de cuero.

—Huldita —la saludó, dándole un beso en la frente. Era la única persona que ella conocía que no tenía que estirarse para hacerlo y percibió que ese nombre por el que la llamaba, perteneciente a otra época, estaba fuera de lugar—. ¡Qué contento estoy de que me hayas llamado! Y de que por fin tengas tiempo para tu pobre y anciano padre.

—Buenos días, papá —dijo, y ella mismo notó lo tensas que sonaban aquellas palabras—. ¡Qué viento! ¿No tienes frío? —Señaló el delgado jersey que se hinchaba debajo de la gabardina abierta.

—¡Ni hablar! —Benjamin Gold dejó sonar su profunda risa—. Soy de sangre caliente, siempre lo he sido. Tu madre siempre estaba congelada, era solo carne y huesos. —Observó a Hulda—. Y tú pareces seguirle los pasos —dijo, chasqueando con desaprobación la lengua—. Necesitas engordar un poco, hija.

Bastó una mirada de Hulda para que enmudeciera y bajara arrepentido la vista a la punta de sus botas. Hacía años que entre ellos había un acuerdo tácito según el cual él se mantenía apartado de su vida y ella, a cambio, no le reclamaba nada. Estaba segura de que a él le hubiera gustado que de vez en cuando le pidiera dinero o consejo, pero ella lo prefería así. Pese a que habían pasado muchos años desde la ruptura de sus padres, y aunque ella sabía por qué él había tenido que marcharse, seguía guardándole un difuso y secreto rencor por no aguantar hasta el final. Porque al final no había sido *él* quien había encontrado a Elise medio muerta, sino ella, Hulda. Había descargado el peso de su vida en ella, su única hija, antes de que realmente hubiese crecido, y había emprendido una nueva vida por su cuenta.

—¿Has venido a pie? —preguntó él, mirando a su alrededor—. ¿Dónde tienes la bicicleta?

Hulda se mordió el labio. No le había contado a su padre los peligros que había corrido el verano del año pasado.

—Voló —fue lo único que dijo, intentando parecer lo más despreocupada posible—. Y no puedo permitirme comprarme una nueva.

Benjamin la miró compasivo.

—Qué mala jugada —dijo, y con eso dio por terminado el tema, pues la agarró del brazo con una alegría exagerada y dijo—: Antes de que te lleve al restaurante, vamos a echarle un vistazo al palacio. —Señaló el pesado portón de acceso en lo alto de la amplia escalera—. Quiero enseñarte algo.

Había estado ahí a menudo con su padre, lo había escuchado atenta cuando había explicado la agitada historia del edificio. Desde los orígenes del palacio barroco, construido por un judío protegido, hasta la época del príncipe heredero Federico el Grande. Más tarde, otros arquitectos habían remodelado la obra, ampliándola. A Hulda le gustaba la severa fachada clasicista, le parecía bien ordenada, con un encanto atemporal.

Benjamin le sostuvo la puerta abierta y pasaron del vestíbulo de las columnas a la antesala. Desde ahí, a través de la pieza de enlace, se llegaba al nuevo edificio donde se encontraban las diáfanas salas de exposición.

Hulda levantó la cabeza y parpadeó al mirar la luz que entraba por la cubierta acristalada. El techo parecía flotar, sostenido en el aire por unas elegantes vigas de acero. Ahí confluían la modernidad y la tradición, pensó admirada, y juntos componían una fructífera y distinguida unión. Las salas semejaban catedrales de luz y de arte, y los visitantes que deambulaban por allí también parecían transformados.

—¿En qué estás pensando? —Aunque su padre no había hablado alto, sus palabras resonaron en la habitación.

Hulda sonrió con timidez y se encogió de hombros.

—Solo en que, en este lugar, uno no puede imaginarse lo que está sucediendo en la ciudad —contestó—. Aquí dentro todo es lujoso, solo cultura y luz, aire e intelecto. Pero en las calles están los desempleados y las familias sin techo en las cunetas, se saquea y se roba. ¡Todos se mueren de hambre, papá! ¿No tienes alguna vez la sensación de que tu mundo es irreal?

Él asintió lentamente, su espeso cabello le cayó en la frente surcada de arrugas. Hulda consideró que su aspecto era, más que nunca, el de un gran artista. En sus pobladas cejas jugueteaban agavillados los rayos de sol que se filtraban a través de la cubierta de cristal de cuatro aguas.

—Hay que encontrar un delicado equilibrio —dijo pensativo— para saber cuánto de la vida en el exterior dejo entrar en mi interior. En lo que hago. El arte siempre ha estado al servicio de los seres humanos, ¿sabes? Tiene que hacerlo, de lo contrario es solo vanidad, solo baratija. Pero uno tiene que proteger un trocito del alma, del alma del artista o quizá de la de todo el mundo, al que la miseria no pueda agredir. Una perla pura y pequeña de polvo celeste, por decirlo de algún modo.

Hulda sabía a qué se refería. Y, sin embargo, sus palabras la disgustaron, opinaba que pensar como él era un lujo. ¿Quién podía permitirse escapar de ese modo a la belleza pura?

Meditabunda, se separó un par de pasos de su padre, se detuvo delante de un gran marco dorado y contempló el cuadro que había en él. Era una representación en colores fuertes de un gordito niño Jesús en brazos de su madre, vestida de azul.

—Por ejemplo, este pintor deforma la realidad —le indicó a Benjamin, que la había seguido—. Jesús nació en un establo en medio de la inmundicia. Yo misma he presenciado suficientes nacimientos en los que las circunstancias eran similares a las que debían de ser las suyas: sin agua caliente corriente, en un cuarto sin aislar del frío, en la exclusión y la pobreza. Pero ninguna parturienta lleva una túnica tan pomposa como esta mujer que acaba de ser la madre de Dios.

Su padre se rio levemente, no burlándose, sino de forma apreciativa.

—Ya antes eras así, Huldita —dijo con dulzura—, siempre preparada para luchar por los pobres y hacer el trabajo sucio por ellos. Ya cuando ibas a la escuela solías venir a casa con arañazos y con un ojo morado porque querías proteger a un niño desconocido en una pelea y tú misma habías acabado recibiendo.

Hulda movió la cabeza molesta, no le gustaba que le recordaran su infancia. Era una época en la que a menudo se sentía iracunda, iracunda ante el mundo y ante sí misma.

—Como abogada, hubieras sido aceptable —dijo Benjamin pasándole el brazo alrededor de los hombros—. Si hubieses estudiado Derecho, ¿quién sabe?

A Hulda le hubiera gustado decir que seguramente él no la habría ayudado a superar las dificultades que tanto entonces como hoy se interponían en el camino de las mujeres a la universidad. Que él la había dejado en la estacada porque le resultaba horrible la vida con su esposa y había preferido una existencia sin ellas dos. Hulda había sido el pequeño precio que él había pagado por su libertad.

Pero se calló.

Benjamin no pareció notar su malestar, sino que siguió hablando.

—Pero en este caso eres injusta con el artista. —Señaló la riqueza de colores que tenían ante ellos; azul real, púrpura y oro—. El arte no es la copia de la realidad, el arte es soñar con los ojos abiertos una realidad mejor. ¿Entiendes?

Una vez más, Hulda tuvo que reconocer, a pesar suyo, que su padre no solo se desenvolvía bien con el pincel, sino también con la expresión oral. De ese modo siempre tenía la última palabra sin tener que alzar la voz ni imponer su autoridad. Por primera vez se le ocurrió que para su madre no tenía que haber sido fácil difuminarse una y otra vez al lado de un hombre tan carismático. Que ese desequilibrio de fuerzas había sido a lo mejor un detalle decisivo en la tragedia del matrimonio de sus padres.

—Este te gustará más —dijo Benjamin, interrumpiendo sus pensamientos y guiándola un poco más hacia el interior de la sala.

Hulda se percató de que muchos de los presentes que se deslizaban de cuadro en cuadro y hablaban a media voz reconocían a su padre. Lo saludaban con una inclinación de cabeza, tocándose el ala del sombrero de forma amigable, respetuosa. Y Benjamin Gold devolvía el saludo a todos con modestia, como un león envejecido, pero todavía vital, en su propia arena.

Entonces la condujo hasta un cuadro en un rincón cuyos colores apagados, casi sombríos, no atraían en un principio la mirada del visitante. Mostraba a un niño con una túnica de un blanco grisáceo y cabellos largos y enmarañados. Iba calzado solo con unas sandalias y hablaba insistente y con vehemencia a un grupo de hombres mayores que formaban medio círculo en torno a él. Parecía como si el niño tuviera la urgente necesidad de hacerles comprender algo. Hulda observó un amable interés y atención en los rostros de los oyentes, que lo escuchaban concentrados. Pero también rechazo y desconfianza, como si no les entusiasmara del todo que un crío, todavía sin experiencia ninguna, les hablase como un profeta. Junto al marco, estaba escrito en un pequeño rótulo de papel *Jesús a los doce años en el templo*, y Hulda hurgó en su memoria para recordar el contexto de la historia. Leyó el nombre del pintor, pero no lo conocía.

—¿Quién es? —preguntó.

—Max Libermann. —Para su sorpresa, la joven percibió algo así como veneración en la voz de su padre—. Uno de los más grandes artistas de nuestro tiempo. Además de nuestro director.

—Es muy bueno —dijo Hulda, mirando fascinada el cuadro. La luz atrapada en las barbas, los rostros huraños de los rabinos sintiéndose atacados en su autoridad por un pequeñajo; aunque también los destellos de curiosidad, de fascinación ante las palabras de aquel niño extraordinario, el reconocimiento de su valentía: todo cuadraba. No era una representación de la realidad, pero, no obstante, las figuras eran tan realistas que Hulda no se hubiera extrañado si estas hubieran saltado fuera del marco para ir a tomar una sopa de patatas en la cantina de la Academia.

—Estuviste en el Scheunenviertel, ¿verdad? —preguntó su padre sin preámbulos. Y tampoco Hulda había podido evitar pensar en ese momento en los estrechos callejones donde abundaban las sinagogas.

Ella asintió.

—Por eso quería verte hoy. Hay un problema allí y para resolverlo quizá necesite tu ayuda.

—Ah, ¿sí? —Benjamin arqueó las cejas con una expresión amable pero distraída—. ¿De qué se trata?

—De la familia Rothmann, a la que pusiste en contacto conmigo…

—Sí, a través de un colega de aquí, de la Academia. Está preparando una exposición en un almacén con jóvenes artistas judíos.

Hulda distinguió un brillo de entusiasmo en los ojos de su padre, como siempre que hablaba de los nuevos talentos.

—Algo no funciona —intervino rápida, antes de que él pronunciara una conferencia sobre la exposición—. El parto fue sin complicaciones, pero el niño… ha desaparecido.

Aunque ya había explicado antes aquella historia, hablar de ella todavía seguía provocándole escalofríos. Apresurada, antes de que él pudiera plantear las mismas preguntas que Karl o que Jette, prosiguió:

—No sé dónde está. La madre es incapaz de reaccionar, está bloqueada en una difícil fase de estado anímico depresivo e indefensa. Me temo que la suegra sabe más de lo que quiere admitir. Por decirlo de algún modo, me puso de patitas en la calle porque hacía demasiadas preguntas. Y desde entonces ya no puedo acceder a nadie, no me abren la puerta.

Benjamin la había escuchado con atención. Sus pobladas cejas se juntaron en un gesto de preocupación.

—Supongo que la familia es muy pobre. ¿Y también muy creyente? —No esperó a que Hulda le respondiera—. En tal caso, me temo que no se podrá conseguir gran cosa.

—¿Podrías ir conmigo y echar un vistazo? —preguntó Hulda. Se enfadó consigo misma porque su voz sonaba como la de una colegiala pidiendo a su padre que se dirigiese al profesor para discutir sobre la mala nota que le había puesto a su hija en una redacción—. A lo mejor sí hablan contigo.

—Justo eso es lo que esperan, que un privilegiado judío reformista como yo irrumpa en su miseria y les explique cómo es el mundo —dijo Benjamin—. Esas cosas siempre salen mal. ¿Por qué iban a confiar en mí?

—Porque tú eres tú —respondió Hulda casi enojada—. Todo el mundo confía en ti, enseguida, ¿acaso no lo sabes? Y yo no puedo quedarme de brazos cruzados cuando un niño desaparece sin dejar huella y no se consigue encontrarlo. Quién sabe lo que puede haber ocurrido. A lo mejor lo secuestraron, a lo mejor han extorsionado a la familia…

—Entonces es un asunto de la policía —indicó su padre.

Hulda chasqueó la lengua.

—Papá, la policía tiene otras cosas que hacer en el caos que reina ahí fuera —replicó—. Mira lo que está pasando en la calle: disturbios, saqueos… Todo está hundiéndose.

—Recordó lo que le había contado Karl—. La falta de personal en la policía es para volverse locos. ¿A quién le interesa en este momento que haya un niño más o un niño menos?

—Por lo visto estás bien informada —afirmó Benjamin con un guiño apenas perceptible—. ¿Te lo ha explicado tu caballero, ese al que todavía sigo sin poder conocer?

Ella sonrió insegura. Recordó que llevaba dos días sin noticias de Karl. Ninguno de los dos había dado el primer paso después de su estúpida pelea en el zoo, incluso aunque al final hubieran limado las diferencias. Hulda se preguntaba si se verían el miércoles, ir al cine ese día de la semana por la tarde se había convertido en un pequeño ritual.

—Entonces, ¿me ayudarás? —preguntó con impaciencia, porque ya estaba empezando a hartarse. Estaba cansada de tanto mendigar.

El sol, cuyos rayos habían atravesado la claraboya de vidrio, ya se había retirado, y los colores de los cuadros, antes brillantes, habían adoptado de repente un matiz sombrío y mate. Su padre la miró un instante con el ceño fruncido.

—¿Con quién quieres hablar, otra vez con la madre del niño o con esa encantadora suegra?

—Lo mejor quizá sea hablar con el rabino —contestó Hulda.

—¿Con el rabino? —En esa ocasión, su padre elevó las cejas casi hasta el nacimiento del cuero cabelludo.

Por alguna razón, Hulda balbuceó.

—Sí, Esra… Quiero decir, el rabino Rubin. Lo conocí en la casa de los Rothmann y parece ejercer una gran influencia sobre la familia.

—Y no solo sobre ella —musitó Benjamín. ¿O ella había oído mal? Y propuso en voz más alta—: De acuerdo, llama a ese rabino y pregúntale si está dispuesto a hablar con nosotros. Pero no esta semana, tengo demasiadas reuniones por la nueva exposición, que está a punto de inaugurarse, y las clases particulares se comen el resto del tiempo que todavía me queda. Más tarde, ¿de acuerdo?

Hulda ya iba a protestar, pero se mordió el labio. ¿Cuántas veces tendría que darse de narices contra la pared para entenderlo? Presentía que su padre al final no la acompañaría. Benjamin Gold quería ser amable, pero, al final, hablando figuradamente, volvería a saltar del carro en marcha para evitar situaciones desagradables. Eso era lo que siempre sucedía: era un buen camarada, pero no una roca firme ante la adversidad. Era evidente que no se sentía bien introduciéndose en la esfera privada de una familia judía; también tenía miedo de dar la impresión de ser vanidoso, presumido y arrogante. Ella hasta podía entenderlo. A fin de cuentas, él tampoco tenía ningún vínculo real con los Rothmann, y en absoluto con el niño. Pero ella, Hulda, ¡sí!

Así que pensó que, si había alguien capaz de conseguir algo, sería ella. Solo quien se sentía implicado de verdad en esa historia podía incidir en ella. Había llegado el momento de que hiciera un esfuerzo por encontrar al niño. Ella era la única esperanza que tenía el pequeño.

De pronto le urgía marcharse. Tenía pocas ganas de desperdiciar más tiempo disfrutando de unas bellas pinturas.

—Lo siento —se disculpó—, pero tengo una cita para preparar un parto. He de irme. Dejamos la comida para otro día, ¿vale?

Vio su decepción, pero, tal como esperaba, fue fugaz.

—Está bien, Huldita —dijo Benjamin, y su mente pareció estar ya en otro lugar. Conversando con un compañero, con un estudiante, con el admirado director de la Academia. Ocupado en el siguiente cuadro que iba a pintar, el siguiente artículo especializado que iba a escribir.

Conocía de antes ese extraño distanciamiento, ese alejamiento de su espíritu fluido mientras su imponente cuerpo, su cabeza de león con la barba todavía estaban presentes. Ella no podía hacer nada. Benjamin Gold no era un hombre al que se pudiera retener, que cumpliera una promesa o que irradiara constancia. Era un padre que podía dar alas, pero no proteger. Ya hacía muchos años que ella lo había entendido.

Lo besó sonriente en las dos mejillas. Olía a polvo de afeitar caro y a trementina.

—Hasta la vista, papá —se despidió—. Sé bueno con tus estudiantes de pintura. —Luego se dio media vuelta y, pasando de largo los bustos desnudos de mármol y los marcos dorados, atravesó el vestíbulo de las columnas hasta llegar a la calle, donde la esperaba la realidad.

20

Miércoles, 31 de octubre de 1923

Esra Rubin se sacudió de la camisa blanca una mota de polvo invisible y se dirigió a la puerta. Hacía media hora que había regresado del local de oraciones, donde había rezado la *minjá*, la oración del mediodía, con una pequeña congregación de hombres. Lo que ahora se había propuesto era prepararse tranquilamente un té y escuchar un poco de música, su única pasión privada. Pero lo sobresaltaron unos enérgicos golpes en la puerta.

Cuando abrió y vio a la joven con el pañuelo mal anudado en la cabeza, casi se le escapó la risa. Debería haber intuido que esa manera de llamar le venía que ni pintada, incluso aunque nada más la hubiera visto una vez. Era terca y también fuerte.

Se llevó la mano con disimulo por la espesa y rojiza barba y dijo con la mayor naturalidad posible:

—Buenas tardes, señorita Gold. ¿A qué debo este honor?

—¿Puedo entrar?

Él se desplazó a un lado.

—Por favor —dijo—, mi casa es su casa. Aunque me temo que usted está acostumbrada a algo mejor.

Encogiéndose de hombros, como si no se interesase por las comodidades de la vivienda del rabino, Hulda entró; pero contempló el entorno sin ocultar su curiosidad. También Esra deslizó la mirada por la habitación amueblada como si la viera a través de los ojos de ella. Era un piso subarrendado, pero contaba con una pequeña cocina y un cuarto de baño contiguo y privado, de modo que no podía quejarse. Con toda probabilidad, el mobiliario no se había cambiado en décadas, pero a él le gustaba el tono oscuro de la madera del armario, la superficie pulida de la mesa y las figuras talladas del armazón de la cama. Esta se hallaba escondida en un nicho detrás de una cortina de terciopelo marrón oscuro.

—¿Tiene usted un piano? —preguntó la señorita a la que él llamaba en secreto Hulda, porque ese nombre le gustaba mucho.

—En efecto. Sorprendente, ¿verdad? —contestó—. Era de mi tío, quien también era rabino, muy famoso, además. Me lo dejó como herencia y tuve que gastar mucho, mucho dinero para que me lo trajeran hasta aquí. Y ahora casi nunca tengo tiempo para tocarlo.

—Qué pena. —Hulda se acercó al instrumento sobre el que parpadeaban dos velas en candeleros de barro. Acarició con suavidad el cuerpo de madera de nogal barnizada como si fuese un ser vivo. Esra se sorprendió a sí mismo contemplándola fijamente.

—¿Puedo ofrecerle algo de beber? —se apresuró a preguntar.

La joven permaneció indecisa un momento. Luego se quitó el abrigo, lo dejó con un rápido movimiento a sus pies, en el suelo, y asintió. *Huldvoll*, «altanera», pensó, y volvió a sonreír, porque esa expresión encajaba a la perfección con su nombre.

—¿Un té? Iba a prepararme uno.

—¿No tendría algo… distinto? —inquirió ella con una sonrisa de culpabilidad.

—Tengo vino tinto —contestó—, regalo de una familia a cuyo primogénito le he bendecido el matrimonio. ¿Qué le parece?

—Estupendo —convino, esta vez con toda sinceridad, por lo que él comprendió que quería beber un poco para reunir valor. Bien, él no tenía nada en contra.

Esra buscó en el armario dos copas limpias. Podía confiar en su casera, había un par de modelos bonitos y refinados en los que el vino brillaba como una piedra oscura.

Le tendió una copa a Hulda, quien, sin esperar a que él se lo indicara, tomó asiento en un sofá algo deslucido pero cómodo. Como el rabino consideró que a ella le molestaría que se sentase a su lado, se acomodó en el taburete del piano.

Las velas arrojaban la escasa luz que había en la habitación, cada vez más oscura, y Esra cayó en la cuenta de lo mucho que disfrutaba de esa inesperada visita.

—L'*chaim* —dijo, alzando la copa.

—¿Qué significa eso? —preguntó recelosa Hulda, como si se negara a beber por algo que no comprendía.

—Por la vida —tradujo él con una leve sonrisa, y ella le sonrió vacilante y se apresuró a beber dos sorbitos. Luego colocó la copa sobre la mesa emitiendo una nota cantarina.

—No es usted tan fácil de encontrar —dijo ella y casi sonó a reproche, como si fuese obligación del religioso estar a su disposición—. Todo el mundo sabía dónde estaba su local para la oración, pero por lo visto se desconoce dónde vive usted. Al final me lo ha dicho el chico que barre la sinagoga.

—El pequeño Mordechai —dijo Esra—. Sabe, yo soy antes que nada rabino, sobre todo para la gente del barrio. Apenas tengo vida privada, casi diría que es inexistente.

Bebió un buen trago.

Por Dios, qué pocas veces bebía alcohol. Debía tener cuidado, más aún porque no había comido al mediodía. Se levantó rápidamente y se fue a la pequeña cocina, donde había una bandeja con pastas. Se metió una en la boca, la engulló de forma apresurada y volvió entonces a la habitación, donde dejó la bandeja sobre la mesa y cogió otra galleta.

—Sírvase —dijo con la boca llena—. Y luego cuénteme por qué quería verme con tanta urgencia.

En el rostro de Hulda asomó una mezcla de indignación y culpabilidad.

—No es una urgencia —respondió ella—, pero quería hablar con usted. Es acerca de los Rothmann.

Extendió también el brazo hacia la bandeja, cogió una pasta y la mordió. Esra observó que ella cerraba los ojos y se lamía los labios en forma de corazón, y en él resonó una vocecilla que lo puso en guardia. Pero él la ahuyentó al instante.

—¿Por el niño?

Hulda se metió el resto de la pasta en la boca, como había hecho él a escondidas. Asintió disfrutando del rico bocado. Cuando hubo concluido, lo miró con sus extraños ojos, algo estrábicos. Con desconfianza.

Él pensó que los ojos de esa mujer eran del mismo color que el cielo en un día de tormenta.

—Tamar me dijo que había desaparecido —prosiguió Hulda—. ¿Cómo puede ser? ¿Sabe usted algo al respecto? ¿Lo han buscado aquí en el barrio? ¿Alguien ha informado a la policía?

Esra levantó las manos en un gesto defensivo y él mismo se dio cuenta de que estaba actuando como si lo apuntaran con una pistola. Las volvió a bajar enseguida.

—En un principio, la familia ha decidido esperar. Nadie sabe dónde está el niño, pero rezamos para que se encuentre en buen estado.

—¿Rezan? —exclamó ella, y le temblaron los párpados de puro nerviosismo—. No hablará en serio, rabino, emmm, señor Rubin. —Se embrolló.

—Llámeme Esra —dijo él.

Ella no le hizo caso.

—Alguien tiene que llamar a las autoridades —alertó alzando la voz, y cogió la copa de vino con un gesto tan enérgico que el líquido oscuro se balanceó peligrosamente—. ¡Se ha cometido un delito! ¿Sabe lo que pienso? Para la familia, ese niño ha llegado en un mal momento, así que se han deshecho de él.

—¿Qué insinúa usted? —Esra intentaba adoptar un tono serio para mostrarle lo equivocada que estaba—. ¿Que los Rothmann han matado a su propio primogénito? Debería ser usted más prudente al arrojar tales acusaciones, señorita Hulda, suenan a envenenamiento de pozos y a Inquisición. Como los improperios que algunos políticos lanzan en este país contra nosotros, los judíos. ¡Pero usted no está cortada por el mismo patrón!

—¿Cómo sabe por qué patrón estoy cortada yo? —preguntó ella alterada, pero él advirtió una grieta en aquella demostración de seguridad en sí misma. Hulda bebió con prisa un trago de vino y se limpió de la barbilla un par de gotas que habían resbalado. Esra tomó de nuevo conciencia de que la estaba mirando fijamente, y de nuevo esa molesta vocecilla en su interior lo llamó al orden.

—Sea como fuere, el recién nacido no está, así de simple, y eso a nadie le preocupa —dijo algo más tranquila—. Lo encuentro... raro, para expresarlo con moderación. La señora Rothmann parece sospechar algo; en cualquier caso, el sábado no parecía estar muy preocupada o triste, sino más bien aliviada de tener una boca menos que alimentar. Con los hombres de la familia me ha sido imposible hablar, pero Tamar está muy enferma.

—En efecto, está algo consternada —admitió Esra y vació su copa. Sin preguntárselo, sirvió de nuevo a Hulda.

—¡Qué gran eufemismo! —ironizó ella—. La pobre está sufriendo de una melancolía relacionada con la maternidad y está sumamente frágil. Necesita ayuda urgente. Es posible que todavía no sea del todo consciente de la pérdida de su hijo, parece obnubilada. Y usted no se imagina las consecuencias que puede tener una experiencia así para su cuerpo y su mente. ¡Tenemos que ayudar a esa chica!

—Soy de la misma opinión —dijo Esra, a quien se le había cortado la respiración al escuchar ese «tenemos»—. En lo que no estamos del todo de acuerdo es en la manera de hacerlo. Sabe, yo soy un padre espiritual y me lo tomo muy en serio. Cuando la familia decide que quiere aceptar la situación, mi función no consiste en contradecir a esa gente y jugar a ser detective. En lugar de eso, me ocupo de ellos, estoy a su lado, los escucho. Eso tampoco debería ser tan ajeno a su profesión, ¿no es así?

Una sombra asomó en el rostro de Hulda, como si él la hubiese pillado *in fraganti*, como si hubiese descubierto su juego.

Él rio por lo bajo.

—Entiendo —añadió Esra—. Solo escuchar y mantener la boca cerrada, ¿no es esa su labor? ¿O más bien la del detective, que yo evito?

—Es posible —dijo ella enfurruñada como un niño al que el profesor está riñendo y duda de su propia inocencia—. Pero si todos pensaran como usted, los canallas saldrían siempre sin esquilar. —Carraspeó y añadió en voz baja—: A no ser que usted mismo sea un canalla.

El rabino hizo oídos sordos.

—A lo mejor no hay canallas en esta obra —señaló—. Es posible que la familia se haya limitado a dejar al bebé en manos extrañas. En manos de personas que puedan cuidar mejor de él. Los Rothmann no llevan mucho tiempo aquí, en Berlín; han estado meses viajando, acaban de llegar. Primero tienen que encontrar su lugar en la comunidad, tienen que aprender a llevar su amarga pobreza o idear algo para escapar de ella. Usted ya sabe cómo son los tiempos que corren en esta ciudad.

Hulda hizo un gesto casi imperceptible de afirmación. Y Esra pensó en las muchas personas que se reunían en la plaza más cercana y pedían limosna. Cada día eran más. En las largas colas delante de los comedores para pobres. Esos establecimientos peleaban como enanos contra unos gigantescos molinos de viento, y solo podían ofrecer un plato de sopa de cebada a una fracción de aquellos desesperados. Esra intuía que también Hulda tenía esas imágenes ante los ojos. Ante esos peculiares ojos que en ese momento lo estaban examinando.

—Es un bebé indefenso —insistió ella—, que merece que intentemos encontrarlo y devolvérselo a su madre. Incluso si ella está demasiado débil para tomar la iniciativa. ¡Justo por eso!

Esra inspiró profundamente. Esa hermosa comadrona lo complicaba todo más de lo que ya lo estaba.

Hulda tomó un sorbo de vino y, cuando dejó la copa sobre la mesa, él vio que le temblaba la mano.

—A veces —dijo ella en voz baja—, casi creo que usted mismo tiene algo que ver con la desaparición del niño. Para proteger a su estimada congregación de un estigma o algo similar.

Él la miró con cautela.

—¿De verdad lo cree?

Despacio, con la cara muy seria, ella movió la cabeza.

—No, no, soy incapaz de imaginármelo. La crueldad no encaja con usted.

Para disimular su turbación, el rabino puso el dedo en una de las teclas del piano que tenía a su lado. Una única y suave nota se desprendió del viejo instrumento. Pulsó un par de teclas más y escuchó el sonido del alma de la madera, donde unos pequeños martillos golpeaban las cuerdas.

—¿Qué melodía es esa? —preguntó Hulda desde el sofá.

Se dio cuenta de que ella se había enderezado y prestaba atención.

—Solo una canción —respondió él encogiéndose de hombros y retirando los dedos de las teclas.

—Tóquela otra vez, por favor.

Él la miró sorprendido. El vino había enrojecido las mejillas de Hulda. A la luz de las velas, sus pestañas proyectaban unas largas sombras sobre su tez clara.

—Solo si se quita de una vez ese ridículo pañuelo de la cabeza —replicó él. Y se asombró de que ella se desembarazase de él al instante y con expresión avergonzada se arreglara el cabello oscuro.

—¿Mejor? —Tenía un tono obstinado en la voz.

—Por supuesto —contestó él—. Es más usted.

Antes de que Hulda replicara que no sabía nada de ella, él se volvió al piano y tocó. Al principio algo comedido, como antes, cuando presentaba a su severo profesor ruso una obra que había estado practicando y no sabía si lo hacía lo bastante bien. Pero luego se relajó y dejó que los dedos volaran por el marfil amarilleado. El do grave desafinaba desde hacía tiempo, pero él no tenía los medios para llamar a un afinador y casi le parecía que aquella nota disonante hacía más armónica el resto de la música.

Cuando terminó la melodía dirigió la vista a Hulda. Se había quitado las botas y se había sentado a lo indio. De nuevo encontró que parecía una colegiala, una niña lista, vulnerable y tozuda.

—¿Usted también toca algún instrumento? —preguntó él para romper el extraño silencio en el que se habían sumido tras la interpretación.

Ella negó con la cabeza y Esra creyó distinguir un asomo de pena en su rostro.

—No. Cuando era pequeña me dieron clases, teníamos un piano de cola en casa. Era de mi padre, pero se lo llevó y desde entonces…

Se interrumpió y él no se atrevió a preguntar a dónde se había llevado ese padre el instrumento de la niña.

—Pero me gusta escuchar música —añadió—. Mucho, diría yo. —Dudó, y su rostro se ruborizó de nuevo—. También me gustó escucharle cuando hace unos días le cantaba al niño. Tiene usted una voz bonita, que conmueve profundamente. —Cerró al instante la boca y pareció que evitaba con todas sus fuerzas seguir hablando.

—He practicado mucho, sabe —señaló Esra con humildad—. El canto forma parte de la educación de un rabino. Pero creo que la música tiene un efecto sanador, crea un vínculo entre las personas. Mejor que las palabras, que a veces crean malentendidos. Es como un puente a algo más grande, que está por encima de nosotros y donde todos tenemos cabida.

—¿Se refiere a Dios?

—Quizá. O a algo distinto que dormita en nuestro interior —contestó lentamente—. Como si todos llevásemos un recuerdo en nosotros, un núcleo indestructible que la música hace vibrar.

—Sí —fue todo lo que dijo Hulda. Pero él sintió que ella comprendía a la perfección de qué estaba hablando.

—La música siempre fue algo irrenunciable para nuestro pueblo —prosiguió Esra, dejando en el aire si incluía a la mujer sentada en su sofá—. Nos ha acompañado a través de siglos de persecución, de desesperación, de la diáspora. Allí donde han vivido judíos en comunidad, han cantado, y de ese modo han mantenido vivos los salmos y los han propagado en sus viajes por el mundo. —Señaló un libro de aspecto valioso, encuadernado en piel, que estaba en una mesita auxiliar en un rincón de la habitación—. La misma Biblia está llena de los más diversos instrumentos. El *shofar*, el cuerno de carnero que soplaban nuestros antepasados; el *kinnor*, la lira que tocaba el rey David. Los címbalos de bronce del servicio del templo. Y la música siempre estuvo a disposición de la religión, envolvía las palabras del creador del modo más hermoso y no permitía que cayeran en el olvido.

Calló y de repente temió haber hablado demasiado. Pero en el rostro de Hulda no había más que sincero interés, como si él hubiera pulsado algo en ella.

Pese a que la vocecilla de su interior ponía el grito en el cielo, se levantó y se sentó en el sofá, a su lado. Hulda se mantuvo en su postura relajada y no pareció tener nada en contra. Permanecieron sentados uno al lado del otro bebiendo vino.

Esra creía sentir su calor, aunque los separaba medio metro. Y él se propuso conservar aquella distancia a toda costa. Aunque tuviese que hacer un esfuerzo para no cogerle la mano que descansaba como olvidada sobre la gastada funda del sofá.

Ella levantó la vista hacia él.

—¿Me ayudará ahora? —preguntó, y de repente el tono de su voz tenía algo de transacción.

Él se encogió de hombros.

—Preguntaré por aquí, si eso la ayuda —respondió—. A lo mejor alguien ha visto al niño o ha oído hablar de una familia que lo haya acogido. Pero no puedo prometerle nada. Este barrio es como un matorral: protege a los individuos de los peligros externos, pero oculta secretos ante los foráneos. Hace siglos que hemos aprendido esa facultad, la de mantenernos unidos. Es nuestra voluntad de supervivencia.

La miró inquisitivo.

—¿Por qué la inquieta tanto el destino de ese niño? Como yo, solo lo ha visto unos minutos.

Ella adelantó la barbilla, como un guerrero que toma impulso antes del combate.

—Es muy sencillo —respondió ella—, solo me tiene a mí. Si lo suelto, cae en un profundo abismo.

Él tuvo que darle la razón.

Sus miradas volvieron a cruzarse y una pena infinita se apoderó de Esra. La pena de tener que dejar pasar una oportunidad, porque lo contrario significaría el fin de su integridad. Se lamentó por el momento que tenía que desperdiciar, luego se recobró y se levantó.

—Tengo que marcharme a la sinagoga —anunció—. Se acerca la hora de la oración de la noche y me esperan. Seguro que también la esperan a usted en algún lugar, ¿no es cierto, señorita Gold?

Vio que ella se estremecía. Era evidente que había recordado algo que no debería haber olvidado. Se levantó a toda prisa y se miró la muñeca. Pero no llevaba reloj.

—Me lo robaron —explicó ante la mirada inquisitiva del rabino—, pero todavía no me he acostumbrado. Últimamente he sufrido varias pérdidas.

Esra señaló el reloj de la cocina, cuyo tictac resonaba a través de la pequeña puerta.

—Enseguida serán las ocho.

—Entonces tengo que irme —dijo ella y se arrodilló para calzarse—. Por cierto —añadió mientas se ataba las botas—, ¿conoce a los vecinos de los Rothmann? Los del piso de abajo.

—No, ¿por qué?

—Quizá no los conozca porque no son judíos —reflexionó Hulda—. Theodor Kühne y su hija. Ayer mantuve una peculiar conversación con ella. Y desde entonces no se me va de la cabeza lo que el anciano dijo.

Se puso el abrigo y sin querer rozó el brazo de Esra.

—¿Qué era? —preguntó él pensando en otra cosa.

—«Lloraba» —dijo articulando la palabra—. Incluso lo repitió varias veces. Y al principio no supe por qué eso me trastornaba tanto, pensé que era porque hablaba del niño para que yo me preocupase.

—¿Sí? —preguntó. Ahora se había despertado su curiosidad.

—Pero entonces recordé —dijo ella sin aliento—. El niño vino al mundo en silencio. No lloraba. No en el momento del parto ni tampoco después, cuando usted le cantó. Y más tarde tampoco, cuando me quedé sentada con él en el cuarto. En todo ese tiempo se comportó como un ángel. —Dirigió la vista hacia él y Esra tuvo que bajar los párpados.

—¿Qué quería decir el anciano? —preguntó ella en voz baja.

Esra le abrió pensativo la puerta y encendió la luz del rellano. Hulda salió corriendo. Y él se la quedó mirando descender apresurada las escaleras. Su melena corta bailaba a la luz del gas de la escalera. Y desapareció.

Volvió a la habitación y descubrió que Hulda se había olvidado el pañuelo. Lo recogió y acarició vacilante con los dedos la suave tela mientras reflexionaba en lo que ella había dicho.

21

Miércoles, 31 de octubre de 1923, por la noche

Unos grupos de chicas risueñas adelantaron a Karl, unos hombres pasaron agarrados del brazo y vociferando, y un indigente se le acercó, lo miró unos segundos con los ojos inyectados en sangre, y sin decir palabra le echó una nube espesa de humo en la cara. Una pareja de enamorados, los dos de punta en blanco, cruzó besándose y trastabillando por el umbral del Union Theater Hasenheide al iluminado interior de la cervecería con cine que a Karl y Hulda les encantaba. Ahí se disfrutaba tanto de buenas películas como de una cerveza fría.

Aunque, por lo visto, eso no era suficiente, pensó abatido Karl, aplastando con el pie el cigarrillo contra el suelo. En cualquier caso, llevaba allí más de media hora sin que ninguna gorra roja apareciese en el horizonte. Ya hacía tiempo que había terminado el tráiler y la película, un *western*, seguro que ya había empezado. No era que Karl estuviera deseando ver al gruñón de Buffalo Bill o a los indios lanzando mudos gritos de guerra, pero, joder, ¡ansiaba estar con su chica!

El domingo mismo, ella ya había llegado demasiado tarde a la cita, pero hoy su retraso superaba todos los límites. Esa vez no podía poner como excusa las huelgas de transporte.

¿Era concebible que Hulda se hubiese olvidado de su encuentro? O, aún peor, ¿no había ido conscientemente y lo había dejado plantado en medio de la lluvia para castigarlo? Karl levantó la vista. No, el cielo estaba estrellado, pero él se sentía como un perro de lanas mojado. Y sin embargo solo había sido una estúpida pelea, ni siquiera eso, más bien una pequeña discusión, como las que solían tener cada dos por tres. Hasta entonces, Karl siempre había creído que las eternas peleas entre Hulda y él eran en realidad el motor que mantenía en marcha su peculiar relación. Pero ¿y si ella no lo veía así? ¿Y si ya se había hartado de una vez por todas de él?

No había modo de que se le olvidase un nombre que ella había mencionado, como restándole importancia: Esra Rubin. Un rabino del Scheunenviertel. Pero ¿por qué, por todos los demonios, tenía que romperse la cabeza por un «cura»? Pues un rabino no era otra cosa, ¿verdad?

Karl ignoraba qué era lo que lo enfurecía más, si el comportamiento desleal de Hulda o el hecho de que solo al imaginar que no volvería a verla le entraban ganas de vomitar en el bordillo. Joder, ¿a qué hechizo lo tenía sometido esa mujer?

—¿Qué…, solito, guapetón? —le susurró una rubia emperifollada al oído.

Karl ya había notado que llevaba un tiempo dando vueltas con sus tacones altos alrededor de él. Era posible que intuyera que era presa fácil. Tenía el rostro en forma de corazón y no estaba mal de aspecto; en cualquier caso, mejor que la mayoría de chicas de su gremio, que parecían cargar con todas las enfermedades del mundo. Demasiado carmín, sí, y un perfume dulzón que le llegaba a través del oscuro aire de otoño y ascendía por su nariz. Pero unas piernas bonitas. Unas piernas, en efecto, muy bonitas.

De repente hizo una tontería. ¡Que no se atreviera Hulda a volver a dejarlo plantado como un mueble abandonado! Él se merecía una noche agradable, ¿por qué iba a pasarla solo?

—¿Quieres ver la película? —preguntó.

La mujer lo miró desconcertada y luego se echó a reír. Era alegre y a él esa risa le gustó tanto como sus finos tobillos.

—Eso todavía no me lo había preguntado nadie —contestó con un fuerte acento berlinés—. ¿Qué ponen?

—Mientras yo pague, muñeca, a ti te da igual, ¿no es así?

Sus palabras fueron más groseras de lo que él pretendía. Pero, para su tranquilidad, ella se limitó a sonreír y asintió. Luego se le colgó del brazo y él se preguntó por un instante qué imagen darían desde lejos —el comisario con gafas y abrigo gris y la prostituta rubia—. Pero de repente eso tampoco le importó.

Le abrió la puerta del cine como todo un caballero.

Cuando la atravesaron, ella pestañeó coqueta. Ya en el interior, miró boquiabierta a su alrededor como si nunca hubiese visto algo igual. Y a lo mejor era así, pensó Karl en un arrebato de mala conciencia. Tal vez solo conocía los bancos del parque y los asientos traseros de los coches.

—¿Cómo te llamas? —preguntó, y ella respondió demasiado deprisa como para decir la verdad.

—Tilly, cariño. —Pero eso a él le resultaba indiferente.

Pagó la entrada con la mitad del contenido de su cartera, a ella le compró un paquete de bombones de chocolate y él se hizo con una cerveza. Luego la condujo a la sala oscura de proyecciones. De todas partes les llegaron siseos y protestas, empujó a Tilly a un asiento libre y se sentó a su lado. El perfume de la mujer le hacía cosquillas en la nariz, pero ella le cogió la mano enseguida. Tenía la piel suave como un bebé.

—¡Y ahora hacemos ver que somos una pareja de enamorados! —anunció ella con un susurro tan fuerte que la gente que estaba sentada delante de ellos se dio media vuelta. Para su sorpresa, sin embargo, aquello tampoco molestó demasiado a Karl. Se concentró en la película, dejó que la chica que tenía al lado le diera un bombón de vez en cuando y a cada rato era premiado con un beso en la mejilla. Cerró los ojos y se ordenó no pensar en Hulda, disfrutar solo del momento y de la dudosa certeza de que podía apañárselas sin ella. Le resultó más fácil de lo que había pensado; la película era divertida y los espectadores en el cine estaban contentos, se reían, gritaban y daban consejos a los héroes de la pantalla. La pianola interpretaba a su gusto unas desafinadas melodías. Y en las escenas de tensión, Tilly apoyaba su cabecita rubia sobre su hombro, y Karl sentía su calor y se preguntaba cuál era la causa, en realidad, de que la vida fuera tan difícil.

Por otra parte, en ese momento no solo le abatía la conducta de Hulda. Al meditar sobre el caso que tenía entre manos, cualquier tipo de lenitivo desaparecía de su pecho para dejar paso a esa tensión que lo perseguía desde hacía semanas. Fabricius y él habían tropezado con algo que era demasiado brutal para mantener la distancia. Cada día y cada noche veía las fotos de los cadáveres infantiles que los colegas habían hecho en la vieja fábrica, y que ahora colgaban en fila en la pared de su despacho. ¡Si al menos hubiera tenido a alguien con quien hablar de ello! En un principio había planeado contárselo a Hulda aquella noche, incluso aunque, en su puesto de funcionario, debía mantener la boca cerrada. Pero ella no se había presentado. Hulda tampoco tenía ni idea de lo que le ocurría, de lo mucho que la necesitaba, y en ese instante se dio cuenta de que la película había terminado y de que ya estaban proyectando los créditos.

Tilly lo miraba con los ojos abiertos de par en par.

—Y ahora, ¿qué? —preguntó, mientras se armaba un alboroto a su alrededor cuando todos los espectadores se levantaban y se apretujaban para salir de la sala—. ¿Nos esperamos a que esté vacío y echamos un polvo?

Tenía una expresión tan ingenua mientras lo planteaba que a Karl casi le dolió. Y aunque no podía negar que le hubiera gustado —¡Dios mío, cuánto tiempo había pasado desde la última vez!—, movió con determinación la cabeza en forma de negativa.

—Te daré un poco de dinero para que te pagues la cena —dijo—. Todavía tengo que trabajar.

—¿Y qué trabajo es ese? —preguntó ella mientras se acababa la cerveza de Karl—. ¿Algo emocionante?

—Soy policía —contestó él, y al momento advirtió la decepción en el rostro de la mujer.

—Pero no de Costumbres —opinó ella con cara de experta—, a esos los huelo a distancia.

Karl hizo un gesto de negación.

—Homicidios.

La bonita cara de muñeca volvió a iluminarse.

—No está mal —dijo—, al menos no eres de la pasma. Tú en el escritorio tienes casos gordos de verdad, ¿no?

—Ya puedes decirlo. —Y entonces se le escapó sin pensar—: ¿Has oído hablar de los niños muertos de Tempelhof?

—Claro. —Asintió ella haciéndose la enterada—. Todo el mundo habla de eso. Pero ¿sabes?, en mi ambiente no va de un par de críos más o menos.

Karl se estremeció. Pues claro que sabía a qué se refería.

—En cualquier caso, este sí parece ser un caso gordo de verdad —contestó él olvidándose de andar con precaución, pues era demasiado placentero que alguien lo admirase—. Ya sabes, trata de niños. Hay gente dispuesta a pagar altas sumas de dinero por pequeños trabajadores sin costes que viven como esclavos. O por un dulce bebé, si la familia misma no puede mantenerlo. Los diarios están llenos de esos anuncios de «Se busca».

—Sí, pero ahí, en Tempelhof —apuntó Tilly lamiéndose los restos de chocolate de las comisuras de la boca—, la pifiaron en algo.

—Sí. —Karl notó esa conocida oscuridad extendiéndose—. Alguien tuvo miedo y desechó toda la carga. Si supiera quién fue…

Salieron de la sala vacía uno junto al otro y él lamentó un poco que la velada llegara a su fin, y con ello la compañía. Le había sentado bien no estar solo.

Mientras Tilly se espolvoreaba la nariz en el baño de la cervecería —Karl no sabía si los polvos iban por fuera o por dentro—, deambuló por el vestíbulo, observó su rostro cansado con el cristal de las gafas rayado y se preguntó qué demonios estaba haciendo ahí.

Fuera, sacó varios gruesos paquetes de billetes impresos en rojo. Tilly los agarró con codicia y se los puso todos debajo del cinturón, como un jinete con una armadura de papel. Mientras, sonreía con expresión traviesa.

—Muchas gracias, señor comisario. Pero ¿sabes qué? ¡Hoy hasta te lo habría hecho gratis, ¡un chico tan guapo!

Por la fracción de un segundo sopesó la idea de irse con ella. Que una mujer joven y bonita lo deseara era, sencillamente, demasiado tentador. Pero luego se negó, levantó la mano para despedirse y se dio media vuelta.

Hulda estaba frente a él.

No tenía ni idea de cuánto tiempo llevaba allí ni de si se había enterado de algo. Pero a juzgar por la expresión de su cara llevaba un buen rato. O todo el rato.

—¿Tú también aquí? —fue todo lo que consiguió decir. No era lo más adecuado para tranquilizarla, enseguida se dio cuenta.

Ella soltó un resoplido.

—Está claro que no me has esperado. Estabas muy ocupado. ¿Te lo has pasado bien con la… película?

Le dolía su tono mordaz.

—Sí, mucho. Lástima que te la hayas perdido. —Con el rabillo del ojo vio que Tilly escurría el bulto.

—No pensaba que te urgiera tanto —se limitó a decir ella—. Pero siempre se aprende algo.

¿Estaba realmente disgustada con él? Al fin y al cabo, era ella quien le había dado esquinazo sin más ni más. Además, no había ninguna razón para que se enfadara con él, pues le había dado calabazas a la rubia Tilly porque le gustaba Hulda, y ninguna más. ¡Si al menos fuera a decírselo!

Pero al ver sus ojos brillantes se echó para atrás.

—Como si tú nunca pensaras en intentarlo con otro —replicó en cambio enfurecido—. Admite que tienes donde elegir, ¿no? ¿Tú nunca has flaqueado?

—Imagínate… ¡No! —respondió a gritos—. Me controlo, algo que no se puede decir de ti. Amor a cambio de dinero, ¿es esa tu salvación?

—¿Qué? ¡Pero si ni la he tocado! —vociferó él, ya sin preocuparse de los transeúntes que pasaban de largo moviendo la cabeza con rostros compasivos o alegrándose en el fondo de las desgracias ajenas—. ¡Solo hemos ido al cine!

—Al cine con una puta… —Hulda bajó la voz, pero había en ella tal tono de desprecio que Karl se estremeció—. ¿No te das cuenta de lo estúpido que es?

—Quería ir al cine contigo —contestó él con vehemencia, y se sintió como un niño cabezota a quien su madre ha castigado de cara a la pared—. Pero tú no estabas. Tú nunca estás. Incluso cuando estás a mi lado, como ahora, en realidad estás en otro sitio. Como si no me vieras, como si tus pensamientos siempre estuviesen vagando.

Vio que sus palabras la afectaban, y entre la cólera y la tristeza nació una leve esperanza. ¿Había dado en el blanco? Había sido un tiro al azar, pero parecía surtir efecto.

—Sí que te veo, Karl —dijo ella con una mayor suavidad mientras daba un paso hacia él—. Estoy aquí, justo aquí. ¿Qué he de hacer para que por fin me creas?

Él no tenía respuesta. Entonces Hulda le cogió la mano y lo arrastró lejos del cine, de los noctámbulos, de los curiosos, hasta que en la calle reinó una mayor tranquilidad y el ruido se extinguió. Karl no opuso resistencia y la siguió cuando ella, siempre agarrándolo fuertemente de la mano, se metió en un oscuro portal.

Allí lo besó de tal modo que a él le flaquearon las rodillas.

«¿Qué he hecho yo para merecer esto?», le pasó por la cabeza, pero ya no había espacio para tener las ideas claras. Él la estrechó entre sus brazos, la ciñó todavía más contra sí, y sintió su cuerpo cálido y flexible en el suyo, como pocos días antes, en el zoo, cuando se habían besado detrás de un árbol. Pero, a diferencia de ese día, en ese momento solo estaban ellos dos. No había espectadores, animales curiosos en jaulas ni gente convencional y envidiosa. Solo la negrura de la noche que los rodeaba protectora, el silbido del viento que soplaba a través de la puerta del patio y los latidos del corazón de Hulda que lo impulsaban como un motor y ya no lo dejaban detenerse.

22

Sábado, 3 de noviembre de 1923

HULDA NUNCA HABÍA visto la Winterfeldtplatz como aquel día. Aunque todavía era temprano, estaba a reventar. Todo el mundo formaba largas filas delante de los pocos carros de campesinos y puestos del mercado, todo el mundo iba armado con bolsas y sacos de los que brotaban billetes bancarios como el heno de un pesebre. Algunos billetes aislados flotaban junto con las hojas secas y caían sobre los adoquines, pero nadie se tomaba la molestia de recogerlos. Se hablaba, gritaba y vociferaba a un mismo tiempo, y los vendedores intentaban desesperados controlar la situación. Gesticulaban con las manos en el aire, gritaban órdenes tajantes a sus ayudantes y todos parecían hallarse al borde de un ataque de nervios.

Hulda contemplaba la escena horrorizada. En los dos días anteriores casi no se había enterado de lo que sucedía en su entorno; había resistido un día y una noche junto a un parturienta cuyo hijo, aunque había llegado antes de tiempo, había nacido sano tras muchas horas de angustia. Después, agotada, Hulda se había sumido en un profundo sueño y solo había respondido con un gruñido y sin abrir la puerta a la llamada de la señora Wunderlich. Ahora que había vuelto al mundo, apenas podía creer lo que veían sus ojos.

El pañuelo que llevaba en la cabeza Mergenthin, una campesina que cada semana llegaba a la ciudad en su carro tirado por un burro y que vendía verdura de Schöneberg, se le había resbalado y ella se secaba el sudor de la nariz enrojecida. Ese día, la montaña de patatas que normalmente levantaba junto a su puesto el campesino Peter solo era una pobre colina que se iba encogiendo a ojos vista. Y el vendedor de quesos estaba cerrando la tienda de madera al tiempo que gritaba: «Por favor, retírense. Agotado, está todo agotado». Su voz era sofocada por los gritos indignados de las amas de casa que querían leche para sus hijos y un pedazo de queso tilsiter para sus maridos, y que en ese momento se daban cuenta de que tendrían que marcharse con las manos vacías.

—Señoras mías —suplicaba el hombre con el delantal de rayas, cuando las mujeres que estaban en primera fila empezaron a golpear con los puños el vehículo cerrado—, sean razonables. No se puede sacar nada de donde no hay.

—¿Y con qué voy a llenar el biberón de mi Hansi esta noche? —grito una clienta furiosa—. ¿Otra vez con agua? Se me va a morir el crío.

—¿Y mis tres chiquillos? —gritó otra—, ya van días que no se llevan nada como Dios manda a la boca. ¡Y están creciendo como la mala hierba!

Cada vez eran más las mujeres que intervenían, y el pobre hombre se rascó la cabeza bajo la gorra y alzó impotente los brazos. A Hulda le dio pena, sabía que no le gustaba nada decepcionar a su clientela.

—Vayan al comedor para pobres —dijo fatigado—, he oído que en la calle principal, ahí delante, los cuáqueros han abierto uno.

—¡Pero si nosotros no somos pobres! —gritó la madre del pequeño Hansi—. Mi marido es un carpintero ebanista con formación y tenía un empleo fijo hasta que llegó esta tremenda inflación. ¡Nuestro hijo mayor estudia violín! Yo he heredado de mi madre, pero todo eso no sirve de nada si el dinero ya no tiene el más mínimo valor.

—Exacto —le dio otra la razón—, nosotras no somos escoria que tenga que ir mendigando comida. Nosotras hemos alimentado a nuestros hijos más que suficiente y sin ayuda durante toda la guerra. Y ahora es imposible, el sobre con la paga de nuestros maridos está vacío. ¿Qué es lo que ocurre en este país?

—La señora acaba de plantear la pregunta correcta —resonó en el oído de Hulda una voz familiar. Se dio media vuelta sorprendida. No se había dado cuenta de que Bert había salido de su quiosco y se había colocado a su lado. ¿Cuánto tiempo llevaba ella observando esa agitación?

—¿Cómo se ha podido llegar tan lejos? —preguntó Hulda, sintiendo que se le ponía la piel de gallina—. ¿A dónde vamos a ir a parar, Bert?

Este se encogió de hombros, se le veía un poco más encorvado de lo habitual. ¿Se dejaba abatir el mismo Bert, la roca en medio de la tormenta, por los acontecimientos de la ciudad? En tal caso, pensó Hulda estremeciéndose, había llegado la hora del pánico.

—El *Rentenmark*, el marco seguro, ya es un hecho —dijo señalando los titulares de los diarios del quiosco—, la nueva moneda se pondrá en circulación en las próximas semanas. Pero quién sabe cuánto tardará en mostrar sus efectos. Pese a todo, Stresemann y el presidente del Banco Central, Schacht, están convencidos de que así conseguirán controlar la situación.

Aquellas palabras tranquilizaron un poco a Hulda. Sabía que Bert tenía un muy buen concepto de Stresemann. Se propuso no gastar nada en los próximos días, solo comer en la cocina de la tan previsora señora Wunderlich, de quien era de esperar que ya hubiera llenado la despensa. ¿Sería solo cuestión de días?

Como si obedeciera una orden, su estómago protestó debajo del abrigo. Por primera vez desde hacía mucho tiempo sintió que se le había vuelto a despertar el apetito y se preguntó con una sonrisa ambivalente si aquello se debía a los agotadores días que había pasado o si su encuentro con Karl la última noche, en el solitario portal, había contribuido a ello. Pese a que se reprendía por ser tan impetuosa, tenía que admitir que la argolla de hierro que le oprimía el pecho desde hacía semanas se había fundido en los brazos de él. Como si fuera su intimidad, la sinceridad con que sus cuerpos se habían tocado allí, en la oscuridad, el remedio que ella había estado ansiando en su interior. No obstante, no se atrevía a plantearse en qué medida había contribuido a eso su conversación con Esra Rubin, que ella había dado por terminada sintiéndose excitada y confusa. El rabino había despertado algo en Hulda que ella había proyectado en brazos de Karl, reflexionó casi con sentimiento de culpabilidad. Y el descubrimiento de que Karl no era su posesión, que podía disfrutar en cualquier momento con otra mujer, había hecho el resto para que ella se hubiera sentido tan audaz, sí, tan sensual.

Tragó saliva, tenía la boca seca. Bert la miró de reojo y Hulda tomó conciencia de que había permanecido callada más de lo que le hubiera gustado. Seguro que su cara lo decía todo. Pensó que Bert sabía perfectamente lo que ocurría en ella y apretó los labios enfadada. Parecía que él iba a decir algo, pero cambió de opinión y solo murmuró que volvía al quiosco.

—Aunque hoy no será el periódico lo que ocupe el primer lugar en la lista de la compra de la mayoría de la gente

—farfulló—. Siempre va primero el pan para el cuerpo, y luego el alimento para la mente y el alma.

Hulda asintió y lo siguió indecisa. Todavía contaba con unos minutos antes de ir a casa de una mujer que daría a luz en unas cinco semanas. Helga Markel vivía con su familia en un luminoso piso en la fachada delantera del edificio, situado en la Eisenacher Strasse, un entorno animado, con muchas tiendecitas, bares y un tranvía que llevaba hasta la calle Mayor. Dos días atrás, en su última visita, se había encontrado con el antipático doctor Schneider, a quien la familia había pedido consejo porque Hulda había planteado que considerasen si no sería pertinente acudir a una clínica. La comadrona tenía que admitir que la situación era algo complicada, pues el niño, por lo que ella podía adivinar, estaba con las nalgas hacia abajo, diagnóstico que el médico confirmó sin poder contener una mueca maliciosa ante Hulda. Ella sabía que aquello todavía podía cambiar y recomendó a Helga un par de ejercicios que habían demostrado su eficacia en situaciones similares. A veces se podía conseguir que el feto se girase. Hulda había asistido con éxito a varios partos de nalgas, ya que uno de cada veinte niños no se colocaba con la cabeza hacia abajo. Sin embargo, no podía negar que tales alumbramientos siempre constituían un riesgo especial para la madre y el niño. En algunos casos las cosas no habían salido bien y el niño había muerto, y a veces también la parturienta. De ahí que Hulda no quisiera ocultar a las familias que existía otra posibilidad. ¿No sería aconsejable para Helga que el bebé naciera en una clínica, si los Merkel se lo podían permitir?

La mujer había aguantado la visita del doctor Schneider con la mayor elegancia posible, pero había hecho un gesto de rechazo tras la gélida despedida del médico.

—Yo he tenido a todos mis hijos en la cama y también este nacerá en casa —dijo con tanta determinación que Hulda no se atrevió a contradecirla—. Lo principal es que usted venga y me ayude como con los demás.

Hulda se lo había prometido. Pero ¿por qué tenía desde entonces ese mal presentimiento?

—¿A qué le está dando vueltas esta vez su bonita cabeza? —preguntó Bert. Habían llegado a su quiosco y al parecer ella había guardado silencio más tiempo de lo normal, y se había quedado mirando las aleteantes páginas de los diarios sin leerlas mientras el quiosquero se situaba detrás del mostrador, en el interior del pequeño local.

—Estaba pensando en las ventajas de dar a luz en una clínica especializada en lugar de en casa —respondió ella—. Por supuesto, soy escéptica al respecto, pero en algunos casos es oportuno llevar a la mujer al hospital.

—¿Cómo? ¿Y es usted quien lo dice? —Bert sonrió con picardía—. ¿No va esto en contra de su orgullo profesional?

—En absoluto —replicó Hulda—. Mi ética profesional prevé que toda decisión tiene que pronunciarse en favor de los intereses de la mujer y de su hijo. Ni más ni menos. —Se mordió el labio—. Además —añadió deslizando la mirada por la plaza, como si buscase sostén—, ya hace tiempo que el doctor Schneider me tiene en el punto de mira. Hasta ahora no ha podido atribuirme ningún error, ni siquiera cuando el bebé nació sin vida en la Goltzstrasse, pero noto que me ha puesto en la lista negra. Y no quiero darle ninguna razón para que me haga la vida más difícil.

—Por lo general, no es usted tan pusilánime —señaló Bert asombrado—. ¿Desde cuándo se deja dominar por un médico? Yo no me fío de ninguno.

Hulda se acordó entonces de que Bert le había contado en una ocasión que había tenido una mala experiencia en su juventud con un joven y ambicioso médico que quería curarlo de una psicosis. Para ello había estado a punto de matarlo al utilizar los usuales, y en parte crueles, métodos de la psiquiatría.

—Hay muchos médicos buenos —respondió—, conscientes de su responsabilidad y que ven a los pacientes como seres humanos. Pero el doctor Schneider...

Bert torció la boca con desdén.

—Lo conozco —dijo—, un hombre muy desagradable. Me siento feliz de no tener un contacto más próximo con ese señor, dado que se ocupa de las enfermedades de la mujer.

Hulda asintió, aliviada porque Bert opinaba del médico lo mismo que ella. De hecho, el ginecólogo no gozaba de buena fama en el entorno de la Winterfeldtplatz, se lo consideraba frío e insensible. Pero había que admitir que como médico era estupendo. Y aunque le hubiera gustado soltar alguna palabra cáustica refiriéndose a él, se forzaba a elogiarlo delante de sus pacientes y a dar primacía a sus virtudes como médico. Que nadie la reprochara ser una mala jugadora que no sabía perder.

Que decidieran Helga y su marido dónde querían que naciera el niño, pensó en ese momento, no iba a intentar seguir influyéndolos. Y al final tal vez ese pillín se giraba y desaparecían todas las preocupaciones.

Hulda reflexionó por enésima vez en lo lamentable que resultaba tener tan poco margen de actuación y en lo mucho que le interesaba, cada vez más, conocer el trabajo que se llevaba a cabo en una clínica. Penetrar en esos dominios que le estarían cerrados para siempre siendo una pequeña comadrona que trabajaba por su cuenta.

—El domingo entierran al pequeño Paule Reichert —anunció sin preámbulos Bert—, ¿asistirá a la ceremonia?

Hulda vaciló. En realidad, su obligación era dejarse ver por allí, pero algo en su interior se resistía a ello. Odiaba los funerales, y cuando se enterraba a un niño todavía era peor. Ese pequeño había yacido muerto en sus brazos y ella ya se había despedido de él. Otro adiós solo le provocaría una angustia innecesaria. Pero ¿qué pensaría la gente del barrio, los vecinos, los mismos Reichert si la comadrona no acudía?

—Ya veré qué hago —fue su vaga respuesta—. Por ahora ni siquiera sé dónde tengo la cabeza, estos dos últimos días no he tenido ni un segundo libre para meditar.

Bert dio un sardónico resoplido.

—Ya me lo imagino. ¿Algún avance en el caso del desaparecido?

Ella hizo un gesto de rechazo.

—Yo no soy una detective, Bert —dijo—, y ese no es un caso.

—Señorita Hulda, tengo la impresión de que hoy también se ha levantado con mal pie —constató—. No todo lo que digo es un ataque, ¿me entiende?

—Perdón —se disculpó compungida por haberle ofendido—. Tengo muchas cosas dando vueltas aquí arriba. —Se golpeó en la frente, debajo del flequillo y reflexionó—: No estoy avanzando —suspiró—, intenté hablar con el rabino. —Oyó que Bert tomaba aire y se apresuró a seguir hablando para no darle la oportunidad de interrumpirla—. Opinó que, aunque iba a preguntar si alguien sabía algo, aquello era un asunto de la familia.

—¿Y usted lo ve de otro modo?

—¡Por supuesto! Pero no tengo acceso a los Rothmann. En cambio, hace poco coincidí con un vecino y el encuentro también fue misterioso.

—¿Ah, sí? —preguntó Bert. Pero su atención se distrajo al contemplar una gata negra que se peleaba con un gato atigrado y sarnoso por una cola de pescado que había quedado en el suelo. Más lejos, junto a la iglesia, se formó de repente un tumulto y Hulda vio que, junto a la panadería, una anciana golpeaba con la bolsa de la compra el brazo de un joven que al parecer había intentado colarse. Moviendo la cabeza se dio media vuelta. Ya podía olvidarse de su panecillo por ese día, pues hasta que la cola avanzara lo suficiente, ya no quedarían más.

—¿Qué es lo que era tan raro? —insistió.

Hulda cerró un momento los ojos para concentrarse.

—Ese anciano dijo que había oído llorar al niño —contestó—, pero mientras yo estuve allí, el bebé siempre permaneció callado. Parecía totalmente satisfecho y no lloró.

—Pero eso no significa nada —opinó Bert frunciendo el ceño—. Tal vez lloró un buen rato al quedarse sin su fascinante presencia.

—Podría ser —contestó ella, sin hacer caso del tono bromista de sus palabras—, pero me da la impresión de que no fue eso. Y si lo fuera… El anciano era raro, simplemente. Me temo que no está del todo en sus cabales. —Movió la cabeza como para desprenderse del recuerdo—. Basta de charla —anunció—, el trabajo me llama.

—El trabajo siempre es bueno —indicó Bert—, mantiene el reloj en marcha, ¿verdad? Pero, señorita, no se olvide de guardarse de él. Eso también es importante.

—¿Cómo dice?

—Me refiero a que también tiene que pasárselo bien de vez en cuando, querida. ¿Qué tal está el apuesto comisario?

—Oh, bien —respondió, sintiendo que se le subían los colores porque volvían a aparecer las imágenes nocturnas de un par de días antes—, está bien.

—Pero ¿es también feliz? Y, lo que es más importante, ¿la hace a usted feliz?

—Bert... —Se dio media vuelta—. La felicidad no es más que una palabra. ¿Quién es siempre feliz? El señor North y yo nos soportamos bien, al menos la mayoría de las veces, y... pasamos buenos momentos... juntos. —Trastabilló con sus propias y rebuscadas palabras. Cielos, ¿por qué se le trababa la lengua siempre que hablaba de Karl, de sus sentimientos?—. De verdad —añadió en un intento poco entusiasta de convencer a Bert o a sí misma o a los dos—, todo va bien.

Sobre las cejas de Bert se proyectó una sombra. Chasqueó con desaprobación la lengua.

—A veces tengo la impresión de que no quiere ser feliz —señaló—, porque entonces tendría que admitir que el destino se ha portado bien con usted y eso le viene a contrapelo, ¿no? Quiero decir que tiene a un admirador en cada dedo de la mano, cada uno más prometedor que el otro, pero va jugando con fuego y lo acaba quemando todo. Entonces se queda usted delante de los escombros humeantes, llorando desconsoladamente como los gatos por Paulina en el cuento de *Pedro Melenas*.

Se levantó, salió del quiosco y se plantó delante de ella. Hulda pensó que nunca hasta ese momento se había dado cuenta de lo furiosa que podía ser su mirada.

—Hulda —dijo, sujetándola por los hombros como si quisiera sacudirla—, despierte. Es joven, está llena de vida. Se merece un poco de felicidad. ¡No la deje escapar!

—Parece usted un adivino de feria —dijo ella a la defensiva, porque no quería que él notara su turbación— que lee en la mano un futuro con riqueza y amor. Pero la vida es algo más complicada.

—En su caso no es tan complicada —indicó—. Yo sí podría quejarme, yo nunca lo tuve fácil. Yo siempre amé a los... sujetos equivocados.

Algo en el modo de formular la frase —¿o era en el tono de voz de Bert?— despertó el interés de Hulda. Le pareció como si hubiese querido pronunciar otra palabra en lugar de «sujetos».

—¿Qué quiere decir?

Él rehusó contestar, pero para sorpresa de Hulda, se le habían enrojecido las puntas de las orejas.

—Olvídese, no es un tema para señoritas. —Suspiró—. Lo que quiero decir es que cualquier otro envidiaría sus posibilidades. Muchos de nosotros estamos condenados a permanecer solos, pero usted... —Ahora sí que la sacudió un poco por los hombros—. ¡Usted no! Lo tiene todo: belleza, talento y un buen corazón. Recójalo y lléveselo a ese Karl antes de que se malogre. ¡Atrévase a vivir!

Y, dichas esas palabras, le dio un cachete —casi un bofetón— en la mejilla y la soltó. Hulda se quedó estupefacta, mirando al suelo donde las hojas crujían empujadas por una racha de viento alrededor de sus gastadas botas. Entretanto, la gata y el gato habían abandonado el pescado y giraban uno alrededor del otro con un bufido agradable, que ya no parecía impregnado solo de belicosidad.

Miró a Bert insegura, pero él ya no levantó la vista, sino que abrió su novela con un gesto claro, como si quisiera decir: «¡Yo ya he hablado, ahora te toca a ti!».

Hulda se despidió y atravesó la plaza con paso ligero y sin volver la vista atrás. Dibujó una gran curva para evitar a los clientes que se peleaban y todavía no querían aceptar que no había nada que comprar, y avanzó bajo la sombra que la alta torre de la iglesia de San Matías proyectaba sobre la plaza. Estuvo un rato más cavilando sobre las palabras de Bert, intuía que había tropezado con la pista de un secreto celosamente guardado de su viejo conocido. Por otra parte, en el caso de un eterno solterón de su edad, y además con su aspecto, uno ya se imaginaba por dónde iba la cosa. Pero ¿no era eso asunto únicamente de Bert? ¿Y no tenía ella nada mejor que hacer que sonsacarle algo de lo cual era evidente que no le resultaba fácil hablar?

Hulda aceleró decidida el paso. Entre iracunda y traviesa, pensó que valía la pena estimular a un niño rebelde para que pusiera el trasero en la dirección adecuada.

23

Lunes, 5 de noviembre de 1923

—¿QUÉ TAL TE va con el caso? —preguntó Hulda. Estaba sentada junto a Karl en el tranvía que iba a Mitte y se apoyaba en él invadida por una agradable sensación, inspirando su olor cálido y seco y sintiéndose soñolienta pero satisfecha. Habían encontrado dos asientos libres de milagro. Era temprano, estaba amaneciendo, y el cielo iba pasando lentamente de un gris oscuro a una claridad blanquecina sobre la ciudad.

Karl la miró circunspecto.

—De eso quería hablar contigo.

—¿En serio? —Hulda lo miró asombrada—. ¿De repente ya no hay secretos?

Él movió la cabeza.

—Fui un tonto al pensar que no debía hablar contigo del tema —confesó—, he pensado a menudo en el niño del Scheunenviertel y cada vez estoy más seguro de que tu caso y el mío están vinculados de algún modo. Incluso aunque no sepa de cuál en concreto.

Ella le apretó la mano y él sonrió inseguro.

—Pero ¿sabes? —añadió después—, creo que realizaría mejor mi trabajo si el lunes por la mañana no hubiese recibido una llamada urgente y ahora tuviera que hacer de detective privado para cierta comadrona.

Ella percibió aliviada ese tono irónico en su voz que tanto le gustaba.

—Pero, por supuesto, estoy encantado de hacerlo —prosiguió más serio, al tiempo que le besaba con rapidez la mano—. Estoy contento de haber recuperado a mi antigua Hulda, la que no puede dejar de meter las narices allí donde presiente algo emocionante.

—¡No seas tan insolente!

—Está bien. —Levantó las manos con fingida humildad—. En cuanto a mi caso... ¿Me prometes que no se lo contarás a nadie?

Ella asintió con vehemencia.

Se inclinó hacia ella para que pudiera oírle en medio del vocerío del vagón abarrotado.

—Seguro que has leído algo sobre los cadáveres de niños que se encontraron en Tempelhof —dijo—. Pues bien, parece que hemos dado con la pista de una red bastante grande de ladrones de niños.

—¿Secuestradores?

Él asintió.

—Por lo visto no solo están aquí, en Berlín, sino en toda Europa. Una repugnante banda de traficantes de menores. Su tarea consiste en encontrar a niños no deseados, pagar por ellos una pequeña suma y venderlos después al mejor postor.

—Pero ¿por qué? ¿Qué hacen los... «compradores» luego con ellos? —El tranvía traqueteaba sobre los raíles y fuera, delante de las ventanas, estallaba el otoño, una acuarela en rojo, amarillo y marrón difuminándose. En ese momento pasaban por la estación de Lehrte, enturbiada por mendigos y siluetas tendidas por doquier. Un par de policías desesperados intentaban poner orden y echar violentamente fuera de los andenes a las muchas figuras decrépitas, pero eran solo dos y esa gente no se dejaba sacar de allí, como si no estuviera compuesta de muchos individuos, sino que fuera una masa negra pesada y fundida. Como brea pegada al asfalto.

—A los mayores se los utiliza como mano de obra barata. —La voz de Karl arrancó a Hulda de sus sombríos pensamientos—. En el campo, en fábricas y en pequeños talleres. Las pequeñas manos de los niños son apreciadas en todas partes, por ejemplo, en telares, y si a nadie le importa a qué hora se acuestan ni si descansan lo necesario, se puede explotar sin miedo la capacidad de trabajo de esos pobres críos.

Hulda movió indignada la cabeza.

—Es inaudito —exclamó—. ¿Y los niños más pequeños?

—Hay suficientes personas en Europa que desean tener unos hijos que no llegan —explicó Karl y siguió hablando apresurado, como si pensar en ello le resultara desagradable—. Esas personas compran un bebé.

Hulda lo miró con los ojos abiertos de par en par.

—En muchas familias burguesas es un escándalo que aparezca un bastardo y hay que encontrar una solución discreta. En ese caso, la parte donante paga un traspaso.

En ese momento, Hulda vio aparecer una sombra en el rostro de Karl; la palabra «bastardo» seguro que despertaba en él el recuerdo de su propio e ignoto origen. En el verano de 1922, cuando se conocieron, Karl había creído durante un período de tiempo que había encontrado a su madre biológica, quien lo había entregado a un orfanato muchos años atrás. Sin embargo, aquella sospecha había resultado ser falsa y él seguía hasta la fecha sin conocer su procedencia.

—¿Cómo es que no se pone freno a algo así? —preguntó.

Karl se encogió de hombros.

—Ni siquiera hay una ley que lo prohíba —respondió—. La Sociedad de Naciones en Ginebra decidió hace poco que los derechos de los niños forman parte de la legislación de los Estados miembros, pero hasta que eso entre en vigor en Alemania pueden pasar años. Aun así, la nueva ley del Reich para el bienestar de la infancia se ha preocupado de que cada distrito de Berlín tenga una oficina de protección de menores, pero también este proyecto está arrancando. Y por el momento las asociaciones están desabordadas y se ocupan solo de dar de comer a los pobres.

—Pero ¿por qué mataron a los niños de Tempelhof? —preguntó ella, en parte porque quería distraer su atención del triste tema de su origen y en parte porque en realidad no comprendía nada.

—Fabricius tiene una teoría —contestó Karl frunciendo el ceño. Hulda sabía que desconfiaba un poco de las capacidades y aún más de la lealtad de su asistente—. En realidad fue idea mía, pero él la ha desarrollado más. Cree que se trataba de una especie de almacén provisional, pero que pasó algo imprevisto. A lo mejor sorprendieron al intermediario o a lo mejor eran rivales que se pelearon por la mercancía, ¿quién sabe?

—La... ¿mercancía? —repitió Hulda sin dar crédito, escuchando el eco de esa fría palabra. ¡En qué mundo tan duro se movía Karl! Recordó una terrible sospecha que ya había nacido en la conversación con Jette en la farmacia y que la horrorizaba. ¿A lo mejor el niño de los Rothmann estaba entre ellos?

Karl reflexionó un instante, como si no estuviese seguro de cuánta información más podía revelar. Luego negó con la cabeza.

—La víctima más joven tenía unos cinco años. No se encontró a ningún recién nacido. Además, dijiste que el bebé desapareció hace una semana. Para entonces, los niños de Tempelhof ya estaban muertos.

Hulda sintió cierto alivio, pero también una dolorosa punzada ante la idea de que el paradero del pequeño todavía fuera desconocido.

—Börse —anunció Karl, levantándose de un salto—, nuestra parada. —Bajaron del sobrecargado tranvía. También ahí tuvieron que hacer un esfuerzo para abrirse camino a través de los mendigos y se encaminaron hacia el norte, en dirección al barrio de Scheunenviertel.

La inquietud que atormentaba a Hulda desde la desaparición del niño aumentaba a medida que se acercaban al enjambre de callejuelas que Esra Rubin había descrito con tanto acierto como un matorral. Pero estaba contenta de tener ese día a Karl a su lado. A lo mejor su experiencia como funcionario de la Policía Criminal le sería de ayuda cuando intentara volver a hablar con Tamar o preguntar a otros vecinos si se habían enterado de algo. A diferencia de una semana atrás, cuando había tenido la sensación de que Karl pretendía darle lecciones, ese día tenía la confianza de que quería apoyarla. Y se preguntaba en silencio si la conversación con Bert sobre el amor había contribuido en algo a ello. ¿Se había abierto una puerta en su interior, se había ablandado?

Esperaba que no mucho, se dijo con vehemencia, porque necesitaba sus fuerzas, su coraza, para las tareas que le quedaban por hacer.

Recorrieron la calle principal y Hulda se asombró de que hubiese tanta gente aglomerada en una de las esquinas. Cientos de personas se hallaban frente a un edificio. Cuando se acercaron, vieron a un hombre que utilizaba una silla tambaleante de podio desde el que lanzaba un enérgico discurso. A diferencia de la mayoría de los reunidos, iba bien vestido, con un bombín negro y una pajarita. Los numerosos oyentes, varones, en su mayoría con abrigos raídos y sombreros viejos, aprobaban a voces sus palabras durante las pausas. Algunos alzaban los puños amenazadores al aire, que a Hulda le pareció de repente cargado de electricidad. Las octavillas crujían o circulaban entre las manos de los oyentes. Toda la calle parecía una enorme mancha oscura a causa de las incontables personas que se apiñaban en ella de forma funesta.

¿Qué estaba ocurriendo ahí?, se preguntó y tiró de Karl para acercarse. Vio entonces qué edificio era aquel ante el cual se encontraban. Según anunciaba el rótulo que había encima de la entrada era la oficina de empleo. Y entonces empezó a distinguir fragmentos del colérico discurso que pronunciaba el hombre sobre la mesa.

«La conspiración judía mundial» —gritaba—. «Usureros» y «traición de los de Galitzia». Ya no comprendió más.

—Disculpe —dijo al tirar de la manga de una mujer que estaba delante de ellos y que alzaba la vista fascinada hacia el orador—, ¿qué ha sucedido?

La mujer se dio media vuelta con las mejillas hundidas, cubiertas de un rubor febril.

—Ya no reparten más dinero —dijo con la voz afónica—. La ayuda a los parados. Cada lunes podía recoger algo aquí, pero hoy no. Dicen que ya no tienen más dinero. ¡Sinvergüenzas! ¡A esos les da igual que nosotros, los alemanes, la palmemos!

—¿A quiénes les da igual? —preguntó Hulda sin entender.

—Pues a los judíos —respondió la mujer como si todo estuviera claro—, que han acaparado todo el dinero. Tienen oro, son todos unos criminales, y ahora viven a lo grande en la Mulackstrasse y nosotros no tenemos nada que llevarnos a la boca. Tengo en casa a cuatro niños que alimentar, pero mientras que aquí, en el barrio, los judíos de Galitzia están de fábula, mis hijos tienen que morirse de hambre.

—¿Dice que están de fábula? —repitió Hulda sin dar crédito—. ¿Ha estado usted últimamente en la Mulackstrasse o en la Grenadierstrasse? Allí son todos pobres, más pobres que usted, eso se lo puedo asegurar.

La mujer la miró con desconfianza. Hulda notó que Karl, nervioso, le hacía una señal para que prosiguieran su camino, pero la mujer lanzó un escupitajo frente a Hulda.

—Es una de ellos —dijo despreciativa—, me lo tendría que haber imaginado. Tan fina ella por aquí.

Hulda se miró sorprendida la ropa. Una falda vieja y con zurcidos y los costados de su abrigo de lana desgastados. Pero llevaba unos guantes buenos y se había maquillado con esmero, y comprendió al instante que la mujer, quien era evidente que dependía de una ayuda, la consideraba toda una dama.

—Lamento que no le hayan dado el dinero —dijo—, pero pronto llegará el *Rentenmark*, ya verá, y todo mejorará.

—¡Propaganda judía! —chilló la mujer, y Hulda se percató de que se había formado un pequeño círculo a su alrededor.

—Vámonos ya, Hulda —susurró Karl, que tenía mejor olfato que ella para situaciones delicadas—, tenemos que seguir.

—¡Sí, largaos! —gritó la mujer, ahora totalmente desatada—. Da igual lo lejos que vayáis, al final recibiréis vuestro castigo por haber llevado el Reich alemán a la ruina. ¡Podéis estar seguros de que os atraparemos!

Para su indignación, Hulda notó que le temblaban las rodillas. Se dejó llevar por Karl y juntos tomaron una calle lateral y dejaron a sus espaldas el enfurecido gentío de la Gormannstrasse. Caminaron uno al lado del otro en silencio y solo cuando Hulda ya no pudo oír ni una sola voz más, se detuvo.

—¿Qué ha sido eso? —preguntó.

—Es algo que se lleva produciendo desde hace semanas en la ciudad —respondió Karl con expresión sombría—. Los pobres, los desheredados, se están uniendo. Hasta ahora han mendigado, robado, estafado y saqueado para sobrevivir. Pero no va a quedar en eso. Si no se frena esta locura, estallará una revolución.

—¿Otra vez? —inquirió con miedo Hulda.

—Sí, pero esta vez en la otra dirección —contestó Karl, agarrándola del brazo—. Lejos de la democracia. Las voces que claman por un salvador que sea fuerte cada vez gritan más, y no proceden solo del nivel inferior de la sociedad, sino también de los más altos. Salvo los socialistas y los comunistas, casi todos los partidos están pidiendo desde hace tiempo que se instale a los judíos del este en campos de acogida, casi por consenso. Incluso entre los agentes de la Policía Criminal hay algunos que opinan lo mismo. Por desgracia, la policía de Berlín no tiene nada de liberal.

—Pero es imposible que la gente se crea esta tontería —insistió Hulda—. Que los judíos del Scheunenviertel hayan acaparado todo el dinero, que sean ricos. Esa gente tiene que abrir los ojos, son sus vecinos.

—Es que nadie quiere abrir los ojos —señaló Karl mientras seguían caminando—. Es pedir demasiado. Tener un pensamiento crítico cuesta un esfuerzo que muchos ya no logran hacer. Prefieren escuchar a un imbécil, como ese charlatán que dice lo que quieren oír y que les ofrece un chivo expiatorio. —Frunció el ceño—. De todos modos, tengo la impresión de que ese orador no estaba ahí por casualidad —opinó—, no me ha parecido que fuera del barrio, sino un agitador que quiere causar alboroto. A saber quién lo habrá enviado... Apuesto a que han sido los nacionalistas, esos llevan meses calentando abiertamente los ánimos contra los judíos y ahora ven la oportunidad perfecta para salir con éxito de su empresa.

Se interrumpió y la miró de reojo hasta que Hulda se sintió a disgusto.

—¿Qué?

—Estoy preocupado, Hulda. Por ti.

—¿Por qué? —Hizo un gesto de rechazo—. Nadie se interesa por mí.

—No es cierto —la contradijo—, tú ya sabes a qué me refiero. Esa mujer mismo, casi te salta a la yugular. Y no solo porque has sido descarada, sino porque eres...

—Vamos a cambiar de tema —lo interrumpió ella a toda prisa. No había nada de lo que le apeteciera menos hablar con Karl que de su origen, estaba hasta la coronilla.

Él suspiró, pero se conformó. Continuaron andando en silencio. Cuando llegaron a la Grenadierstrasse, Hulda notó que ese día había más gente de lo que era usual. Si en su última visita la calle ya estaba concurrida, aquel día estaba a reventar. Y si bien no había ningún agitador que azuzara a la gente ni que repartiese octavillas, se notaba en el aire esa tensión que se había extendido por todo el barrio. Vio a un par de chicos con mala pinta haraganeando por ahí, llevaban porras y miraban a los que pasaban con atención, como si solo esperasen a que alguien les cayera mal. Delante de una tienda de comestibles *kosher* había un solo policía nervioso que iba pasando el peso de una pierna a otra como si desease salir corriendo de allí.

—Creo que deberíamos… —empezó a decir Karl, pero en ese momento Hulda descubrió a una muchacha con una mantilla de lana sobre los hombros y el cabello oscuro. Hacía cola pacientemente delante de una panadería.

—Ahí está ella: Tamar —susurró.

Karl se interrumpió y miró en la dirección que Hulda le indicaba.

—Esta es nuestra oportunidad, no hay ningún Rothmann con ella. ¡Ven!

Lo arrastró tirándole de la manga.

—Tamar —dijo en voz baja para no asustar a la muchacha y evitar atraer la atención.

Aun así, esta se sobresaltó al oír su nombre y levantó la vista. Cuando reconoció a Hulda abrió los ojos aterrada. Luego miró a su alrededor, como si temiese que alguien la pudiera ver hablando con la comadrona.

—¿Qué está haciendo usted aquí?

Hulda percibió que le temblaba la voz.

—La estaba buscando —contestó, señalando a Karl—. Este es un amigo. Va… va a ayudarnos. —Se le ocurrió que no era una buena idea mencionar que era policía.

Karl insinuó una inclinación, pero se mantuvo en un segundo plano.

—A mí no se me puede ayudar —declaró Tamar y su rostro se cerró—. ¿Cuándo logrará entenderlo de una vez?

—¿De verdad que no quiere saber qué le ha sucedido a su hijo? —susurró Hulda, consciente de todos los oídos curiosos que la rodeaban. Miró indecisa la puerta de la tienda. La cola no parecía avanzar.

—Vayamos a comer algo —propuso— y seguiremos hablando. Más tarde ya podrá seguir esperando aquí.

Karl asintió.

—En Aschinger —sugirió—. Delante, en Rosenthaler Tor, hay uno de estos restaurantes.

Tamar pareció considerar la idea. Estaba pálida y demacrada, y el hambre se le reflejaba en los ojos. Justo cuando Hulda creyó ver una chispa de asentimiento en su cara, se puso blanca como la nieve y señaló detrás de ellos. En ese mismo momento, Hulda oyó silbar algo justo al lado de su cabeza, incluso notó una ráfaga de aire. A pocos metros, una piedra rompió el cristal del escaparate de la tienda contigua a la panadería. El vidrio emitió un tintineo y estalló. Quienes esperaban en la cola gritaron y se encogieron, pues enseguida lanzaron el siguiente proyectil.

—¡Están armando jaleo! —gritó alguien y la gente empezó a dispersarse aturdida.

Hulda se agarró a Karl y sujetó a Tamar. Los tres corrieron a través del tumulto, con la cabeza hundida entre los hombros. Los violentos, que parecían salidos de la nada, golpeaban por doquier a los transeúntes. Un grupo de hombres jóvenes con un correaje en bandolera de piel obligó a un coche a detenerse. Un muchacho abrió la puerta y sacó al conductor, un hombre mayor con una larga barba, y le propinó un bofetón. Al pasar por su lado, Hulda observó sin dar crédito que a continuación le escupió en la cara.

En la siguiente esquina habían prendido fuego a un tonel y el penetrante olor a quemado se extendía por la calle. Tamar se quedó helada y permaneció en medio del adoquinado mientras la muchedumbre huía a su alrededor.

Karl corrió a su lado, le rodeó los hombros con el brazo y la sacudió ligeramente. Hulda también se acercó y juntos consiguieron que la temblorosa muchacha se moviera.

—¿A dónde vamos? —Hulda tuvo que chillar para hacerse oír por encima del ruido de la calle, el estallido de los cristales y el llanto de los niños.

—Primero de todo, tenemos que salir de aquí —gritó él. Y ella comprendió que tenía razón.

Unas espesas nubes de humo flotaban en el aire, debía de haber fuego en varios puntos del Scheunenviertel. Y Hulda se alegró de que allí ya no se almacenara como antaño el grano y la paja de la ciudad en cobertizos de madera, sino que a esas alturas la mayoría de las casas fueran de piedra.

Siguieron corriendo. Los violentos habían roto los escaparates de las tiendas, Hulda vio a varios hombres llevándose artículos de los comercios. Tenían que ser cientos de asaltantes. Por el contrario, los habitantes del barrio judío —entre ellos muchos ancianos, rabinos, niños, mujeres con cochecitos de bebé y alumnos del Talmud— no iban armados, y no disponían de nada con que defenderse de la ira de esa gentuza.

De la puerta de una carnicería con el rótulo de «Meier Silberberg» surgió un grito estridente y Hulda no pudo creer lo que veían sus ojos al advertir que de ella salía un hombre vestido con la camisa parda y el cinturón de piel, al estilo de los nacionalistas. Llevaba un hacha en cuya hoja había pegado algo oscuro y brillante.

—¡Ven! —gritó Karl, arrancando a Hulda de su inmovilismo.

Ella se apresuró a seguirlo. Luego se quedó quieta y con el corazón palpitante exploró a su alrededor con la mirada. ¿Dónde estaba Tamar? No se la veía por ningún sitio. Al parecer, había tomado otra calle y había desaparecido entre la multitud. El temor por la joven le oprimió la garganta y el pánico se apoderó de ella. Por primera vez vio con claridad que lo que estaba sucediendo ahí podía ser realmente peligroso y se preguntó al instante si Karl llevaba la pistola. Pero no estaba de servicio, solo estaba allí por ella. ¿Por qué iba a llevar pistola? Nadie había sospechado que ese día fuera a suceder algo así.

En ese momento, dos coches de la policía entraron en la Grenadierstrasse y Hulda suspiró aliviada. Pensó que eran refuerzos de seguridad y que intervendrían. Pero, para su sorpresa, los agentes no salieron del vehículo para acabar con el tumulto, sino para cercar a unos jóvenes con tirabuzones que estaban protegiendo a un grupo de ancianos. Los detuvieron a todos y los empujaron dentro del furgón, luego condujeron el vehículo rumbo a la Alexanderplatz.

Hulda se los quedó mirando con la boca abierta. ¿Así era como iban las cosas? ¿La policía arrestaba a un puñado de jóvenes judíos que protegía a unos ancianos en lugar de ocuparse de los auténticos agresores?

Karl y ella habían permanecido a cierta distancia y lo habían visto todo.

De repente, Hulda notó algo en la mejilla. Al pasar por su lado, alguien le había tocado la cara. El hombre siguió corriendo y Hulda vio que llevaba en la mano el cuello de una botella rota, que agitaba como un arma. No sintió dolor, pero cuando se palpó la cara comprobó que tenía las puntas de los dedos rojas. El sujeto debía de haberla herido con el trozo de vidrio. Miró incrédula la sangre. Karl se acercó de inmediato. Hulda nunca había visto antes tanta ira en el rostro contraído de él, ni siquiera cuando se peleaban.

De nuevo empezaron a volar piedras y Karl miró a su alrededor inquieto.

—¡Tenemos que seguir y que te curen!

Hulda se negó.

—¡Primero tenemos que buscar a Tamar!

—Ya no la encontraremos —respondió Karl sin aliento—, pero ella conoce bien el barrio. Y para nosotros es demasiado peligroso quedarnos en la calle.

Las ideas se agolpaban en la cabeza de Hulda. ¿A dónde podían ir? ¿Dónde estarían seguros? De repente se acordó de que Bert le había hablado de una tienda de discos que conocía en aquella calle. Siguió andando a toda prisa y arrastró a Karl con ella, examinando febril las fachadas y las vitrinas. En efecto, ahí se encontraba la tienda, a menos de cien metros del edificio donde vivían los Rothmann. Aunque estaba mareada por la excitación y el aire lleno de humo, descubrió con el rabillo del ojo el rótulo del comercio: «TIENDA DE DISCOS LEWIN».

—Entremos —gritó empujando a Karl.

Una campanilla repiqueteó cuando se metieron en el local y la puerta se cerró tras ellos. Luego, reinó el silencio.

25

Lunes, 5 de noviembre de 1923, mediodía

—Así QUE ESTA es la tienda a la que se refería Bert —dijo
Hulda internándose en la sala oscura, pero cuando Karl la
miró inquisitivo, movió la cabeza—. Nada importante.
—Preocupada, miró hacia fuera a través del escaparate. La
gente seguía corriendo aterrada por la calle y en algún lugar una mujer gritaba.

Entonces, detrás del mostrador, apareció una cabellera
blanca.

—¿Qué es lo que quieren? —preguntó el anciano mientras
se erguía a duras penas. Llevaba un abrigo negro y gastado,
pero se lo veía aseado, incluso imponente con su altura y la
voluminosa barba blanca peinada con esmero. Hulda pensó
al instante en un bondadoso san Nicolás. Debía de ser el propietario, el señor Lewin, de quien ya le había hablado Bert.

—¿Podemos quedarnos un momento aquí? —preguntó
Karl—. Fuera el ambiente resulta algo… desagradable.

—Escóndanse detrás, en el almacén —indicó el hombre
señalando una pequeña puerta trasera. Fue entonces
cuando observó a los recién llegados con mayor atención,
se puso un dedo en su propia mejilla y le dijo a Hulda—:
Está sangrando. ¿Está herida?

—No es nada —contestó ella restando importancia al
corte, pero él se acercó y sacó un pañuelo no del todo impe-
cable del bolsillo del pectoral de su camisa.

283

—Tome —dijo, y ella se presionó obediente la mejilla con el pañuelo.

En ese momento Hulda contempló la tienda con atención. Estaba llena hasta los topes de incontables discos, gramófonos y ropa que se apilaban formando unas torres tambaleantes. En las estanterías de las paredes había más discos de Victrola en fundas de papel; al lado se amontonaban unos paquetitos pequeños de papel parafinado de los que emanaba un penetrante olor a jabón. Sobre una estantería con latas redondas se había colocado un cartel donde se leía: «Polvo para el afeitado Salom: el mejor. Fuerte y medio». Y de una cuerda de tender colgaban en unas perchas de metal unos trajes talares y birretes de tela oscura. El señor Lewin tenía una oferta muy variada. Pero eso Hulda también lo sabía por Bert.

—¿A qué están esperando? —gritó el anciano agitando la mano como si quisiera alejar unos fastidiosos insectos—. Esos de ahí fuera no deben saber que hay alguien aquí dentro. —Se precipitó hacia la puerta, cerró con llave y corrió una cortina de terciopelo que hizo desaparecer de la vista a los hombres que circulaban y gritaban en el exterior.

Hulda y Karl corrieron a la puertecita que el señor Lewin les había indicado. Hulda se volvió hacia el anciano.

—¿Y qué va a ser de usted?

—Tiene usted razón, señorita —contestó tras un breve titubeo antes de ir tras ellos. Los tres se introdujeron por una puerta estrecha y se encontraron en un espacio oscuro y lleno de polvo en donde se apilaban numerosísimas cajas. Hulda oyó los veloces pasitos de un ratón que abandonaba el lugar que había ocupado, y que se quejó indignado ante la presencia de aquellos desagradables intrusos.

A Hulda se le ocurrió entonces una idea.

—Por cierto, me llamo Hulda Gold y tengo que darle un cariñoso saludo —se presentó, aunque no era del todo cierto lo que había dicho—, de Bert, de la Winterfeldtplatz.

—El señor Lewin supo de inmediato a quién se refería.

—Un buen hombre —opinó, y cerró la puerta del cuartito—. Un entendido en cigarros de calidad y, lo que es aún más importante, en música. —Inclinó la cabeza ante Hulda—. Soy Harry Lewin, pero ya le han hablado de mí.

Luego la habitación se sumió en un tenso silencio. El señor Lewin encendió una pequeña lámpara de petróleo que desplegó un suave brillo y se sentó con un gemido sobre una caja, levantando una nube de polvo.

—¿Sabe usted lo que está sucediendo aquí? —le planteó Karl.

—Los nacionalistas están devastando el barrio —contestó el anciano—, ya hace días que la situación amenazaba con empeorar. Lo que han visto ahí fuera es similar a los pogromos de Rusia cuando yo era joven. La han tomado con nosotros, los judíos de Oriente, por supuesto; los otros se creen seguros en sus barrios de Berlín Oeste.

Escrutó a Hulda con la mirada.

—¿No es así, señorita? —preguntó.

Ella calló porque no sabía qué responder. Pensó en su padre, que estaba en su torre de marfil de la Academia y preparaba la exposición como si no hubiera nada más importante en el mundo. En el director de arte Liebermann y en todos los demás judíos ricos e influyentes que ella conocía. ¿Un pogromo? En realidad, era impensable que a ellos también pudiera sucederles algo similar. Pero ese día, en el Scheunenviertel, se había abierto la temporada de caza de los judíos que residían allí y había comenzado la destrucción de sus modestas propiedades.

—A la gente le va mal —dijo pensativa mientras se daba unos toquecitos en la mejilla con el pañuelo—. Todos están furiosos por la inflación, por el hambre que les espera.

El señor Lewin movió su cabeza canosa de un lado a otro.

—De acuerdo, señorita —concluyó—, pero siempre hay diferencias. No todos los preocupados por el futuro optan por moler a palos a unos inocentes. ¡Y quien ataca a ancianos, mujeres y niños porque está en la miseria no merece compasión ninguna!

Hulda asintió dándole la razón. Apartó de la mejilla el pañuelo manchado de sangre y pensó en Tamar. ¿Habría conseguido llegar a un lugar seguro?

—¿Qué estaban haciendo en realidad por aquí? —preguntó el señor Lewin, mirándolos con una expresión de benévola curiosidad—. Ustedes no son del barrio, ¿verdad? —Observó a Karl, y su mirada se deslizó por la gabardina y por las botas del policía—. Usted, desde luego, en absoluto —añadió.

—Queríamos… arreglar un asunto familiar —dijo Karl—, pero nos encontramos en mitad del alboroto.

—¿Un asunto familiar? —El señor Lewin no parecía tener la intención de levantarse tan pronto de su asiento, más bien se diría que tenía todo el tiempo del mundo—. ¿De qué familia se trata?

—De los Rothmann —contestó Hulda, quien supuso que el señor Lewin sabría algo de los residentes. Y, en efecto, al oír ese nombre apareció en su rostro arrugado una expresión de reconocimiento.

—Uy, uy —exclamó, dibujando la sonrisa de quien está al corriente de la situación—, un asunto complicado.

—¿Los conoce?

—Pues sí —respondió, volviendo a balancear su blanca y abundante cabellera de un lado a otro—, todo el mundo conoce a los Rothmann. Aunque no llevan mucho tiempo aquí. Una gente que llama la atención, con una hija política

286

extraña, que en realidad no lo es, y una madre y su hijo que se pelean en plena calle. Y luego el niño…

—¿Qué sabe al respecto? —Ahora Hulda estaba realmente perpleja.

También Karl había prestado atención, y acudió en ayuda de Hulda porque el señor Lewin parecía dudar.

—¿Por qué se pelean madre e hijo? —preguntó, y Hulda distinguió en su cara un gesto de concentración. Su inteligente mirada tras los cristales rayados de las gafas estaba clavada en el señor Lewin. Y de repente se percató de que Karl, su Karl, era un comisario de la Policía Criminal exitoso y sagaz, y algo en ese reconocimiento, en realidad banal, le provocó un cosquilleo en el vientre.

El señor Lewin chasqueó la lengua.

—Zvi Rothmann le reprochaba a su madre que no hubiese vigilado a su nieto. Que se alegrara de que ya no estuviera. Lo oí cuando estaban peleándose en la carnicería.

—¿Sin vigilar? —repitió Hulda. Le sorprendía que Zvi le hubiese plantado cara a su madre.

—Sí, se lo había llevado al patio porque la joven madre estaba durmiendo y lo había dejado en un cesto de la ropa. Pero después de descolgar las sábanas, cuando volvió a por él, había desaparecido. Al menos es lo que cuenta la gente. —Sonrió con picardía—. Como el pequeño Moisés en su cesta de juncos. Salvo que por la Grenadierstrasse no pasa ninguna hija de un faraón, sino individuos con lóbregas intenciones.

Hulda se estremeció. ¿Quién podría haber robado a un bebé recién nacido? ¿Por qué nadie había oído ni visto nada? Recordó de nuevo las palabras del viejo Kühne: «Lloraba».

—¿Conoce a los demás inquilinos de la casa? —preguntó.

—Yo aquí conozco a todo el mundo —dijo el anciano, que casi pareció ofenderse de que ella no se hubiese dado cuenta—. Llevo más de cincuenta años viviendo aquí. —Miró hacia la puerta—. Y no pienso irme por mucho que se empeñe esa pandilla de la derecha —aseguró furioso—. Tendrán que obligarme a punta de pistola.

Hulda abrió la boca para preguntarle por el señor Kühne, pero en ese momento oyeron el estallido de un cristal a través de la puerta cerrada y acto seguido el ruido de unos pasos. Hulda se quedó mirando al señor Lewin con el corazón palpitante, sospechando que se acercaba el momento de que esos matones los forzaran a salir de la tienda haciendo el uso de las armas. Volvió a pensar en Tamar y esperó de corazón que no le hubiera sucedido nada a la joven, y que hubiese llegado sana y salva a cobijarse en su casa.

—Esos vándalos —exclamó entre dientes el señor Lewin. Su rostro mostraba una mezcla de enojo y temor.

—¿Hay aquí una puerta trasera? —preguntó Karl.

El anciano asintió y se levantó.

—Sígame, joven —lo invitó—. Écheme una mano. —Juntos arrastraron una estantería baja delante de la puertecita que llevaba a la sala de ventas. Luego, el señor Lewin indicó a Karl que desplazara también la estantería que había junto a la pared de enfrente. Apareció detrás una puerta de hierro cuyo pestillo corrió sin esfuerzos. Acto seguido los tres se encontraban en un patio oscuro entre cubos de basura y avellanos. También ahí se oía el ruido y el vocerío de la calle, el penetrante olor del fuego había aumentado y se mezclaba con la peste de las estufas de carbón y la basura. Un muro de ladrillo quebradizo y de una altura aproximada a la de un hombre separaba el patio del terreno colindante.

El señor Lewin apagó la lámpara de petróleo y señaló una pequeña entrada que parecía llevar a la casa contigua.

—Llamaré a mi vecino y buscaré refugió con él —anunció—. Fugarse por los patios traseros no está hecho para personas entradas en años como yo. Pero ustedes deberían irse de aquí, tienen que marcharse lo antes posible al Scheunenviertel. Quién sabe qué más puede sucedernos todavía. ¿Y por qué han de librar ustedes nuestra batalla?

Hulda abrió la boca para protestar, para reiterar que también era su lucha. Pero volvió a cerrarla. El hombre tenía razón. Ella y Karl no eran de allí, no conseguirían nada si permanecían en el ojo del huracán por pura imprudencia.

También Karl parecía verlo del mismo modo, saludó al anciano y le deseó mucha suerte.

El señor Lewin se dio media vuelta y desapareció por el pequeño acceso posterior.

Hulda y Karl se quedaron algo confusos delante del muro. Sonó una sirena, pero no parecía que la policía de Berlín hubiese controlado la situación.

Karl miró a Hulda y la estrechó entre sus brazos. Le acarició con cuidado la mejilla.

—¿Te duele?

—No —contestó ella. Luego, cuando vio su mirada escéptica, añadió sonriendo—: En cualquier caso, no mucho.

—Tenemos que irnos de aquí —dijo Karl—, no puedo hacer gran cosa sin mi pistola. Además, esto no es asunto de la Policía Criminal, los patrulleros tienen que poner orden.

—Y no parecían estar muy entusiasmados —contestó Hulda furiosa—. Quién sabe si todavía le echarán la culpa a más personas inocentes.

Karl hizo un gesto de impotencia.

—Ya hablaremos de eso más tarde —dijo, y a Hulda le dio la impresión de que se avergonzaba un poco de sus compañeros, cuya conducta él tampoco aprobaba—. Hay demasiadas ovejas negras en la policía. ¿O debería decir pardas? —Se interrumpió—. ¡Pero ahora debemos darnos prisa! Tengo que llevarte a un lugar seguro y no voy a permitir que te hagan daño.

—Pero ¿cómo? —preguntó Hulda.

—Así. —Karl le hizo un estribo con las manos para que ella apoyara el pie y pudiera subirse al muro. Luego, él lo escaló con facilidad y la siguió sin mostrar el menor esfuerzo, y de nuevo Hulda sintió ese agradable cosquilleo en el vientre.

Fueron saltando los muros y atravesando patios. Durante todo el rato Karl no soltó la mano de Hulda, que notaba sus cálidos dedos pese al frío ambiente otoñal. Y aunque todavía oían el ruido de los encontronazos en las calles, aunque a Hulda le latía y dolía la mejilla, y aunque sabía que todavía no estaban fuera de la zona de peligro, no tenía miedo.

26

Martes, 6 de noviembre de 1923

PESE A QUE tenía pocas ganas de que la señora Wunderlich examinara su herida de la cara, bajó a desayunar a la mañana siguiente. El olor a pan tostado se filtraba por las rendijas de las puertas hasta el pasillo y Hulda sintió que su estómago protestaba.

La noche anterior, después de una larga carrera de obstáculos, Karl y ella por fin habían llegado a una calle lateral más tranquila por donde no corría ningún alborotador. Agarrados de la mano se habían dirigido hacia el sureste, rumbo a la Alexanderplatz, y habían escuchado el concierto de numerosas sirenas de furgones que por fin se encaminaban hacia el Scheunenviertel. Karl se había despedido de ella en la Alexanderplatz, a regañadientes, según le pareció a Hulda, quien se había marchado a su casa. Allí había pasado la tarde dándole vueltas a la cabeza en su buhardilla, y en lugar de cenar había saqueado sus provisiones de galletas que, por tanto, se habían agotado definitivamente.

No había otro remedio, el ser humano debía comer, y además Hulda esperaba encontrarse también en la cocina de la señora Wunderlich al señor Moratschek, quien siempre estaba muy bien informado acerca de lo que sucedía en Berlín. ¿Tendría tal vez novedades sobre los tumultos del día anterior en Mitte?

En efecto, cuando abrió la puerta de la cocina, vio al anciano y a una aturdida señora Wunderlich corriendo inquieta entre el hornillo, la despensa y la mesa, cerrando de golpe las puertas de los armarios y haciendo tintinear las tazas en el fregadero. Algunos de los mechones que solía enrollar con esmero en los rulos se le habían soltado, lo que le confería una rara semejanza con Medusa, como si unas serpientes se le ensortijaran alrededor de la cabeza. La mujer se había anudado con tal torpeza la bata que, sin pretenderlo, Hulda obtuvo una profunda visión del escote de su casera.

—¡Señorita Hulda! —exclamó la señora Wunderlich cuando se percató de la presencia de su inquilina—, no se puede ni imaginar lo que está pasando. Aquí todos entran y salen como en un palomar, pero hoy no puedo complacer a los señores clientes. El café está demasiado aguado; el azucarero, vacío, y con la margarina soy demasiado tacaña. No sé qué se piensa la gente. —Sacudió la cabeza apesadumbrada, ondeando sus blancos tirabuzones—. En estos tiempos, ni siquiera en Casa Wunderlich se come como en la corte imperial.

Hulda reprimió una sonrisa. «La gente» no podía ser otro que el señor Moratschek, quien por lo visto se había quejado del desayuno y ahora, sentado a la mesa, se escondía tras el periódico, o bien las dos señoras que ocupaban desde hacía poco un pequeño apartamento en la planta baja, y de quienes la señora Wunderlich afirmaba que eran hermanas, profesoras jubiladas. Aunque Hulda no había encontrado ninguna semejanza entre aquellas mujeres que parecían dos solteronas.

—No se preocupe —dijo guiñando un ojo al señor Moratschek, quien se asomó por detrás de su muro de papel, esperando que amainara la tormenta. Hulda se sentó delante del plato restante—. Yo seguro que no rechazaré nada de lo que me sirva, tengo un hambre canina.

—¡Pero ese es el problema! —exclamó irritada la señora Wunderlich—. Ya no queda casi nada. Todavía puedo darle dos pequeños cantos de pan y una manzana, si lo desea. Pero en la despensa no queda ni una miga.

Lanzó a Hulda una mirada de reproche, como si ella en persona hubiese asaltado la despensa y se lo hubiese llevado todo. Pero, detrás del reproche, Hulda creyó distinguir un corrosivo sentimiento de culpabilidad. La casera casi le dio pena; en las últimas semanas tenía que haber sido cada vez más difícil comprar lo suficiente y almacenarlo para servir a los inquilinos. La señora Wunderlich siempre daba la impresión de ser una mujer que defendía sus propios intereses, que hacía frente a las tormentas y que superaba todos los obstáculos… o que simplemente los pisoteaba con sus zapatillas bordadas. Pero Hulda cayó en la cuenta de que también la patrona había envejecido. La nariz puntiaguda pinchaba el aire casi de un modo conmovedor y exhibía sus marchitas mejillas encendidas a causa de la excitación, y Hulda pensó que tenía el aspecto de alguien de quien debía preocuparse.

—Está todo bien —se precipitó a decir, esforzándose para poner suficiente entusiasmo en los cantos de pan duro que tenía en el plato. Hasta se bebió el café de achicoria como una buena chica, sin contraer el rostro a causa del asco.

Justo en ese momento, la señora Wunderlich observó a Hulda con mayor atención, pues gritó horrorizada.

—Está usted herida, señorita —exclamó, y de un salto se plantó al lado de Hulda para examinarle la mejilla—. ¡Otra vez! Esperemos que no le deje ninguna cicatriz —dijo casi con un tono de crítica, como si estuviese preocupada por las perspectivas de éxito de la comadrona en un baile de gala.

—Seguro que no —rehusó Hulda, engullendo el pan duro.

—Pero ¿cómo ha ocurrido algo así? —Insistió la casera mientras empezaba a remojar los platos sucios—. ¿Por dónde anda usted que cada mañana aparece con una herida nueva?

—¿Ya ha leído los periódicos? —preguntó Hulda.

La señora Wunderlich resopló.

—Otros quizá tengan tiempo para leer el diario con toda tranquilidad. —Lanzó una mirada afilada al huésped que leía celosamente—. Yo tengo una casa que mantener. —Luego añadió más conciliadora—: ¿Qué ha ocurrido?

—Se armó un buen jaleo —respondió Hulda—, en Mitte. Por el Scheunenviertel. Estuve allí para visitar a una paciente y acabé en medio de la batalla.

—¿Jaleo? —La patrona se dio media vuelta y miró aterrada a su inquilina. Sus ojos azules estaban desorbitados—. ¿Por qué?

También el señor Moratschek bajó un momento el diario, pero se mantuvo callado.

—Bueno, por lo visto varias personas estaban muy alteradas por el alto número de desempleados y la falta de alimentos. Hubo una concentración delante de la oficina de trabajo y luego empezaron los golpes.

—¿Y usted también recibió? —Moratschek parecía realmente preocupado.

—Sí, pero solo por equivocación —dijo Hulda apaciguadora—. Iban sobre todo en contra de los residentes del barrio. —Eligió las palabras con cuidado, porque no sabía cuánta realidad podía exigir a su casera—. La mayoría son inmigrantes judíos de Europa del Este y Rusia.

—Como hace poco en ese sitio donde fue a bailar —recordó la señora Wunderlich—. ¡Pobrecillos! Esperemos que no le hicieran daño a ninguno.

Hulda volvió a tener ante sus ojos al hombre con el hacha ensangrentada, los bárbaros repartiendo golpes y el cristal astillado que brillaba al resplandor del fuego.

Frente a ella, el señor Moratschek dobló el diario con movimientos enérgicos y lo dejó con un golpe sobre la mesa, de modo que la señora Wunderlich dio un saltito, como una bailarina.

—A ver, señoras, ya basta de decir tonterías —gritó—. ¡Claro que hubo heridos! Fue un auténtico pogromo, aunque nadie se atreva a decirlo. —Luego se volvió hacia Hulda—. Pero usted debería saberlo mejor. Precisamente usted debería tener claro en la situación tan complicada en que se encuentra la población judía.

Hulda frunció el ceño y señaló el arrugado diario.

—¿Qué pone?

—Que fue una cosa sin importancia —respondió el señor Moratschek apretando los puños—. Estos gacetilleros tienen la desfachatez de afirmarlo, pero en realidad los daños son muy altos e incluso hubo un muerto.

—¡No! —gritó la señora Wunderlich. Sus ojos de muñeca se abrieron como platos y se llevó las manos a los bamboleantes pechos.

También Hulda se asustó.

—¿Quién? —preguntó.

—Un carnicero llamado Silberberg. —Moratschek atrapó con el índice un par de migas del plato—. Lo golpearon con un hacha. Como si estuviésemos viviendo en medio de la barbarie y no en un Estado democrático moderno.

Hulda se sintió mal de repente. Pensó en el desconocido que había visto con el hacha, luego en Tamar, y sintió que las lágrimas anegaban sus ojos. Tenía que averiguar a toda costa qué había sucedido con la joven. ¿Y el rabino? El corazón se le encogió aún más.

—Pero la policía —intervino la señora Wunderlich, que se había recuperado un poco—, seguro que puso orden, ¿no es así?

El señor Moratschek volvió a resoplar.

—En la policía hay infiltrados de la derecha —gruñó— y eso acabará matándonos. Si los guardianes del orden en un Estado se limitan a proteger solo a quienes se encuentran en el lado político que ellos opinan que es el correcto en lugar de defender a los débiles, el fin de la democracia no está lejos. —Volvió a abrir el diario, lo alisó un poco y se sumergió en un artículo emitiendo unos gruñidos de descontento al leer las primeras frases.

Hulda se puso en pie. Sabía que el hombre tenía razón, pero estaba harta de escuchar una y otra vez lo mismo de él y de Bert. También la preocupación de Karl por ella y el eterno énfasis en su origen judío, que la convertía aparentemente en el objetivo de todo lo malo, la sacaba de quicio.

—¿Sabe qué? —dijo con acentuada alegría a la señora Wunderlich—. Si quiere, después la ayudo a hacer las compras. Aquí en casa todos tenemos que llevarnos algo a la boca, y uniendo fuerzas seguro que nos irá mejor.

—¿Lo haría? —preguntó contenta la señora Wunderlich—. Por supuesto, sería de gran ayuda. —Se secó las manos con un paño de cocina—. Lo mejor es que vayamos ahora mismo e intentemos encontrar algo en las tiendas. No será fácil, porque lo de ahí fuera es el infierno. —Suspiró—. Ay, ay, qué bien que mi querido y difunto Heinz no haya tenido que pasar por todo esto.

UN POCO MÁS tarde, Hulda caminaba codo con codo con su casera por la Winterfeldtstrasse. Doblaron en la siguiente avenida, donde había más tiendas que en las calles más pequeñas situadas en torno a la Winterfeldtplatz. Las dos llevaban sendas cestas grandes de la compra en la mano, y la señora Wunderlich un monedero a punto de reventar colgado del brazo. Hulda ya se arrepentía un poco de su ofrecimiento, pues la casera no había dejado de hablar desde que habían salido. A diferencia del resto de mamíferos, la patrona no parecía tener la necesidad de respirar, y a Hulda ya le zumbaba la cabeza de tantos «ay» y «oh», pues, a ojos de Margret Wunderlich, el mundo se hallaba ante el Armagedón, un mar de llamas que amenazaba con devorarlos a todos.

Cuando se acercaron a la Bülowstrasse, Hulda comprobó que su misión no tenía, en efecto, nada de fácil. Delante de cada tienda se apiñaban los cuerpos de diversas personas que habían llegado con el mismo objetivo que ellas: encontrar los alimentos más necesarios.

A pesar de todo, la señora Wunderlich no claudicó de su intención de hacerse con algo para la casa, y tiró de Hulda hasta que ambas se situaron en una fila, alarmantemente larga, delante del colmado Lehmann.

Empezó la espera. A lo largo de las siguientes horas, pasaron traqueteando sobre sus cabezas los ferrocarriles elevados, y Hulda observó lo apretujados que iban los pasajeros.

Las dos mujeres que había delante de ellas no paraban de hablar excitadas. Por lo que Hulda pudo oír, se trataba siempre de los mismos temas: los precios, el futuro, el Gobierno.

—Esto con el emperador no hubiese pasado —afirmó una, y la otra asintió con cara seria.

—Entonces todavía había decencia en el Estado —dijo—, se preocupaban de nosotros, los súbditos.

A Hulda le hubiera gustado señalar que precisamente ese emperador los había conducido a una guerra inútil, y que también por eso los comestibles estaban siendo demasiado escasos durante años. En Alemania había mucha gente muriéndose de hambre, en especial los más débiles, los enfermos, los niños, los ancianos. También los sintecho y los residentes de clínicas psiquiátricas, cuya vida no tenía ningún valor. Pero sabía que era absurdo discutir con aquellas mujeres. Solo se acordaban de lo bonito: los desfiles, el orgullo de los uniformes imperiales, los días festivos con las banderas y las fanfarrias. Y tampoco podía echárselo en cara, pues cuando el presente era gris y opresivo, y el futuro incierto, ¿qué quedaba, si no la nostalgia?

La fila iba avanzando poco a poco. Pero de repente Hulda se estremeció, pues a escasos metros de ella distinguió a Felix y Helene en la hilera. Tomó aire y, como si él la hubiese oído, volvió la cabeza y sus miradas se cruzaron. En el rostro de él se reflejaron sentimientos encontrados... De hecho, parecía sopesar si debía fingir no haberla visto. Pero cambió de opinión. ¿Acaso no quería que ella creyera que estaba ofendido? Levantó la mano para saludarla, con lo que su esposa también miró a su alrededor. Cuando descubrió a Hulda, su expresión no dejó duda de lo que sentía: un enorme fastidio.

—Buenos días, Hulda —dijo Felix.

Ella solo hizo un gesto con la cabeza, pero la señora Wunderlich le arrancó la cesta de las manos y la empujó hacia delante. Las dos señoras que habían estado elogiando los tiempos del zar comprendieron que los tres se conocían, y dejaron un generoso espacio a Hulda para que pasara y pudiera llegar hasta Felix y Helene.

—Pero como me deje sin las últimas judías verdes, señorita, que Dios se apiade de usted —la amenazó una, y la otra soltó una risa forzada. Todos sabían que había estallado en la ciudad una guerra por los últimos alimentos. Pero hasta entonces ambas mujeres se habían propuesto comportarse como personas civilizadas.

En ese gélido encuentro, Hulda, Felix y Helene no sabían qué decirse.

Helene por fin rompió el silencio.

—Venimos solo a comprar un regalo bonito —dijo con arrogancia—. Sabe, unos amigos de mi padre nos han invitado y queremos llevarles un pequeño detalle. —Contempló malhumorada la impresionante cola que había ante ellos—. Pero por lo visto tendremos que irnos con las manos vacías. Tendré que pedirle a papá que nos saque una botella de Trollinger de la bodega, seguro que nuestros anfitriones también sabrán apreciar un buen vino.

Sus finos dedos se agarraron a la manga del abrigo de Felix como si tuviera que sujetarse para que la tempestad no la arrastrara.

Hulda descubrió que en su rostro casi inquietantemente armónico se dibujaba un surco recto entre las dos cejas depiladas. Pensó que la crisis no había pasado sin dejar sus heridas incluso en ese ángel con permanente, y sintió cierta satisfacción. Luego se acordó del problema matrimonial que le había contado Felix y sospechó que aquella arruga quizá no tenía nada que ver con la inflación.

Felix iba cambiando el peso de una pierna a otra, incómodo, y Hulda sabía que le hubiera gustado estar en otro lugar. Por muy enfadado que estuviera con ella tras su confesión en el bar la otra noche, no había nada más lejos de sus intenciones que montar una escena en mitad de la calle. Como Hulda sabía, no era ducho en peleas, incluso era tremendamente malo; discutir iba en contra de su carácter afable e indolente.

—Por cierto, ¿ya se ha enterado? —prosiguió Helene, que no parecía soportar el silencio entre Hulda y Felix—. ¡Felix va a expandirse! —Se la veía orgullosa y miró triunfal a Hulda, como si ella tuviera que sentirse personalmente desafiada.

—¿A qué se refiere? —preguntó ella amable, pero con frialdad. No quería dar motivo a esa mujer de que se jactase.

—El Café Winter abre una filial —dijo Helene.

Felix parecía molesto.

—Pero todavía no hay nada fijo —señaló—. No se ha firmado nada.

—Pero firmarás —insistió entusiasmada su mujer, dándole unos golpecitos en la espalda como si fuese un caballito dócil.

—Eres un hombre de negocios muy eficiente. Gracias a tus habilidades podemos mejorar, ¡y con los tiempos que corren…!

Algo se agitó en la memoria de Hulda. ¿Dónde había escuchado eso mismo? No tenía nada que ver con Felix. Pero no recordaba dónde había sido.

—Qué bien. —Se esforzó en mostrar alegría—. ¿Recibirás alguna ayuda?

—Sí, tendré un… socio —explicó Felix. Y a Hulda le pareció que no tenía una gran opinión de aquel socio, pero podía estar equivocada.

—Sí, y luego se hará limpieza —concluyó Helene.

Hulda seguía rebuscando en la memoria el fragmento de conversación que había olvidado. Pero entonces aguzó el oído. ¿Qué había dicho aquella mujer?

—¿Cómo has dicho? —preguntó.

—Que luego se hará limpieza —repitió Helene tan despacio como si hablase con un niño terco—. No más chusma en el salón. Y esto es solo el principio, ya que muchos alemanes piensan lo mismo. Por lo que dicen, ayer ya empezaron a limpiar el estiércol en Mitte.

El rostro de Felix se contrajo, pero no dijo nada y observó amilanado la reacción de Hulda.

Esta se pasó automáticamente la mano por el profundo rasguño de la cara.

—¿Cómo te ha pasado esto? —preguntó Felix señalando vacilante el rostro de la joven.

—Una consecuencia de la «limpieza de estiércol» —respondió Hulda, asombrándose de lo serena que estaba—. Ayer estuve en el Scheunenviertel, donde se apalizó a gente inocente e indefensa. Vi esa gran limpieza con la que usted tanto sueña —prosiguió volviéndose a Helene. Pero luego le faltaron las palabras. Todo lo que consiguió decir fue—: Debería avergonzarse —resonó débilmente en el aire gris y frío.

Helene la miró con arrogancia, pero no encontró respuesta. También Felix se toqueteaba las solapas del abrigo. Y de golpe no había nada que Hulda deseara más en el mundo que marcharse de allí.

—Buenos días —dijo con la voz ahogada y abandonó el sitio en la fila.

Volvió apresurada con la señora Wunderlich y se alegró de sentir el aire fresco en sus mejillas, seguramente encendidas.

—Lo siento, pero tengo que irme. ¿Podrá hacerlo usted sola?

La casera la miró asombrada. Su mirada se deslizó hacia delante, hacia Felix y su esposa, y luego de vuelta a su inquilina. Y, en lugar de protestar, asintió afable y sonrió comprensiva. Aunque luego miró inquisitiva a Hulda.

—¿Ha pasado algo? —preguntó en voz baja.

Hulda le agradeció su inusual discreción. Pero notó con rabia que tenía los ojos húmedos. ¿Por qué diablos las palabras de esa rubia intrigante la afectaban tanto?

—La joven señora Winter siente rechazo hacia las judías como yo y no lo disimula —dijo enderezando la espalda—. Parece que cada vez hay más personas que piensan lo mismo. Tal vez el señor Moratschek tenga razón, ¿habrá llegado el momento de empezar a tener miedo? Y, sin embargo, no hay nada que me importe menos que esa estupidez de ser judío.

La señora Wunderlich le apretó la mano. Sus ojos azules echaban chispas. De repente parecía una gallina clueca a cuyos polluelos alguien se ha acercado demasiado.

—No permita que le hagan daño, señorita Hulda —dijo—. No todos piensan así, son una minoría, hágame caso. Este es su sitio y cualquiera que afirme lo contrario es un animal.

El convencimiento con que su casera pronunció aquellas palabras, en las que era evidente que creía a pies juntillas, hicieron brotar una sonrisa en los labios de Hulda.

—Gracias —dijo, y se pasó la manga por la cara.

«No es para tanto», pensó, y volvió a respirar libremente. Solo tenía que alejarse de esa bruja y de Felix, que se quedaba callado cuando la atacaban.

Con la cabeza bien alta Hulda caminó por la calle, evitó un tranvía que tocó la campanilla y se apresuró a alejarse de allí, alejarse de Helene, de Felix, de Margret Wunderlich; alejarse de toda esa masa silenciosa dispuesta a esperar horas y horas de pie por un poco de pan y leche. Alejarse de la sospecha que de repente había nacido en ella de que todo podía empeorar mucho más, que no habían llegado al final del declive en que se encontraba el país, y con él todos sus habitantes.

Y mientras recorría la gran avenida de vuelta, en dirección a la Winterfeldtplatz, no dejaban de resonar las palabras de Helene en su cabeza: «Eres un hombre de negocios muy eficiente». Las botas de Hulda batían contra el asfalto. «Mi hija es una persona muy eficiente», dijo otra voz. Y entonces por fin recordó quién había sido.

Se estremeció y se quedó petrificada.

«Lloraba», oyó decir a Theodor Kühne. Y también percibió la voz de su hija: «Nos mudamos. Por fin levantamos cabeza».

Y de golpe también resonaron las palabras del anciano señor Lewin, el propietario de la tienda de discos: «Como el pequeño Moisés en su cesta de juncos. Salvo que a él no lo ha encontrado, por desgracia, ninguna hija de un faraón».

Hulda levantó la vista al cielo. Unas nubes de un gris blanquecino avanzaban sobre las chimeneas de los altos tejados, una corneja voló por encima graznando. Hulda echó a correr.

27

Martes, 6 de noviembre de 1923, por la tarde

—Oh, buenos días —dijo una voz masculina que le resultó familiar, y Hulda se estremeció. Estaba de nuevo delante de la puerta cerrada de los Rothmann. Había querido comprobar si todo estaba en orden y si Tamar había salido indemne, pero, como ya era costumbre, nadie le abría.

Se dio media vuelta.

El rabino Rubin había subido la escalera sin que ella lo advirtiera. El alivio que sintió al verlo la dejó por un instante sin respiración. Por lo visto, él tampoco había sufrido ningún percance el día anterior.

—¿Qué hace usted aquí? —preguntó ella, consciente del toque escéptico con que había planteado la pregunta.

Él rio por lo bajo.

—Vengo a cumplir con mi deber y a comprobar cómo están los Rothmann. Y, además, como usted me ordenó, voy a preguntar por el paradero del niño.

—¿Ordenado? Como si permitiera que yo le ordenase algo —respondió Hulda, aunque con un sentimiento triunfal porque él había tomado en serio lo que le había pedido—. Entonces, pruebe usted suerte, a mí no me abre nadie.

Él vaciló.

—Tal vez sea mejor que se mantenga en un segundo plano y que me permita adelantarme, ¿no cree?

Ella iba a protestar, pero entendió que la propuesta era acertada. Ruth Rothmann nunca la dejaría traspasar el umbral, ya hacía tiempo que lo sabía. Y, en realidad, había llamado a la puerta sin esperanzas de que nadie abriera.

—Pues me voy al edificio de la fachada anterior a hablar de nuevo con el señor Kühne —informó—. ¿Vendrá después y me contará cómo está Tamar, por favor?

Él asintió. Luego arrugó la frente.

—¿Está segura de que quiere ir sola a casa de los Kühne?

Hulda no pudo evitar echarse a reír.

—¿Podría confiar un poco en mí? —dijo—. Venir hasta aquí no ha sido nada agradable, uno no se siente todavía seguro en la calle. ¿De verdad piensa que me voy a ir sin hacer nada y a dejarle que se enfrente usted por su cuenta a todo?

—No —respondió él divertido—. El que lo piense no está bien de la cabeza. —Y, encogiéndose de hombros, se volvió hacia la puerta.

Mientras Hulda bajaba por la escalera, oyó que él golpeaba la puerta suavemente, casi con timidez, y decía su nombre. Por un momento estuvo tentada de esperar e irrumpir cuando abrieran, pero descartó aquella descabellada idea. De ese modo no conseguiría nada. Y además tenía otro plan.

Los ojillos de la mujer, que llevaba el delantal puesto, exploraron desconfiados el rellano a través de la rendija de la puerta cuando la abrió. Al verla, las escasas cejas se unieron todavía más en aquel rostro flácido. Hulda percibió el ruido metálico de la respiración de la mujer, aún no se había curado de la tos del todo.

—¿Qué quiere? —preguntó malhumorada—. No compramos nada.

—No vengo a venderles nada —respondió Hulda colocando una bota en la rendija—. Tengo que hablar con ustedes, nos vimos hace unos días, en su antiguo piso, ¿se acuerda? Es usted la señora Kühne, ¿verdad?

Por su expresión, la mujer sabía perfectamente quién era Hulda. Aun así, siguió fingiendo ignorarlo.

—Puede ser —dijo—, se me ha olvidado. Yo no me acuerdo de todos los que se cruzan en mi camino.

Seguía dudando, pero al final le pareció menos sospechoso abrir la puerta a la comadrona que cerrársela en las narices sin razón alguna.

—Pero sea breve —advirtió, abriendo lo suficiente para que Hulda entrara—. He hecho la colada y todavía tengo mucho trabajo.

La nueva vivienda emanaba un penetrante olor a carbonato de sodio, pero bajo ese olor fresco yacía una peste que se había pegado a las paredes a lo largo de decenios. En cuanto al estado de la casa, tal vez el señor Kühne y su hija habían mejorado en calidad de vida, pero tampoco ahí nadaban en el lujo. Si bien al menos el anciano disponía de un mejor acceso a la vivienda que antes, debido a las numerosas y estrechas escaleras.

—No puedo ofrecerle nada —gruñó la señora Kühne—, en las tiendas es imposible comprar. Y después de los desórdenes de estos días, muchos comercios están cerrados, han sufrido demasiados daños.

Hulda había visto los desperfectos en la calle. Habían roto muchos escaparates y los cristales todavía estaban esparcidos por las aceras. La mayoría de las puertas de las tiendas estaban atrancadas, y parecía que la mayor parte de los residentes judíos del barrio habían puesto tierra de por medio y habían encontrado alojamiento en la casa de amigos o familiares de los distritos colindantes, al menos hasta que hubiese pasado lo peor.

En el periódico que Hulda había comprado para leer durante el viaje a Mitte no se mencionaban los grandes daños causados. Era tal como había profetizado el señor Moratschek: el artículo seguía informando de que no había ningún móvil político para los altercados y citaba al Ministerio de Interior. Defendía que los sucesos se debían más bien a un desagradable estallido de los núcleos criminales del barrio judío de Scheunenviertel, donde vivían, como ya era sabido, muchos extranjeros asociales y sin formación. Que ese ámbito carente de moralidad hubiese conducido a una guerra entre bandas era de esperar. Pero la policía de Berlín, y así concluía triunfal el artículo, había actuado de forma heroica y sensata, y había repuesto el orden enseguida.

En el diario no se decía nada acerca de la cacería de la población judía del barrio; tampoco de la lucha desigual entre matones armados y ancianos indefensos, mujeres y niños; nada sobre el inmovilismo de los agentes uniformados. Hulda había estrujado el diario y al bajar se había apresurado a tirarlo en un cubo de la basura, como si la tinta de imprenta, las letras, pudieran quedarse pegadas a sus manos.

—¿Y bien? —preguntó impaciente la señora Kühne, y Hulda se obligó a concentrarse.

—En nuestro último encuentro dijo usted que habían mejorado. —Hulda percibía que llegaría más lejos si planteaba preguntas directas—. ¿Se refería con ello a un aspecto económico? Me interesaría saber de qué tipo de negocio se ha tratado.

La pálida tez de la mujer se tiñó un instante de rojo. Se pasó nerviosa las manos por el delantal.

—No sé qué más le da a usted, señorita.

—Se lo puedo decir —respondió Hulda, dando un paso hacia la mujer—. Tengo una sospecha. Una sospecha inaudita, es posible, pero si voy con ella a la policía, este apartamento nuevo y tan bonito puede convertirse de repente en un lugar muy incómodo. —Dudó—. Tengo contactos en la Policía Criminal —añadió con un asomo de arrogancia—. Los compañeros acaban de descubrir un grupo de traficantes de menores y estarán muy interesados en cualquier información que se les facilite sobre este tema.

La señora Kühne tragó saliva.

—¿Qué quiere de mí?

—La verdad —respondió Hulda—. Quiero que me lo cuente todo, exactamente tal como sucedió. Y entonces decidiré si es necesario recurrir a la policía.

Recorrió decidida el pestilente pasillo, atenta a los pasos de la mujer que la seguía. Llegaron a una estancia casi vacía. Era evidente que los Kühne todavía no habían tenido oportunidad de amueblar sus nuevas dependencias. Solo el sofá tapizado del piso antiguo estaba allí. Hulda oyó un ronquido procedente de la habitación contigua, Theodor Kühne probablemente estaba durmiendo en ella.

Hulda tomó asiento en el sofá sin esperar invitación. «Con el descaro se llega antes», pensó.

La señora Kühne estaba delante de ella con las manos cruzadas, como una colegiala que tiene que recitar de memoria un poema.

—¿Y bien? —Hulda intentó disimular su nerviosismo. De repente tenía la imperiosa necesidad de fumarse un cigarrillo. Pero no tenía. Así que se forzó a mirar con osadía a la mujer situada delante de ella.

—Por lo visto ya lo sabe todo —dijo la señora Kühne, mordiéndose el labio—. Puede creerme, a nosotros nadie nos ha regalado nada. Tenemos deudas, tanto mi padre como yo. Él no podía trabajar como es debido. Mi madre murió hace años de tisis y yo era demasiado joven cuando tuve que encargarme de él. A duras penas íbamos sobreviviendo, hasta que el año pasado perdí mi empleo debido al mal estado de la economía. O a lo mejor querían librarse de mí por culpa de esto... —Se golpeó el pecho y volvió a toser—. Mi salud no es del todo buena. Y entonces... entonces vi un anuncio en el diario.

—¿Qué tipo de anuncio?

—Se buscaban recién nacidos, niños no deseados. En el anuncio ponía que cuidarían bien de los pequeños.

—¿Y que pagarían bien?

La mujer asintió vacilante.

—Sabía que los Rothmann tenían dificultades —explicó—. Oí decir a la vieja que no podrían alimentar a una boca más. Así que pensé...

—¿Pensó que debía aprovechar la oportunidad y hacer una buena obra? —Hulda se sentía mareada.

Le temblaba la voz. Se arrepentía de haber pronunciado esas palabras tan duras, pues la mujer, por muy horrible que fuera lo que había hecho, no había visto ninguna otra salida.

La señora Kühne bajó la vista al suelo.

—Fue tan fácil... —musitó—. La vieja dejó al niño en el patio. ¡Casi se lo olvidó! Yo solo tuve que cogerlo, como quien recoge una manzana madura de un árbol. —Levantó la vista—. Allí, donde está ahora, seguro que le va mejor que con esos pobres desdichados. La madre está como atontada, con la mirada perdida, no hubiera podido ocuparse del crío.

—Y al mismo tiempo usted obtenía un beneficio —señaló con desprecio Hulda. Ya había oído suficiente—.

Ahora mismo me va a decir dónde está el niño. A dónde lo llevó. —Se levantó—. Por su bien, espero que lo hayan tratado como es debido y que no le hayan hecho daño. De lo contrario, pasará usted un largo tiempo en la cárcel.

La señora Kühne gritó asustada. Por lo visto, aquella perspectiva no se le había pasado por la cabeza. Sufrió un fuerte ataque de tos y se quedó sin aire. El ronquido en la habitación contigua se apagó tras un último y sonoro gruñido, y Hulda y la señora Kühne se miraron como dos boxeadores en el ring.

En ese momento sonaron unos golpes en la puerta del piso.

—Tiene que abrir —indicó Hulda.

La señora Kühne, que parecía bastante perpleja, se dirigió obediente por el pasillo a abrir la puerta.

Hulda oyó la voz del rabino y siguió a la señora Kühne.

—Pasaba por aquí y he oído un grito —dijo Esra Rubin, que estaba en la escalera y sonrió al ver a Hulda—. ¿Era usted, Hulda?

—No —contestó ella—. La señora Kühne se ha asustado por algo que he dicho. Pero creo que vamos a resolver el problema, ¿verdad?

La pálida mujer deslizó la mirada por el rabino y Hulda, y pareció entender que estaba entre la espada y la pared.

—Deme la dirección —pidió Hulda—. ¡De inmediato! O voy al teléfono y llamo a mi amigo, el comisario.

La señora Kühne la miró enfurecida. Como un animal caído en una trampa.

—Münzstrasse, 7 —dijo al final y apartó la vista—. ¡Pero yo no se la he dado! Aunque no creo que tenga usted suerte. Seguro que no la dejan entrar.

—Eso es asunto mío —respondió Hulda, que salió de la casa sin saludar.

Esra la siguió.

—Asunto nuestro —puntualizó el rabino cuando estuvieron en la calle—. La acompaño. ¿Estoy en lo cierto si imagino que esa es la dirección donde se supone que se encuentra el niño de los Rothmann?

—En efecto —respondió Hulda. Tomó una profunda bocanada del frío aire otoñal; todavía olía a los fuegos recientemente apagados, y bajo sus botas crujían los cristales rotos—. ¿Sabe el camino?

—Solo hay que bajar por esta calle—explicó—, así llegamos directos a la Münzstrasse. Pero, dígame… —Buscaba las palabras correctas—. ¿De verdad tiene un amigo que es comisario?

—Sí.

¿Se equivocaba o había visto aparecer una sombra en el rostro del rabino? Pero este ya volvía a mostrarse imperturbable y cortés tras la cuidada barba rojiza.

—¿No sería una buena idea consultarle? —inquirió.

Hulda negó con la cabeza.

—He intentado contactar por teléfono con él antes de ir a ver a los Rothmann —explicó—, pero debe de estar fuera, de servicio. Y tengo la sensación de que no podemos perder tiempo. —Lo miró—. ¿Cómo están los Rothmann? ¿Ha hablado con Tamar?

—Ahí no parece haber cambiado nada. Siguen sanos y salvos. Un milagro después de lo que sucedió aquí ayer. —Levantó la mano, como si quisiera acariciarle la herida de la mejilla, pero en el último momento se detuvo—. De todos modos, da la impresión de que usted sabe de primera mano lo que ocurrió.

Hulda asintió.

—Quería hablar con ella, pero luego estalló toda esa locura y la perdí de vista.

—Hoy he vuelto a ofrecerle mi ayuda. Pero no pudimos conversar con tranquilidad, su suegra se ha librado de mí casi al instante.

—Creo —dijo Hulda, acelerando el paso—, que como más la ayudaremos será yendo a la Münzstrasse e intentando averiguar algo sobre el paradero de su hijo.

Sintió que él vacilaba primero, pero luego accedió.

—Vale la pena intentarlo.

Continuaron caminando a paso ligero por la avenida principal hacia el sur y al final llegaron a la Münzstrasse. Poco después se hallaban delante del portal número 7. Un pesado portón cerraba el acceso y todas las cortinas estaban corridas, tanto en la planta baja como en el primer piso. Ni siquiera había un rótulo.

—Tengo una idea —anunció Hulda. Rebuscó en el bolso y sacó un nuevo pañuelo, se lo anudó a la cabeza y se lo ató firmemente en la nuca. A continuación guardó la gorra roja en el maletín de piel.

Esra la miró, extendió la mano y le escondió bajo el pañuelo un mechón que le caía en la frente.

Sin el menor titubeo, Hulda lo agarró del brazo.

—Ahora es usted mi esposo —dijo—, limítese a colaborar, ¿de acuerdo?

Golpeó con determinación la puerta, aunque los nervios, como debía admitir muy a su pesar, aleteaban en su interior como pájaros en una jaula intentando huir de su cárcel.

De repente se abrió una mirilla.

—¿Sí? —musitó una profunda voz femenina, Hulda no alcanzó a distinguir el rostro de la persona que hablaba.

—Somos el señor y la señora Gold —se presentó Hulda—, venimos por uno de los niños.

—El gordo irlandés no ha dicho nada de que tuviera que venir una pareja —fue la recelosa respuesta.

—Por favor —suplicó Hulda, fingiendo una gran decepción—. Hemos hablado con él por teléfono. El hombre, el irlandés, nos dijo que nos veríamos el lunes, ayer, pero esto era un caos, ya lo sabe usted. Y por eso hemos venido hoy.

—¿Tienen el dinero? —inquirió la voz, con un poco menos de suspicacia.

—Claro —contestó Hulda—. Ya verá, nos marcharemos tan deprisa que no la molestaremos nada.

La mirilla se cerró. Una llave de hierro giró en el cerrojo y la puerta se abrió chirriando. Una mujer corpulenta con un uniforme gris y un delantal blanco se plantó delante de ellos. Lanzó un vistazo apresurado al exterior y tiró de Hulda y Esra para que entraran. Luego volvió a cerrar el portón con llave.

—Vengan —dijo, y se internó en el edificio un paso por delante de ellos—. Están interesados en un pequeño, ¿es eso?

—Sí —respondió Hulda, y le guiñó un ojo a Esra—. Tan pequeño como sea posible.

—Por aquí. —Recorrieron un largo pasillo con el suelo de linóleo brillante. Hulda oyó detrás de una puerta un llanto infantil, luego una voz susurró algo incomprensible y el llanto se interrumpió. La mujer de uniforme abrió otra puerta. En la habitación había cuatro cunitas con barrotes blancos, por lo demás, ningún otro mueble, ningún cuadro en las paredes desconchadas. Delante de una pequeña ventana colgaba un jirón de tela que dejaba penetrar solo una luz velada. En cada camita había un bebé. Todos dormían. Una mujer baja y gris estaba sentada en un taburete junto a la ventana haciendo punto. Cuando Hulda y Esra entraron, se levantó y miró preocupada a la mujer corpulenta.

—Hoy no tenía que venir nadie más —dijo en voz baja y con un fuerte acento berlinés.

—Es una excepción —gritó la gorda—. Los señores pueden ver a los críos, cinco minutos, no más. Luego vuelvo con los papeles.

Dicho esto, salió cerrando la puerta de golpe. La mujer gris se encogió de hombros y volvió a su labor.

Esra y Hulda intercambiaron una mirada. Hulda se acercó vacilante a la primera camita. El bebé tenía el rostro delgado y una pelusilla rubia en la cabeza.

—Este está reservado —dijo la mujer desde el taburete, sin levantarse—. Gente fina de buen barrio.

Hulda se quedó mirando sin dar crédito. Luego dijo arrastrando las sílabas.

—Entonces… ¿qué niño… está todavía libre?

—Ese. —La cuidadora señaló con la barbilla la camita que estaba junto a la ventana cubierta—. Ya hace tiempo que está aquí, pero nadie lo quiere.

—¿Y por qué no? —preguntó Hulda acercándose con sigilo al pequeño. Esra la siguió.

—Tiene un lunar muy grande —respondió la mujer—, a muchos señores no les gusta. Luego no pueden decirles a sus amigos de dónde le viene, no les cuadra. —Entonces pareció caer en la cuenta de que la explicación no invitaba realmente a la compra—. Pero es un encanto —añadió patética—. Seguro que les hace muy felices, querida señora —finalizó antes de seguir tejiendo.

Hulda se inclinó sobre el niño. Unas largas pestañas proyectaban su sombra sobre la carita, el pequeño pecho subía y bajaba. De repente, le pareció que no era natural que cuatro bebés estuvieran durmiendo tan plácidamente.

—¿Han sedado a los niños? —preguntó.

—¿Y a usted qué le importa? —La mujer gris levantó la vista y por primera vez apareció un rayo de desconfianza en sus consumidos rasgos—. ¿Quién ha dicho usted que es?

Esra carraspeó y colocó una mano sobre el brazo de Hulda.

—Mi esposa está nerviosa —explicó—, ¿verdad, cariño? Hace mucho tiempo que esperamos un niño, ¿sabe?

—Bien, pues entonces, cójalo y no pierdan más el tiempo —replicó la mujer—. Si no le molesta ese lunar tan raro, pueden llevárselo ahora mismo. Ya hablaremos del precio cuando vuelva la señorita Bock, seguro que les hace rebaja. —Así debía de llamarse la cuidadora gorda, que por lo visto tenía la última palabra.

Con el corazón en un puño, Hulda contempló la mancha que el pequeño tenía en forma de corazón sobre la piel blanca, y que ella ya había descubierto durante el nacimiento. No cabía duda, ese era el hijo de Tamar. «Y ahora no hay que cometer ningún error», pensó desesperada.

—¿Puedo cogerlo? —preguntó con un tono de voz suplicante, casi servil.

La cuidadora dudó, pero acabó consintiendo.

—Pero no lo despierte —dijo—, o tendremos aquí un griterío de cuidado. Y que no se le caiga.

Como obedeciendo una orden, en el pasillo resonó de repente un fuerte griterío y un estrépito, luego se oyeron unos pasos que avanzaban a toda prisa y los chillidos de una mujer adulta.

La mujer de gris se quedó de piedra.

—Voy corriendo a ver qué pasa —dijo—. Quédense aquí. —Con unos movimientos sorprendentemente rápidos llegó a la puerta, la abrió y se internó en el pasillo mientras los chillidos surgían de muchas gargantas.

Hulda y Esra se miraron.

—¡Ahora! —dijo él, Hulda cogió al niño dormido y lo estrechó junto a su pecho. Su cabecita cayó aletargada a un lado. Hulda pensó que la cuidadora debía de haberle dado

315

tal cantidad de somníferos que nadie habría podido despertarlo, y se le encogió el corazón de pena. Deslizó la mirada por las otras tres camitas, pero Esra la agarró del brazo.

—No podemos llevarnos a los otros —dijo apresuradamente—, tenemos que irnos ya. Fuera llamaremos de inmediato a la policía, ¡prometido!

Dudó una última vez, pero sabía que el rabino tenía razón. Estrechó al niño contra sí, se deslizó presurosa siguiendo a Esra fuera de la habitación y recorrió el pasillo. El escándalo había disminuido, pero de una habitación muy alejada seguían saliendo fuertes llantos y ásperas órdenes. Esra y Hulda corrieron en dirección contraria.

Justo al llegar a la salida del oscuro edificio, se abrió una puerta a la izquierda y una cabecita con el cabello rizado asomó por la rendija. Hulda contempló aquella cara pálida con unos enormes ojos oscuros y la boquita embadurnada. El niño la miró inexpresivo, como si en su corta vida ya lo hubiera visto todo y no pudiera sorprenderse de nada. Un rostro de anciano en un frágil cuerpo de niño.

—¡Hulda! —gritó Esra cuando oyeron acercarse unos pasos desde el otro extremo del pasillo.

Hulda salió de su inmovilismo y lo siguió por el patio, sin volver la vista atrás. El temprano atardecer había caído sobre las callejuelas del Scheunenviertel, el crepúsculo se apoderaba poco a poco de los muros y adoquines, y los convertía en gigantes, en fabulosos seres encorvados. Con el corazón desbocado, Hulda sacudió la puerta y advirtió que tenía la llave puesta. La giró produciendo un chirrido en el cerrojo mientras seguía estrechando al niño contra sí y se precipitó a la calle. Corrió a ciegas detrás de Esra, sin saber en qué dirección iban, y se detuvo jadeante dos manzanas más lejos.

El niño seguía durmiendo en sus brazos. Tenía las manos cerradas y frías como el hielo. Apresuradamente, le dio al pequeño a Esra, se quitó el pañuelo de la cabeza, lo anudó y envolvió el diminuto cuerpecito para así poder cargarlo delante del pecho. Luego se abotonó el abrigo por encima del hatillo y respiró aliviada cuando notó que entraba en calor.

—¿Y ahora? —preguntó Esra—. ¿Vamos a casa de los Rothmann?

Hulda movió enérgicamente la cabeza.

—De ninguna de las maneras —respondió—. De forma consciente o no, han permitido que el niño acabara en ese horrible lugar. Tengo que pensar. Yo… Nosotros necesitamos trazar un plan para devolverle el niño a su madre. Pero no hoy. —Reflexionó—. No quiero que el pequeño vuelva a caer en manos extrañas —explicó—. En los orfanatos de la ciudad reina el caos, en Protección de Menores ya no se pueden ocupar de tantos niños sin techo. Si llevo al bebé esta noche a uno de esos sitios, lo dejarán solo en una cama y lo olvidarán.

—Debería llevárselo a su casa —indicó Esra.

Hulda lo miró sorprendida. Era lo mismo que ella había pensado.

—Bien —convino—. Y usted informa a la policía —le pidió—. Yo también dejaré una nota a mi amigo en la comisaría, aunque no sé cuándo la leerá. Debemos darnos prisa, si esa gente de la Münzstrasse se da cuenta de que nos hemos ido con un niño, lo harán todo para borrar sus huellas.

—Yo me encargo —dijo Esra—. Y ahora márchese y ponga al niño a buen resguardo. Aquí… —Rebuscó en los bolsillos de su abrigo y sacó varios fajos de billetes—. Coja un coche de plaza, es más rápido y seguro. Si avanza unas calles más allá, encontrará un vehículo libre.

—Gracias —respondió Hulda metiéndose el dinero en los bolsillos antes de salir corriendo. Pero entonces se volvió de nuevo hacia él. El cuello blanco de su camisa resplandecía en la incipiente oscuridad, ya no podía distinguir su rostro.

—Le agradezco de corazón su ayuda —repitió—. Reconozco que la primera vez que lo vi..., dudé de sus intenciones. Toda esa perorata sobre la comunidad, la tradición...

—Lo sé —dijo él—. Es difícil de explicar. Solo quiero mantener unida a nuestra comunidad, y pensé que el mejor camino era evitar la discordia, respetar la voluntad de las familias. Pero en los últimos días mi opinión ha cambiado un poco.

—Ya veo —apuntó sonriendo Hulda.

—Sí —dijo él—, hay cosas más importantes que la fe en la eterna tradición.

Quería preguntarle qué podía ser eso, pero supuso que él, al igual que ella, no tenía respuesta. Se trataba más de un sentimiento que de algo a lo que poner nombre. El mismo sentimiento que a veces se apropiaba de ella cuando atendía un parto difícil o tenía que consolar a una familia por la muerte de su hijo. Pensó que todos estaban al servicio de los demás, que cada uno de los que vivían en esa castigada ciudad merecía que otro cuidase de él. No importaban las creencias, no importaba a quién se odiara o amara. El responsable de que en períodos de necesidad las personas se unieran y respondieran ante los demás era un profundo sentimiento humano, un instinto primitivo de asociación. Y aquello era algo más grande que la religión, más grande que las tendencias políticas y que los vínculos familiares. Y Hulda sintió que Esra, el rabino algo rígido y tradicionalista, opinaba lo mismo.

Lo saludó con la mano por última vez y una diminuta llama de tristeza ardió en ella al dejarlo en mitad de la calle. Pero ya era hora de regresar a su barrio, de recordar quién era y a dónde pertenecía. Rodeó protectora al niño, que aún dormía. Él no sabía ni de pertenencia ni de tutela: desde el primer segundo de su vida había estado en el lugar equivocado.

Mientras Hulda se dirigía a la calle que Esra le había indicado y buscaba un vehículo, esperaba fervientemente que también para ese niño pequeño y sin nombre que llevaba en sus brazos todo cambiara a mejor.

28

Martes, 6 de noviembre de 1923, por la noche

Tuvo que llamar tres veces a la puerta hasta escuchar unos pasos aproximándose en el interior. Se abrió una rendija por la que asomó el rostro adormecido de Jette Langhans.

—Hulda —dijo la farmacéutica perpleja. Luego su mirada se posó en el pequeño hatillo que la comadrona apretaba contra sí y enseguida abrió la puerta. Pese a que llevaba un camisón y una bata bordada, parecía totalmente despierta.

—Lo lamento —dijo Hulda sintiéndose culpable—, no pensaba que ya se hubiera ido a dormir.

—Siempre me acuesto temprano, no se preocupe —respondió Jette, dejándola entrar—. Vaya usted misma a la sala de estar y siéntese. Yo vuelvo enseguida.

Desapareció por el oscuro pasillo de la casa, posiblemente rumbo al dormitorio, y Hulda cruzó la puerta colindante. No había ninguna lámpara encendida, pero la luz de la luna atravesaba las cortinas de encaje y alumbraba la habitación lo suficiente para que pudiera llegar al sofá. No se atrevió a dejar al niño por si se ponía a llorar otra vez. Por el largo camino desde la Münzstrasse hasta Schöneberg había estado gimoteando, mientras su conciencia intentaba luchar contra el sedante. Acalorada y nerviosa, Hulda había recorrido a toda prisa las calles al anochecer mientras pensaba febrilmente qué hacer. Por fortuna, el niño había dejado de llorar, pero ella suponía que había sido por agotamiento. El bebé tenía que estar hambriento; no cabía duda de que le habían dado de comer en ese horrible lugar, pero no sabía cuándo por última vez. Mientras que algunos bebés quedaban saciados al comer cada cuatro horas, como aconsejaban algunos especialistas, porque era el mejor intervalo de tiempo para digerir, Hulda había comprobado que a menudo otros niños no respetaban esa norma. Preferían alimentarse con mayor frecuencia, cada dos o tres horas. Y aunque muchas colegas aconsejaban a las madres en el postparto que se atuvieran a toda costa a esos intervalos, porque de lo contrario su hijo se les subiría a las barbas, Hulda no era tan estricta. Cada niño era distinto, cada carácter necesitaba condiciones diferentes. Un lactante de pocas semanas no podía reunir la fuerza de voluntad suficiente para luchar contra su madre por el poder. Cuando un bebé lloraba era solo porque pedía comida y cercanía, y a Hulda le parecía horrible no dárselos solo porque un experto cualquiera hubiera escrito en un libro que no se podía hacer lo que no se debía hacer.

Tratándose del hijo de Tamar, estaba claro: tenía hambre.

Al final, había acudido a la farmacéutica, a la cual ya le había comprado comida para aquellos bebés cuyas madres no habían sido capaces de amamantar. En tales casos, los médicos aconsejaban renunciar totalmente a la leche artificial. Según la opinión unánime, dar de mamar era lo mejor para la madre y el hijo. Y, de hecho, había quedado demostrado en los últimos años que la mortandad entre lactantes era mucho más elevada en los bebés que habían sido alimentados con biberón que en aquellos que se habían alimentado con la leche de su madre. De ahí que, en los centros de información maternal, fundados hacía poco, colgaran unos carteles horribles en los cuales se veía, junto a una madre alimentando a su hijo con un biberón, un montón de cruces similares a las de las tumbas. «La mortandad entre niños criados con biberón es siete veces superior que entre los alimentados con la leche materna», se advertía en letra de molde. Hulda sabía que muchas futuras madres convivían con el terror de no poder criar a sus hijos por medios naturales, y ya se había enfadado a menudo por la forma en que los científicos, médicos y comadronas alimentaban su pavor. Ella era de la opinión de que solo se corría riesgo cuando se utilizaba la leche pura de vaca, que el recién nacido no podía digerir o, lo que era todavía peor, cuando no se tenía en cuenta la higiene y se utilizaban biberones sucios. Por el contrario, cuando se alimentaba a los bebés con biberones de cristal y tetinas de caucho hervidos, y con leche preparada especialmente para ellos, no surgían problemas. A menudo esos niños crecían mejor que aquellos que no obtenían leche suficiente del pecho de su madre, que con toda probabilidad estaba desnutrida.

En fin, pensó Hulda mientras mecía entre sus brazos al agotado bebé en la oscura sala de la vivienda de los Langhans, el pequeño descendiente de la familia Rothmann no tenía elección. Se le había destetado demasiado pronto y ahora tenían que criarlo con biberón y leche artificial. ¡Y eso era lo que iba a hacer!

—Como caído del cielo… —dijo Jette, quien entró en ese momento tras haberse cambiado de ropa—. ¿Cómo ha ocurrido esto, Hulda?

Encendió una lámpara y un cálido resplandor iluminó la acogedora sala de estar. La mirada de la comadrona se posó en una estantería llena de libros, una vitrina y una bonita alfombra. De las paredes colgaban un par de fotografías enmarcadas; muchas mostraban a una alegre y rejuvenecida Jette, con el cabello rubio, sin canas, y a su lado a un hombre de aspecto afable con lentes. Probablemente era Georg.

—Es el niño del que le hablé hace poco —respondió Hulda—. Después de nuestra conversación, me tomé la molestia de investigar una vez más el asunto.

—Y lo ha encontrado. —Jette sonrió con aprobación y se sentó a su lado—. Sabía que no cejaría en su empeño, Hulda.

Esta hizo un gesto de rechazo.

—En este caso no es que me haya cubierto de gloria —dijo—. Pero, sea como fuere, este niño se queda conmigo esta noche, hasta que sepa qué hacer.

—Y entiendo que necesita leche. —Jette volvió a levantarse—. Acompáñeme.

Las dos descendieron a la farmacia por un acceso posterior de la vivienda, en el primer piso. Una estrecha escalera conducía al patio. Abajo, la farmacéutica abrió una puerta y volvieron a encontrarse en la pequeña cocina en la que esta había invitado a Hulda un par de semanas atrás a tomar un té. Llegaron a la tienda que estaba a oscuras y Jette rebuscó en un cajón y sacó una lata. Hulda leyó a la débil luz de la luna la conocida etiqueta: «Voltmersche Milch», leche con pepsina para bebés. Jette encontró en otra estantería un biberón junto con una tetina envuelta. Las dos volvieron al primer piso con sus provisiones.

—¿Le importaría coger al pequeño? —preguntó Hulda, que tendió el niño dormido a su amiga. Se fue a la cocina, puso una olla con agua al fuego y preparó la comida del bebé. Dominaba aquella operación hasta con los ojos cerrados. Jette la siguió canturreando, se sentó en la silla de la cocina con el niño y sonrió.

—Qué sorpresa más maravillosa —comentó.

Hulda frunció el ceño.

—Le estoy robando horas de sueño —dijo—, y mañana seguro que tendrá que estar en pie todo el día.

—Igual que usted —replicó Jette—. Y ahora, no se hable más de este asunto. —El niño se movió entre sus brazos, abrió la boquita y empezó a llorar levemente.

Hulda iba a cogerlo, pero Jette la detuvo.

—Deje que lo haga yo —le pidió.

Hulda asintió y le tendió el biberón preparado. Durante unos minutos, contempló intranquila a la otra mujer, que sostenía la tetina en los labios del pequeño. Pero no tardó en comprobar que no tenía razones para preocuparse. El niño enseguida admitió el biberón, se puso a chupar con ímpetu y dejó de llorar.

En un rincón, una pequeña estufa de salamandra dispersaba un calor agradable; la leña ya había ardido, pero las briquetas candentes todavía crepitaban. Jette se recostó con cuidado hacia atrás en la silla y se relajó. Sostenía con firmeza la cabecita del niño, y Hulda dibujó una sonrisa de aprobación.

—Parece una profesional —observó.

—Siempre he tenido buena mano con los niños —respondió la farmacéutica con orgullo—. Lo llevo en la sangre, como se suele decir.

—Ya veo —contestó Hulda. Algo en la imagen de la mujer, cuyo rostro parecía feliz en la penumbra, y del niño comiendo, que mantenía los ojos casi cerrados y bebía con fruición la leche caliente y dulce, la conmovió.

—¿Puedo preparar un bocado? —preguntó para pensar en otra cosa.

Jette asintió y Hulda empezó a buscar algo comestible en los armarios de su amiga. Encontró media hogaza de pan, algo de margarina y un tarro de pepinillos.

—Las madres que están criando tienen que comer bien —añadió sonriendo, y Jette sonrió a su vez ausente, porque toda su atención estaba puesta en el cuerpecito caliente que tenía en sus brazos.

Así que Hulda preparó las rebanadas de pan, puso los platos en la mesa y se sentó frente a Jette y el niño, que seguía bebiendo tranquilamente el biberón.

El silencio que se extendió entonces por la cocina era pesado, pero no atemorizador; era el silencio primitivo de las mujeres que tienen la certeza de estar haciendo algo con sentido. Esa sensación de proteger, de saber que se está en el lugar correcto mientras se alimenta a una cría con la certeza de hacer el bien que proporciona el instinto. Fuera, el mundo podía derrumbarse, la ciudad podía estallar de violencia y odio; todo lo que en ese momento contaba eran los ruiditos del bebé al comer, su satisfacción y el olor a leche y pan.

Pero ¿era en realidad tan fácil?

—¿Cree usted que la maternidad es siempre tan serena? —preguntó Hulda.

La farmacéutica levantó la vista y negó con la cabeza.

—Nos querrán convencer de que no hay nada más satisfactorio en la vida que criar a un hijo —contestó—. Y en momentos como este casi doy credibilidad a esa idea que, por cierto, suele provenir de los hombres. Pero la mayoría de las mujeres a las que conozco suelen estar agotadas, rendidas de tanto luchar. Debe de ser durísimo criar a un hijo con miedo ante la miseria y la enfermedad, en especial en la época que estamos viviendo.

—Pero ¿hubo épocas mejores? —inquirió Hulda—. En cualquier caso, nunca para mujeres humildes, sin niñeras y sin una despensa llena.

Inmersa en sus pensamientos comió un bocado, luego otro. Al final, le tendió una rebanada a Jette para que la mordiera. Le hubiera gustado seguir hablando de ese tema, pero le daba vergüenza ahondar en Jette, porque notaba que ambas se parecían demasiado en su escepticismo y, al mismo tiempo, en sus anhelos.

—¿Cómo ha conseguido encontrar al niño? —preguntó Jette mientas comía—. Espero que todo esté en orden.

Hulda le resumió los acontecimientos del día y su amiga se quedó estupefacta.

—¿Qué tipo de lugar es ese? —planteó—. ¿Un lugar donde los niños permanecen cautivos como animales enjaulados hasta que los llevan al mercado?

—Por lo visto existen los llamados traficantes de menores —respondió Hulda, y, como si se tratara de un espejo, reconoció en la expresión de la persona que tenía enfrente el mismo estremecimiento que a ella le había provocado aquella expresión—. Nunca me había percatado, pero al parecer esos sinvergüenzas se anuncian en los periódicos locales, hacen publicidad de los niños y los venden al mejor postor a bajo precio.

—Pero ¿quién desea comprar a un niño en estos tiempos? —preguntó Jette con el ceño fruncido—. Si la mayoría de la gente apenas puede alimentar a sus propios hijos.

—Bueno, hay gente rica que no puede tener hijos y necesita a un primogénito que conserve la estirpe—dijo Hulda—, o que simplemente desea tener un hijito. —En su mente apareció el rostro redondo de Felix, pero enseguida apartó aquella imagen de su mente—. Y otros niños se venden como mano de obra barata, como esclavos. O como los niños explotados en Suiza, «por contrato», como lo llaman. Pero no sabía que eso también sucediera a gran escala aquí, en Berlín.

—¡En qué tiempos nos ha tocado vivir! —Jette movió la cabeza y bajó la vista hacia el niño que tenía entre los brazos. El biberón estaba casi vacío, la tetina había resbalado de sus diminutos labios y el pequeño dormía tranquilo. Su barriguita llena subía y bajaba.

Fuera, delante de la ventana de la cocina, descendía la noche y solo entonces Hulda se dio cuenta de lo cansada que estaba. La estufa en el rincón todavía crepitaba, la pequeña habitación estaba agradablemente caldeada.

—¿Cuáles son sus planes? —quiso saber Jette.

—¿Con el niño?

—Sí. ¿Qué piensa hacer? ¿Entregarlo en la oficina de Protección de Menores?

—Como último recurso, sí —respondió Hulda de mal grado—. Oficialmente se lo robaron a la familia Rothmann, lo secuestraron, y en realidad deberían estar agradecidos de poder recuperarlo. Pero intuyo que no va a ser tan fácil. La anciana señora Rothmann no parece tener interés en volver a acogerlo en el seno de la familia. Y con la madre del pequeño no he podido hablar en serio desde que dio a luz.

—Tiene que seguir intentándolo —insistió Jette con determinación—. Una criaturita así debe estar en su casa y no en un orfanato.

—Yo opino igual —convino Hulda. Pensó en Karl, en su carácter hosco e inquieto, en la secreta melancolía que intentaba siempre esconder y que, sin embargo, llevaba marcada a hierro candente en la frente. Solo había insinuado lo que le había ocurrido de niño en un asilo protestante para menores, pero unas pocas palabras habían bastado para desplegar en Hulda una rabia que volvía a inflamarse cada vez que pensaba en ello. Eran muy pocas las veces en que las personas que trabajaban en las instituciones para menores conseguían ofrecer un hogar, seguridad y dedicación a los niños que necesitaban protección. Era mucho más frecuente que los orfanatos fueran lugares fríos, donde se intentaba exorcizar con mano dura a los niños de la depravación de sus, en teoría, irresponsables progenitores. Los medios que se empleaban para educar a los pequeños no eran en absoluto los adecuados para dar seguridad a los huérfanos. Los golpes, las amenazas y la falta de afecto los convertía a muchos de ellos en criaturas solitarias y sumisas.

Hulda pensó que Karl era en la actualidad un hombre adulto, se había abierto camino y no se había dejado pisotear; pero ella sabía que, a cada segundo que respiraba, recordaba que una vez había sido un niño abandonado. Ese destino era el que quería evitarle a toda costa al bebé que dormía en brazos de Jette.

—Esta noche se quedará conmigo —dijo con determinación—, aunque no sea el método oficial. Pero, de todos modos, las autoridades están saturadas y no se preocuparán por ello. —Se frotó los ojos cansados—. Mañana temprano volveré a probar suerte en casa del pequeño. Lo mejor sería que pillara al suegro, parece que es el más sensato de todos.

—No debería ir sola —aconsejó Jette, mirándola con preocupación.

—En un principio le pedí a mi padre que me acompañase —explicó Hulda—. Pero está demasiado ocupado. O a lo mejor tampoco se atreve. —Se encogió de hombros—. Nunca ha sido un hombre de obras altruistas —dijo sin evitar reír—, no encaja con su forma de ser.

—Entonces su hija no está cortada por el mismo patrón —señaló Jette también riendo.

Hulda hizo con timidez un gesto de rechazo.

—Es usted muy amable —dijo—, pero yo tampoco soy una buena samaritana. ¿No opina que detrás de toda buena acción se esconde siempre el egoísmo? A lo mejor quiero salvar al mundo entero para no sentirme inútil y a la espera de que alguien me dé unos golpecitos en la espalda.

—Pues si es así —replicó Jette—, le pediría que mañana fuera la mar de egoísta y que me dejara acompañarla.

—¿En serio? —exclamó sorprendida Hulda—. Sería estupendo.

—Hecho —acordó Jette—. Avisaré a mi ayudante mañana por la mañana, seguro que podrá apañárselas un par de horas solo en la farmacia. —Se levantó con cuidado y le tendió a Hulda al niño dormido—. Pero lo mejor es que se quede esta noche aquí. ¿O cómo va a explicarle a su casera que ha tenido un hijo de repente?

Hulda sonrió con ironía. En el barrio, todo el mundo conocía a la señora Wunderlich y su insaciable curiosidad, a la que ella podía renunciar aquella noche.

El niño no se despertó cuando lo cogió en brazos, su cuerpo adormecido estaba caliente y un suave olor a leche salía de su boquita entreabierta. Jette salió de la habitación para trasladar un colchón hasta ahí. Hulda permaneció sentada en silencio, escuchando el tictac del reloj de pared y pendiente de los segundos que arrastraban el crepúsculo, dejando sitio a la noche con cada avance de la manecilla. Contempló las luces de los coches que pasaban por la gran avenida, cuyos faros iluminaban brevemente el techo y luego se apagaban cuando el vehículo proseguía su camino hacia un destino desconocido.

Hablaría con los Rothmann al día siguiente, pensó somnolienta, y se hundió en los blandos cojines del sofá, con el niño bien sujeto. Debería reunir todas sus fuerzas y poder de convicción para cambiar el rumbo de los acontecimientos. Oyó que Jette trajinaba en la habitación contigua y, al pensar en que por la mañana no devolvería el niño a su madre sola, sino en compañía de la simpática y formidable farmacéutica, sintió junto a su nerviosismo un sentimiento más intenso: agradecimiento.

29

Miércoles, 7 de noviembre de 1923

HULDA PIDIÓ PRESTADO un viejo cochecito a una conocida. La mujer vivía con sus hijos, ya mayores, en la Eisenacher Strasse, solo a un par de números de donde residían los Markel, y Hulda aprovechó para hacer una visita rápida a Helga. Pero no había novedades: el niño no se había movido para darse la vuelta en el vientre de Helga, y Hulda notó que la embarazada estaba más tensa que la última vez que la examinó. Le prometió no tardar en volver.

Cuando regresó a casa de Jette, esta se encontraba ya delante de la farmacia con el niño en brazos. Estaba bien envuelto en unas finas prendas de lana que Jette había sacado discretamente de una cómoda de su dormitorio la noche anterior, y Hulda se había cuidado de preguntar a su amiga por qué las guardaba allí. La farmacéutica se desprendió del pequeño y lo dejó con cuidado en el desgastado colchón del cochecito en el que tantos bebés habían transitado por las calles del barrio judío. Un carrito de ese tipo costaba mucho dinero, así que circulaba entre las mujeres del barrio hasta que se caía literalmente a pedazos.

Hulda esperaba que ese momento no llegara durante aquel día. Manipuló con desconfianza el mango de marfil y observó preocupada las ruedas destartaladas, pero se dijo a sí misma que aún funcionaría.

—Si el cochecito nos deja tiradas por el camino, tendremos que llevar al niño en brazos.

—Lo principal es que el pequeñajo esté calentito —dijo riendo Jette, quien cubrió con una manta de ganchillo al bebé dejando asomar solo la naricita—. Como un huevo de Pascua en el nido —lo describió, y luego agarró el mango del cochecito con tanta naturalidad que Hulda no pudo más que sorprenderse. Jette Longhans lo hacía de fábula.

—Buenos días, señoras —las saludó al pasar por su lado un caballero alto ataviado con un bombín y un abrigo negro—. Y felicidades por el pequeño.

Jette se sonrojó.

—No, señor Martin, no es mío.

Para sorpresa de Hulda, el hombre se llevó la mano al sombrero y le guiñó el ojo a Jette.

—Bien, entonces mejor —dijo—, así no tengo ninguna razón para lamentarme. —Sonrió y continuó su camino.

Hulda lo siguió con la mirada hasta que dobló la esquina con las alas del abrigo ondeando.

—¿Nos marchamos? —preguntó Jette, y Hulda notó una chispa de inquietud en su voz. Miró a su amiga con curiosidad.

—¿Lo conoce?

—Por encima —respondió Jette, poniéndose roja hasta la raíz del cabello—. Para ser sincera, viene casi cada día a la farmacia y trata de convencerme de que lo acompañe al teatro.

—¿Pero…? —preguntó Hulda, volviendo a mirar hacia el lugar por donde el hombre había desaparecido.

Jette se encogió de hombros.

—No sé —contestó—, yo no soy de esas.

—¿De esas que van al teatro? —A Hulda se le escapó la risa.

—De esas que se dejan engatusar —explicó Jette—. A fin de cuentas, soy una viuda. Y el señor Martin también perdió a su esposa hace apenas un año. ¿A qué vienen tantas prisas?

—Porque todo pasa antes de lo que uno se espera —dijo Hulda, que observó, muy a su pesar, que los consejos de Bert aparecían en forma de vocecilla de la conciencia—. Mañana puede estallar la próxima guerra, la siguiente hambruna, una epidemia de gripe. Pero al menos habrá disfrutado de una noche de su vida con su apuesto señor Martin.

—Mi señor Martin —respondió Jette pensativa—. No sé si es eso lo que quiero. —Luego agarró con energía el mango del cochecito—. ¿Qué hacemos aquí cotorreando? Hoy tenemos una misión que no tiene nada que ver con eso, ¿verdad?

Hulda asintió y se pusieron en marcha.

Como los tranvías iban llenos hasta los topes, emprendieron a pie el largo trayecto. La luz grisácea del amanecer ya había adquirido la blanca claridad de la mañana, pero el sol seguía oculto por una espesa capa de nubes. Recorrieron las amplias calles hacia el norte y pasaron por la Potsdamer Platz, donde los tranvías abarrotados pasaban tocando la campanilla y donde se había reunido un montón de gente que escuchaba a un orador que hablaba subido a un podio delante del Café Josty. Al parecer se trataba de una exhortación oficial que desde hacía unos días se publicaba en los periódicos en la que se apelaba a los berlineses a que se uniesen y juntos hicieran frente al hambre.

—Ayuda de persona a persona —exhortaba el hombre a los oyentes—. ¡Organizaos en grupos de damnificados! Stresemann y Ebert harán lo necesario, resistid y que cada uno contribuya por su cuenta.

La mayoría de la gente aplaudía, pero Hulda oyó a algunos refunfuñar.

—Qué capullos los políticos —comentó uno—, ¡a ver si escampan con sus ideas fijas! ¡Seguro que tienen suficiente para comer y ninguna prisa, eso está claro!

Jette y Hulda continuaron avanzando deprisa para que el niño no se despertara antes de llegar a la meta. Recorrieron un trocito por el parque de Tiergarten.

—Mire —dijo Jette señalando varios árboles, que parecían cortados—. Algunos berlineses se han servido del hacha para reunir algo de leña.

Hulda movió la cabeza. Iban a peor.

Cuando se adentraron en la calle Unter den Linden, se asombró de lo espectral que se veía la avenida. Muchos comercios estaban cerrados, los porteros con sus brillantes libreas estaban apostados delante de los portones de las puertas de los hoteles de lujo como guardias reales preparados para defender el ataque de un ejército enemigo. Hulda recordó que había estado ahí con Karl hacía poco, en el teatro de variedades. Ya esa noche el ambiente había sido sombrío, pero la gente que podía permitírselo se lo había pasado bien y había disfrutado de la vida. Esa mañana, dos semanas más tarde, Berlín parecía una olla de vapor política en la Potsdamer Platz y, por el contrario, ahí, en esa magnífica avenida, aparentaba ser una ciudad fantasma. Gran parte de los elegantes residentes del barrio de Mitte se habían retirado a sus mansiones, y una delgada columna de humo salía de unas pocas chimeneas, como si fuese apagándose en el corazón de la ciudad el fuego en cuyas cálidas llamas siempre se había podido confiar.

Hulda se vio invadida por una vaga tristeza. Sentía pena por Berlín, pena por su patria, en la que incluso en los tiempos más sombríos, también durante la guerra, siempre se había sentido en casa. Ese día, de repente y por vez primera, le parecía extraña. Como un apestado en su lecho de muerte al que hay que evitar, incluso si a uno se le desgarra el corazón porque una vez lo amó.

—¿Qué le sucede? —preguntó Jette, que se había detenido y había advertido el talante melancólico de su amiga.

—Me da pánico ver cómo nos vamos derrumbando aquí, en la ciudad —respondió Hulda, y deslizó la mirada por las aceras vacías y los tilos deshojados situados en medio de la avenida—, cómo la ciudad se ve obligada a someterse. ¡El estado de excepción ha de terminar!

Jette iba a contestar, pero el niño hizo un ruidito de protesta en el cochecito, como si fuera a echarse a llorar. Jette enseguida empezó a mover el vehículo hacia delante y hacia atrás, antes de que el bebé se despertara del todo.

Las dos mujeres cruzaron el río Spree junto a la estación de Friedrichstrasse y aparecieron poco después en el laberinto de pequeñas y retorcidas callejuelas que se iba volviendo más denso a medida que se internaban en el barrio judío. Dieron un rodeo porque Hulda quería evitar la calle principal, donde esperaba que la policía estuviera registrando el nido de la banda de traficantes de niños. Seguía sin saber si Karl había leído la nota que aquella mañana, bien temprano, había dejado a su estenotipista antes de ir a visitar a la familia Markel.

También esperaba que Rubin hubiese cumplido su palabra, y se sorprendió a sí misma recordando su bonita y oscura voz: «Yo me encargo». Luego se recobró y se apresuró a reunirse con Jette.

Ya iban a torcer por la siguiente calle cuando las detuvo un policía de uniforme situado frente a una especie de barricada. Expuesto al frío viento de la mañana, parecía estar congelándose, se había cubierto las manos de unos guantes negros de piel y las había colocado bajo las axilas mientras iba cambiando el peso de una pierna a otra.

—Deténganse —ordenó.

—¿Por qué? —preguntó Hulda acercándose a él.

—Señorita, ¡les he dicho que se detengan! —insistió con vehemencia, como si temiera que sacaran una pistola y lo atacasen. Solo cuando Hulda dio un paso atrás, se relajó un poco.

—Sus papeles, por favor —ordenó con un fuerte acento.

Hulda y Jette intercambiaron una mirada.

—¿Qué sucede? —preguntó Jette, meciendo el cochecito para que el niño no notara que se habían parado. Detrás de ellas se formó una pequeña fila.

—Hagan sitio —gritó un hombre—, tengo que ir a trabajar. —Agitó su carné y el policía le hizo una seña con la cabeza, por lo visto ya lo conocía. Se volvió a Jette y le explicó—: Órdenes, desde ayer por la noche. Todas las personas que quieran entrar en el Scheunenviertel tienen que identificarse.

—¿Ha ocurrido algo?

—¿Vive usted en la luna, señorita? ¿No sabe nada de lo que sucede aquí?

—Sí, el lunes se produjeron disturbios —dijo Hulda—, pero pensaba que ya volvía a estar todo en orden. Ayer parecía más tranquilo.

El hombre movió la cabeza, casi afligido.

—Los disturbios vuelven a estallar porque no se puede contener a todos los alborotadores. Esa chusma —señaló con el pulgar a sus espaldas un vago lugar entre la gente de la calle—, no entiende de orden.

Hulda rebuscó en el bolsillo del abrigo su carné de identidad. La foto siempre la hacía sonreír. Pertenecía al tiempo en que todavía vivía con su madre, y ahora le parecía la de una joven llena de esperanzas, con una expresión casi infantil. Pensó que al menos todavía no le había aparecido entonces ninguna arruga en la frente.

Le tendió el carné al agente, que le echó un vistazo y luego indicó con un gesto de la cabeza que tenían permiso para pasar. También la farmacéutica pudo hacerlo con el cochecito después de mostrar su documentación y asegurar que iba a visitar a unos parientes. Prosiguieron apresuradas su camino, mientras a su espalda los siguientes pasaban el control.

De repente, Hulda tuvo un mal presentimiento y miró a Jette, que estaba pensando lo mismo. ¿Era sensato meterse en medio de los disturbios con un bebé en lugar de dar media vuelta?

—Qué raro —dijo Jette y se apartó de la cara un mechón de un rubio plateado que se había desprendido del moño tras la larga caminata—. ¿Hasta este punto hemos llegado? ¿Ya no se puede ir en Berlín a donde a uno le apetezca? —Parecía querer infundir valor a Hulda y a sí misma.

Hulda se encogió de hombros.

—Pobre hombre —dijo señalando con la cabeza al policía—, tiene que estar haciendo esto porque habrá cometido algún error. Nadie se presenta voluntario para una tarea así.

Poco después llegaron a la Grenadierstrasse. Aunque el policía había asegurado que todavía se producían tumultos, ahí todo parecía en calma, al igual que el día anterior. Incluso había un par de tiendas abiertas. Delante de la tienda de discos Lewin se encontraba el mismo propietario. Parecía haber salido ileso y parpadeaba a la luz difusa y curiosamente diáfana de esa mañana de noviembre. Cuando descubrió a Hulda, la saludó con alegría.

—Señorita Gold —dijo—, me alegro de verla sana y salva.

—Gracias, lo mismo digo —contestó ella.

Vio a Jette con el cochecito y parecía querer preguntar algo, pero volvió a cerrar la boca. Reflexionó unos instantes.

—Usted quería saber si había novedades con respecto a la familia Rothmann —recordó.

Ella asintió e indicó a Jette que fuese avanzando con el cochecito.

—Enseguida vuelvo. —Se volvió a Harry Lewin y le preguntó—: ¿Tiene algo que contarme?

—Nada especial —respondió—, pero Avraham Rothmann ha vuelto esta noche. Hace cinco minutos me compró algo de cera para la barba y chocolate. Estaba generoso, me dijo que el chocolate era para levantarle los ánimos a su nuera.

—¿Ha vuelto luego a casa? —preguntó Hulda, el corazón le palpitaba cada vez con más fuerza—. ¿Con su familia?

—Exacto, si se da prisa, lo encontrará allí.

—Gracias, señor Lewin —se despidió, reuniéndose con Jette y ayudándola a empujar el cochecito.

—Bonita gorra —exclamó el anciano a sus espaldas, y Hulda se palpó sorprendida la cabeza y cayó en la cuenta de que no se había puesto un pañuelo como había hecho en sus visitas anteriores al barrio, sino que llevaba su gorra de fieltro roja.

«Al infierno con esta farsa», pensó. Llevando pañuelo tampoco había logrado que los Rothmann confiaran más en ella. Era Hulda Gold, de la Winterfeldtplatz, no de ese lugar, y todo el mundo debía saberlo.

—Ya hemos llegado —señaló algo más tarde, deteniéndose delante del edificio con el número del portal blanco—. Lo mejor es que dejemos el cochecito abajo y subamos con el niño en brazos.

—¿Tiene miedo? —preguntó Jette, mirándola con curiosidad—. Está usted muy pálida.

Hulda ya iba a decir que no, pero recordó que se había propuesto no ocultar nada. Así que asintió escuetamente con un gesto.

—Hasta ahora, mis encuentros con los Rothmann no han sido nada fáciles —explicó—. Y ahora les devuelvo al niño perdido, del que al menos un miembro de la familia hubiera preferido desprenderse. Es posible que no nos den un recibimiento cariñoso.

—No importa —dijo Jette y rodeó un momento a Hulda con el brazo—. Sería ridículo que ahora nos echáramos atrás. Hay que ser valiente y enfrentarse a los problemas.

Hulda percibió la calidez de su amiga a través del abrigo. Rio nerviosa, pero le dio la razón. Retiró la manta con cuidado y cogió al niño. Este se despertó y sus minúsculos ojos se abrieron como a cámara lenta, y por primera vez la miró directamente. El iris tenía un color azul oscuro brillante, el lunar relucía en la piel clara bajo aquel ambiente casi invernal. El bebé emitió un leve chasquido con los labios y Hulda contestó a su mirada.

—¡Pues sí que sería una tontería! —Repitió las palabras de Jette para sí misma y para el niño—. Un niño tan mono como tú... Ahora vas a volver con tu mamá. —Al decir esa palabra algo en su corazón se encogió. Pero no hizo caso de aquella sensación.

Jette cogió la suave manta y la puso por encima del cuerpecito que Hulda sostenía.

—Que no pase frío —dijo—. Tejí la manta hace muchos años, llena de esperanza. Que se la quede el niño, a lo mejor le da suerte.

Las dos mujeres se miraron e inspiraron hondo al mismo tiempo.

—En marcha —anunció Hulda, y Jette asintió y la siguió por los patios traseros hasta el tercer piso, donde vivían los Rothmann.

30

Miércoles, 7 de noviembre de 1923

AQUEL DÍA, ALGO había cambiado.

No había tenido que sacudirse de los párpados esa plúmbea pesadez. No había sentido esa vaga presión en los tímpanos ni la parálisis de las piernas que la mantenía atada a la cama como una cuerda. En lugar de ello, había abierto los ojos y al instante se había sentido despierta. Zvi yacía a su lado y todavía dormía, y ella no se atrevía a respirar para no despertarlo, pues no quería perder esa nueva sensación. Ese estado de alerta, de claridad mental que tanto había añorado. Era como si durante el sueño un temporal la hubiese atravesado y hubiese barrido el cansancio y la desesperanza, reforzando sus sentidos. Fuera, un pájaro había cantado una canción matinal delante del tragaluz del dormitorio. Era un chochín que no emigraba en invierno, sino que, pese al viento helado, se quedaba ahí, en los árboles deshojados, y al salir el sol gorjeaba su insolente melodía.

Como cada mañana, lo había recordado todo: el parto, el niño, el dolor porque se lo habían quitado. Pero había algo más: una sensación, como si un nuevo hilo de color se mezclara en la trama gris de su alma. Un hilo que antes no estaba y que brillaba manteniéndose firme en su lugar. Tamar se había sentado y se había pasado la mano por la cara.

¿Qué sucedía? Y entonces lo supo: había recuperado su voluntad. Su voluntad de permanecer con vida y enfrentarse al mundo. Un sentimiento que ya había experimentado de niña y que le habían arrebatado en las últimas semanas. Pero ahora había vuelto. Y además notaba una sensación que había ignorado desde que la niebla la había rodeado. ¡Tenía hambre!

Se deslizó descalza a la cocina y buscó un trozo de pan en la despensa. No es que hubiera mucho, pero Tamar no dudó, se cortó una gruesa rebanada y se llevó a la boca un buen bocado. Sabía de maravilla, a levadura y humo del horno. Mientras comía, contempló la luz blanquecina de la mañana incipiente delante de los cristales empañados de la ventana, cogió el tirador y se inclinó hacia fuera pese al frío y a su fino camisón. Un aire gélido silbó en sus pulmones y también eso fue estupendo. Todo volvía a penetrar en ella, todas aquellas sensaciones que habían quedado relegadas al olvido.

Durante toda la mañana intentó esconder ante los demás la transformación que se había desatado en ella. Zvi no parecía notar nada, tenía prisa, quería marcharse lo antes posible al local de oraciones. Tamar no tenía nada en contra y madre Ruth no se dejó ver. Tamar oyó las voces del viejo matrimonio en el pasillo. Como si discutieran. Luego resonó el golpe de la puerta de la vivienda al cerrarse. Padre Avri había regresado por la noche, se había enterado de los sucesos acaecidos en el barrio y había corrido a ver a su familia. Ella no había preguntado dónde había estado, pero sí reconoció por su cariñoso saludo y las arrugas de preocupación en su frente que ya estaba al corriente de todo, y que no estaba de acuerdo con su esposa por el modo en que habían evolucionado los acontecimientos. Pero para Tamar era impensable hablar abiertamente con él. Era el cabeza de familia, ante el cual debía mostrar respeto, pues ella era la extraña a la que él hacía el favor de alimentar. Pese a ello, agradecía su presencia en la casa.

Cuando Zvi y su madre también se hubieron marchado, Tamar se sentó con la ropa que había que remendar junto a la ventana para no tener que encender ninguna lámpara en el cuarto de estar.

Al cabo de un rato, Avri regresó. Lo reconoció por sus andares pesados. Llevaba leña, la metió en la estufa y la encendió hasta que dentro se oyó un fuerte crepitar. Pese a que las ventanas cerraban mal, pronto se extendió un agradable calor en la habitación. El anciano parecía estar esperando algo, pero Tamar no levantó la vista de su labor, sino que siguió concentrada en la aguja que, llevada por sus dedos, subía y bajaba haciendo cada vez más pequeños los agujeros de los calcetines hasta que estos desaparecían. Así que el anciano volvió a salir del cuarto.

Tamar cogió el siguiente calcetín, el cesto estaba lleno hasta los bordes y no acabaría antes del mediodía. No obstante, agradecía el silencio reinante, así sus pensamientos podían fluir sin obstáculos. Sabía que tenía que tomar una decisión, que ahora que volvía a sentirse ella misma necesitaba reunir todo su entendimiento y fuerza de voluntad. La esperanza que había perdido había renacido fresca e impaciente, y Tamar se obligó a dominarse y a pensar en su situación con la cabeza fría antes de obrar de forma irreflexiva y destruir cualquier oportunidad posible.

Entonces llamaron a la puerta. Era un sonido enérgico, como si la persona estuviera segura de tener todo el derecho a entrar.

Tamar oyó las pesadas botas de Avri, quien debía estar tomándose un café en la cocina. Escuchó que se dirigía a la puerta y la abría.

La aguja subía y bajaba, subía y bajaba. Tamar permanecía sentada y esperaba, escuchando las voces. Reconoció la de Hulda Gold. Enseguida sintió un ligero rechazo. ¿Acaso no podía esa mujer dejarla en paz de una vez? Lo hacía con buena intención, Tamar era consciente, quería ayudar y había sido amable con ella, pero solo conseguía ponérselo todo más difícil. Sin embargo, la comadrona estaba acostumbrada a que todo saliera como ella pretendía. Tal vez eso pasase en su barrio o en el lugar de donde ella venía, pero ahí, en las estrechas callejuelas del Scheunenviertel, no tenía ninguna autoridad.

Tamar volvió a escuchar con atención. Se trataba de la voz de otra mujer a la que no conocía, era profunda y despertaba confianza. Entre medias oyó el monótono alemán polaco de Avri. Parecía sorprendido, pensó extrañada, pero no se atrevió a salir. ¿Se enfadaría si lo molestaba?

El volumen de las voces se redujo, por lo visto Avri había invitado a las recién llegadas a la cocina.

Tamar hundió todavía más la cabeza sobre los remiendos. Pero de repente se estremeció, como si una hoja afilada le hubiese rasgado la piel. Sintió calor. Un calor que se expandía de dentro hacia afuera y que le prendía fuego a todo el cuerpo. Aguzó el oído alarmada y casi esperó haberse equivocado. Que hubiese sido una ilusión. Pero no, ahí estaba de nuevo, no cabía duda: un bebé lloraba, bajito, balando como una cabrita, pero a oídos de Tamar era con toda seguridad el llanto de un recién nacido.

Con manos temblorosas dejó caer al suelo los calcetines, la aguja y el hilo. Se levantó de un salto, titubeó un minuto. No podía ser. Pero sabía que sí, que era cierto. Ya lo había notado aquella mañana, flotaba en el aire. Y no era solo que su estado hubiera mejorado, no. En la clara luz de la mañana había resonado una promesa, como un delicado sonido que se propagaba y le infundía un valor renovado.

Todas las mujeres de su familia habían creído en señales y predicciones. Antes de tomar decisiones importantes, la madre y la abuela intentaban leer el futuro en el poso del café, pero ya entonces Tamar había pensado que sus predicciones solo se cumplían a medias, lo que más bien se podía atribuir al azar. Pero ese día, con las rodillas flaqueando en el cuarto de estar y escuchando a escondidas, le pareció de pronto que toda aquella mañana había sido una señal de que ese día podía ocurrir un milagro.

Recorrió el oscuro pasillo a tientas, lentamente, como en un sueño, hasta llegar a la puerta entreabierta. Ahí estaba de nuevo: un tenue llanto. Y aunque Tamar estaba segura de que eran imaginaciones suyas, creyó reconocerlo. Empujó la puerta sin respirar y miró a las visitantes. La señorita Hulda estaba de espaldas y se dio media vuelta cuando entró. Avri estaba a su lado, algo encorvado como era habitual en él. No llegó a descifrar la expresión de su rostro. En una silla estaba sentada una mujer a quien no conocía, con el cabello claro, de un rubio plateado y con gafas. Y mecía en sus brazos un pequeño hatillo con la carita roja, que abría la boca y gemía tenuemente.

Hulda Gold la saludó con cariño y le dijo a la otra mujer:

—Esta es Tamar, la madre.

La desconocida se puso en pie enseguida. Y, sin pensarlo, Tamar se acercó a ella y al pequeño, tendió los brazos y cogió al niño. Lo meció incrédula entre los brazos, lo balanceó de un lado a otro como si su cuerpo enseguida supiera lo que tenía que hacer mientras su entendimiento estaba detenido como un reloj al que nadie había dado cuerda.

Era como si el niño fuese una hogaza de pan recién salida del horno, pensó confusa y feliz al mismo tiempo. Acercó la mejilla al cuerpecito caliente e inspiró su olor. Fue como si se ordenara el caos infernal de su cabeza y como si en ese instante, al tocar la suave piel del niño, todo volviera a su sitio por arte de magia.

—Tamar —dijo Hulda, colocándole una mano sobre el hombro, lo que la joven madre apenas notó—. Primero el niño ha de comer, y luego tenemos que hablar.

Tamar asintió como en trance y dejó que la otra mujer la condujera a la silla.

—Yo ahora estoy aquí de más —dijo la farmacéutica sonriendo a su amiga—. Pase cuando quiera por la farmacia. —Saludó con la cabeza al grupo y salió de la cocina.

En ese momento el niño lloraba más fuerte y Tamar comprendió que tenía hambre. Observó atenta que Hulda ponía a hervir agua, sacaba de su maletín de piel una botella de cristal y una lata y con el contenido preparaba un líquido blanco. Comprobó la temperatura de la leche dejando caer un par de gotas en la muñeca y le tendió el biberón lleno.

En un primer momento, Tamar se sintió desamparada. Ese cuerpo de cristal le resultaba ajeno, algo duro entre ella y la tierna boca del niño. Pero el bebé la ayudó, buscando de forma instintiva la tetina, cerró los labios alrededor de ella y empezó a chupar con vigor. Tamar palpaba con la mirada la carita que ahora se relajaba, su vista se deslizaba por el suave cabello, los párpados casi transparentes, el lunar en forma de corazón en el tímpano. Sí, era cierto, pensó, y la felicidad la inundó como una ola. Era su niño. Su hijo.

—¿Dónde lo ha encontrado? —preguntó.

Hulda la examinó con la mirada, como si quisiera asegurarse de que Tamar volvía a estar lo suficiente fuerte para escuchar la verdad.

—Estaba a punto de explicárselo a su suegro —contestó, y Avri, que se había sentado con un gemido en el banco de la cocina, asintió—. ¿Le contaron algo más sobre la desaparición del niño?

Tamar intentó recordar, pero el pasado inmediato era como una neblina. ¿Cómo había sucedido, qué había contado madre Ruth? Solo que el niño ya no estaba y que eso era lo mejor para todos. Y Tamar no había tenido la fuerza necesaria para rebelarse contra ello. Se había limitado a cerrar los ojos en silencio y se había sumergido en el estado de semiinconsciencia que la atenazaba desde hacía semanas.

Negó lentamente con la cabeza.

Contempló con ternura el rostro delicado del bebé mamando, porque ya no había para ella nada más importante.

Hulda carraspeó. Y dijo tanto para Tamar como para Avri:

—Contaban que Ruth se había llevado el niño al patio y que lo había dejado allí un momento sin vigilar, ¿es así?

Avri asintió con expresión sombría, le pareció a Tamar.

—Pero ¿por qué no emprendieron ninguna acción de búsqueda? —preguntó Hulda, y Tamar reconoció una rabia contenida en su rostro.

—Mi esposa tiene otra concepción de la vida que yo —respondió padre Avri en voz baja, vacilante, como si tuviera que elegir cada una de las palabras—. No puede aceptar la pobreza y desdicha de nuestro día a día. Quiere conservar a cualquier precio la familia unida.

Tamar levantó la vista.

—Y yo no pertenezco a ella —dijo, aunque sin amargura. Nada podía ser amargo con ese ser cálido ceñido al pecho, pensó sorprendida.

—Para mí, sí —precisó Avri—. Eres la mujer a quien ama mi hijo, y eso me basta. Pero Ruth... ella tiene otros baremos. Me temo que le cuesta admitir que el hijo de una no judía sea sangre de su sangre. Para ella, la religión judía y sus leyes son sagradas, y cree que tiene que defenderlas a cualquier precio. —Se pasó la mano por el cabello ralo—. Entonces renunció a todo, cuando se casó conmigo… —murmuró—. Su padre fue quien decidió que nos casáramos, pero todo el mundo en el *shtetl* sabía que no era a mí a quien quería. Sin embargo, ella obedeció como una buena hija y ha sido una buena esposa, y… —Se interrumpió.

Las últimas palabras quedaron flotando en la cocina, extrañamente huecas, pensó Tamar, como si su suegro hubiese tenido que hacer un esfuerzo para pronunciarlas.

—Pero eso no justifica que haya expuesto a un peligro tan grande a un recién nacido indefenso —protestó Hulda.

Tamar se asombró del tono irritado de la voz de la comadrona. Parecía importarle de verdad el destino del niño, así que de golpe y porrazo sintió una gran simpatía por aquella mujer alta, de cabello oscuro y expresión grave. Por lo visto, Hulda Gold se tomaba en serio su profesión. ¿Cómo es que no lo había visto hasta ese momento?

—Pero…, pero esto no es todo —declaró entrecortadamente Avri.

Tamar percibió de nuevo lo difícil que le resultaba encontrar las palabras adecuadas.

—Tenía miedo de algo —dijo Hulda, y Avri la miró sorprendido.

—¿Cómo lo sabe?

—Lo noté en cuanto vine aquí por primera vez —respondió. Estaba apoyada en el fregadero y con los brazos cruzados delante del pecho. En otra persona ese gesto habría parecido negativo, pero en Hulda indicaba una concentración tan profunda que Tamar podía percibirla físicamente.

—Aquí todos los miembros de la familia Rothmann tienen miedo, ¿estoy en lo cierto? Pero ¿de qué?

—De la verdad —contestó Avri, y por un momento hundió el rostro entre sus callosas manos, llenas de cicatrices a causa de los muchos años de trabajo en el horno—. Yo conozco la verdad, la he conocido siempre, pero nunca le he hablado a mi esposa de ello. Pensaba que el silencio podría salvarnos. Pero en realidad nos ha envenenado.

Se levantó y se acercó a Tamar y a su hijo. Suavemente, casi con respeto, colocó un dedo en el pequeño punto de la sien del niño.

—Ya había visto este lunar antes, hace muchos años —explicó—. Al hombre que lo llevaba lo llamábamos Corazón. Era zapatero en el *shtetl*, un maestro zapatero católico. Allí, en Galitzia, sucedía como aquí, en el Scheunenviertel: judíos y gentiles vivían apiñados en estrechas callejuelas.

—Su esposa amaba a ese tal Corazón —confirmó Hulda, sin cambiar nada en su postura—. Tuvo una relación con él.

—Se hubiera jugado la vida. —Avri retiró la mano y la escondió en el bolsillo del pantalón—. Su padre la habría matado a palos si lo hubiese sabido, pero parecía ciego y sordo. Necesitaba un sucesor para la panadería y yo, su socio, le parecía el adecuado. Tampoco preguntó si yo era el hombre correcto para su hija, sino que nos casó y ya está. Ruth se conformó, sabía perfectamente que un futuro con un católico era inconcebible. En cierta medida, yo fui su redención.

Tamar contempló con atención a Avri. Siempre había tenido algo de miedo del anciano, pero mientras contaba su historia lo veía como un hombre tierno, amable y vulnerable. Sintió admiración por él. Esa tolerancia ante el escandaloso paso en falso de la que iba a ser su esposa no era un atributo que se diera por sentado, tampoco en la actualidad.

—Supongo que hay algo más —indicó Hulda, y Tamar vio brillar sus ojos grises.

—Tiene razón. —Avri hablaba con voz ronca—. Ruth había perdido la inocencia con aquel hombre antes de nuestra boda. Por supuesto, yo no lo sabía, nunca hablamos de ello. Y cuando nació Zvi un par de semanas antes de tiempo, yo tampoco pregunté por qué tras un parto prematuro el niño estaba tan regordete, cómo era posible que no se notara que había nacido antes de tiempo. Yo lo crie como si fuese hijo mío. ¡Y sigue siéndolo hasta el día de hoy!

Cuando pronunció esa última frase, su voz adquirió por primera vez un tono firme. Tamar no dudó de que era realmente lo que pensaba. Se le agolpaban las ideas en la cabeza. Su marido Zvi, quien respetaba y honraba a sus padres, quien nunca había alzado una mala palabra en contra de ellos, se moriría cuando lo supiera. Por primera vez en mucho tiempo volvió a sentir cariño por él.

Hulda salió de su inmovilismo y se acercó a la mesa. Miró a Avri con insistencia.

—Es usted un hombre justo —dijo—. Tiene un buen corazón. Zvi puede estar orgulloso de que usted sea su padre.

—Él no debe saber lo que les he contado. —Asustado, como si despertase de un estado de semiinconsciencia, dirigió la vista a Tamar—. Prométeme que nunca se lo contarás.

Ella solo asintió, no sabía qué decir. Sentía que no era su función opinar. Pero la reserva no era un atributo propio de Hulda.

—¿No cree que ya es hora de dejarse de secretos? —preguntó resoluta.

—Hay distintos tipos de secretos —contestó Avri con determinación. Había adoptado su calma habitual—. Algunos se pueden desvelar, pero otros provocarían un dolor enorme y absurdo. Más vale que deje estos últimos bien guardados.

Tamar observó que Hulda estaba a punto de replicar, pero entonces la comadrona apretó los labios y reflexionó un momento.

—Cuando su esposa vio el lunar en el niño —señaló—, lo reconoció y supo que después de todos estos años sería un testimonio de su falta.

Avri asintió.

—Pese a ello, no creo que Ruth tenga algo que ver con que el niño haya desaparecido. —Puso toda la convicción de que era capaz en esa afirmación—. A pesar de todo, no es una mala persona. ¡Puede que sea desatenta, sí, y también cabezota, pero no mala!

La expresión de Hulda lo decía todo, era evidente que tenía serias dudas acerca de la aseveración del anciano. Pero se reprimió.

—Me gustaría creerlo —dijo—. Pero solo la misma Ruth sabe la verdad. ¿Dónde está?

—Está en Rosenthaler Tor luchando por obtener algún alimento en un comedor para pobres —suspiró Avri—. Hoy hay un gran reparto de comida en ese lugar y ha dicho que no se irá de allí hasta que consiga algo.

—Entiendo —dijo Hulda—. ¿Y cuando vuelva a casa y vea al niño? ¿Qué opina que ocurrirá?

El corazón de Tamar se encogió dolorosamente. Sostuvo el cuerpecito todavía con mayor firmeza.

—Yo ya no lo doy. —Ella misma notó que hablaba como un niño terco—. Nunca —añadió para poner más énfasis en sus palabras.

Avri la miró y sonrió con timidez, una expresión conmovedora en aquel rostro arrugado.

—Claro que no —dijo—. Es un milagro que haya vuelto. —Se volvió a Hulda—. ¿Cómo lo ha logrado?

Esta sonrió con aquella sonrisa majestuosa que Tamar ya conocía. Tal vez con cierta superioridad, pero eso todavía embellecía más su rostro.

—Si guarda usted sus secretos —indicó despreocupada—, entonces también me permitirá que yo guarde los míos, ¿verdad? Lo más importante es que el pequeño esté sano y salvo, y que madre e hijo vuelvan a estar unidos.

Tamar creyó vislumbrar un asomo de duda en su rostro, pero este enseguida desapareció. Por supuesto, ella no iba a contárselo todo, y Tamar tampoco estaba ansiosa por saber más.

Avri se levantó.

—Voy a ir a ver al rabino Rubin —anunció— y a recoger a mi hijo para que reciba a su pequeño perdido.

Tamar hipó. Hasta ese momento no había llorado, pero al imaginar cómo reaccionaría Zvi ante la noticia, todo su cuerpo empezó a agitarse. ¿Se alegraría? ¿O tenía tanto miedo a su madre que solo vería el regreso del niño como una amenaza? ¿Cabría todavía para ella la posibilidad de convivir como miembro de la familia?

Avri posó su mano grande y callosa sobre el hombro de la joven.

—No llores, Tamar —dijo—. Durante mi salida he averiguado algo que podría ayudaros a ti, a Zvi y a vuestro hijo. Todavía no es definitivo, pero hazme caso, no has de tener miedo. Todo irá bien… para vosotros. —Se detuvo un momento, como si reflexionara qué más podía contar—. Zvi y yo tenemos mucho de que hablar —añadió—, has de tener un poco de paciencia.

Hulda cogió a Tamar el biberón, que había resbalado fuera de la boca del niño saciado y dormido.

—No se preocupe —le dijo a Tamar—, aquí nadie va a aburrirse. Voy a quedarme con usted hasta que regrese su marido. Y mientras tanto nos ocuparemos de todo lo relativo al cuidado del bebé. Tenemos un par de días que recuperar, ¿no es así?

Tamar reía y lloraba a un mismo tiempo. Pero como no quería despertar al niño, se dominó, hipó un par de veces más y asintió con toda la energía de que era capaz.

—¿Cómo va a llamarse su hijo? —preguntó Hulda.

También Avri, que en ese momento salía de la cocina, se dio media vuelta y la miró expectante.

Tamar sonrió y parpadeó para desprenderse de una molesta y última lágrima que no quería resbalar de la comisura del ojo.

—Isaak —respondió, mirando tiernamente el rostro dormido del bebé. Esa decisión había madurado en su interior durante las últimas horas, antes no se había atrevido a pensar en una relación entre el niño y un nombre. Pero este le iba como anillo al dedo, según su opinión.

Cuando levantó la vista hacia Avri, una sonrisa se dibujó en el arrugado rostro de este.

—Buena elección —afirmó el anciano—. Ni siquiera Ruth tendrá nada que objetar.

Tamar dibujó a su vez una sonrisa dulce y complacida. Vio que Hulda no entendía de qué se trataba y una leve sensación de triunfo se apoderó de ella. Quizá la señorita Gold fuese judía por su certificado de nacimiento, pero no era ninguna avanzada. Por el contrario, Tamar, aunque era extraña en ese país y en esa familia, sabía más del judaísmo que aquella mujer de nombre judío. Y de repente, sin saber de dónde procedía esa nueva experiencia, se sintió orgullosa.

31

Miércoles, 5 de diciembre de 1923. Cuatro semanas más tarde

RESPIRANDO CON DIFICULTAD, Helga Markel se arrodilló en el suelo, delante de la cama, y abrazó el torneado pie de la misma como alguien que está a punto de ahogarse. Hulda se encontraba acuclillada detrás de ella y palpaba entre contracciones la posición del niño todavía no nacido. Tenía la frente perlada de sudor y discretamente se apartó con la manga de la blusa un mechón húmedo de la cara. Se produjo la siguiente contracción, y el grito que la mujer emitió entre los dientes apretados hizo temblar a Hulda.

Aquellos no eran los dolores habituales de un parto, consideró. La mujer que tenía ante ella estaba sufriendo un tormento.

Helga tenía los ojos vidriosos, le brillaba la piel e incluso entre contracción y contracción, cuando la mayoría de las mujeres no siente dolor y puede respirar hondo, gemía y lloraba como un niño en una situación horrible. Ella, una mujer que había traído al mundo tres bebés casi en silencio.

—Basta —determinó Hulda—. Así no saldrá su hijo, hasta aquí llegan mis conocimientos. Tenemos que llamar al médico.

—No, por favor —suplicó Helga, intentando forzar que el niño saliera con un gesto infructuoso—. Permítame tenerlo aquí en casa, por favor. ¡No quiero ir a una clínica! Ahí está todo lleno, no me dejarán entrar. Y, si me dejan, me matarán.

—Helga, ¡no tiene otra elección! —Hulda se levantó a toda prisa—. Nadie va a matarla, la ayudarán. ¡No hay peros que valgan! Voy a llamar a su marido. Y no se va a morir, antes tendrá que pasar sobre mi cadáver.

Se asustó de sus propias palabras, pero Helga ya no estaba para sutilezas.

—¡Señor Markel! —gritó Hulda por el pasillo, avergonzándose de que se le quebrara la voz. De repente cayó en la cuenta del miedo que tenía. Miedo a perder a aquella mujer, a no lograr que el niño llegara al mundo ileso, aunque esa fuera su tarea—. Deprisa, ¡venga!

El marido, pálido como un muerto, asomó por el marco de la puerta, miró con los ojos horrorizados y fuera de órbita a su esposa, de cuclillas en el suelo, destrozada.

—Madre de Dios —dijo—, ¿qué ocurre?

—Telefonee al doctor Schneider —dijo Hulda, aunque se le revolvía el estómago solo de pensar en los reproches que el médico le haría— y dígale que necesitamos una ambulancia urgentemente.

—De acuerdo, señorita. —El marido de Helga se dio media vuelta tembloroso. Por fortuna, como bien sabía Hulda, los Markel tenían un teléfono en la sala de estar.

Se arrodilló de nuevo junto a la mujer y le acarició tranquilizadora la espalda. Mientras, trataba con todas sus fuerzas de contener el castañeteo de sus propios dientes. No recordaba haberse encontrado en una situación tan complicada en los últimos tiempos. El nacimiento del niño muerto en la Goltzstrasse había sido triste, pero en esa situación no había podido hacer nada. La muerte se había llevado al pequeño Paule antes de que se acudiera a ella, y Hulda solo había podido limitar los daños. Pero, en el caso actual, ya sospechaba en las últimas semanas que el parto iba a ser difícil. Hulda, sin embargo, se había dejado guiar por el deseo de la futura madre, había puesto este por encima de su instinto de comadrona. Ahora el niño se había atascado en el canal de alumbramiento y no podía pasar por ese conducto estrecho. La madre tardaría poco en sufrir un colapso, el niño moriría por falta de oxígeno si es que no estaba ya muerto. Hulda se habría abofeteado. ¿Había estado demasiado dispersa? ¿Demasiado ocupada en el misterioso caso del barrio judío, en su complicada relación con Karl, en su nueva amistad con la farmacéutica? ¿Había evaluado de forma equivocada la situación y era ahora culpable del penoso estado de su paciente, una mujer que había sido madre tres veces? ¡Cómo había sido posible!

Sus ojos se posaron de nuevo en Helga. Esta parecía haberse rendido, tenía la mirada perdida. De vez en cuando su cuerpo se estremecía y de su boca salía un largo grito, y luego volvía a desmoronarse. Hasta ese momento, los partos en los que el niño salía al revés habían transcurrido sin problemas, pero esa vez era distinto, más complicado. Intentó con todas sus fuerzas recordar lo que la instructora les había explicado cuando era estudiante sobre las complicaciones que surgían si el niño se presentaba de nalgas. Algo, alguna cosa debía serle de ayuda entre todos los conocimientos que había absorbido como una esponja cuando se estaba formando para ser comadrona. Recordó que las piernas desempeñaban una función clave. Había que reposicionarlas, ocuparse de que no impidieran que el tronco del niño entrara más a fondo en el canal de alumbramiento.

—¡Helga! —Sacudió por los hombros a la mujer casi inconsciente—. Necesito que reúna todas las fuerzas que todavía le quedan. —Hulda comprobó que no eran muchas, pero decidió ignorarlo—. Tiene que subirse a la cama —indicó—, colóquese de modo que el trasero le quede colgando. —La ayudó a levantarse y a adoptar la postura requerida sobre las sábanas—. Cuando llegue la próxima contracción, hágame una señal —indicó sentándose entre sus piernas—. La dejaremos pasar. Luego meteré con cuidado la mano en su interior y daré la vuelta al niño para que se sitúe mejor. ¿Ha entendido?

Helga asintió cerrando los ojos con fuerza. Y, en efecto, levantó una mano cuando una nueva oleada de dolor se desplegó a través de ella. Justo después, Hulda metió con todo el cuidado posible la mano en la vagina y palpó el cuerpo del niño. Para su propia sorpresa, consiguió liberar una de las piernecitas encajadas. Pasó por alto el desgarrado grito de la mujer, emprendió un segundo intento y apartó la segunda pierna del tronco.

«Si tuviera unos fórceps», pensó furiosa. Pero no podía utilizarlos siendo comadrona, estaban reservados para los médicos.

Pero también sin recursos percibió que, con la siguiente contracción, las nalgas del bebé presionaban con todas sus fuerzas para salir. Animó a Helga, quien ahora empujaba con un vigor insospechado hasta que salió por fin un pie, luego otro, después las nalgas. Era una niña.

Ese era el momento que más temía Hulda. El niño colgaba de la madre al revés, todavía no se veía la cabeza, tampoco los brazos. Los piececitos suspendidos eran de un color azul oscuro. Uno dibujaba un ángulo extraño, como si la larga estancia en el estrecho canal lo hubiese deformado. Pero Hulda se dijo que en ese momento lo único importante era salvar la vida del bebé y de la madre. De todo lo demás ya se ocuparían más tarde.

Buscó el pulso en el cordón umbilical, luego en la diminuta articulación del pie de la niña. Y notó el suave latido que tanto ansiaba. Débil, pero perceptible.

—Su hija vive —comunicó a Helga, esforzándose por ocultar la emoción en su voz—. Va a conseguirlo, confíe en mí.

Hulda envió al cielo una breve oración, aunque no sabía por qué dios esperaba ser escuchada. Simplemente rezó para merecer la confianza que pedía. Sintió la nueva contracción y animó a Helga a empujar con insistencia pero con cuidado, a jadear, volver a detenerse y seguir empujando.

Valiéndose solo de sus dedos, transformados provisionalmente en unas pinzas, ayudó a que saliera primero un brazo del bebé y luego otro. Y al final, acompañada por un grito ronco de dolor de la parturienta, apareció la cabeza, y Hulda sostuvo entre las manos el cuerpecito húmedo. Ya estaba.

Llena de miedo, observó el rostro amoratado. Esperó la primera respiración, el llanto liberador, pero no llegó. Reinaba el silencio. Y, con cada segundo que pasaba, más atronador se volvía ese silencio.

Entonces recordó lo que le había dicho la instructora. Antes solo se había acordado vagamente, pero ahora oía su voz con tanta claridad como si estuviera a su lado en la habitación.

«Nosotras, las comadronas, solo tenemos nuestras manos y la fe de las mujeres en nosotras —había dicho—. A veces debemos hacer un uso violento de ello para salvar una vida.» La mentora les había hablado del nacimiento del emperador Guillermo II, que había llegado al mundo en un parto podálico y habría muerto si la comadrona no le hubiese devuelto la vida dándole unos golpes.

Hulda cogió con firmeza el delicado e inerte cuerpecito y empezó a golpear los brazos y las piernas. Pellizcó y apretó a la pobre criatura, detestándose por torturarla de ese modo. Pero cuando ya pensaba que lo que hacía no tenía el menor sentido, algo en el rostro de la recién nacida cambió. La pequeña hizo una mueca con los labios, como si quisiera decir: «¡Para de una vez!». Abrió la boca, inspiró hondo, lanzó un chillido de indignación y siguió respirando.

Helga, que yacía jadeante en la cama, sollozó. Al mismo tiempo, tendió los brazos hacia la pequeña, pero Hulda quería asegurarse de que todo estuviera en orden y observó un poco más a la niña antes de dársela a la madre.

—Tiene una… hija —anunció, y algo en su voz se quebró, la tensión y el alivio habían sido demasiado grandes, simplemente. Por segunda vez en pocas semanas, Hulda rompió a llorar, algo que casi nunca había ocurrido en sus largos años de comadrona.

Se estremeció al oír un carraspeo desde la puerta. Allí estaba el alto doctor Schneider, una estatua flaca, sin afeitar y malhumorada, como siempre. Hulda se secó las lágrimas a toda prisa y se levantó.

—Otra vez usted —dijo—, debería habérmelo imaginado. Qué métodos tan raros practica. ¿Quería matar a golpes al recién nacido?

—Al contrario. —Hulda cerró los puños—. Quería devolverlo a la vida.

—Bien —respondió el médico acercándose—, por lo visto lo ha conseguido. —La miró con desprecio, pero algo en su expresión había cambiado—. Un parto podálico complicado y completamente sola. —Entrecerró los ojos—. No la hubiera creído capaz.

Hulda tragó saliva. Casi parecía un elogio.

—Ojalá hubiese podido utilizar unos fórceps —susurró— y un anestésico. La madre y la hija se habrían ahorrado mucho dolor.

—Ya sabe cuál es mi respuesta al respecto —indicó, y su rostro se volvió insondable. Volvía a ser el cascarrabias de siempre—. En las clínicas están todos esos medios a disposición de los médicos. Pero usted y sus mujeres insisten tercamente en hacerlo todo solas. A veces les sale bien y a veces, mal.

Hulda iba a protestar, pero no se le ocurrió nada ingenioso, reconoció sorprendida. En las palabras del médico había algo que encontraba justo, aunque no le gustase admitirlo. Apretó los labios y se sentó al borde de la cama junto a Helga.

El médico cogió al bebé de los brazos de su madre, cortó el cordón umbilical y examinó al detalle a la pequeña. También observó a conciencia el pie torcido, pero Hulda le lanzó una mirada de advertencia y él asintió con discreción, como si estuviera de acuerdo en que el problema podía aplazarse hasta que la agitación del parto se hubiese apaciguado.

A continuación, devolvió la niña a su madre y se secó las manos con un paño limpio.

—La dejo bajo el cuidado de la señorita Gold —dijo—. Veo que está usted en buenas manos.

Hulda casi se quedó boquiabierta, pero se refugió en su sonrisa de profesional e insinuó, al menos eso esperaba, una elegante inclinación de cabeza.

Cuando el doctor Schneider salió de la habitación, lo oyó hablar primero con el marido, que estaba fuera de sí, y luego con el conductor de la ambulancia, que acababa de llegar.

—Falsa alarma, caballeros —anunció sin preámbulos—. Aquí no nos necesitan. —A continuación, los pasos se alejaron.

Hulda esperaba la placenta, examinaba y atendía a la madre, y se asombró de que hubiese sufrido menos daños de los que ella había esperado. Pensó que la naturaleza siempre le deparaba sorpresas.

Aquel día la muerte había estado en el umbral y ya se estaba frotando las manos, pero luego había tenido que salir corriendo sin haber logrado nada. Como en el cuento que tanto le gustaba de niña. Su madre le había tenido que contar una y otra vez cómo el ruiseñor había estado trinando para encantar a la muerte y que esta no se llevara al emperador. Recordaba cada una de las palabras: «Cantó desde el silencioso cementerio, donde crecen las rosas blancas, donde los saúcos exhalan su fragancia... La muerte sintió entonces nostalgia de su jardín y salió por la ventana flotando como una niebla fría y blanca».

Mientras ordenaba su maletín y abría la ventana para airear la habitación, Hulda pensó que ese día ella había sido el ruiseñor que había expulsado a la muerte. Pero sabía que, la próxima vez, la muerte podría vencerla a ella y a sus limitadas posibilidades.

32

Miércoles, 5 de diciembre de 1923, por la tarde

Hulda se dirigió por la tarde a la estación. Había recibido
una carta de Tamar comunicándole que Zvi, el pequeño
Isaak y ella se marchaban. Durante una de sus expediciones
por los alrededores, Avri había oído hablar de que jóvenes
artesanos con una buena formación, entre ellos panaderos,
tenían la posibilidad de embarcarse rumbo a Estados Unidos y salir de Alemania. Avri y Ruth eran demasiado viejos
y los estadounidenses no les concederían ningún visado,
pero el anciano había insistido para que la joven familia
Rothmann no dejase escapar aquella oportunidad.

Hulda no pudo evitar sonreír al pensar en la temblorosa
escritura que tan bien delataba el nerviosismo de su autora.
Sería para todos un nuevo comienzo, pues, a pesar de todo,
una convivencia pacífica en Berlín, con el niño, no parecía
ser posible. Tamar decía que Zvi había dudado porque no
quería dejar a sus padres solos. Pero al final Avri había hecho valer su autoridad mientras que Ruth, en contra de lo
que era habitual, se había mantenido callada. Así que habían comprado los billetes de tren para ir a Hamburgo y los
pasajes del barco. Bajo la iniciativa de Esra Rubin, la comunidad de la Grenadierstrasse había recogido y reunido de
algún modo dinero suficiente. Eso había sido un poco más
fácil que unas semanas antes, gracias a la introducción del

Rentenmark, que había logrado de una forma sorprendentemente rápida estabilizar los precios.

«Zvi está transformado», añadía Tamar al final de la misiva. No apartaba la vista de Isaak y forjaba planes nuevos para el futuro. Y también ella podía volver a creer en un futuro.

«Isaak», pensó Hulda sonriendo mientras recorría la Lehrter Strasse. Había comprado en una librería de la Alexanderplatz un ejemplar usado y gastado de la Biblia y buscado la historia que giraba en torno a ese nombre. Le daba rabia que todos los que la rodeaban fuesen más leídos que ella, sobre todo Bert, que parecía ser un pozo de sabiduría y no se cansaba nunca de demostrárselo. La había encontrado en el Génesis: Abraham, el padre del pequeño Isaac, había estado a punto de sacrificar a su hijo en una montaña, pero en el último segundo Dios se lo había impedido. Hulda encontró ese pasaje desconcertante y muy desagradable. ¿Dios ordenaba a un hombre que realizara un acto inhumano y luego lo avergonzaba fingiendo que todo había sido una broma? Furiosa, se había desfogado con Bert, quien le explicó que el nombre de Isaac procedía de la palabra hebrea «el que ríe». Una interpretación más alegre con la que Hulda se reconcilió.

Tiritando, se ciñó el abrigo al cuerpo. Ya era diciembre, y el aire era húmedo y frío. El cielo, del color del cemento mojado, dispersaba una leve llovizna. Hulda cruzó el ancho portal de la estación de Lehrte, de donde partían los trenes a Hamburgo. El interior era un enorme hervidero de gente, figuras bien envueltas en ropa de abrigo corrían a los andenes arrastrando bolsas y paquetes. Hulda sacó un billete para acceder a los andenes y pasó la barrera. Por un momento se preguntó por qué estaba allí, pero entonces descubrió a Tamar. La joven agarraba con firmeza el mango del viejo cochecito que Hulda le había dejado, y cuando vio a la comadrona levantó la mano y la saludó. Hulda aceleró el paso y llegó al pequeño grupo sin respiración. Los padres, Ruth y Avri Rothmann, también estaban allí. El rostro de Ruth no resplandeció de alegría cuando Hulda se reunió con ellos, pero aun así se dignó a dirigirle un breve saludo.

—Quería desearles que tengan un buen viaje —dijo Hulda a Tamar, poniendo un momento la mano sobre la cabeza cubierta con un gorro del pequeño Isaak, acostado en su coche, despierto y barboteando suavemente. Tenía aspecto de estar contento y satisfecho.

Hulda pensó que nadie podía saber hasta qué punto lo marcarían los primeros días de su vida. Ni si el amor que ahora experimentaba podía vencer la soledad del principio. Esperaba de corazón que así fuera.

Se volvió de nuevo a Tamar.

—¿Dónde está su marido?

—Ha llevado el equipaje al vagón —contestó Tamar—. No es mucho, pero es mejor así para un viaje tan largo, ¿verdad? —Cogió la mano de Hulda y se la apretó—. Quería darle las gracias. Me devolvió a mi hijo y eso no lo olvidaré jamás.

Hulda hizo un gesto de rechazo, odiaba la sensiblería y, de nuevo, en contra de su voluntad, las lágrimas acudieron a sus ojos. Mierda, ¿qué le pasaba?

—Lo hubiera hecho por cualquier madre —susurró, y tuvo que carraspear un par de veces.

—Espero que siga ayudando a muchas personas —dijo Tamar—. Nosotras, las mujeres, no tenemos muchos intercesores, ¿verdad? —Reflexionó—. ¿Sabe? Desde que me siento tan feliz, todavía me dan más pena aquellos que lo pasan peor que yo —explicó frunciendo el ceño—. Nuestra vecina, la joven señora Kühne, me contó que estaba enferma y que tenía que irse al hospital. Y que no sabía cómo se las apañaría su anciano padre. No está del todo bien de la cabeza y tendrá que ir a un asilo. Qué lástima, era la única del edificio a quien conocía.

Hulda no hizo ningún comentario, pero Tamar no pareció notarlo.

—Deseo que alguien se ocupe de los Kühne —prosiguió ensimismada—. Yo misma sé por experiencia lo que es estar desesperada, sola en el mundo. —Miró a Hulda—. Pero no, ¡la tuve a usted!

Hulda se volvió, quería cambiar de tema.

—¿Qué tal está el rabino Rubin? —preguntó con la mayor despreocupación posible—. ¿Ha podido despedirse de él?

—¡Oh, sí! —exclamó Tamar, resplandeciente—. El rabino nos ha ayudado mucho estas últimas semanas. Sabe, al principio me daba miedo, no sabía si podía confiar en él. ¡Qué tonta! Sin él, no hubiéramos podido empezar una nueva vida.

«Miedo», pensó Hulda. Sí, lo entendía. También ella había creído a Esra Rubin capaz de todo. Cuánto se puede equivocar uno a veces. Recordó sus ojos inteligentes, el brillo metálico de su cabello rojizo a la luz de la lámpara e inspiró hondo. Era probable que no volviese a verlo. Sus mundos se habían cruzado brevemente, como dos planetas que se habían deslizado por error uno al lado del otro durante su migración por el universo, y que luego habían recuperado su camino inicial y se habían ido separando poco a poco para siempre. El cielo le pareció de repente todavía más alto y lejano que antes.

Por suerte, en ese momento llegó corriendo Zvi. Parecía excitado, su rostro juvenil resplandecía detrás de la barba.

363

—¡Buenos días, señorita Hulda! —exclamó al reconocerla. Y se volvió a su mujer para decirle—: Tenemos que subir, cariño. —Miró a Tamar lleno de ternura.

Hulda se apartó a un lado para que los Rothmann pudieran despedirse. Avri abrazó a su hijo y a su nuera, era evidente que estaba muy emocionado. Ruth besó a Zvi en las dos mejillas y depositó un momento la mano en el hombro de Tamar. Luego se inclinó sobre el cochecito y besó a Isaak en la frente, brevemente y con los labios en punta, como un pájaro cogiendo una miga de pan con el pico. Hulda observó que Avri pasaba el brazo en torno a los hombros de su esposa y la retiraba con suavidad para que Tamar pudiera subir. Con ayuda de un revisor, Zvi subió el cochecito en el vagón y se metió después. Resonó un silbido y las puertas se cerraron. El monstruo de metal se puso en marcha, resolló, echó humo y lanzó un penetrante silbido, y luego salió de la estación envuelto en vapores, dejando una espesa nube de humo en el andén.

Hulda lo siguió con la mirada. Deseaba que a las tres personas que viajaban en él se les brindara una nueva oportunidad lejos de amargos recuerdos. Y le pareció que eso era posible.

Cuando se dio media vuelta, Ruth Rothmann quedó justo frente a ella. La apesadumbrada mujer tenía los ojos brillantes y los párpados rojos, y por primera vez desde que la conocía, Hulda sintió pena por ella.

—Le deseo que le vaya todo muy bien —dijo formal Hulda. Le habría gustado añadir algo más consolador, pero no se le ocurrió nada.

Ruth resopló.

—Usted desaprueba mi conducta, lo sé.

Avri se había apartado un poco y observaba, aparentemente interesado, unas palomas de un blanco grisáceo que se peleaban por un trozo de pan.

—¿Qué le hace suponer eso? —preguntó Hulda.

—Lo veo por su mirada desdeñosa. Pero ¿sabe? Yo tenía mis motivos para actuar como lo hice.

—¿Y cuáles eran? —Hulda esperó a que Ruth hiciera una confesión, pero la mujer apretó los labios y dudó. Al final dijo—: Quería proteger lo que más amo de cuanto tengo.

Hulda se rebeló.

—Pero no tenía ningún derecho. Su hijo ya es mayor y toma sus propias decisiones.

—Usted no puede entenderlo —replicó Ruth, su voz casi tenía un tono terco.

—¿No?

—Usted no es madre.

Y dicho aquello, se dio media vuelta y se fue con su marido. Aunque se volvió de nuevo.

—Estos días celebramos Janucá — advirtió—, la fiesta judía de las luces. Le deseo una bonita festividad, señorita Gold, y también a nosotros. Pese a todo.

Avri se despidió con un gesto de la cabeza y sin pronunciar palabra, y el matrimonio se marchó lentamente, cogido del brazo, a lo largo del andén hasta el final de la plataforma. Las espaldas de Ruth estaban encorvadas como las de una anciana.

Hulda dio media vuelta en el sentido opuesto y contempló las vías vacías hasta que salían de la estación, se ramificaban y desaparecían en la llovizna. Pensó que Ruth tenía razón: ella no tenía acceso a todos esos sentimientos maternos que parecían tan complicados y claros a un mismo tiempo. Solo alcanzaba a sospechar lo que se desarrollaba en el alma de una madre, solo podía observar como una profana las acciones que tales sentimientos implicaban. Con mucha frecuencia veía dolor y desesperación. Pero también felicidad. Todo estrechamente unido, entretejido en una trama inextricable.

¿Y ella? Recorrió con paso firme el andén resbaladizo. ¿No avanzaba? ¿Se limitaría a ser solo una espectadora de la vida, siempre tan sola? Pero no, había algo, había alguien, pensó, alguien que le pertenecía. En su mente apareció el rostro de Karl con el cristal de las gafas rayado y no pudo evitar sonreír. Las últimas semanas apenas se habían visto, estaba inmerso en resolver el caso. Pero este ya se había cerrado. Y tenían una cita para el día siguiente. Habían quedado en ir a tomar un chocolate el día de san Nicolás en el Café Josty.

Al pensar en ello, Hulda aligeró el paso. Janucá. Cuando era niña había celebrado alguna vez esa fiesta, sin mucho entusiasmo, pero al menos habían encendido el candelabro de ocho brazos y Benjamin Gold había entonado desafinando una canción. Ahora recordaba que una vez le había preguntado qué se celebraba en esa fiesta de Janucá. Y su padre le había tirado de la trenza y guiñado un ojo.

«La esperanza, Huldita.»

33

Jueves, 6 de diciembre de 1923

HULDA LAMIÓ COMPLACIDA la nata de la cucharilla de plata, que volvió a hundir al instante en la gran taza de chocolate suizo que tenía ante ella, sobre la mesa redonda de madera. Desde que volvía a tener hambre, había engordado un par de kilos y eso no la molestaba para nada. Tenía la cara un poco más llena y cuando se miraba en el espejo de encima del lavamanos se sentía más ella misma. Se notaba rebosante de vigor y dinamismo. Al volver la vista atrás, tenía la impresión de que la inflación y las peleas con Karl le habían atacado en la misma medida el estómago, pues al mismo tiempo en que la moneda se había estabilizado, la relación entre los dos se había serenado y ella había recuperado su gusto por las golosinas.

Karl estaba sentado frente a ella, fumaba sus eternos Juno, bebía un irlandés bien provisto de nata y parecía tan relajado como hacía mucho no se le veía. De paso hojeaba un ejemplar manoseado del periódico, pero Hulda percibía que solo era un pretexto para contemplar el techo adornado del Café Josty, la actividad que se desarrollaba delante de los amplios ventanales, en la Potsdamer Platz, y... por último, pero no por ello con menos interés, a ella.

Hulda se ruborizó al sentir que la observaba y esperó que no encontrara demasiado ridículos sus torpes esfuerzos por lograr, con su nuevo pintalabios, una boca con forma de corazón como la de las modelos de los diarios. Pero la mirada de aprobación tras los cristales de las gafas enseguida la tranquilizó, sonrió y se inclinó todavía más sobre el chocolate.

—Cuánto jaleo hay por aquí, ¿no? —dijo señalando el gentío a su alrededor.

Estaban sentados a una mesa diminuta, apretujados, de modo que sus rodillas se tocaban por debajo del tablero. Su entorno era un hervidero de gente pululando, gesticulando como loca, leyendo, riendo y comiendo. Un señor mayor recitaba algo escrito en el manuscrito manchado que tenía delante y el auditorio sentado en torno a él aplaudía con fervor. Unos jirones de música que salían del gramófono competían con el golpeteo de los platos procedente de la cocina, detrás de la barra.

Karl asintió.

—Los berlineses han despertado de su letargo.

—O de su pesadilla —puntualizó Hulda.

—En cualquier caso, ahora por fin arranca todo. Por primera vez desde la guerra, percibo en todos lados ese resurgir. Disfrutamos de nuevo de la vida.

—¿Disfrutamos?

—Me refería a los alemanes. —Le lanzó una mirada furtiva—. Pero si insistes: sí, también tú y yo. O al menos eso espero.

Hulda asintió. Karl tenía el labio superior manchado de nata y ella se la quitó con la mano y se lamió luego la punta de los dedos. Hulda lo vio entonces como un gato satisfecho, no le hubiese extrañado que se pusiera a ronronear.

Karl tenía razón, en un breve espacio de tiempo las masas de desesperados que ocupaban las calles de Berlín habían desaparecido. Cada día había menos mendigos tendiendo la mano a quienes pasaban apresurados por su lado. Los salarios volvían a ser razonables y se pagaban de forma puntual, de modo que las amas de casa podían salir a comprar y cuidar de sus familias. Se había conseguido capear la locura de los ceros que tanto alboroto había armado en Berlín y en toda la nación. Con la emisión de los nuevos billetes bancarios que había comenzado a mediados de noviembre, los precios se habían estabilizado, y gracias a las emisiones del llamado *Notgeld*, «dinero de emergencia», el país podía enfrentarse a la crisis económica. En pocos días, una barra de pan costaba solo setenta céntimos, y un huevo nada más que veinte, como la señora Wunderlich no se cansaba de señalar. En opinión de la casera, con el precio de los huevos, la salvación de Occidente estaba garantizada. Hulda ya casi había olvidado a cuántos miles de millones había ascendido el precio hacía pocas semanas. Y sin embargo temblaba al pensar cómo, en el punto culminante de la penuria, unos pocos berlineses habían dirigido su ira contra los desheredados del Scheunenviertel porque un par de agitadores habían sabido dar nombre a su frustración en el momento adecuado. Si las reglas de una convivencia pacífica podían violarse con tanta facilidad, ¿qué podía ocurrir en el incierto futuro del país?

Pero por fin las cosas empezaban a mejorar. Solo el tiempo era gris en Berlín, horrorosamente gris y triste, en especial ese día de san Nicolás. Las nubes colgaban pesadas sobre la ciudad. Hulda las veía a través del cristal del café, y no había nada que deseese con más ganas que contemplar un pequeño rayo de luz pasando a través de ellas. Pensó en Tamar y en su pequeña familia, que tal vez estaban embarcando en el puerto de Hamburgo. Allí, en el norte, el viento soplaba con fuerza desmenuzando las nubes y llevándoselas lejos por el mar, pero ahí, sobre el valle proglacial de Berlín, resistían tercamente.

Se encogió de hombros. Como buena berlinesa, tenía que quejarse del tiempo… así como de todo lo demás. Pero también era atributo de ese pueblecito testarudo hacer frente con furia a todas las adversidades y no perder el buen humor.

Volvió a mirar a Karl. Qué complicado, ¿ahora que por fin tenían tiempo para hablar tranquilamente no tenían qué decirse?

—Tu caso… —dijo por fin, mientras un solícito camarero circulaba apresurado, maniobrando con una gran bandeja llena de pastas a través de la maraña de sillas de madera y mesas, como un barquito en el mar bravío—. ¿Ya está cerrado?

Karl bajó el periódico. Hulda vio en la portada, como por todos sitios durante esos días, el traje a rayas de Gustav Stresemann. El papel manoseado del diario dibujaba unas arrugas en las perneras de la imagen.

—Sí —respondió—, tus indicaciones sobre el local de la Münzstrasse valieron todo el oro del mundo. Ya hacía tiempo que íbamos tras ese criminal, Mike O'Byrne, pero gracias a tus observaciones logramos pillarlo con las manos en la masa. Entretanto, ya hemos encontrado también el cadáver de su compinche, Adrian Ruhr; por lo visto, los dos se tiraron los trastos a la cabeza a causa del negocio que compartían.

—Se supone que se trató de un negocio lucrativo mientras funcionó bien —observó Hulda—. Y, por supuesto, algo así solo prospera porque no hay ningún intercesor para los muchos niños pobres cuyo destino no interesa a nadie.

—Aunque yo espero que algo cambie a partir de ahora —dijo Karl—. Debido al caos que reinaba en la ciudad, esa gente podía actuar sin grandes problemas. Si la situación sigue relajándose, las autoridades seguramente estarán más alerta y será más difícil que los niños desaparezcan con tanta facilidad.

Hulda lo miró dudosa.

—Sería bonito —opinó—, pero tú y yo sabemos bien en qué estado se encuentra la asistencia social en Berlín. Y la situación política tampoco parece volverse menos complicada. Me temo que no hay razones para ser optimistas.

Pensó en Bert y en lo que este le había contado acerca del intento de golpe de Estado en Múnich de un cierto Adolf Hitler. Poco después de los tumultos del Scheunenviertel berlinés, el hombre había anunciado la Revolución Nacional en la cervecería Bürgerbräukeller de la capital de Baviera. Incluso contaba con el apoyo de un general llamado Ludendorff para alcanzar su objetivo. El golpe de Estado había fracasado, detuvieron a Hitler y prohibieron su partido, el Nacional Socialista. Pero Bert había movido negativamente la cabeza cuando Hulda le preguntó si a partir de ese momento no mejoraría todo.

—No es tan fácil, mi querida señorita —había respondido afligido mientras se mesaba preocupado la barba—. La ideología nacional no se puede prohibir ni tampoco encerrar, así que sigue creciendo como una úlcera. Y en la cárcel, Hitler cuenta con tiempo suficiente para reflexionar de qué modo puede llegar al poder de una forma legal, en lugar de mediante una revolución.

Karl le acarició el brazo y la devolvió al presente.

—Es posible que Berlín siga siendo difícil —dijo—, pero en un principio hemos hecho cuanto hemos podido para poner límites a esa locura. Bueno, mejor dicho, Fabricius lo hizo —añadió, tomando un buen sorbo de café.

—¿Qué quieres decir?

—Mi asistente dio el giro decisivo —dijo Karl mientras se encendía un cigarrillo acentuando su despreocupación.

Pero Hulda notó que le temblaba un poco la mano—. Interrogó a O'Byrne, quien al principio se había cerrado en banda, pero empezó a cantar cuando Fabribius le hizo las preguntas. El muy astuto había ganado un montón de pasta con una segunda actividad sin que su colega lo supiese. Cuando el tal Ruhr se enteró, se vengó acabando con toda la mercancía.

Hulda se estremeció. Otra vez la palabra «mercancía». Karl no parecía notar hasta qué punto se había impregnado del léxico de los criminales.

—Ruhr intentó poner pies en polvorosa, pero su socio irlandés se lo cargó —prosiguió Karl—. Ahora O'Byrne se ve amenazado por la pena de muerte.

—Seguro que con tus investigaciones previas también has contribuido a que todo se haya ido a pique —lo animó Hulda—. Fabricius simplemente tuvo suerte.

Karl se encogió de hombros y dio una intensa calada a su cigarrillo. Hulda cogió la cajetilla que estaba sobre la mesa y también se encendió uno.

—Sea como fuere —concluyó Karl, aplastando con torpeza la colilla en el cenicero—, nuestro jefe, el gordo Gennat, se ha quedado muy impresionado por los logros del joven. Ha promocionado a Fabricius con una rapidez inhabitual. Ahora es comisario.

Hulda tosió.

—Eso significa…

—Exacto, que Fabricius ya no es mi asistente. A partir de ahora trabajaremos desde el mismo rango. Estoy convencido de que aún tendrá la nariz más alta.

Se quedó mirando sombrío la mesa. Hulda sintió pena por él, pero también la extraña necesidad de echarse a reír. Karl era demasiado conmovedor, con esos morritos y los mechones de cabello rubio revuelto que, como siempre, le caían sobre los ojos porque apenas iba al barbero. Se lo veía tan herido como un chico grandullón al que un muchachito más pequeño ha arrebatado todas las canicas en el patio.

—Ya llegará tu momento estelar —lo consoló acariciándole la mano.

—No es solo eso —dijo, sonriendo indefenso—. Sabes, este caso ha vuelto a demostrarme lo mucho que estamos luchando inútilmente en la ciudad. Yo puedo encontrar a los asesinos de esos niños y los puedo meter en la cárcel, donde se pudrirán hasta el final de su vida, si es que no los condenan a muerte. Pero ¿a quién ayudo de este modo? Siempre llego demasiado tarde al lugar de los hechos, por desgracia no puedo evitarlos. —Carraspeó y se pasó la mano por los ojos. Luego la miró—. Tú eres distinta —dijo—. Consigues dar a cada día un giro favorable. En caso de necesidad, valiéndote solo de tus manos, sacas a un niño terco del cuerpo de su madre, como sucedió con esa Helga de quien me has hablado antes. No te rindes. Eso es lo que amo en ti.

Hulda lo miró fijamente. La última frase pendía sobre el montón de nata derretida de su taza, y notó que pediría una réplica si ella no lo contradecía enseguida.

—¡Tonterías! —se apresuró a decir—. A menudo no consigo nada. Muchas veces no puedo solucionar nada y he de esperar al médico, el dios de bata blanca que tiene autoridad para poner inyecciones y emplear los instrumentos correctos.

Karl pareció un poco decepcionado. Pero luego se recobró.

—Si tanto te molesta eso —señaló—, deberías cambiar algo.

—¿El qué? —preguntó ella.

Él se encogió de hombros y apartó de la mesa una mota de polvo invisible.

—No lo sé, pero no siempre tienes que seguir así. Para alguien con tú talento seguro que hay algo más que malolientes habitaciones de parturientas en los peores barrios de la ciudad. Si tú quieres.

Hizo una señal al camarero, quien llegó al instante, y le pidió la cuenta. Después de pagar, ayudó a Hulda a ponerse el abrigo, se caló el sombrero, como siempre un poco inclinado, y la miró con la cabeza ladeada.

—Y ahora, ¿qué hacemos?

Hulda meditó mientras salían al frío exterior. El café de luces amarillas quedó a sus espaldas como una cálida gruta que acabaran de abandonar.

—¿Cine? ¿O una galería?

Karl negó con la cabeza.

—Tengo una idea mejor.

—¿Que es…?

Sonrió travieso y la agarró del brazo.

—Creo que ha llegado el momento de que me presentes a tus amigos. De verdad, quiero decir. Todos los días andas dando vueltas por la Winterfeldtplatz. ¿No quieres llevarme contigo?

Ella vaciló. Por supuesto, sabía a qué se refería. Siempre había tenido miedo de llevarlo a su barrio, a su refugio, su hogar. ¿Le gustaría todavía a Karl cuando la viera en su ambiente? ¿Acaso era otra cuando estaba con él? ¿Y si una vez allí, en medio de los puestos del mercado, con el Café Winter y su dueño a la vista, rodeada de sus propias y complicadas historias, ya no le gustaba a Karl?

—¿Te avergüenzas de mí? —preguntó él ingenuo, y Hulda no pudo evitar reír y golpearle de broma el brazo.

—¡Qué chorrada! —respondió—. No es eso en absoluto. —Reflexionó unos segundos—. De acuerdo. —Ella misma percibió el leve titubeo de su voz, pero se dominó y le cogió la mano—. Vamos a meternos en la boca del lobo —explicó sin saber quién era en realidad ese lobo. ¿Felix? ¿La señora Wunderlich? ¿O tal vez Bert? Todos conocían a Hulda desde que era joven. ¿Aceptarían que la señorita Gold, de la que todos se habían hecho una imagen, estaba cambiando?

Avanzaron un par de pasos, entonces Hulda se dio una palmada en la frente al acordarse de algo.

—¡Casi me olvido! —exclamó al tiempo que se daba media vuelta.

En el poste de una farola estaba apoyada una bicicleta negra. Tenía un manillar plateado, un foco azul claro y un timbre. Y, cada vez que la veía, el corazón le daba un vuelco de alegría.

Abrió el candado deprisa, enrolló la cadena alrededor de la tija del sillín y empujó la bicicleta hacia Karl.

—Estupenda —dijo este con admiración antes de examinarla de arriba abajo—. ¿De dónde la has sacado?

—Mi padre —respondió Hulda frunciendo el ceño. Ese era el punto de la historia que a ella la molestaba un poco—. Se acordó de que todavía me debía un favor.

«Más de uno», pensó, pero no dijo nada. Incluso si ese costoso regalo, que habían dejado para ella hacía un par de días en la casa de la señora Wunderlich y que la esperaba en el patio, atacaba un poco su orgullo, no pensaba renunciar a él jamás. Significaba pura libertad.

—A ver, da una vuelta —la alentó Karl.

Hulda subió, se arremangó la falda hasta las rodillas y empujó los pedales. Riendo y tocando el timbre avanzó por la Potsdamer Platz, frenó muy cerca de un tranvía que tocaba la campanilla y dio un arriesgado giro en redondo para volver al lado de Karl. Desmontó de un salto y se lo quedó mirando resplandeciente y sin aliento.

—¡Demonios, señorita Hulda! —Karl la observó con una mezcla de admiración y preocupación—. Menudo ritmo lleva usted. Espero poder seguirlo.

Ella lo abrazó y lo besó.

—No se preocupe, señor comisario —dijo—. Tiene usted muy buen aspecto.

Cogidos de la mano, empujando la bicicleta, bajaron por la cada vez más oscura Potsdamer Strasse, en dirección al sur, hacia Schöneberg. Hulda sabía que allí Bert ocuparía su sitio en el quiosco y que se los quedaría mirando fijamente cuando llegaran. Y, de repente, ya no podía esperar más.

Epílogo

Sábado, 8 de diciembre de 1923

—Intimida bastante, ¿no?

Había echado la cabeza hacia atrás y miraba los edificios de ladrillo que se alzaban a lo largo de la avenida como si fueran casas de una pequeña ciudad independiente.

Hulda asintió y deslizó también la mirada por el entorno. Estaban en el puente Ebert y contemplaban la larga calle donde se hallaba la Clínica Universitaria de Enfermedades Femeninas. Todo el mundo conocía el complejo de edificios, estaba justo al lado del hospital más famoso de la ciudad, el Charité. Hacía mucho que se había fundado y funcionaba como asilo para enfermos de peste delante de las puertas de Berlín. Pero, con su imparable expansión, la ciudad lo había engullido como un depredador voraz. Todo el mundo hablaba con respeto de ese microcosmos en medio de la gran ciudad. Nombres de gran importancia, como el de Rudolf Virchow y Robert Koch, Paul Ehrlich y Emil von Behring eran inseparables de la historia del famoso hospital. Pero la pequeña unidad de ginecología ya no disponía de suficiente capacidad, y se había abierto una segunda clínica muy cerca del Charité y con la misma buena reputación. Ahí, en la Artilleriestrasse.

Hulda siguió con curiosidad la actividad que se desplegaba delante de los edificios; los estudiantes que pasaban apresurados, los médicos con sus inmaculadas batas blancas, las cuidadoras y enfermeras. En ese lugar, las mujeres ponían todas sus esperanzas en la medicina. Si sufrían una enfermedad propia de su género y esperaban un milagro, estaban en la dirección correcta.

Y también cuando querían dar a luz, pensó Hulda. No obstante, por lo que le habían comentado algunas compañeras, sabía que la demanda de las escasas camas y de las pequeñas salas de parto, tanto ahí como en otros hospitales, era enorme. No pudo evitar pensar en el doctor Schneider y en su alegato a favor del parto en la clínica, y emitió un leve suspiró.

Jette la miró asombrada.

—¿En qué está pensando?

—Ay, en que ese déspotico ginecólogo de nuestro barrio defiende enérgicamente la idea de que se prohíban los partos en casa —dijo Hulda—. Pero todo el mundo sabe que, tras los muros de esa clínica, no hay sitio suficiente para todas las berlinesas.

—Seguro que no —apuntó Jette—. He oído decir que en el Charité han tenido que rechazar a menudo a mujeres con un embarazo ya muy avanzado, y ahí ocurrirá algo parecido. ¡Incluso a mujeres que ya están de parto! Justo hace un par de semanas se habló de ello en los diarios, ¿se acuerda? ¿El parto en el barco?

Hulda negó con la cabeza, no había oído nada al respecto.

Jette puso una mueca, como si la historia le causase dolor en su propio cuerpo.

—La mujer dio a luz a un niño en el canal, junto a Alexanderufer. En una gabarra en la que había conseguido entrar después de que la hubiesen rechazado en el Charité por falta de camas.

—¿Sola? —preguntó Hulda horrorizada.

Jette asintió.

—El niño se asfixió —contestó—. El cordón umbilical permaneció demasiado tiempo comprimido y, al parecer, la madre no sabía cómo actuar. Ella misma murió a causa de la gran pérdida de sangre. A menos de cien metros de una sala de partos que la hubiera salvado.

—El doctor Schneider se ha callado esa historia —murmuró Hulda—. Pero, de todos modos, he oído que se planea hacer una nueva ampliación de la unidad de ginecología del Charité. Se espera que eso mejore la situación y que no vuelva a suceder algo así.

Contempló de nuevo el edificio frente a ella, esta vez con algo de escepticismo. En los últimos años también se había construido mucho allí, y ahora los edificios dominaban toda el área entre Artilleriestrasse, Ziegelstrasse y el río Spree. Le apetecía ir hacia allí, empujar el portalón de entrada y examinar las diferentes salas. La de maternidad, la unidad de lactantes, la sala de esterilización con todos los brillantes instrumentos al lado del quirófano.

«¿El año que viene, quizá? —pensó—. ¡No estaría nada mal!»

Notó la mirada de Jette. La amiga sonrió.

—Lo está deseando, ¿verdad? —preguntó.

Hulda se encogió de hombros, insegura.

—Todavía no me he decidido —contestó—, pero es cierto que me apetece trabajar en una clínica. Pese a los problemas con los que estoy segura que tendré que enfrentarme.

—O justo por eso —dijo Jette, mirándola significativamente—. Ama los desafíos más que nada en el mundo. —Sonriendo, le tiró del brazo—. Acerquémonos al recinto y respiremos un poco el ambiente de la clínica —propuso, y Hulda tomó conciencia de que también Jette se veía atraída por los conocimientos que se escondían detrás de aquellos altos muros.

Sin darle más vueltas, agarró a su amiga del brazo.

—¿Se atrevería a empezar de nuevo? —preguntó mientras cruzaban el puente y avanzaban por la superficie adoquinada.

Bajo las botas de Hulda crujían las hojas secas. El cielo estaba todavía cubierto, como desde hacía semanas, pero al menos ese día un tímido rayo de sol se colaba entre la espesa cubierta de nubes y le hacía cosquillas en la cara. Aunque solo para desaparecer poco después y dar paso a una nueva llovizna que se posaba en su raído abrigo.

Jette parecía pensativa.

—A veces sueño con eso —respondió en voz baja—. Pero en el fondo sé que para mí es demasiado tarde. Y además... —Se detuvo de repente y enrojeció, tal como Hulda ya había visto una vez, hasta la raíz de su cabello rubio plateado.

—¿Sí? —insistió Hulda, parándose en seco. Dio un codazo a Jette en el costado—. Suéltelo —la presionó, y casi se echó a reír al ver que su amiga no sabía qué contestar.

—De acuerdo —dijo Jette—. Es posible que en mi vida se produzcan pronto suficientes cambios y alteraciones.

—Ya entiendo... —respondió divertida Hulda, que apretó el brazo de su amiga—. Me alegro por usted. Y, por favor, salude al señor Martin de mi parte.

Jette asintió en silencio, intentando mantener la calma.

—¡Quién se lo hubiese imaginado! —dijo al final, y entonces apareció una sonrisa en sus labios—. ¡Una viuda marchita como yo convertida en mujer casadera!

—¡Yo lo hubiese imaginado! —exclamó Hulda—. Es usted una presa maravillosa, Jette, y se merece toda la felicidad del mundo.

Siguieron caminando en silencio, pasaron junto a profesores que discutían, pacientes que esperaban, futuras comadronas que bromeaban... Hulda se deleitó en medio de aquel barullo, en la fuerte algarabía de la calle, en el trajín. Tenía la sensación de que cada individuo ocupaba allí el lugar correcto; cada uno tenía un objetivo, una función, una esperanza. Y de repente no hubo nada que desease más que ser parte de todo aquello.

—Creo que voy a contestar de una vez por todas a la oferta de trabajo —anunció—. «Se busca comadrona con experiencia.» Esa soy yo, ¿verdad?

—¿Y quién si no? —preguntó Jette.

Y Hulda experimentó una sensación de felicidad que se extendía en su interior. Era la sensación de resurgir, de empezar de nuevo. Se acordó por un instante de todas las mujeres de Schöneberg, del Scheunenviertel y de todos los niños a los que había ayudado a llegar al mundo. Y también de todos aquellos que no habían visto la luz del día porque no había podido ampararlos en su peligroso viaje a la vida. ¿A cuántos de ellos, se preguntó Hulda, habría podido salvar si no hubiese dependido solo de sus manos desnudas en un apestoso cuarto trasero de una miserable vivienda?

En ese momento, la cegó el reflejo de un rayo en el cristal todavía húmedo de la ventana de una habitación del primer piso. Esta se abrió y una mujer con un uniforme blanco, con las mangas arremangadas y una vaporosa cofia sobre el cabello corto se inclinó hacia fuera y bajó la vista a la calle. Llevaba en el brazo a un niño envuelto. Hulda encontró que tenía el rostro cansado, pero que parecía satisfecha. Tenía el mismo aspecto que ella misma tras un parto exitoso: agotada y contenta al mismo tiempo.

La desconocida parpadeó ante la inusual claridad de ese día de diciembre. Cuando descubrió a Hulda, que la miraba desde abajo, una sonrisa asomó un segundo en su rostro. Entonces recordó que tenía algo que hacer, pues al instante se retiró y desapareció. Pero dejó la ventana abierta. El viento agitaba una cortina clara mientras la luz jugueteaba en las gotas de lluvia del cristal de la ventana.

Postfacio

Siempre he sentido una enorme fascinación por el Scheunenviertel de Berlín y su agitada historia. Es la historia de un barrio muy peculiar, multicultural —antes de que existiera ese concepto— y con espíritu de cohesión. De un pequeño, colorido y caótico cosmos en medio del anonimato de la gran ciudad de Berlín, donde una comunidad integrada por las culturas más diversas luchó contra las adversidades de la época e intentó, a pesar de todo, amar y celebrar la vida. Uno se abría camino de ese modo, lleno de desprecio hacia los poderosos y con la desfachatez de los berlineses, quienes siempre han sabido dar la espalda a personajes o circunstancias desagradables y encogerse de hombros.

Pero también es una historia sobre la desaparición y el olvido. Aunque aún en la actualidad los nombres de algunas calles que rodean la Rosenthaler Platz nos recuerdan el Scheunenviertel, ya no queda casi nada de la época de 1945. El que fuera un barrio tan bullicioso ha desaparecido como tal de forma irreparable.

No obstante, las leyendas en torno a él siguen vivas: las encontramos en los textos y obras de teatro del dramaturgo Gerhart Hauptmann, quien a finales del siglo XIX estuvo a punto de dejarse arrastrar por el remolino borboteante del baño de lodo, dado que la cerveza barata y las tabernas peligrosas ejercían un atractivo irresistible sobre él. Vemos también el viejo Scheunenviertel en los inconfundibles dibujos de Heinrich Zille y leemos acerca de él en Arnold Zweig, quien describe con tanta vehemencia la convivencia de judíos del Este, pequeños comerciantes no judíos, los sinti y los romaníes, estudiantes, artistas y proxenetas en aquellas estrechas calles. Y también conocemos ese pequeño y amenazador infierno para naturalezas inestables gracias a la novela de Alfred Döblin, *Berlín, Alexanderplatz*.

Esa diversidad urbana con todos sus problemas, pero también con su potencial humano, conoció su final a partir de 1933. Los nacionalsocialistas destruyeron el centro de los judíos del Este en el Scheunenviertel, manipularon el nombre para su propaganda y crearon el cliché del gueto criminal judío que el barrio nunca había sido. Asesinaron a los judíos de Berlín, a los sinti y romaníes, a los homosexuales que habían encontrado ahí su hogar, y borraron para siempre las peculiares estructuras del barrio. Un amargo aviso de lo que esperaba a sus residentes fue el pogromo, hoy en día pasado por alto, de noviembre de 1923, que estalló en el momento culminante de la inflación y causó estragos en las calles durante varios días. Aunque la prensa de la época minimizó los sucesos, la investigación histórica supone hoy en día que se trató de una acción bien calculada de la derecha política, que dio el visto bueno al uso de la violencia contra los judíos. El intento de prender fuego a la sinagoga de Oranienburger Strasse en 1938 y la deportación de los judíos berlineses en la década de 1940 enlazan fácilmente con esa «tradición» que no respeta la dignidad humana.

En esta segunda entrega de la serie dedicada a la señorita Gold, también mi personaje de Hulda Gold debe enfrentarse a los hechos de su origen. En esos años, ser judío se estaba convirtiendo cada vez más en una categoría racial de la que uno no podía escaparse. Quería que Hulda tuviera que establecer contacto con los habitantes del Scheunenviertel y adentrarse un poco más en su propia historia para conocerse mejor a sí misma durante ese proceso. El niño desaparecido al que consigue salvar se convierte en el niño de la esperanza. Y esa esperanza es la que lleva a Hulda y sus amigos de la Winterfeldtplatz a avanzar por el sombrío año 1923 e internarse en los supuestos dorados años veinte, en los que durante un breve período de tiempo los berlineses dejaron a sus espaldas la inflación y el miedo, y empezaron de nuevo a vivir.

ANNE STERN
Berlín, otoño de 2020

Agradecimientos

Quiero expresar una vez más mi agradecimiento a las muchas personas que me han apoyado en la elaboración de esta novela. Nombraré a las más importantes. En primer lugar, quiero mencionar a mi familia, a mis hijos, que me endulzan la vida, y a mi marido por su gran inventiva en torno a Hulda. Doy las gracias también a mi madre, Dorothea, quien como siempre ha leído mis textos con una mirada penetrante y llena de cariño.

De todo corazón, doy las gracias a mi maravillosa agente Julia Eichhorn, quien con sus amables atenciones y sus muchas ocurrencias me da alas y me mantiene con los pies en el suelo, y a Zoë Martin por sus valiosas indicaciones. Por último, mi sincero reconocimiento a la editorial Rowohlt, en especial a la directora del programa Polaris, Katharina Dornhöfer, por su confianza, y a mi fantástica editora Ditta Friedrich, quien con ímpetu y entusiasmo ha vuelto a emprender una nueva aventura con Hulda Gold y conmigo.

Berlín, años veinte

CON SU NOVELA *La comadrona de Berlín,* el segundo volumen de la serie sobre la perspicaz comadrona Hulda Gold, Anne Stern nos traslada al Berlín de los años veinte. Como en la primera entrega, *Luces y sombras en Berlín,* la trama se basa en hechos históricos ocurridos en Alemania y en las localizaciones de Berlín que aparecen en la novela.

El *Scheunenviertel* (Barrio del Granero), donde se desarrolla la mayor parte de la historia, era un barrio pintoresco, y en él convivían, en un espacio muy reducido, ciudadanos de diferentes culturas, sobre todo judíos provenientes del este de Europa. Debe su nombre a los graneros que se construyeron para proveer de heno al mercado de ganado de Alexanderplatz en el siglo XVII.

Los habitantes del barrio judío de *Scheunenviertel,* a diferencia de los banqueros y abogados judíos que vivían alrededor de la sinagoga reformista,

Scheunenviertel, el Barrio del Granero, Berlín, 1921.

no eran conocidos por su formación y fortuna. Más bien por su extrema pobreza.

Una investigación peligrosa en tiempos difíciles

HULDA SIGUE EJERCIENDO su vocación y cuida de sus pacientes con una gran entrega, sin poder ignorar lo que ocurre en sus vidas antes y después del parto. Su relación con el inspector Karl North continúa, no sin contratiempos, y observa con el corazón encogido cómo le va a su ex, Felix, en su matrimonio.

Son tiempos difíciles: Berlín sufre las consecuencias de la hiperinflación y la población pasa penurias. La gente sale con carretillas y maletas llenas de billetes para hacerse con una barra de pan o un trozo de mantequilla. En palabras de Bertel, el vendedor de periódicos amigo de Hulda:

Alexanderplatz a comienzos del siglo xx.

Uno de mis clientes trabaja en la oficina de emisión del dinero del Reichsbank. Cuenta que allí los billetes forman unas pilas altas como torres sobre las mesas. Los mensajeros se los llevan en camiones. Pronto será más barato empapelar la casa o encender la estufa con los billetes que servirse de ellos para comprar.

Las provisiones se agotan, los ánimos se encrespan y la supervivencia de los menos favorecidos peligra. Los populistas y sus secuaces no dudan en señalar a los judíos como blanco de su ferocidad. Inevitablemente, Hulda se cuestiona sus orígenes como judía (aunque no conozca bien la fe ni la practique con convicción), y la situación política del país. Se vuelve más seria, más emocional y, al mismo tiempo, se asienta sobre una base cada vez más firme, sabe quién es y lo que puede hacer mientras se debate con sus inquietudes y sus sueños.

Al comienzo de la novela, Hulda atiende a la nuera de una familia judía en el *Scheunenviertel*, a pesar de que muchos le advierten que se trata de un barrio peligroso. Cuando el bebé al que ha ayudado a venir al mundo desaparece, la comadrona decide investigar por su cuenta. Algo de por sí arriesgado en una ciudad como Berlín, pero especialmente en ese barrio, donde sus habitantes sobreviven en condiciones de miseria.

Los ánimos en Berlín están exaltados, los disturbios cada vez son más violentos. A pesar de las medidas económicas aplicadas para mejorar la situación, los personajes más ilustrados, especialmente el vendedor de periódicos Bertel, se dan cuenta de que las apariencias engañan, y que el país soporta una gran carga política que no augura nada bueno. También el rabino Esra Rubin opina lo mismo en una conversación con Hulda:

—Me recuerda usted a mi amigo Bert —dijo Hulda—. Un hombre inteligente, pero que ve fantasmas por todas partes. Siempre está dándole vueltas a este asunto, dice que la derecha pronto implantará una dictadura.

—Cualquier hombre y cualquier mujer que sea inteligente no debería minimizar tales opiniones calificándolas de fantasmas, sino entenderlas como un aviso —explicó Esra Rubin—. Haga caso de su amigo. Pues ¿sabe usted, estimada señorita Gold? —Aproximó bastante su cara a la de la joven—. A más tardar, cuando los nacionalistas tomen el país, ya nadie le preguntará si quiere ser judía. Para ellos lo será.

Ambos se sumieron de nuevo en un incómodo silencio.

Sin embargo, al final de la novela, Hulda y sus amigos están dispuestos a dejarse llevar por la corriente de los dorados años veinte, un paréntesis antes de que se cumplan los peores presagios.

Ciudadanos de Berlín en el período de entreguerras.

Una valiente comadrona en el Berlín
de la década de 1920

Una apasionante novela histórica con un toque
de misterio ambientada en una época
de nuevos comienzos

Berlín, 1922. La Primera Guerra Mundial ha dejado a su paso profundas heridas y, aunque se respira una atmósfera de renovación,
también hay una gran pobreza. Hulda Gold es una comadrona muy
apreciada en el barrio donde reside, pero también es propensa a
meterse en problemas. Cuando una de sus pacientes se muestra
muy afectada por la muerte accidental de una vecina, la joven no
puede evitar inmiscuirse. ¿Por qué el distante comisario de la Policía
Criminal se interesa por ese caso? Ella inicia sus propias pesquisas y
desciende poco a poco a las profundidades de una ciudad en la que
las luces y las sombras están estrechamente unidas.